マルセル・プルーストの誕生

［新編プルースト論考］

鈴木道彦

Suzuki Michihiko

藤原書店

①マルセル・プルーストの肖像
（ジャック＝エミール・ブランシュ画　1892年）

②父アドリヤン・プルースト

③母ジャンヌ・プルースト

④弟ロベール（左）とマルセル・プルースト

⑭ 1905年頃のマルセル・プルースト
（友人レーナルド・アーン家にて）

⑮スゴンザックによるプルーストのデスマスク
（1922年11月18日）

マルセル・プルーストの誕生——目次

II　実人生と作品　121

凡例

一、本書は、これまでに私が発表したプルーストにかんする主要な文章を集めたものである。各題名の下に記されている年代は、それぞれの論文の執筆または発表された時期を示している。

二、異なった機会に発表されたものであるから、若干の重複する記述もあり、表記や注のつけ方にも不揃いなところがあるが、それらは敢えて整理統一をしなかった。

三、プルーストの作品からの引用は、可能なかぎりプレイヤード版に拠った。ただし、『失われた時を求めて』の場合、現行の四巻本は一九八七―一九八九年の刊行であり、本書第Ⅰ部と第Ⅱ部を構成するすべての文章は、その前に書かれているから、これは当時流布されていた一九五四年刊行の三巻本のプレイヤード版に拠っている。

四、プルーストのプレイヤード版には、『失われた時を求めて』*A la Recherche du Temps Perdu*、『ジャン・サントゥイユ』*Jean Santeuil*（『楽しみと日々』をも併せ収録）、『サント＝ブーヴに反論する』*Contre Sainte-Beuve*（『模作と雑録』及びさまざまなエッセイをも収録）の三種類がある。それぞれを指示するために、次の略号を使用した。

RTP（『失われた時を求めて』）

JS（『ジャン・サントゥイユ』）

CSB（『サント＝ブーヴに反論する』）

五、巻数はローマ数字を用い、ページ数はアラビア数字で示した。したがって、仮に引用文のあとに（RTP, III, 75）とあれば、プレイヤード版『失われた時を求めて』第三巻七五ページの意であり、また（JS, 200）、あるいは（CSB, 137）とあれば、それぞれプレイヤード版『ジャン・サントゥイユ』二〇〇ページ、同『サント＝ブーヴに反論する』一三七ページの意である。

六、第Ⅰ部と第Ⅱ部の文章は、拙訳『失われた時を求めて』全十三巻（一九九六―二〇〇一年）が出版される以前のものであり、引用の訳も、全訳の場合と多少違っている場合がある。しかし、それは敢えて統一しなかった。その代わりに、決定稿となった集英社ヘリテージ文庫版（全十三巻）（二〇〇六―二〇〇七年）の拙訳『失われた時を求めて』における該当する巻数とページ数を記しておいた。たとえば（訳 XII, 423）とあれば、それはヘリテージ文庫版第十二巻四二三ページの意である。

七、注の多くは、引用文の出典や証拠資料の指摘であるから、とくにこれを必要としない読者は、無視して下さっても一向に差し支えない。ただし、内容的な展開のある注には、＊印をつけておいた。

マルセル・プルーストの誕生

新編プルースト論考

序章　プルースト遍歴

二〇一二年

はじめに

本書は、一九八五年に筑摩書房から刊行した『プルースト論考』に、当時はそこに収めなかった文章や、その後に発表したいくつかの文章を加え、逆に書評など三篇の短文はそこから削除して、全体を新たに編集し直したものである。題名の『マルセル・プルーストの誕生』は、もともと今回新たに収録した旧稿のタイトルだが、『プルースト論考』の論文の多くも、作者がどのようにして「マルセル・プルースト」になったかを探るものであったから、今回はこれを全体の題名として採用した。

旧版の『プルースト論考』は、既に絶版になってから久しいが、それ以後もときおり同書に発表した論文についての問い合わせが寄せられるので、私自身も再刊の可能性を考えないではなかった。それでもこれまで私が再刊に踏み切れなかったのは、世界のプルースト研究が日進月歩の有様で、年々夥しい数の論文が書かれているという事情があったためだ。日本でも専門にプルーストを研究する人は、フランス文学関係者のなかでも目立ってその数が多いように思われる。そのように新知識が次々と付け加えられているときに、改めて旧稿を出版する意義がどこまであるのだろうか。そんな疑問がつきまとっていたために、私はこれまで再刊に積極的になれなかったのである。

しかし新しく出される論文や出版物をあれこれと繙いていくうちに、最近は少し考え方が変わってきた。たしかに次々と発表される研究によって、いろいろと細かな事実が明らかになりはするだろう。しかし文学は、科学や技術のように進歩するものではなく、たとえ知識は増えても、そのために必ずしも作品の本質的な読み方が大きく変わるわけではない。研究がますます専門化して、一般の読者にはとても手に負えないような細部を実証的に洗い出す論文が次々と発表されるのを見ているうちに、私は改めてそのことを痛感するようになった。たとえ情報量の限られた時期に書かれた旧稿でも、もし一つの読みをはっきりと提示するものであれば、それを読者の許に届けることにも多少の意味があるかもしれない。そんなふうに考えて、私は旧稿に敢えてほとんど手を加えずに、これをそのまま再発表することにしたのである。

ここにまとめられたプルースト関係の文章は、おおむね三つの時期に分類することができる。第一は学生時代にプルーストの魅力に取り憑かれて、辞書を引き引きたどたどしく作品を読み、卒業論文の対象にも取り上げ、フランス留学のときも、また帰国後も、その研究を継続していた時期のもので、一九五〇年代から六〇年代初めにかけて書いた文章である。一九六六年に中央公論社の叢書「世界の文学」に収められた『囚われの女』の翻訳は、その仕上げのような意味合いを持っていた。

その後、私はフランス滞在当時の経験や見聞から、ジャン゠ポール・サルトルの著作にも強い関心をそそられ、またサルトル思想との関係でさまざまな社会的問題にも関わりを持つようになり、そのために膨大な時間を割いた。だがまたそのような体験を経たために、従来とは異なった視点も加わったので、ある時期から、改めて一つの方法に基づいて一連のプルースト論を書いてみたいという気持が湧いてきたのである。一九七〇年代の終わりから八〇年代にかけて書いたものがそれで、旧版『プルースト論考』の最も多くの文章は、この第二の時期のものである。

第三の時期の文章は一九九〇年代から二〇〇〇年代にかけて、『失われた時を求めて』の全訳と抄訳を刊行した際に、それに関連して書いたものである。なお、ここに収めた文章のほかに、同じ時期に集英社新書で『プルーストを読む』を書き、またＮＨＫ出版から『プルースト「失われた時を求めて」を読む』を出しているが、それらは単行本であるからここには収録されていない。

そのような三つの時期に分類されるのは、私のプルースト論が自分自身の生きてきた過程や、そのときどきの課題と密接な関わりを持っているからだ。もともとプルーストという対象の発見自体が、若い頃に自分の抱えていた問題と関連していた。もしそのような理由がなかったとしたら、私は人生の長い時間をかけてこの作家を研究しようなどという気持にはなれなかったことだろう。たしかに研究には遊び心も必要にちがいないが、それでも私には、研究者の実存的な関心とまったく絶縁したところで行われる文学研究が自分にできるとはとうてい思えない。そこで本書では、まず私にとってプルーストは何だったのかということを、簡単に説明することから始めたい。

プルーストとの出会い

既にほかのところでも書いたことだが、私が最初にプルーストの作品に接したのは旧制高校三年になる春で、間もなく十九歳になるときだった。その作品とは、井上究一郎・久米文夫訳『スワンの恋』（作品社、一九三三年）である。またそれに続いて、井上究一郎編訳の『心の間歇』（弘文堂、一九四〇年）という、プルーストの大作から五つの短い断章を選んで訳出した小冊子も読んだ。それに興味を覚えた私は、当時プルーストの影響が指摘されて評判になっていた中村真一郎の『死の影の下に』も読み、翌年受ける大学入試では佛文科を選んで、プルーストを勉強してみようかと考え始めたのであった。

その頃の私は一つの素朴な問題を抱えて、その周囲をぐるぐる回りしながら、容易にそこから抜け出せずにもがいていた。それは若い者ならたぶん誰でも一度は経験するような、「私」とは何かという問題である。これは一つの呪縛だった。私はどこへ行っても、何をしても、これをしているのは私だ、という意識から逃れられなかった。私は自分を、皮膚のなかに閉じこめられた存在、外部の世界からは隔絶された存在のように感じていた。他者は知ることができない世界を構築していて、確実なものは自分しかなく、おまけにその自分は虚栄の塊のように醜い存在に思われた。だから、「自己愛」や「虚栄心」を暴き出したラ・ロシュフーコーの『箴言集』に描かれたものは、滑稽な私の姿に他ならなかったし、パスカルの「自我は嫌悪すべきものである」という言葉は、彼の思想を理解するほどの力もなかった私の頭にも、早くからこびりついていたのである。その当時、同じような問題をめぐって何度も手紙を交わしていた中学の同窓生Nの自死という事件があったが、こうした問題を抱えたつらさに堪えられなかったことも、彼の死の原因の一つだったと私は考えている。ただそのことは『越境の時』（集英社新書）という小著に書いたから、ここでは繰り返さない。

そのような私にとって、プルーストの描く「私」（つまり語り手）の意識の世界に入りこんでいくのは、たとえ容易ではなくても、けっして異質な世界に迷いこむような印象を与えることではなかった。また、『スワンの恋』を始めとして、プルーストの描く登場人物たちの、互いに他者の正体を見損なう人間関係も、抵抗なく理解できるものだった。それでも、貧弱な語学力しか備えていなかった私にとって、プルーストの文章はきわめて難物だったうえに、当時は頼れる翻訳もなかったから、私は大学に入ってからの最初の一年を、プルーストを読むための準備に費やし、二年目の秋からは、ひたすら『失われた時を求めて』を読むことに専念したのである。こうして辞書と首っ引きでたどたどしく活字を追ったのだが、余りに長大な作品であるために、全体を読み終わるのに一年余りかかり、気がついたときには、とうていそれを卒業論文にまとめて期限までに提出するのは不可能になっていた。当時の東大文学部の卒論締め切りは、たしか十二月二十五日の午後五時と決まっていたように記憶している。そこで私は早々と三年で卒業するのを諦めて「留年」を決め、最後の一年間を使って、夥しい数に上る研究書の主なものに目を通したり、その頃刊行されたプルーストの若い時代の未完の長篇小説『ジャン・サントゥイユ』を読んだりしながら、自分のプルースト論をまとめることにしたのである。

プルーストの「私」

『『失われた時を求めて』における認識と知性の問題」という題の私の卒業論文は、甚だ稚拙なものだったが、当時自分のかかえていた「私」という課題をプルーストの作品のなかに探ったものである。したがって作品の主人公でもあれば語り手でもある「私」と言う人物は、重要な考察の対象の一つであった。しかし作品を読み進めていくうちに、私はこの語り手の変遷を通して、自分自身の呪縛だった「私」を乗り越えて行く手がかりを与えられたような気がした。とくに後半になると、たとえば、

「芸術によってのみ、私たちは自分自身からぬけ出して、ひとりの他人がこの宇宙をどんなふうに見ているかを知ることができる。」(RTP, IV, 474)(訳 XII, 423)

といった表現が随所にあらわれて、「私」の狭い世界が他者に向かって開かれていくような印象を与えられた。その内容をここで細かく説明することはできないが、ただ論文を準備しながら気づいた一つの問題点だけは紹介しておかなければならない。それは、私のような観点で見た場合、当時のすべての研究者・批評家から「マルセル」と呼ばれていたこの語り手は、むしろ無名の人物と考えるべきではないか、という疑問が浮かんできたことである。

この名前は、長大な作品のなかで、たった二度出てくるだけで、それも最初は語り手の名前としてではなく、仮の名前として書かれているにすぎない。にもかかわらず、語り手＝マルセルという常識は定着していて、そのことに誰も疑問を感じていないように見えた。しかし私には何度読み直しても無名としか思われなかったし、無名であることが一つの意味を持っているように考えられたのである。それにしても、これまで長いあいだ、誰もが「マルセル」と呼んで疑わなかった人物について、フランス語の力も覚束ない一外国人学生のとなえる異説がどこまで通用するのだろうか。私には自信がなかったが、それでもそのようにしか読めない以上、私は卒論の一部でそのことに怖ず怖ずと言及しないわけにいかなかった。また一九五三年に大学を卒業して日本フランス文学会の会員になると、その年の学会報告で、卒論のなかのこの部分のみをまとめて発表することにした。語り手でもあれば主人公でもある人物の無名性という仮説を他人の前に披露したのは、これが最初である。

念のためにお断りしておくが、これは一九六〇年代後半から七〇年代にかけて流行するようになる形式的ナラトロジーとは、何の関係もない。私の関心は小説の形式ではなかった。むしろこれは、自分自身の倫理的な葛藤を抱えながらプルーストの大作に挑戦した一読者の、ごく素朴な読み方から生まれた仮説にすぎなかったのである。

ところで、この名前が出てくる二つの場面は、いずれも第五篇『囚われの女』のなかにある。そして この第五篇から最終第七篇までは、作者の死後に出版された未定稿の部分だった。つまり作者存命中にこの作品を手に取った読者は、みな無名の主人公の語る物語として、これを読んでいたことになる。そのうえ、プルーストの膨大な量の草稿が残っているということも、アンドレ・モーロワによる伝記『マルセル・プルーストを求めて』や、ベルナール・ド・ファロワの発掘した『ジャン・サントゥイユ』の刊行以来、広く知られていた。それで私は、もしフランスに行く機会があったら、是非この『囚われの女』の草稿を見たいものだと思い始めたのである。単に名前のことを確かめるというだけではなく、語り手＝主人公とアルベルチーヌの関係にしても、芸術表現の問題にしても、この篇には本質的な要素が集約的に詰め込まれているように思われて、私が最も興味を惹かれる部分だったからだ。

一九五〇年代のフランスにおけるプルースト

その機会は、大学を卒業して数年後に訪れた。たまたま私が一九五四年度のフランス政府給費留学生試験に合格したためである。研究テーマはもちろんプルーストだった。しかもこの一九五四年というのは、初めてプレイヤード版で三巻本の『失われた時を求めて』が出た年であり、ベルナール・ド・ファロワの編んだ『サント＝ブーヴに反論する』が刊行された年でもあって、あとから考えると、プルースト研究には最適の時期だった。

私は自分がどんな関心でプルーストを読んできたかを示すために、学会発表の原稿をフランス語に訳して、助言を求めたいと思う人にそれを提出することにした。ところがその当時、私が登録したソルボンヌ大学には、プルーストを専門とする教授が一人もいなかったのである。指導教授はマリー＝ジャンヌ・デュリーで、キュリー夫人に次ぐ二人目の女性教授だそうだが、私の提出した資料を見て最初に彼女から言い渡されたのは、「わたしにはは、あなたの研究に有効なアドヴァイスを与えることができない。だから、自分でよいと思う方法で続けなさい」という趣旨のことだった。

それから私の闇雲のプルースト探しが始まった。私はまずさまざまな関係者に会って、どのような研究の可能性があるかを探ることから始めた。伝記を書いたアンドレ・モーロワの、ブーローニュの森を見下ろす高級マンションを訪ねたこともあった。

ソルボンヌ大学の講師だったジャック・ナタンにも面会を求めたが、一月一日の午後三時に自宅に来てくれと言われて驚いたことが思い出される。ナタンの『プルーストのモラル』という本は、今から見れば雑なものだが、プルーストの倫理的な側面を論じた数少ない研究書の一つなので、卒論を書くときに私はこれも参照していた。学会誌に出た私の報告の仏語訳を読んで真っ先に関心を示したのは、このナタンである。彼は私と似たような観点で書かれた論文として、ルイ・マルタン＝ショフィエのものがあるが、読んでいるか、と訊ねた。私はこの論文の存在は知っていたけれども、戦争中に『コンフリュアンス（合流）』という雑誌に出たものであり、日本では入手できなかったので、まだ読んでいなかった。それでたいへん恥ずかしい思いをしながら、直ぐに国立図書館に飛んで行って借り出したのを憶えている。この論文はたいそう示唆に富んだもので、もし卒論を書くときに読んでいたら、さらに内容を膨らませることが可能になっただろうと思われた。それでも語り手＝主人公は、ここでもやはり「マルセル」とされており、私の解釈とは違うものだった。

ベルナール・ド・ファロワにも会ったが、『サント＝ブーヴに反論する』を編集した後の彼の関心は、既にプルーストから離れ始めているような印象を受けた。プレイヤード版校訂者のアンドレ・フェレとピエール・クララックにも、もちろん手紙を出して会いに行った。とくにフェレは何度も私を自宅に招いて拙い話を聞いてくれた。『囚われの女』の草稿を見たいという希望を知って、プルーストの姪のマント＝プルースト夫人に私を紹介してくれたのはこのフェレだったと思う。

マント夫人は、当時、プルーストの著作にかんするいっさいの権利を握っていた人である。妙な日本人の若造が、伯父のマルセル・プルーストを研究すると言って、いろいろな人に会っていると聞いて、彼女はいくらか好奇心をそそられたらしい。私はある日、とつぜん彼女から自宅での昼餐に招かれたのである。そこに出かけて行くときの私は、ゲルマント公爵邸での最初の晩餐会に招かれた語り手のように緊張していた。

その滑稽な場面は、今でも頭に浮かぶ。彼女の高級マンションはサン＝ルイ島にあり、東南に面した大きな窓からは、広々とセーヌ川が見渡されて、まるで豪華客船の一等船客用サロンを思わせるような部屋だった。十人くらいは楽に坐れる大きな細長いテーブルの一方の端に彼女が坐り、私はもう一方の端にちょこんと腰掛け、こうして長い空間を隔てた二人だけの食事が始まった。こちこちに固くなった私は、このとき何を食べたかまったく記憶にない。

それでも『囚われの女』の草稿を見たいということだけは、彼女に執拗に頼みこんだ。マント゠プルースト夫人によると、草稿のマイクロフィルムは六本あり、その一本がガリマール書店に保管されているので、あなたには特別にそれを見る許可を上げよう、ということであった。彼女の言う草稿とは、第一次大戦中にプルーストが『ソドムとゴモラ』以後の部分のテクストを二十冊のノートに書いたものを指していた。彼女が口をきいてくれたので、それから数カ月のあいだ、私は毎日セバスチャン゠ボタン街にあるガリマール書店に通い、かなり広い部屋を与えられて、マイクロ・リーダーにフィルムをかけて『囚われの女』の第一次草稿を読み、ノートを取ることができたのである。

現在では、この二十冊のノートを含めて、大部分の草稿が国立図書館に集められており、それを解読しようとする人たちも数が増えた。とくに、この二十冊のノートとは別に、多くはそれよりも前に書かれた七十五冊のノートがあって、その自筆テクストを一冊ずつ解読して、プルーストが消したり加筆したりした様子が理解できる形でこれを活字で印刷し、テクスト全体の写真とともに出版するという事業も進行している。二〇〇八年に始まったこの出版は、現在までに三冊のノートについて完了した。もしこのペースで続いていけば、七十五冊全体が完了するのは、一〇〇年後くらいのことになるだろうが、その頃のフランス文学研究とは、いったいどういうものになっているのだろうか。優秀な日本人のプルースト研究家のなかには、まるで古文書のくずし文字を読み解く学芸員のように、この草稿の解読に動員される者も少なくないと聞く。また、わざわざプルーストの草稿解読の手ほどきをするために、フランス人の専門家が来日したこともあったと記憶している。そのようなプルースト研究の現状を見ると、私はかつてパリの国立図書館で、敦煌文書の解読に一生を費やした一中国人に出会ったことを思い出すのである。彼のことは『異郷の季節』(みすず書房)という回想記に書いたが、植民地帝国時代のフランスがシルク・ロードから自国に持ち帰った膨大な量の敦煌文書と、それに挑んで毎日図書館に通いながらこつこつと解読するこの小柄で貧相な老中国人の関係はいかにも不釣り合いで、そこには何とも言えない寂しさを感じさせるものがあった(なお、この回想記がきっかけで調べて下さった方があって、今ではこの人物が左景権という名前の敦煌学者であったことも判明している)。

私がガリマール書店に通っていた時代は、このような現在の草稿研究の状況とまるで異なり、パリ大学にもプルーストを指導する教授がいないくらいだから、ガリマール書店に保管されているマイクロフィルムに関心を示すフランス人研究者も皆無だった。したがって、外国人である私がプルーストの筆跡の判読にどんなに苦しんでも、もちろん助言を求めることのできる人などいなかった。たった一度、そこへ同じものを見に来た人物に出会って短い会話を交わしたことがあるが、それはイギリスの若い研究家アンソニー・ピューだった。あとは来る日も来る日も孤独な作業が続き、私はマイクロフィルムの読みにくいプルーストの文字を何とか読み解いて、それをノートすることに没頭した。読めない字にぶつかると、もしや私の知らない単語ではないかと、見当をつけた綴りを仏和辞典で探してみる有様だった。だから私のノートにはところどころに、判読不能だった空白の箇所が残されている。それほどに、語学力自体も不充分だったのだろう。

その一方で、プレイヤード版の『囚われの女』につけられた説明や注によると、このノートの自筆テクストをタイプ印刷したものが存在していて、それにプルーストが加筆訂正を行っていることも判明していた。フェレによると、その現物はもう一人の校訂者であるクララックが持っている筈だという。そこで私はクララックに頼み、ある日、彼の自宅でそのタイプ原稿を見せてもらった。しかしその場所は個人の自宅だから、余りしばしば押し掛けて行って長時間にわたり克明にメモをとるわけにもいかない。そこで何度目かに訪ねたときに、私はこのタイプ原稿を写真に撮らせていただけないかと訊ねた。そのようなこともあろうかと、キヤノンのカメラに取りつけて資料写真を撮ることのできる接写器を持参していたのである。クララックは少し考えていたが、「まあいいだろう。ただし、あとでマント＝プルースト夫人にきちんと断って、必ず許可をとっておいてくれ」と答えた。そこで私は直ちに接写器を取り出し、必要な部分を次々とカメラに収めたのである。コピー機の普及していなかった当時では、これがたぶん可能な唯一の方法だった。

ところがマント＝プルースト夫人に許可を求めると、彼女は即座に、写真に撮るなど以ての外であると言い、私の許可願いをきっぱりと拒否した。そこで、いま一度クララックを訪ねてそのことを報告すると、「それは困ったね、でもまあ、写真はきみが持っていたらいいだろう」というのが彼の返事だった。私は彼の寛大さに心から感謝しながら、ガリマール書店で判読したマイクロフィルムのテクストとともに、このタイプ原稿の写真をも活用したのであった。

これらの資料は、卒業論文のなかで立てた仮説にも直接関係があって、私をたいそう勇気づけてくれる内容のものだった。私はこうして、怖ず怖ずと提出した仮説を具体的な証拠で立証することができたので、帰国後に改めてそれを「プルーストの〝私〟」と題したフランス語の文章にまとめて、「マルセル・プルーストとコンブレーの友の会（Société des Amis de Marcel Proust et des Amis de Combray）」の機関誌第九号（一九五九年）に発表した。これが語り手の無名性を立証したフランス語の最初の論文であり、それをさらに日本語に訳したのが、本書に掲載されている「無名の一人称」である。またフランス滞在中に、これらの資料を比較検討しながら書いたフランス語の下書きの文章のなかから、コミックな描写が生まれる過程を扱った部分のみを抜き出して一つの論文にしたのが、本書の「コミックの誕生」である。

「無名の一人称」と「コミックの誕生」

この二つの文章は、今から見るとおそろしく未熟なものだが、フランス語で発表したために、とくに最初の論文には、日本語の場合とは異なった反響があった。ロベール・ラフォン社の『作中人物辞典』の「語り手（narrateur）」の項目には、私の説が引用されたし、一九六〇年二月の『フレンチ・レヴュー』誌に出たハロルド・A・ウォーターズの「語り手であってマルセルではない」や、一九七五年にそれを補足して『ロマンス・ノーツ』冬季号に発表されたテレーズ・B・リンの「語り手であってマルセルではない――自筆原稿による証明」は、私とほぼ同じ方法で無名性の仮説の正しさを改めて裏書きしている。日本でも一九八五年七月の『ふらんす手帖』に出た吉川一義の「プルーストを読むIII――主人公《マルセル》？」が、ほぼ同じような結論を出している。

それでもフランスには、依然として語り手をマルセルと呼ぶ研究者が後を絶たない。とりわけジェラール・ジュネットが頑固にこの名前に執着していたのは、彼の領域がナラトロジーであるだけに見逃せない。ジュネットは語り手の無名性を斥ける理由として、次のように言う。

> 「周知のように、『失われた時を求めて』のなかでこの名前は二度だけ、それもかなり後の方で現れるにすぎず（第三巻七五ページ、一五七ページ）、その最初の例は留保つきである。しかし、それだけでこの名前を捨て去るのに充分だとは思われない。もし一度しか言及されないことは、ことごとく疑ってかからねばならないとしたらどうなるか……[1]」（傍点筆者）

いったい、誰が「一度しか言及されないことは、ことごとく疑ってかからねばならない」などと言ったのか。誰も言いはしなかった。ただ、もしプルーストがもう少し生きてタイプ原稿に手を入れることができたら、二度目のマルセルという名前も消される運命にあったことが、虚心に資料を検討すればごく自然なこととして浮かび上がるというだけの話である。ジュネットは、ことによると「マルセル」という名前で多くの論文を書いてしまったので、いまさらそれを改めることもできずに、苦しいこじつけをしているのかもしれない。

ジュネットはさておき、私の文章がはなはだ不充分なものであったことは明らかだ。語り手が無名であるということは、私が考えていたよりもはるかに深い意味を持っており、その背景にはおそらく、当時の時代精神とも言うべき現象学の存在や、フローベールからマラルメを経てシュールレアリスムに至る匿名性を目指した文学の流れなどを考える必要があっただろう。そのような時代だからこそ、それぞれまるで違った資質の持ち主だが、バレスの『自我礼拝』第一、第二部から、バルビュスの『地獄』を通って、プルーストに至るところの、無名の一人称小説の系譜も生まれたのである。ロブ＝グリエの『嫉妬』や、ビュトールの二人称小説『心変わり』の試みなども、余りに技術的な実験に走って小型になったとはいえ、この延長線上に位置づけることができる。さらに、ブランショやフーコーやバルトによって一時しきりに主張された「作者の死」をめぐる論議をも、これは異なった形で先取りしている。いわば、そうした問題すべてを一手に引き受けているのが、プルーストにおける無名の語り手なのだ。しかしこのような展望は、最初にこの文章を書いた一九五〇年代の私には、まるで見えていなかった。

「コミックの誕生」にかんしては、書いた当時から私自身が不充分なところを感じていた。その頃は使用可能な資料がごく限られていたということもあるが、その資料の扱い方もいくらか厳密さを欠いていた。たしかに加筆や削除の跡を追っていけば、テクストがどのように形成されたかということは明らかになる。しかしそれだけでは、プルーストのコミックの本質を説明したことにはならないだろう。もしテクストの形成と言うなら、すべての作家が頭のなかで、また現在ならパソコン上で、文章を作ったり壊したりしながら、一つのものを模索しているのであり、単にその軌跡を示すだけではそれほど大きな意味はない。草稿やタイプ原稿は、こちらが何かの問題意識を持って近づいたときには有力な証拠資料になり得るが、そのような意識を欠いたままで資料を絶対視するのは空しいことである。それはプルースト自身が「読書の日々」と題されたラスキン論で、「真実を自分自身のうちに探し求めることに倦み疲れた精神」と、きわめて皮肉な口調で指摘している通りだ(2)。

それでもこれは、まだプルーストの創作方法がほとんど知られていなかった一九五〇年代に、その特徴的な一面を紹介しようと考えて発表した文章だから、敢えてここにも掲載した。また『囚われの女』は私が細部まで読みこんだ部分だったので、一九六〇年代に中央公論社から「世界の文学」という叢書の一巻としてプルーストの翻訳を依頼されたときには、躊躇なく『囚われの女』の章を選んだ。その翻訳につけた解説は、五〇年代の私がプルーストをどのように見ていたかを示すもので、第一の時期の結論のようなものだが、これは他の文章と重複するところが多いので割愛した。

方法の問題

しかしこの『囚われの女』の翻訳を出した一九六〇年代の私は、実を言うとプルースト以上にサルトルに強い関心を抱いていた。フランス滞在中に、私はそれまで気づいていなかった知識人としてのサルトルの位置に目を見張り、帰国後に改めて系統的に彼の著作を読み直したのである。そして、プルーストとは異なった形であるが、「私」を越えるということが一つの出発点をなしているこの思想家に、共感を覚えたのだ。初期の『自我の超越』や、大戦中に書かれた『存在と無』のなかの「独我論の暗礁」を始めとする記述には、その事情がくっきりと現れている。たとえば『自我の超越』の結論にある次の言葉は、その好例だろう

「実際、私の《我れ》は、意識にとって、他の人々の《我れ》よりもいっそう確実だということはない。ただ、いっそう親密なだけである。(3)」

このように系統的に読み直したサルトルについて、私は一九六三年に、『サルトルの文学』(紀伊國屋書店)という小著を発表した。これは専ら彼の小説と戯曲を分析の対象としたものだったが、そのような虚構の作品について書きながら、私はその一方で、『ボードレール論』に始まり、『聖ジュネ』

に刺激的な形で結実したサルトルの評伝的文学にも興味を惹かれていた。そのような作品に示された人間理解の方法を理論的に示したものが、『方法の問題』である。これは最初、サルトルの主宰する雑誌『現代』の一九五七年九月号と十月号に掲載され、一九六〇年四月に、『弁証法的理性批判』の「総序」として、その冒頭に収録された長い論文である。そこで『サルトルの文学』を書いた後に、私は改めて『聖ジュネ』と『方法の問題』を再検討したのである。

『方法の問題』においてサルトルは、マルクス主義のなかにどのようにして人間を回復させることができるか、という課題にとりくんでいる。それを端的に示しているのが、次の表現だろう。

「ヴァレリーが一個のプチ・ブル・インテリであるということ、このことに疑いはない。しかし全てのプチ・ブル・インテリがヴァレリーであるわけではない(4)。」

ではどうやって、ヴァレリーの独自性を明らかにするのか。それには個人と階級といった単純な図式だけではなく、家族や、幼少期の体験や、居住集団や、時代背景など、さまざまな要素を考慮する必要があるし、そのためには精神分析や社会学を始め、多様な知の手段を動員しなければならない(これらをサルトルは補助学と呼ぶ)。この頃からサルトルは、しばしば「独自的普遍」という言葉を多用するようになったが、問われているのは、一個人を条件づけている複雑な要因を、知の手段を通して普遍的な形で明らかにすることにより、その個人の独自性を浮かび上がらせることである。つまりヴァレリーが、どうしてヴァレリーになったのか、それを知ることが問題なのだ。『方法の問題』では、それを次のように言う。

「わたしはここで主観的なものと客観的なものとについての真の弁証法を記述することはできない。それには〈外部世界の内面化〉と〈内部世界の外面化〉とのお互いに結びついた必然性を示さねばならないだろう。実践とは結局、内面化を通っての客観的なものから客観的なものへの移り行きである。[5]」

その具体的な記述の場になったのが、一九七一年から一九七二年にかけて刊行されたサルトルの三巻の大著『家の馬鹿息子』だった。これは膨大なフローベール論だが、その冒頭に彼はこう書いている。

「『家の馬鹿息子』は『方法の問題』の続編である。その主題とは、今日、一個の人間について何を知りうるか、ということだ。[6]」

「一人の人間とは決して一個人ではない。人間を独自的普遍と呼ぶ方がよいだろう。自分の時代によって全体化され、まさにそのことによって、普遍化されて、彼は時代のなかに自己を独自性として再生産することによって時代を再全体化する。(7)」

この『家の馬鹿息子』が刊行されたとき、サルトルは六十六歳から六十七歳になるところだった。そしてこの大作は、『聖ジュネ』と較べると繰り返しも多く、だらだらと不必要に長いところもあって、否応なしにサルトルの老いを感じさせずにはおかない著作である。しかしそれでも方法意識は『聖ジュネ』の場合よりもはるかに鮮明にあらわれている。すなわち対象となるフローベールが、その時代や、家庭環境や、その他さまざまな条件によって作られ、それらに支配され、追いつめられ、屈服しながら、それを乗り越えて、『ボヴァリー夫人』を書くギュスターヴ・フローベールという人物になっていく過程を、サルトルはさまざまな知の手段を動員して、克明に描き出したのである。

この大著によって、私は自分のプルースト理解に、多くの示唆を与えられた。『家の馬鹿息子』はそれまでの私の読みに反省を迫るものだった。文学研究において、一人の作家の特定の一側面に対象を限定して実証的な調査を行い、論文を書くのは、ある意味で簡単な作業である。しかしそれは部分に偏って全体を見失う危険を伴っている。それよりも、プルーストにとっての「外部世界の内面化」と「内部世界の外面化」がどのように行われたのか、その真相を探る方が、はるかに意味深いことではないだろうか。それはプルーストという巨人がどのように形成されたかを、全体として捉えようとする試みに通じるだろう。そう考えて、私は改めて『失われた時を求めて』を読み直すとともに、プルーストの場合に彼の全体を捉えるための不可欠な問題は何であろうかと模索した。一九七〇年代の後半から八〇年代の前半にかけて書いた一群の文章は、こうした過程を経て生まれたもので、それが旧版『プルースト論考』の主要な部分を占めている。

一九七〇—一九八〇年代のプルースト論

もっとも、これらの論文のなかには、現在読み直してかなり不満を覚えるものも混じっている。とくに最初の頃に書かれた「イサクと父親」と「ソドムを拒否するソドムの末裔」の二篇、とりわけ月刊誌の依頼で執筆した後者は問題の多いものだが、他の論文との関係でこれを欠くことができないので、敢えて旧稿のままで恥をさらすことにした。

一九七〇年代から八〇年代にかけてこれらの文章を書きながら、私は若いときに「自我」の乗り越えから出発してプルーストを読んでいたときとは、まったく違うプルーストを発見した。彼もまたすべての同時代人と同じに、その時代によって作られており、つまりは「外部世界を内面化」しているのだが、同時に彼は自伝的とも言える小説を書くことによって、特異な自分を通してその時代の全体を表現しており、それが彼の「内部世界の外面化」であった。こうしてプルーストは、リアリズム文学とはまったく異質な形で、彼の生きた時代を表現したのである。しかしこの外部世界と内部世界の有機的な関係が、若いときの私にはまったく見えていなかった。たとえばハンナ・アーレントがその『全体主義の起原』の第一部「反ユダヤ主義」で『失われた時を求めて』をふんだんに引用し、これを重要な拠り所として当時のユダヤ人問題を論じているのは、プルーストが自分の問題としてどれほど鋭く時代を内面化し、それをどれほど的確に、かつ全的に表現したかを示すものだろう。

サルトルは、「もし文学が全体でないならば、それは一時間の労苦にも値しない。そのことを私は《アンガージュマン》という言葉によって言い表したい」のだと言い、十九世紀最大のアンガージュマン詩人としてマラルメの名前を挙げている。(8) もしサルトルに倣って「アンガージュマン」という言葉をそのように使うなら、私はプルーストこそ二十世紀西欧の最大のアンガージュマン作家だったと言いたい。

それにしても、彼はどのようにして、そのような作家に形成されていったのか。そのことを明らかにしたいと思って、私は丸善の『学鐙』に、一九八二年一月から八三年十二月まで、二十四回にわたって「マルセル・プルーストの誕生」を書いた。今回、新たに収録したものがそれである。あのような作品を書く作家になるためには、マルセルの幼少期はほぼこのように進行した筈だ、ということが、さまざまな資料を通してかなりの程度まで再現可能であると思われたので、私はごく若いときに形成された作家プルーストの基本的な特徴を描いてみたのである。そのさいに私が留意したのは、作品と実生活との関係であった。むろん、どんなに自伝的な要素が強いと言われる小説であっても、虚構の作品に書かれた事柄をそのまま実生活で起こった事実と認めることはできない。だがまた同時に、作品は必ずその作者が実生活から摑み取った真実を含んでいる筈である。したがって、一方では作品のなかに真実を探るとともに、他方ではその真実の光に照らして書簡その他の資料を通して伝記的事実を検討すれば、そこからおのずと作家の姿が浮かび上がってくるのではないか。そう考えて、書かれたものと現実を関連づけながら素描を試みたのが、この幼い日のプルーストの肖像である。

ところで私がこの文章を書いたとき、プルーストの伝記としては、アンドレ・モーロワの『マルセル・プルーストを求めて』と、イギリス人の伝記作家ペインターの『プルースト——伝記』の二冊を数えるのみだった。また、アメリカの著名なプルースト研究家フィリップ・コルブによる『プルースト書簡集』も、まだ第八巻までしか刊行されていなかった。しかしその後、コルブの『書簡集』全二十一巻が一九九三年に完結したということもあり、また『失われた時を求めて』の著作権が一九八七年に切れて、新プレイヤード版、ガルニエ＝フラマリオン版、ラフォン版など、いくつかの版が刊行されたという事情もあって、一九九〇年代に入ると、ギラン・ド・ディースバック、ロジェ・デュシェーヌ、ミシェル・エルマン、ジャン＝イヴ・タディエが次々と分厚いプルースト伝を発表し、さながら伝記ラッシュのような観を呈した。とくにエルマンとタディエのものは立派な邦訳もあるから、古典的となったモーロワとペインターのものと併せて、日本では四種類ものプルースト伝が読めることになったのである。

このような九〇年代以後の伝記の氾濫のなかで、まだ情報のごく少なかった八〇年代初めの文章を改めて再録する意味があるだろうか。私は大分迷ったが、ただ私の書いたものは実生活にあらわれる事実を網羅的に述べるような伝記ではなく（そんな能力は私にはない）、全体化の視点から見て作品のなかに真実を探るとともに、実生活にあらわれた事実の解釈を通して幼少期を再考しながら、大作家を産み出す核となるものを探ろうとする一種のプルースト論だから、甚だ未熟な恥ずかしい旧稿だが、敢えてここに資料として収録した。

それはたとえば喘息の問題一つを採り上げても明らかだろう。最も網羅的に事実を記述していると見られる浩瀚なタディエの『評伝プルースト』では、吉田城も指摘しているように[9]、プルーストが喘息の発作を作品に描いたのはただ一度だけ、それも短篇『つれない男』のなかにおいてである、などとされていて、驚かされる[10]。あれほど繰り返して作者が直接または間接に発作に言及した喘息や、それに絡んだ神経症の問題の重要さが、このプルースト研究の泰斗と言われる人には見えなくなってしまうのだろうか。

現在では、喘息も同性愛も、器質的・先天的な要因が重視されると言われているようだが、たとえそうであっても、ボーヴォワール的な意味において、人が喘息患者として生まれるのではなく、喘息患者に「なる」ものであること、プルーストにおいては喘息が彼の文学と深く結びついていることには変わりない。結局、文学研究の方法も、煎じ詰めればその研究者の生き方と哲学に深く関わっているのである。

『失われた時を求めて』全訳の問題

私はこの『学鐙』での連載終了後も、なお続けてプルーストの成長過程を記述するつもりだった。

旧版『プルースト論考』にこれを収録しなかったのは、そのためである。しかしその予定を変えて、マルセル十七歳のところでこの仕事をひとまず中断することにしたのは、新たに『失われた時を求めて』の全訳という仕事が入ってきたためだ。その事情は集英社版へリテージ文庫に収められた『失われた時を求めて』の、第十三巻「あとがき」に記した通りである。つまり全訳の計画は、『プルースト論考』の出版とほぼ同時期の、一九八五年頃には決まっていたのだった。そして考えてみれば、『失われた時を求めて』はプルーストによる彼自身の全体化の試みだから、私が作品と実生活からプルーストという作家の肖像を全体的に描こうとするよりも、まずはこの作品を読めるようにすることが先決であると思われた。サルトルも『方法の問題』のなかで、作品の持つそのような価値について記している。

「個人の客観化としての作品は、結局、生活よりももっと完全で、もっと全的なものである。作品はたしかに生活に根を下しており、それに照明をあたえるが、しかも作品は作品自体のなかにだけその全的な説明を見出すものである。[11]」

この全訳を私が決意した頃の日本では、プルーストは難解晦渋な作家と見なされていた。しかもその一方で、フランス文学研究者のなかにはプルーストを専門とする者がきわめて多く、彼らが草稿研究などを通して発表するものは、それぞれごく限られた問題をめぐるきわめて高度な専門的研究で、ひたすら専門家に向けられており、そこには素人が口を挟む余地のないような雰囲気があった。たしかにさまざまな細かい点が明らかになっていくのは悪いことではないが、それらの高度に専門化したプルースト研究は、ほとんどフランスの国文学研究の日本支部のような観を呈していた。たとえば、多数の日本人研究家が膨大な時間を注いで人海戦術で完成した『固有名詞調査に基づく『プルースト書簡集』の総合的研究』[12]といった労作などは、われわれ研究者にとってこそたいへん便利な索引だが、コルブの編んだ全二十一巻の『書簡集』をフランス語原文で利用することのないプルーストの読者には関係のないものだろう。

それに対して、翻訳とは飽くまでも日本の一般読者を対象とするものである。とすれば、このような時期に『失われた時を求めて』の翻訳を出すにあたって、どんな方針を立てたらよいのか。私は何よりも難解晦渋という従来からのレッテルとは対照的に、プルーストの本質は明快なものであるということを浸透させたかったし、また作品全体の構造が分かるような翻訳を作りたかった。ひと言で言えば、プルーストを日本の一般読者の手の届くものにしたかったのである。結局そのために、私はまず二冊の抄訳を出すことから始め、ついで全十三巻の全訳、次に文庫三巻による抄訳、最後に全訳の文庫化、という順序で出版を進めることになり、その仕事に、一九九〇年代から二〇〇〇年代にかけて、十年余りの歳月をあてる結果になった。その翻訳にあたって、いろいろと考えたことや、新たな発見もあったが、そのほんの一端を述べたものが本書第Ⅳ部に収めた文章である。

おわりに

以上に述べたのは、私のプルースト遍歴のごく簡略化した軌跡である。振り返ると、若いときにプルーストに出会ったということは、私の一生の方向を決める大きな事件だった。だから私の人生は彼によって作られたのだという気さえするくらいである。しかもプルーストは『見出された時』のなかで、自分の本を読む読者は、実は読者自身を読んでいるのだということを、繰り返し述べている。最初に『失われた時を求めて』を通読した学生時代から、私はその言葉を信じて、彼のなかに自分を読みこんできた。したがって、私はプルーストによって作られながら、同時に自分のプルーストを作ってきたとも言えるだろう。

以下に集めた文章は、そのようにして作られた私なりのプルーストを示すささやかな結果であり、各論文は、今から見ればきわめて不充分なものだが、その時々の私の関心を反映している。と同時に、それらが執筆された時期の資料の限界やプルースト研究の状況をも反映している筈である。すべての論文に書かれた年代を記したのは、そのためである。

I

『囚われの女』をめぐって

無名の一人称

一九五九年

一九五四年にピエール・クララックとアンドレ・フェレによって、ガリマール書店から全三巻より成る『失われた時を求めて』が刊行されたことは、プルースト研究史の上で画期的な事件であった。なるほどどこのプレイヤード版の刊行される以前にも、今世紀のほとんど記念碑的作品ともいうべきプルーストの小説をめぐって、実にさまざまな見解が表明されてはいたけれども、それらはいずれも、誤謬だらけのテクストを拠りどころとしていたのであった。タイピストによって、また発行人によって、歪められたテクストである。タイピストはプルーストの書体が判読できなかったし、発行人はとくに死後出版の部分、すなわち『囚われの女』以降の作品の末尾三分の一ほどの部分において、校正刷を直しながら、実はかなり恣意的にテクストそのものに変更を加えてしまっていたからだ。こうして四半世紀以上ものあいだ読まれてきたプルーストは、真のプルーストでなかったことになる。むろんそれは、これまで書かれてきたすべてのプルースト論の価値を貶めることにはならないが、多くの微妙なニュアンスや、とりわけ作者の思考のきわめて興味深い変遷過程は、評者の目にとまることなく過ごされてきたのであった。

クララックとフェレは、プレイヤード版を編纂することによって、この状態に終止符を打った。この版のために二人の編者は、マルセル・プルーストの目ざしたテクストを再び確立すべく、作者の自筆原稿と校正刷とを存分に使用したのである。途方もない忍耐力と綿密さとに裏打ちされたこの作業は、今後書かれるプルーストにかんするさまざまな研究の基盤になることだろう。私に貴重な示唆を与えてくれたのもこのプレイヤード版であって、私はそれに導かれて、プルーストの自筆原稿や校正刷から多くの教訓を引出せることを確信したのであった。

ところで、そのプレイヤード版の或る注のなかで、クララックとフェレは、『失われた時を求めて』の第五篇『囚われの女』に、四種類のタイプ原稿が存在することを指摘している。いずれもプルースト自身の手で訂正の筆が加えられたこの四種類のタイプ原稿（copies dactylographiées）は、編者によってD_1、D_2、D_3、そして単にD、と呼ばれたものである。作者の姪に当る版権所有者のマント＝プルースト夫人は、私の執拗な頼みを聞き入れて、そのときピエール・クララックの手許にあったタイプ原稿の一つ（D_2）を詳細に検討することを許可された。またロンドンでプルースト展覧会が開かれるのを機会に、私は他の資料にも目を通すことができた。*(1) 他方、二十冊の大学ノートに記されたプルーストの自筆原稿のマイクロフィルムが、ガリマール書店に保管されており、私はその閲覧も許可されたのである。こうして私は、作者が『囚われの女』を執筆するときに辿ったほぼすべての段階を辿ることが可能になった。それを列挙してみれば、次のようになる。

（一）自筆原稿のマイクロフィルム。二十冊の「ノート」中の第八冊目より第十二冊目までに当る。『囚われの女』の第一稿であって、第一次大戦中ならびに部分的には大戦後に書かれたと思われる加筆が見られる。

（二）D_1。これは右の「ノート」第八冊目の最初の数ページをタイプ原稿にして、訂正を加えたものである。

（三）D_2。右のD_1及び「ノート」をタイプ原稿にしたもので、現行プレイヤード版の一一五ページまでに当る部分には、プルーストの手で訂正が加えられている。

（四）D_3。これはD_2を、加筆訂正をも含めてタイプ原稿にしたもので、現行プレイヤード版の七三ページまでに当る部分には、プルーストの手で訂正が加えられている。（プレイヤード版は、七三ページまでこのD_3に拠り、七三ページから一一五ページまではD_2を再現し、それ以後は「ノート」の自筆原稿と、次に述べるDに基づいている）。

（五）D。右に挙げたものをまとめてタイプ原稿にしたもの。プレイヤード版の一一五ページ以後の部分に、プルーストの手で二つの挿話の書き加えがあるほかは、ごく稀に訂正が散見されるのみである。

＊　＊　＊

このように私が専ら『囚われの女』のみを問題にするのは、理由がないわけではない。いま作品のこの部分を私が対象として選んだ主要な動機を挙げるなら、それは以下のようなことになるだろう。『囚われの女』の持つ重要性は、何よりもまずその主題のなかにすでに潜んでいる。

『失われた時を求めて』を最初に通読したときから、私は——もとより「時」の問題がプルーストの根本テーマであることを軽視するわけではないけれども——、作中の「わたし」の存在こそ、彼の作品のすべての問題を集約するものと考えてきたのであった。それは、作品を読みすすめながら否応なしにわれわれ読者が抱かせられる次のような疑問が、ことごとく作中の「わたし」に収斂されていくからである。すなわち、いったいなぜプルーストは、ほとんど無名と言ってもよい主人公を創造したのか？　さながら作品のライトモチーフのようにくり返される一つの観念、他者は自分自身の「外観」しかわれわれに委ねようとしない、という観念は、どういう意味を持っているのか？　プルーストの作品のなかでは、二人の人間が出会えば必ず互いに相手を見誤ることになるが、その誤解は何を示しているのか？　また女が必ず恋人の心に植えつけるあの恐ろしい疑惑は、何をあらわしているのか？　語り手は、たとえば山査子《さんざし》の花を眺めながら、なぜ花の「本質」が何かに包まれ隠されていて、決してその「本質」に到達できないと感じるのか？　そこから生れる激しい苦痛や苛立ちは、どこへ読者を導いていくのか？　こうしたさまざまな疑問、それらはことごとくわれわれに、作中の語り手であるこの「わたし」、この甚だ頼りなく不安定な存在は、いったい何者なのか、ということを考えさせずにはいない。別な風に言うなら、これらの問題はすべて、基本的な一つの問題のヴァリエーションなのである。その基本的な問題とは、「わたし」とそれをとりまく現実との関係だ。「わたし」と他者の関係だ。

このような観点から眺めたとき、『囚われの女』は、われわれの関心を強く刺戟するものを持っている。というのも、そこでは二人の若い恋人の肉体的心理的な関係が、充全な形で語られているからだ。主人公は一個の「わたし」である。そしてアルベルチーヌは一個の「他者」だ。主人公の「わたし」は、人間のドラマの観察者であることをやめる。彼はそのドラマを自ら生きはじめるのである。彼は己れの生きた経験を通して、いやむしろ彼がアルベルチーヌとともに現に生きつつある経験を通して、自己を分析し、己れを発見する。人間の生にかんするプルーストの考え方、とりわけ「わたし—他者」の関係にかんする彼の考え方が、ここにおいて語り手とその若い愛人とのうちに、この上もなく豊かな形で体現されているのである。

そこから、これに先立つ各篇においては最も残酷な分析にさえ薄いヴェールをかけて、これを口当りのよいものにしてきた或る種の甘美さが、『囚われの女』には欠如している、という結果が生じる。試みに、『ソドムとゴモラ』の冒頭を想起してみるがいい。そこでは練上げられた比喩が、倒錯した性愛のメカニズム、つまりは同性愛を、まるで美しいものを見るように観照できる対象にしている。

あるいはまた、語り手とジルベルトの関係を思い出してみるがいい。そこでも幼少期の追憶に特有の甘美さが、挿話全体を包みこんでいる。それは読者に、恋する少年の心理の分析、彼の喜び、落胆、計算、絶望を、精神的ないしは倫理的な形というよりは、むしろ美的な形で味わうことを可能にしている。それに反して『囚われの女』では、読者はむしろ緊迫した息苦しい雰囲気のなかに入りこまねばならない。ここでは二人の登場人物が、互いに相手の肉体、精神、思考、過去を知るために、手探りをしている。プルーストは、この章のなかで、二人の盲目の人間の悲劇的な出会いを、すなわち恋愛と呼ばれるものを、容赦なく暴露している。この非情な恋愛観は、直接プルーストの哲学の根本からもたらされたものであるが、それこそジャック・リヴィエールから次のような叫びを引出したものであろう。

「これは実にすばらしいものです。貴兄は今までに、これほど感動的なものを一度でもお書きになったでしょうか。私は文字通り魅了されました。(2)」(一九二二年九月二十五日づけプルースト宛てのリヴィエールの書簡)

＊＊＊

『囚われの女』の示すこのような興味深い主題に惹かれて、私はその諸段階を照合してみようと思いたったが、そこからは実にさまざまな事実が明らかになった。つまり最初の草稿（ノートに書かれたもの）から、最後のタイプ原稿までのあいだに、多くの重要な変更や修正が加えられていたことが判明したのである。たとえば二人の登場人物（語り手とアルベルチーヌ）のあいだに存在する愛情は、最終稿では初めに比べてはるかに暗い影を持った重苦しいものに変化している。その反面で、もともとノート原稿にも存在していた滑稽な要素が、大部分の登場人物（たとえばゲルマント夫妻など）の肖像の描写においてますます際立ったものになっている。また初めは表面にあらわれていたユダヤ人のブロックが、なぜかほとんど姿を消してしまう。さらに、当初はまだぼんやりしていた人間関係の不可能性、他人を理解することの困難さが、「逃亡する存在（être de fuite）」という名前によっていっそう明確にされている、といった具合である。こうした諸種の修正は、原稿の諸段階を比較すればだれでも直ちに気づくものであろう。ただ、今は紙幅に限りもあって、これをすべて扱うことはできないので、疑いもなく最も重要な一面を解明していると思われるいくつかのヴァリアントを検討することと、それを発展させてプルーストの創造行為の本質を考えることとに、本稿の目標を限定することにしたい。それはすなわち、語り手である「わたし」、人びとが誤ってマルセルと呼んでいるところのこの人物の名前にかんするプルーストの真意を、原稿修正を通して明らかにすることである。

この謎多いプルーストの「わたし」の分析にかんしては、現在までのところマルタン＝ショフィエの小論文を凌駕するようなものは何もない。その論文は戦争中に雑誌『コンフリュアンス（合流）』誌に発表されたもので（「小説の問題」特集、一九四三年七、八月合併号、五五―六九ページ）、

「M・プルーストと四人の人物の二重の〈私〉」と題された一五ページばかりの文章だが、『失われた時を求めて』の構造の秘密を分析することを目指して、見事にそれに成功したものである。マルタン＝ショフィエはこの文章のなかで、微妙に異る四人の人物を区別することを提案している。すなわち、

(一)「わたし」と言う語り手マルセル。

(二)「わたし」である主人公マルセル。

(三) 決して「わたし」とは言わないが、すべてを導き支配している作者のプルースト。

(四) 現実の人間であるマルセル・プルースト。彼はそのスノビスム、病気、社交生活、などを通して、作品のさまざまな素材を、作者プルーストに提供する人物である。

この分析は巧妙である。また四人の人物の区別は、少くともプルーストの場合、後述するようにマルセルという呼び名を除けば、正当なものであると思われる。そこでわれわれは、まずこの分析から出発することにしよう。

われわれが今ここで検討の対象にしようとする『失われた時』の内部の「わたし」は、したがって二つの側面を持つことになる。語り手である「わたし」と、主人公である「わたし」だ。もっともこの二つの側面は、微妙に混りあってあらわれる。なぜなら二重の「わたし」であるとはいえ、同一人物によって支えられなければ成立し得ないものだからである。そして『囚われの女』においては、この混在が頂点に達している。『失われた時』の「わたし」が、この篇におけるほど、語り手の性格を維持しつづけながらも主人公として前面に登場する箇所は、他にないからである。だから、「わたし」

と言うこの謎めいた人物が、ここで思わずその姿をあらわすとしても、不思議なことではない。だがまたその姿は、逆説的に曖昧をきわめた姿である。というのも、「わたし」の両義性は、「わたし」の主要な属性であるからだ。

この点で、『囚われの女』に二度あらわれる「わたし」の名前は、きわめて重要な意味を帯びている。まずその第一の例を引いてみよう。この場面では、語り手の恋人アルベルチーヌが、眠りからようやくさめて口を開こうとしているところである。

> 「口がきけるようになると、彼女は『あたしの』とか、『あたしの大事な』とか言って、その後にわたしの洗礼名のどれかをつけるのであったが、もしこの本の作者と同じ名前を語り手に与えたとしたら、それは『あたしのマルセル』、『あたしの大事なマルセル』ということになっただろう。それ以来わたしは、家族のなかでだれか親戚の婦人が、同じようにわたしを『大事な』と呼ぶのを許さなかった……」（RTP, III, 75）（訳 IX, 144）

> Elle retrouvait la parole, elle disait: "Mon" ou "Mon chéri", suivis l'un ou l'autre de mon nom de baptême, ce qui, en donnant au narrateur le même prénom qu'à l'auteur de ce livre, eût fait: "Mon Marcel", "Mon chéri Marcel". Je ne permetais plus dès lors qu'en famille une parente, en m'appelant aussi "chéri", ôtait leur prix d'être uniques aux mots délicieux que me disait Albertine.

この一節がきわめて重要なものであることは、以下に明らかになるはずであるが、それはともかく、作者はこれを書くに当って、あれこれと熟慮を重ねたにちがいない。なぜなら、上述したタイプ原稿のD_2を見ると、そのなかにタイプで打たれてはいるが、しかし作者の手で抹消されてしまった次の二つのテクストがあって、それらは多少の違いこそあれ、ほぼ似たような情景を描いているからである。

「けれども、彼女は目をさますときに、『あたしのマルセル』、『あたしの大事《シェリ》なマルセル』と言ったので、家族のなかでわたしが『大事《シェリ》な坊や』と呼ばれていたことを思い出させるような親類の婦人かなにかに訪ねて来られるのは、困ったことなのであった。なぜならこれらの言葉は、アルベルチーヌの与えてくれる快楽で、崇高なものにされているように思われたからだ。」（D_2、七五ページ）

Mais comme en s'éveillant elle m'avait dit: "Mon Marcel" "Mon chérie (*sic*) Marcel" il ne fallait pas que la visite fut (*sic*) quelque parente qui me rappelerait (*sic*) qu'en famille, on m'appelait "Chéri" car ces mots me semblaient (un blanc) suprême (*sic*) des plaisirs que me donnait Albertine.

「目ざめたときの彼女は、眠りの無邪気さ、眠りによる若返り、といったようなものを持ちつづけているように見えた。彼女が口にする最初の言葉は、幼児のような愛らしさに刻印されていた。彼女はわたしの名前を呼び、微笑みかけ、わたしを非難するように口をとがらせてみせるが、そ

れは最後にキスに変っていくのであった。」（D_2、七三ページ、傍点筆者）

Au moment du réveil elle semblait garder quelque chose de l'innocence du rajeunissement du sommeil. Ses premiers mots étaient empreints de la grâce des petits enfants. Elle m'appelait par mon nom, elle me souriait, me faisait une moue de reproche achevée dans un baiser, elle n'était......

眠っていた恋人が目をさまして、すぐに語り手の名前を呼ぶ、というシーンは、おそらくプルーストがどうしても書きたかった情景なのであろう。しかも彼はそれをあれこれと試みては破棄しているのである。そしてこれらの引用文は、いずれも語り手の名前に、すなわち通常の呼び名に従えば「マルセル」に、つながっている。だが、果して彼は本当にマルセルという名前なのであろうか。

これにかんして、あの長い『失われた時を求めて』全体のなかで、先にも述べたごとくマルセルという名前がただ二度しかあらわれないということは、注目する必要がある。その二度のうちの第一の例は、本稿の最初の引用文、すなわちプレイヤード版第三巻七五ページのもので、この一節がきわめて重要なのはそのためだ。しかしこれをよく見ると、そこには「もしこの本の作者と同じ名前を語り手に与えたとしたら（en donnant au narrateur）」という条件のつけられていることが分るし、また、「……ということになっただろう（eût fait）」と、事実に反する仮定を行ってその結果を述べる場合の条件法過去第二形が用いられていることにも気づく。つまりマルセルという名前は、実はだれでも知っている作者プルーストのものであって、語り手がなんと呼ばれる人物であるかは、この箇所にかんするかぎりまったく読者に知らされていないことになるのである。

ところがプレイヤード版でそれから八〇ページほど後に、第二の例があらわれる。アルベルチーヌが、自転車に乗ったある人物に語り手宛ての手紙を託すのであるが、その手紙のなかに語り手の名前が書かれているのである。

「あたしの大事な大事なマルセルへ。この自転車の方みたいに早くはもどれません。もっと早くおそばに行きたくて、この方の自転車を借りたいくらい。どうしてあたしが怒っているなんてお思いになるの？　あなたといっしょにいるときと同じくらいにあたしにとってうれしいことがあるなんて、どうしてお考えになるのでしょう？　二人でどこかへ行けたら、すてきでしょうね。でも、これからはもうあなたと二人でしか出かけないんだったら、もっとすてきでしょうに。あなたは本当になんてひどいことをお考えになるんでしょう。ひどいマルセル！　ひどいマルセル！　心をこめて。あなたのアルベルチーヌより」（RTP, III, 157）（訳 IX, 298）

"Mon chéri et cher Marcel, j'arrive moins vite que ce cycliste dont je voudrais bien prendre la bécane pour être plus tôt près de vous. Comment pouvez-vous croire que je puisse être fâchée et que quelque chose puisse m'amuser autant que d'être avec vous? Ce sera gentil de sortir tous les deux, ce serait encore plus gentil de ne jamais sortir que tous les deux. Quelles idées vous faites-vous donc? Quel Marcel! Quel Marcel! Toute à vous, ton Albertine."

ここでは、作者はなんの躊躇もなく、またあらかじめ条件をつけることもいっさいなしに、マルセルという名前を記している。とすれば、今やこの主人公をマルセルと呼んでもよいのであろうか。必ずしもそうとは思われない。というのも、この一節は、『囚われの女』のなかでプルーストが生前に訂正を行なう余裕のなかった部分に見出されるものだからである。どこまでも文章に修正をほどこし磨きを加えていこうとする彼の執拗な願望も、この一節にまで及ぶ以前に、死によって絶ち切られてしまった。もしそうでなかったら、彼はおそらくこの部分にも手を加えて、さきに引用したD_2七五ページの一節を削除したように、マルセルという名前を抹消したにちがいない。また仮に抹消しなかったとしても、さきの引用文（RTP, III, 75）（訳 IX, 144）で「もしこの本の作者と同じ名前を語り手に与えたとしたら」という条件をつけたように、少くともなんらかの断り書きを挿入したにちがいないのである。なるほど、これは一つの仮説にすぎないと言われるかもしれないが、どうしてそれ以外の可能性があり得ようか。現に、マルセルという名前の書かれたこの二つの箇所に挟まれた、ちょうどその中間のところにある別の一節に、きわめて明瞭な形でそうした方向を示す一つの修正がほどこされているのである。その部分に当るタイプ原稿はD_2の一二五ページにあらわれており、そこではまずタイピストによって、プルーストの最初の草稿にもとづく次のような文字が打たれているのである。

「彼女は半ば目を開き、驚いたような調子で言うのだった――事実、もう夜になっていた――、

『でも、そんな風にしてどこへ行くの、マルセル？』そしてまた眠りこんでしまうのだった。」

……elle entr'ouvrait les yeux, me disait d'un air étonné–et, en effet, c'était déjà la nuit–"Mais où tu vas comme cela Marcel?" puis se rendormait.

プルーストは、この最初の草稿に記したマルセルという名を抹消するために、D_2でこれに手直しをする。その結果、D_2にはプルーストの筆跡で修正された次のようなテクストが残り、それが結局はプレイヤード版まで生き残って、事実上の最終稿になったのである。

「彼女は半ば目を開き、驚いたような調子で言うのだった——事実、もう夜になっていた——、『でも、そんな風にしてどこへ行くの？　あたしの大事な……』（そしてそのあとに、わたしの名をつける）。そしてたちまちまた眠りこんでしまうのだった。」（RTP, III, 115）（訳 IX, 218）

……elle entr'ouvrait les yeux, me disait, d'un air étonné–et, en effet, c'était déjà la nuit–: "Mais où tu vas comme cela, mon chéri?" (et en me donnant mon prénom) , et aussitôt se rendormait.

なんという無器用な修正であろう！　ここでは作者プルーストが、マルセルという名前のために困りきっているのがはっきり感じられよう。いっそのこと、名前を消してしまうに越したことはない、たとえそのために文章が不自然なものになるとしても——というのが、彼の決断であったにちがいないのである。

ところで、名前が問題になっているこれらの箇所には、一つの共通点がある。常にアルベルチーヌによって（それが実際に発音されたものであれ、手紙のなかに書かれたものであれ）、マルセルという名前を用いた呼びかけが行なわれている、ということだ。そこからわれわれは、作者プルーストの内部に起こったことを容易に想像することができる。すなわち彼にとって、語り手がマルセルという名前である必要はどこにもないが、しかし、「あたしの（Mon）」、「大事な（chéri）」あるいは「ひどい（quel）」などといった言葉、必ず名前をあとにつけなければならないこうした言葉で、アルベルチーヌの精神状態を示すのは、物語を進めるために不可欠のことだったのである。それは、語り手とアルベルチーヌの恋愛を中心の主題とする『囚われの女』の章で、なぜとつぜんマルセルという名があらわれたのか、という理由を説明するものだろう。しかし一旦已むを得ず「マルセル」という名前を記した後に、作者は今度はしきりにその部分に手を加えて、この名前を語り手から引き離し、それを抹消しようとしている。とすれば、この事実の観察から一つの結論を引き出すことができるだろう。すなわち、プルーストはいささかも主人公に明確な名前を与えようとはしなかった、というのがその結論である。いや、それどころか、無名性ということが彼にはある重要な意味を持っていたにちがいないのである。では、それはどのような意味か？

かくて、マルセルという名前は、マルタン＝ショフィエの提起する問題へと再びわれわれを連れ戻す。すなわち、「わたし」と言っているこの人物は、そもそも何者なのか、という問題だ。とりわけ、どのような意図のもとにプルーストは、この無名の作中人物を創り上げようとしたのか。そのことを、われわれは以下に考えてみることにしよう。

＊＊＊

プルーストは、まるでライトモチーフとでも言えるように、一つの思想をたえずとり上げる。他者が委ねるのはその「外観」のみにすぎない、という思想である。われわれは、他者の正体を決して知ることがないだろう。貴族の御曹司であるサン゠ルーは、一人の娼婦に夢中になるが、相手が二十フランで身を売る女だとはまったく気づかない。公爵夫人だの大公夫人だのといった上流階級の華やかな女性たちに囲まれたスワンが、その生涯で最大の恋愛を経験する相手はだれかといえば、「高級娼婦（ココット）」と呼ばれるオデットであって、しかも彼は初め、オデットがたえず自分をだましていることが分らないのである。こうした見損ないは、プルーストによれば、だれも他人の真実を理解できないというところから来るらしい。語り手の場合はさらに悲劇的である。彼はアルベルチーヌを全面的にわがものとするために、パリのアパルトマンに二人で閉じこもるが、この純粋に肉体的な関係から生れるものは堪えがたい苦悩ばかりである。彼がふれることのできるのは、アルベルチーヌの肉体のみであって、恋人の本質そのものは、決して彼の知り得ないところに飛び去ってしまう。

「わたしはアルベルチーヌを膝の上に抱きあげ、その顔を両手で挟むこともできる。彼女を愛撫し、手をながながと彼女の体の上にさまよわせることもできる。だが、太古の大海原の塩気か星の光を含んだひとつの石をもてあそぶように、わたしはただ、内部から無限に近づいて行く一個の存在の、閉ざされた覆いだけにふれているような気がした。」(RTP, III, 387)(訳 X, 350)

問題は、恋人同士の関係だけにとどまらない。われわれの外部にあるすべての現実と、「わたし」との関係が問題なのである。一例として、山査子《さんざし》の花をじっと見つめている幼い語り手の視線を思い出してみよう。彼は「山査子の前に立ちどまって、この目に見えないしつこい匂いを吸いこんだり、自分の思考にその匂いをさし出したりしてみても無駄だった――思考はその匂いをどうしたらよいか分らずに困惑するばかりであったから――」(RTP, I, 138)(訳 I, 297)。彼は、花が彼に提供しているこの魅力を、それ以上に深めることができないのであった。あるいはまた語り手が馬車の窓から認めた三本の木の情景を思い出してみよう。彼はこれらの木を前にして大きな快楽を味わうが、その木の真の姿を明らかにすることもできず、またその快楽の原因を発見することもできない。

「わたしは三本の木を眺めていた、目をこらして見つめていた。けれどもわたしの精神は、自分の力の及ばぬ或るものをこれら三本の木が秘めているのだと感じていた。あたかも余り遠くにおかれているために、精いっぱい腕をのばしてもわずかにときおり指先が外側の覆いにふれるばか

りで、中味は何ひとつ掴むことのできない品物のように。」（RTP, I, 717）（訳 IV, 66）

このように語り手にとっては、彼をとりまくすべてのものが一つの現実を秘めており、それにふれたり、それを知ったりすることが、彼には禁じられているのである。彼は他者のうちに、これらの事物がさし出しているものを見ている。というか、すべての事物が彼にとっては、理解の可能性の絶たれた「他者」を構成しているのである。自然の美しさに恍惚としながら、語り手はそれら自然の事物のなかに、なにか妖精の存在のごときものを想像する。そして彼は苛立つのである。なぜなら彼は、それら自然の事物の「本質」と彼の名づけるものに、到達できないからだ。彼はまた、アルベルチーヌが眠って一個の物と化しているのを眺めるときでなければ、彼女を愛することができない。かくて『囚われの女』のなかの有名な一場面は、甚だ美しくもあればまた背徳的なものともなる。その美しさは、少女が人間の本質を失って、一本の植物ないしは海に変身するところから来るものであるが、それはボードレールのある種の詩篇、たとえば「旅への誘い」、「髪」などをわれわれに連想させる。プルーストにおいても、かたわらにいて生き、考え、嘘をつき、そして黙ってしまう少女は、もはや存在しておらず、それにとって代るのは海であり、波の崩れる音である。あるいは、

「もの憂いアジア、然えるアフリカ、
遠い、不在の、ほとんど死にたえた一世界」（「髪」）

である。

まさにこのような美しさ、この変身のなかにこそ、問題の挿話の背徳性が潜んでいる。すなわち、相手から見られることなしに、相手を見ている男の背徳性である。というのも、いっさいの意識を喪失したこの少女、それでも語り手が、「欲得を離れた、心を鎮める愛情で」愛しているのだと称するこの少女は、結局のところ一本の植物に、一つの海に、あるいは「自然の事物」になりきってしまったのであるから。そうだとすれば、一個の物に対するのと同じ愛情以外に、どんな愛がそこにあり得ようか。なるほど、その対象は女の形態を保ってはいるが、しかしそれは人間の条件から完全に追放された物体にすぎないのである。

「目を閉じ意識を失ってゆくにつれて、アルベルチーヌは、彼女を知った最初の日からわたしに幻滅を味わわせたあのさまざまな人間的性格を一つずつ脱ぎ捨ててしまった。もはや彼女は草や木の無意識の生命、わたしの生命とはいっそうかけ離れた、異様な、にもかかわらずいっそうわたしのものとなった生命によって、生きているにすぎなかった。」(RTP, III, 70)(訳 IX, 135-136)

この一節は、プルースト的な恋愛を描いたおそらく最も美しい情景の一つであろうが、これは逆説的に、語り手の感じている人間への愛の不可能性、少くともアルベルチーヌを愛することの不可能性を、浮彫りにしている。この一節の重要性は、上述したように、プルーストにおいては「わたし」と他者の関係が根本の問題であることを考慮すれば、明白である。それは彼の倫理にかかわる問題であった。また倫理にかかわる故に、彼の美学の根本問題になったのである。

＊＊＊

他者と、われわれの「わたし」とのあいだには、いかなる交流もない。この懐疑主義は、プルーストの小説のあちこちにあらわれる。だがそれに対してプルーストは、たった一つだけ打開の可能性を残している。「芸術」を通して「存在」を発見する、という可能性だ。それを証明するのが『囚われの女』に描かれるヴァントゥイユの七重奏曲である。

ヴァントゥイユの本質は、むろん日常生活のなかではすべての「他者」同様に知るすべもないものだが、彼が苦悩や歓喜にひたりながら作り上げたさまざまな作品を通して見た場合には、はっきりとそこに一個の人格をうかがうことができる。ヴァントゥイユ以外のだれ一人として創造できないモチーフがあらわれているからだ。たしかに彼が若いころに作ったソナタと晩年の七重奏曲のあいだには質的な相違があるが、にもかかわらず一つの共通な調子、ヴァントゥイユのアクサン（語調）とでも呼び得るような何かがそこには貫かれている。これこそ語り手によれば（そしてこれはプルースト自身の考えでもあるわけだが）、ヴァントゥイユの「内的祖国」であり、彼の「魂」なのである。

「あの偉大な歌い手たち、つまりは独創的な音楽家たちが、そこに向かって高まって行くもの、いつの間にかそこにたちもどるもの、それは唯一無二の語調《アクサン》であり、またこれこそ魂という何物にも還元できない個別的存在の証《あかし》なのである。」(RTP, III, 256)(訳X, 94-95)

心を打つ芸術表現の底には、必ず作者の魂がある。音楽の場合プルーストは、どうやら知的な創造の作業の基礎に一つの感動があって、それが作曲家の魂を支え、一つの「アクサン」を生み出すと考えているように見えるが、一方、絵画の場合には、ヴィジョンの独創性が、画家の「祖国」とプルーストの名づけるものを構成しているように思われる。たとえば『失われた時』のなかの画家エルスチールが、一枚の画布に定着するそのヴィジョンにおいては、海と陸とが境界を失って混りあい、それがエルスチール固有の港を表現することになる。各人は、その眼を持つのと同時に、そのヴィジョンを持つのであろう。ここで言うヴィジョンとは、個人の存在の証しとなる「個性的」な一つの見方であり、一つの宇宙のことなのである。

こうして、恋人の肉体を愛撫しながらも本質を欠いた覆いのみにしかふれられなかった語り手は、ついに芸術を通して、一つの「現実」と彼の呼ぶものを知るに至る。彼が七重奏曲のなかに認めて、それに耳を傾けたものは、真のヴァントゥイユであり、つまりはヴァントゥイユの「現実」である。こうして人間の現実と言われるものは、芸術家の個性的なプリズムを通して、他者に感じられるものとなるだろう。芸術がなければ、現実はあたかもアルベルチーヌの本質のように、永遠に他者の眼に隠されたままで終るだろう。

「これらさまざまな要素、澱《おり》のように底に残るすべての現実のもの、われわれがそれを自分の胸に畳んでおかねばならず、友だち同士、師弟同士、恋人同士の会話でも伝えられないもの、各人が感じたことを質的に区別し、しかも各人が言葉の入口で放棄せざるを得ないこの言うに言われぬもの——というのは、万人に共通の下らない外面的なところに自己を限定せぬかぎり、言葉による他人との意志疎通はあり得ないからだ——、これを芸術は、たとえばヴァントゥイユやエルスチールの芸術は、われわれが個人と呼ぶ世界、芸術なしでは絶対に知り得ないこの世界の内的構造をスペクトルの色として外面化することによって、出現させているのではなかろうか。」(RTP, III, 257-258)(訳 X, 97)

画家や音楽家と同様に、作家もまた言葉を用いながら、自分の「現実」を、自分の「魂」を、自分の「内的祖国」を、歌わなければならない。プルーストが語り手の口を通して明らかにしたスタンダールにおける高所の感覚や、ドストエフスキー特有の家の描写は(RTP, III, 377-379)(訳 X, 333-335)、これらの作家に特有の「語調(アクサン)」と言えるものだろう。そう考えれば、プルーストが一時期に、他の作家たちの模作にあれほど熱中した理由も容易に理解できる。彼はそれら作家たちの文体を通して、彼らのヴィジョン、彼らの「現実」、彼らの「内的祖国」を発見しようとつとめていたのであろう。

では、作家の側でのそうした「現実」や「祖国」を探求する努力、作家の側での緊張した創作行為がありさえすれば、すべては達成されるのであろうか。語り手は、他者との決定的な断絶に苦しんだ末に、作品を通じての他者との交流の可能性を垣間見たわけであるが、ではすぐれた作家の創造がすべてを解決するのだろうか。言いかえれば創造は、芸術による人間の意志疎通のために必要な唯一のものであろうか。むろんそうではないのであって、読者（または聴衆、観客）の側からの積極的な努力もまた不可欠なのである。たしかに作品は、一旦でき上ってしまえば作者の手を離れて、だれもが自由に入りこむことのできる非人称の楽園になる。ただし、そこに入るためにはたった一つだけ条件があって、それは創造的な寄与を行なうということなのだ。作者の創造の意味ではない。ここで問題になるのはあくまで読者（聴衆、観客）の創造である。プルーストは、一八九六年に刊行された『楽しみと日々』のなかの、「時の色をした悔恨と夢想」に収められている「音楽に聴き入る家族」という短文を書いたときに、すでに作る者と聴く者とのこの関係を熟知していた。彼はそのなかで、夕暮れの庭に憩う一家をとり上げているが、そこでは悔恨にひたっている夫、裏切りをおかした妻、死の近いことを感じている父親など、みながそれぞれの夢想にふけりながら、一つの歌声に熱心に耳を傾けており、同じ曲のなかに各人が自分の深い感動を読みとっている姿が描かれているのであった。

『失われた時を求めて』においてもプルーストは、作品の理解について同じような考え方を守りつづけている。だから語り手は、七重奏曲を通して単にヴァントゥイユの持っている現実を知り得ただけではなく、語り手自身のごく個人的な印象がこの音楽によって蘇り、特徴づけられるのを感じるのである。彼が以前に経験したあの紅茶に浸したマドレーヌの味や、三本の鐘楼などの与える幸福感は、語り手以外にだれも知るもののない印象であった。ところがヴァントゥイユの七重奏曲は、作曲家の歓喜を表現しながらきわめて非人称的なものになりきっているので、語り手のこうしたごく個人的な喜びをも喚起し得るものになっているのである。

「芸術は存在するらしいという仮説に身を委ねたとき、わたしには、音楽の伝え得るものが、よい天気だとか阿片を吸った一夜のような単純な神経の喜び以上のもの、少くともわたしの予感によれば、もっと現実的で豊かな陶酔であるようにすら思われた。だがそのように、より高く、より純粋な、より真実と思われる感動を与える彫刻や音楽が、ある精神の現実に対応しないはずはあり得ない。さもなければ人生にはいかなる意味もなくなってしまうだろう。だから何物もヴァントゥイユの美しい一楽節以上に、わたしがこれまでの人生でときどき感じたあの特別の悦び、たとえばマルタンヴィルの鐘楼や、バルベックの道で何本かの木を前にしたときの悦び、あるいはもっと単純に、この作品の冒頭で一杯の紅茶を飲んだときに感じた悦び、こういった悦びに似通ったものはなかったのである。」(RTP, III, 375)(訳 X, 327)

プルーストは多様な意味において「現実」という語を用いているが、この引用の場合の「精神の現実」は、作者の魂であるとともに、同時に語り手の持っている「現実」でもあるように見える。語り手は、社交生活やさまざまな人間関係のなかで少しずつ自分を見失っていくけれども、「特権的」と呼ばれている瞬間の歓喜だけは、たしかな「現実」なのであった。音楽の感動は、語り手にそうした「現実」を思い起こさせる。それが「現実」であるのは、そのとき「わたし」がたしかに存在して喜びを覚えたことを、語り手が疑っていないからであろうし、それが「精神の」現実であるのは、その存在を証明するものが語り手の感動だからであろう。

この現実はきわめて個人的なものだから、もし別の者が音楽に聴き入るならば、そこには別の現実が明かされるはずである。要するに、音楽に感動する人びとが曲のなかに見出すものは、それぞれ固有の感動であり、固有の現実である。その意味で、完成された傑作は、非人称的であり、かつ超越的なものである。なぜならそれは、多くの現実、多くの「わたし」を含むからである。

要約すればこうだ。ヴァントゥイユは、まず自分の感動、自分の精神の現実をとらえて、それを構成して七重奏曲に到達する。ところが音楽は、あらゆる芸術作品の辿る運命に従って、必然的に客観的なものとなり、自ら語り手に一つの現実を喚起し得るようになる。また語り手は、少しずつ作者（ヴァントゥイユ）の魂をとらえるとともに、自分自身の現実を見出していく。こうして、実生活では無縁の存在に終ったヴァントゥイユと語り手が、作品の表現と理解を通して、プルーストのいわゆる「魂の交流」（RTP, III, 258）（訳 X, 98）を実現していくのである。

ヴァントゥイユの七重奏曲をめぐって明らかにされたこのようなプルーストの芸術観は、彼の作品の指導的原理として、次の二つの問題をわれわれに考えさせる。第一は作品の主題としての「わたし」であり、第二は、作品を支える読者の役割である。

まず第一に作品の主題であるが、もし仮にプルーストが何を書くべきかを自らに問うたとしたら、答えは明白だったはずである。外的な現実は何ひとつとして知り得ない以上、彼には自分自身を描く以外に、言いかえれば、自分の「魂」、自分の「祖国」を描く以外に、つまりは彼の「わたし」を主題とする以外に、方法はあり得なかったからだ。けれども、彼自身の「わたし」には、他者を通して、外的な対象を通してのみ、はじめて到達できるのである。したがってプルーストは（そして語り手は）、外的な現実に、つまりは彼が見たり感じたりしたことに固執しなければならず、それを理解して、彼自身の現実を、彼の「わたし」を、そこから引出さなければならないのである。

そのような事情は、語り手のさまざまの恋愛のなかに鮮明にあらわれている。彼は次々と、ジルベルト、ゲルマント夫人、アルベルチーヌらに恋をするが、これらの女性たちはそれ自体ではなんの意味もない存在である。彼女らはただ単に、それぞれなんらかの形で語り手の一現実を指し示すところの「記号（signes）」にすぎないのである。

「わたしの愛は、アルベルチーヌに対する愛というよりも、わたしの内部にある愛だった。」（RTP, III, 557）（訳 XI, 294）

と語り手は述懐している。

恋愛は語り手にとって、内的な現実の一つなのであった。彼はそれを、自分の外部に探し求めるわけにいかない。真の現実が、われわれの眼に映る外的世界によって示されることはあり得ないからである。けれども、そうした認識に到達するためには、まずジルベルト、ゲルマント夫人、アルベルチーヌを、愛さなければならなかった。対象や経験は、それに絶望した後に、初めて自分自身の内部で、つまりは精神の内部で、これを掘り下げなければならないことが明らかになるのである。


「すべては精神のなかにあるのに、粗雑な誤った知覚のみが、それを対象のなかにおこうとするのである。」(RTP, III, 912)(訳 XII, 456)

真実が精神のなかにあることが明らかになった以上、プルーストは自分の外部に主人公を設定する必要もなかった。いっさいの現実が自分の内部にあると確信した彼は、自分の喜びや苦痛、ひと言で要約すれば自分自身の現実を描くことしかできないからである。かくて、主人公は同時に一人称の語り手でなければならなかった。

彼はこうして、ナルシスのように、自分の「わたし」の上に屈みこむのだが、その態度の底に認められるのは、固有の現実を通しての「わたし」の普遍性に対する信頼である。

プルーストは、ルネ・ブルム宛ての手紙でこう書いたことがある。

「この書物には、物語をする一人の人物、〈わたし〉と言う人物がいます。また他に大勢の人物も登場します。彼らは、第一巻からもう〈準備され〉ているのです。つまり第二巻では、読者が第一巻にもとづいて予期していることとは正反対のことをするようになるのです。[3]」(ルネ・ブルム宛て一九一三年二月二十四日づけの書簡)

いくらか無造作に書かれたこの言葉は、作品の形態を説明すると同時に、作者の思い描く人間の原型、普遍的で非人称的な、同時にプルーストでもあれば全人類でもある原型を、はっきりと表現している。他人を見誤る一人の「わたし」、自分固有のヴィジョンを通してでなければ外的な対象を見ることのできない「わたし」、それがプルーストであり、また彼の見るすべての人間のあり方だったのであろう。それがこの作品に一貫した中心の主題を構成するだろう。

けれども、もし人が他者の本質をとらえられず、ただそれを変形して自分の内部でなにがしかのイマージュを得るにすぎないとすれば、これは明らかにクルティウスの非難するあの「価値を廃絶する悪しき相対主義」に、「十九世紀末のあの精神的無秩序《アナーキー》」[4]に至る道であろう。ところがプルーストにとっては、書くということがただ自分を描くことを意味するのみではなかった。書くとは、悪しき相対主義に局限されている彼の「わたし」を逃れることでもあったのである。彼は、他者と自分を隔てているものを越えて、読者の役割を頼りに、逆に相対的な「わたし」から脱出しようとする。ここにプルーストの作品を支える第二の原理がある。

「芸術によってのみ、われわれは自分自身から逃れることができる。」（RTP, III, 895）（訳 XII, 423）

と彼は言う。「自分自身から逃れる」とは、この場合、他者の世界を知ることを意味しているが、それは同時に作品を媒介にした他者との意志疎通によって拾い上げられることも意味しているだろう。自分の「魂」や「祖国」の表現を、読者の側からなされる創造、読者による救済に、委ねることを指しているだろう。バンジャマン・クレミウは、「プルーストの作品の根底には、読書にかんする省察がある。『一冊の書物が、読者の魂や精神にいかに働きかけるか』という問に対する答えがある」と言っているが、[5] この言葉は実に的確にプルーストの思想を言いあてていると私は思う。

一つの作品は、ただ著者によって書かれるのみではなくて、同時に読者によっても作られるものだ。彼らは協力して、一冊の作品を完成するのである。読者というものが存在しなければ、著者は作品を書くいっさいの理由を喪失するだろう。したがってプルーストは、たしかに語り手という人間のなかに彼の「わたし」を提示しているのだけれども、しかしその創造を完成する役割は読者に委ねてしまうのである。その読者は、もし彼がプルーストを理解するなら、同時に自分自身をも理解することになるだろう。なぜなら第一に、人はなんらかの作品を理解するときに常に自分を創造しているからであり、また第二に、語り手は、万人の「わたし」に共通する一つの性格を備えているからである。プルーストが彼の主人公のために、ほぼ完全な無名性を確保しようとしたのは、そのためであった。

「一冊の書物というのは、広大な墓地である。そこにある大部分の墓石は、名前も消え去って、読むこともできないのだ。」(RTP, III, 903)(訳 XII, 439)

この言葉を書きつけたときに、彼は何よりもまず、名前も読めなくなった語り手の墓石を考えてはいなかったであろうか。その無名の墓石の上にこそ、作者と読者は出会うのである。

「本当の芸術の偉大さ、それはわれわれがそこから遠く離れたところで暮している現実を、再び見出し、とらえ直し、それをわれわれに知らしめるところにある。」(RTP, III, 895)(訳 XII, 422-423)

「自分の生命をとらえること、そして同時に他者の生命をとらえること。」(RTP, III, 895)(訳 XII, 423)

「実を言うと、ひとりひとりの読者は、本を読んでいるときに、自分自身の読者になっているのだ。作家の著書は、一種の光学器具のようなものにすぎない。作家がそれを読者にさし出すのは、この本がなければたぶん分らなかったと思われるような読者自身の内部にあるものを、読者に気づかせるためだ。本の語ることを読者が自分自身のうちに認めるのは、その本が真実であることの証拠である。またその逆も、ある程度までは少くとも同様であって、作者と読者の二つの文章のあいだに食い違いが生ずるのは、しばしば作家ではなくて、読者のせいに帰することができるのである。」(RTP, III, 911)(訳 XII, 453-454)

こうした引用はなお限りなく続けることができるが、ここに示されているような信頼や自負は、プルーストが読者との出会いを信じているところから来る。いわばわれわれ各人の持っている相対的な「わたし」を定義することによって、彼は絶対的な他者つまりは読者を見出すことになったのである。読者は、語り手の人生の軌跡を辿りながら、自分自身の人生を生きるであろうし、自分自身の「わたし」をとらえるだろう。自分自身をとらえること、読者に作者と同じような大きな役割を与えること、以上の二点が、プルーストの作品を支える核であると言っていい。そしてこの二つの原理の底には、他者の本質に入りこもうとするプルーストの強烈な欲望、ただ芸術のみによって満足させられるこの欲望が、常に存在していることになるだろう。

ルネ・ラルーはプルーストの示す姿勢のなかに、デカルト的な思想の崩壊を認めているが、にもかかわらず以上の検討から明らかなように、彼は『方法叙説』の哲学者の直系の子孫である。彼はまたこうして、無名の「わたし」を通じて読者に呼びかけ、読者に作品の運命を委ねることによって、現代文学の抱えている多くの問題に光をあてた。プレイヤード版で三〇〇〇ページに及ぶ『失われた時を求めて』は、近代の人間の持っている絶望的な孤独に抵抗しながら、作品を通して他者との絆を回復しようとしたプルーストの生涯の唯一可能な表現なのである。

コミックの誕生

一九六〇年

一

『失われた時を求めて』をひとまず書き上げたときに、プルーストは友人の詩人ノアイユ伯爵夫人に宛てた手紙のなかで、これが「ひと息に」完成したらしいことを匂わせている(1)。また別のところでも、彼はこれが厳格な統一と構成を持った作品であると何度も主張している(2)。ところがこの作品を詳しく検討してみると、プルーストの言う統一や構成は至るところで破綻しており、さまざまな矛盾のあることが暴露されるのである。その原因の一つは、おそらく作者独特の創作態度に求められよう。すでに一九一三年四月、プルーストは『スワン家の方へ』の最初の校正刷を前にして、友人のジャン＝ルイ・

ヴォードワイエに書き送っている。

「私がこれまで行なってきた訂正は（いつまでもこれが続くのでなければよいのですが）、訂正などと呼べるものではありません。最初のテクストは（もっともこれはすっかり別なテクストにおきかえられてしまっているのですけれど）、二十行に一行も残ってはおりません。それは抹消されてしまい、見出されるかぎりのすべての白い部分には訂正が書きこまれます。おまけに私は、上下左右のあらゆる場所に加筆の紙を貼りつけていくのです……(3)」

ここに語られている作者の校正ぶりは、実は彼の創作活動の重要な一部をなしていたのであった。そしてこれは、作者の死に至るまで十年近くのあいだつづくのである。この間にプルースト自身も変化したであろう。また当然作品は膨脹して、最初の構成も個々の場面も多くの変更を余儀なくされたにちがいない。もし「継起する自我」というプルーストの思想を借用すれば、一人の作者がこの大作を書いたのではなく、次々と大勢のプルーストがやって来て、作品のあちこちにその貢物をばらまいたとすら言えるくらいである。いわば作品は複数のプルーストの共同執筆の所産であって、構成や統一の破綻もそこから生れたと考えられる。したがって、『失われた時を求めて』という複雑な作品を解明するためには、この創作過程にあらわれる変化をいろいろな方法であとづけることが必要になるのである。

その仕事は、現在まで何人かの研究者によって試みられてきた。なかでもアルベール・フイユラは、一九一四年に刊行される予定であったグラッセ版第二篇の校正刷を発見し、これをガリマール版の第二、三篇と比較しながらその間の作者の変化を考察し、その結果を『マルセル・プルーストの小説作法』のなかに発表している(4)。このほかにも、プルーストの原稿や校正刷が断片的に発表されたこともあれば、限られた範囲でテクストの形成されていく諸段階が解明されたこともあるが(5)、それらと並んで、こうした形成過程をふまえつつ原資料を活用した画期的な出版として、一九五四年にピエール・クララックとアンドレ・フェレの手でプレイヤード版が作られたことは今さら言うまでもない。これは最初の批評版の試みで、それまでタイピストや校訂者の手で無惨に書きかえられたまま刊行されていた作品に大手術をほどこし、作者の自筆原稿と校正刷をもとに、数年間の困難な作業を経て、プルーストの志向したテクストを再現しようとしたものであった*(6)。

私は自分なりの関心から、作者がどのような過程を経てプレイヤード版の形態に到達したかを知るために、第五篇『囚われの女』の自筆原稿と、それをタイプしたものに加えられたさまざまな修正との比較を試みた。本稿で紹介したいと思うのは、そこから得られた結果の一端であるが、しかし本題に入る前に、こうした資料を扱って作品形成の過程を探ろうとする以上、それら資料の性質と、それがいつ書かれたかを確定しておくことが必要だろう。ところがこれが必ずしも容易な作業ではないのである。以下にまず、現段階において私に分るかぎりで、これらの資料の執筆時期を推定しておくことから始めよう。

二

そもそも『失われた時を求めて』の執筆はいつ開始されたのか。これについて明確に断定することは困難である。おそらくアンリ・ボネがその近著[7]のなかで推測しているごとく、一九〇九年夏のカブール滞在中に、『ル・フィガロ』紙主筆であるカルメットから小説を依頼されたということを契機に、当時執筆していた『反サント=ブーヴ論』が徐々に小説に変貌していったのであろうが、それでも同じころレーナルド・アーンに読んできかせた二〇〇ページの原稿や、翌年五月ごろ秘書にタイプさせた五〇〇ページの原稿の正体は、依然として不明である。

これに対して、『失われた時を求めて』を脱稿した時期はかなり明確である。一九一二年七月、作者はヴォードワイエ宛て書簡で、その小説が七〇〇ページ二冊本となる旨書き送っているからだ。少くともこのときまでに、『失われた時』の原初形態が完成していたことは、その年の秋から出版社を求めて奔走したさいに、友人たちに書き送った手紙によっても明らかである。しかしながら、われわれがとり上げる『囚われの女』は、この最初の『失われた時を求めて』のなかにまだ含まれていない。その誕生は、もう少し先のことになるのである。

よく知られているように、一九一三年十一月十四日に、いよいよ『失われた時を求めて』の第一篇『スワン家の方へ』がグラッセ書房から刊行されたとき、これは全三篇の小説となるはずで[8]、扉ページジにはその作品内容も予告された。そして第二篇『ゲルマントの方』の校正刷は、翌一九一四年六月六日から二十二日までのあいだに印刷されて、(9) 著者の最後の訂正を待つばかりになっていたのであるが、そのとき第一次大戦が勃発し（七月）、出版は中断されたのである。大戦中にプルーストは、第二篇以後のものに多くの加筆を行ない、小説のプラン自体を大きく変更した。こうして一九一八年に印刷されて、翌一九年に今度は出版社をガリマール書店に変えて刊行された第二篇は、もはや『ゲルマントの方』ではなくて、『花咲く乙女たちのかげに』と題されるものに変っていたのである。これはグラッセ版第二篇『ゲルマント』の前半と、同第三篇『見出された時』の冒頭の一章とが混合したものであって、戦前の一九一三年当時はまだ創造されていなかったアルベルチーヌ、あるいは当時まだほんの端役にすぎなかったアルベルチーヌが、大きく成長して『失われた時』後半をほとんど独占する主要な人物となっていくのは、このときからである。一方、グラッセ版第二篇『ゲルマント』の後半部分は加筆され、同三篇のある部分を加えて、ガリマール版では第三篇『ゲルマントの方I、II』（一九二〇、二一年刊）となって出版されたのであった。

ところでプルーストは、もとの出版者グラッセに宛てた一九一八年七月十八日づけの書簡で、こう書いている。

「『花咲く乙女たちのかげに』というのは、私の作品のある章の題名でした。それが分厚い一冊の本になるくらいに膨れ上ったのです。したがってそこでは、あなたのご存じない沢山のことをごらんになるでしょう。それから戦争勃発以来、二冊の『ソドムとゴモラ』が書かれましたし、その一部には戦争のことも書かれているのです。[10]」

ここに言う「戦争勃発以来書かれた」二冊とは、一九一九年の『花咲く乙女たちのかげに』の扉ページで予告される第四、第五篇のことで、それは『ソドムとゴモラI』、『ソドムとゴモラII——見出された時』と題されるはずだった（このときは全五篇の小説となる予定だったのである）。これは戦争中にプルーストが、まったく稿を改めて書き直したもので、二十冊の大判ノートに書かれている。現在われわれの知っている『囚われの女』の初稿が書かれたのは、このときであって、それは大判ノートの八、九、十、十一、十二冊目を占めているのである（口絵⑫）（この二十冊のノートが結局、第四篇『ソドムとゴモラ』、第五篇『囚われの女』、第六篇『逃げ去る女（消え去ったアルベルチーヌ）』、第七篇『見出された時』となって出版されたことは、言うまでもない）。

これら大判ノート全体の執筆時期については、戦争中という以外にこれを明確に知ることは不可能である。しかし、いま私がここでとり上げる第五篇『囚われの女』については、もう少し時期を限定することが可能であろう。そのために、私は次の二つの事実を指摘しておきたい。

（一）一九二五年十一月初め、プルーストはシェイケヴィッチ夫人に寄贈した『スワン家の方へ』に数ページに及ぶ長い献辞をつけ、そのなかで、『囚われの女』と『逃げ去る女』の筋を詳細に分析しながら、そこから多くの箇所を引用している。[11] このことは、当時プルーストがたとえこれらの章を完全に書き終えてはいなかったとしても、その大部分をすでに書き上げていたことを想定させるものである。

（二）一九一六年二月七日、プルーストはマリア・ド・マドラゾ夫人に手紙を書いて、デザイナー兼室内装飾家のマリアノ・フォルチュニのドレスについて、情報を求めている[12]。マリア・ド・マドラゾは、フォルチュニがヴェネチアにあるカルパッチオのいくつかの画布からヒントを得ている旨を答えたらしい。その数日後、プルーストは再び彼女に手紙を書いて、自分が「ライトモチーフ・フォルチュニ」を温めていることにふれ、「これはまだ充分に展開されていないけれども、きわめて重要なものになる」だろう、と言っている。ところで第五篇『囚われの女』のなかには、あちこちにフォルチュニについての言及があるが、草稿を調べてみると、それは明らかに、一旦出来上ったノート原稿にあとからつけ加えたものにすぎない。それに対して、第六篇『逃げ去る女』の末尾には、有名なヴェネチアにかんする一節があって、これは加筆でなく、もともとのノート原稿に属するものだが、そこにはまさにフォルチュニと、カルパッチオの二枚の絵（「カルザの職人」と「グラドの家長」）のことが語られているのである。したがってこの一節が、一九一六年二月のマリア・ド・マドラゾ夫人宛ての手紙よりあとで書かれたことは、疑いを容れない。おそらくプルーストは、この一節を書くために同夫人に意見を求めた後に、すでに書き上げていた『囚われの女』を見直して、ヴェネチアとフォルチュニの関係をいっそう際立たせるべく、あちこちにフォルチュニにかんする加筆をしたのであろう。

以上のことから、『囚われの女』の第一稿は一九一五年ごろに、そしてどんなにおそくても一九一六年二月以前に書かれていた、と推定することが許されよう。プルースト研究の現段階では、これ以上に限定された時期を発見することは困難であると思われる。

さて作者は二十冊のノートを草稿で埋めて、最後に「完」という文字を書きつけると、再びこれをとり上げて、あちらこちらに修正の筆を加えはじめる。それは多くの場合、削除よりは加筆であるが、このように第一稿と加筆部分とが雑然と同居しているノートについて、いちいちの文章の執筆時期を定めることは永久に不可能であろうから、『囚われの女』の形態を考えるときにも、われわれは大判ノートの自筆原稿をひとまとめにして、これを原型と見なすことにする。

しかしながら、これらノート原稿への加筆のほかにも、プルーストの行なった訂正が残されており、『囚われの女』より前の章では多くの場合、校正刷への書きこみがそうした修正の重要部分を占めていたのであった。ところが『囚われの女』には校正刷が存在していない。校正を行なう以前に、作者がとつぜん他界してしまったからである。その代りに、作者の手で重要な訂正がほどこされている四段階のタイプ原稿が残されており、それをプレイヤード版校訂者は、D_1、D_2、D_3、及びDと呼んでいる。そこで問題は、これらの修正が行なわれた時期を確定することであるが、プルーストの書簡を辿っていくと、その時期はかなり明確に、第四篇『ソドムとゴモラII』の刊行された一九二二年五月よりもあと、おそらく六月ごろから、彼の死に至る五カ月間と限定することができる。

というのは、一九二二年六月の終りごろ、ガストン・ガリマール宛ての手紙のなかで、プルーストがこう記しているからだ。

「この巻と、次の巻との原稿は、まさしく私の手許にあります。いや、もっと正確に言えば、それらの完全なタイプ原稿が（それから手書きの原稿も）手許にあります。というのは、覚えておいでalong でしょうが、そのためにあらかじめタイピストを雇っていたからです。もっとも、このタイプ原稿の至るところで私は書き加えを行なって、すべてを変えてしまうのですけれども、こうした訂正の作業はやっと始まったばかりにすぎません。(13)」

これは『囚われの女』のことなのである。つまりこの時期に、タイプ原稿の訂正はようやく開始されたのであった。

同年九月三日、プルーストは、同じくガリマール宛てに書いている。

「私には、やるべき仕事が沢山あります。というのも、お分りにならないかもしれませんが、余りひどい本をあなたにお任せしたくないと気を使っているからです。私は『囚われの女』の三度目の見直しを始めたところです。(14)」

さらに、書簡研究家のフィリップ・コルブが、一九二二年十一月初めのものとしている短い手紙のなかで、プルーストはやはりガリマール宛てに次のように書く。

「『囚われの女』のために、根をつめて仕事をしていました(この巻の準備はもうできています。と言っても、読み直しをしてもらう準備ができているという意味です――一番よいのは、そちらで初校のゲラ刷を作らせて下さって、それを私が直すことでしょう)。ただこのように根をつめたので、それもこの数日はおそろしい状態でそれをしていたので、残りの巻のことは遠い話になってしまいました。けれども三日も休息すれば大丈夫でしょう。[15]」

三日の休息では、もちろん足りなかった。というのもプルーストは、この短い手紙を書いてから十日ほど経った一九二二年十一月十八日に、もう息を引き取っていたからである。このようにプルーストの書簡は、『囚われの女』への加筆が彼の生涯の最後の五、六カ月に行なわれたこと、それがいわば彼の絶筆になったことを、明確に物語っているのである。

以上を整理すると、次のような諸段階が明らかになる。

(一)『失われた時を求めて』脱稿(一九一二年)。三巻本として、そのうちの第一巻のみグラッセ書房から刊行(一九一三年)。

(二)一九一四年以後、作品の大改変に移る(とくに「囚われの女」であるアルベルチーヌの導入のため)。まずグラッセ版を拡大して、第二篇『花咲く乙女たちのかげに』、第三篇『ゲルマントの方』を製作する。

（三）二十冊の大判ノート原稿（第四篇以下）を新たに執筆する。現在の『囚われの女』（一九一六年二月以前に第一稿完成）は、このとき初めて文字にされた。

（四）ノート原稿をもとにした四種類のタイプ原稿への加筆訂正（一九二二年六月から十一月まで）。

この四種類のタイプ原稿は、プレイヤード版校訂者によって、D_1、D_2、D_3、D、と呼ばれているが、それは次のようなものである。

D_1——プレイヤード版第三巻冒頭の数ページ。大判ノートの自筆原稿をタイプによりコピーし、それに訂正を加えたもの。

D_2——同第三巻一一五ページまでに当る。ノート原稿とD_1とにもとづいたタイプ原稿で、プルーストの手で厖大な加筆訂正がほどこされている（口絵⑬）。

D_3——同七三ページまで。D_2をタイプして、プルーストが訂正を加えたもの。

D——プレイヤード版第三巻一一五ページ以後、『囚われの女』の終りまでに至る約三〇〇ページ分のタイプ原稿。ノートの自筆原稿をコピーしたもので、それに大雑把な訂正が加えられている。

幸いにして、これら資料の所有者であるマント＝プルースト夫人の好意によって、私には大判ノートのマイクロフィルム（ガリマール書店に保管されていた）と、D_2とを、詳しく検討する機会が与えられた。D_3以下はすべてプレイヤード版に収録されているから、私は少くとも、同版で『囚われの女』冒頭の一〇〇ページ余りに当る部分については、三種類のテクストを参照し得たわけである。以下にその検討から判明したプルーストの創作態度について、問題を限定して述べてみたい。

三

わずか一〇〇ページ余りとはいえ、ノート原稿とタイプ原稿の比較からは、実にさまざまな事実が明らかになるが、ここでは検討の対象をたった一つの側面に限定する。すなわち、プルーストにおける滑稽さ（コミック）と、それをめぐるいくつかの問題である。ここで言うコミックとは、単に笑いをそそるものというほどの意味であるが、しかしそこにもすでに二つの面を識別することができる。一方では作者が、現実ないしは想像のある情景に滑稽味を覚えてそれを言語化するという、創作過程に見出される作者自身の笑いであり、他方ではそのように作り出された情景を読みながら、読者の側がそこに見出すコミックである。われわれはまず読者として、『囚われの女』に見られる滑稽な場面を検討した後に、その場面を作り出した作者の内面を考えてみることにしたい。

だがそもそも、プルーストはコミックな作家なのであろうか。少くとも最近まで、少数の例外を除いて、この側面が一般に批評家たちから閑却されていたことは事実である[16]。しかしながら少し注意深く読めば、この小説の随所に読者は思いがけぬ滑稽な場面を発見することができる。たとえば第一篇『スワン家の方へ』から、われわれはすでにルグランダンにかんする次のような描写にぶつかる。バルベックの風景の美しさを讃美した彼に、語り手の父親が、

「よくバルベックのことをご存じですね、あちらの方にお友だちでもおありですか？」

と尋ねたのに対する彼の答え。

「微笑を浮かべたルグランダンの視線は、最後の絶望的な足掻きで、愛情と曖昧さと誠実と放心との頂点に到達したけれども、しかしきっともう答える以外に術がないと思ったのだろう、彼はわれわれにこう言った。

――到るところに私は友だちを持っておりますよ。傷ついてはいるがまだ完全に倒れきってはいない木々の群が、互いに身を寄せあい、自分たちに同情してくれないむごい空に向かって、胸を打つ執拗さで哀願しているところでありさえすれば。」（RTP, I, 131）（訳 I, 283-284）

語り手の父親が、「私の言いたいのはそういうことじゃない」と言って、さらに追及すると、ルグランダンは答える。

「――あそこでもどこでも同じこと。私はだれでも知っているが、だれひとり知らないのです（……）。知合いの物は沢山あるが、人間はほんの少ししか知りません。けれどもあそこに行きますと、物それ自体が人間のように見えます。たぐい稀な人間、きめ細かな本質の、人生に裏切ら

れた人間のように。」（RTP, I, 131-132）（訳 I, 284）

この訳の分らぬ返事は、彼がバルベックにいる妹の存在を知られたくないために、じたばたしていることを示している。スノブの印象を与えはしまいかと極端に恐れるルグランダンにとって、この土地に地方貴族に嫁いだ妹がいると告白し、紹介状を書かされ、こうして自分の庶民的なつきあいが社交界に知れることとは、どうしても避けなければならない。そこに彼のスノビスムがあり、この一節の持つおかしさがある。

また「侯爵夫人（la marquise）」と呼ばれる公衆便所の管理人を描いた場面のコミックは余りに有名である。

「――お入りにならない？　ここはぴかぴかになっていますよ。あなたなら無料《ただ》にしてあげるわ。」（RTP, I, 492）（訳 III, 143）

彼女は客を選び、自分が番をする便所を「サロン」と呼び、客の持ってくる花で飾りたてる。そして語り手は、一度もリラや薔薇の花を持って行ったことがなかったので、「さげすまれ」はしないかと「顔を赤らめる」（RTP, II, 310）（訳 V, 639）。この一節のコミックは、公衆便所と、華美な貴族のサロンという、両極端の対比にあり、しかもその両者に共通する精神構造にある。

あるいはまた、重要な作中人物であるスワンの口調や、その皮肉な機智が微笑を誘う。美術に造詣の深い彼に対して、美術のまるで分らぬゲルマント公爵は、自分の所蔵する「ベラスケス」を示して鑑定を迫る。しかしスワンは言葉を濁してなかなか答えない。無理に問いつめられて、口ごもりながら否定すると、公爵は、

「――いったい、あなたなら誰の作になさいますか?

スワンはその絵を前にして一瞬ためらったが、彼がそれをひどい愚作と思っているのは明らかに見てとれた。『きっと、へそ曲りの作でしょう。』」(RTP, II, 580)(訳 VI, 570)

これらの場面のおかしさは、いずれも作中人物の描写のおかしさである。むろんコミックとはなんらかの形で人間にかかわるものであろうから、それは当然のことだが、一方『失われた時を求めて』全体を貫く作者の意図を考えると、そこには微塵もこのような要素の入りこむ隙間はなさそうに見える。それはある意味で悲劇的な作品であり、またほとんど哲学的な作品となるはずであった。作者はこれを「ベルクソン的小説」と呼ぶのをためらわない。また、「時間をとり出そうとした」とか、「無意志的記憶と意志的記憶の区別の上に成立つ」小説というように、確固たる理論にもとづいて書かれた作品のごとくにこれを説明しているくらいである。(17)

時間と記憶の問題がプルーストにとって創作の重大な意味を作っていたことは真実であろうし、そ

のことについてはこれまで、シャルル・ブロンデルをはじめ多くの人びとが盛んに意見を発表してもきた。しかしまた、出来上った作品は、しばしば作者自身の意図を裏切ったり、作者にも思いがけぬものを生み出したりするもので、そこに創作という行為の深い秘密もあるのだ。『失われた時を求めて』の場合も同様で、創作の過程でプルースト特有のコミックが少しずつ形成されていき、それはある意味で、プルーストの小説理論以上に明快に、彼の創作態度をわれわれに知らせてくれるものなのである。

『囚われの女』の各段階における原稿訂正を調べてみると、われわれはコミックが具体的にどのように作られていったかを知ることができる。ひと口に言うなら、作中人物のコミックな言動は、しばしば加筆部分にあらわれる。それに反して、訂正のさいに削除された部分では、コミックな描写は皆無である。この対照は余りに際立っているので、ほとんどプルーストが読者を笑わせるために、故意にコミックな描写をつけ加えたのではないかと疑われるほどである。

その最もよい例は、ゲルマント公爵夫人の肖像に加えられた訂正である。周知のごとく、第三篇『ゲルマントの方』で語り手の憧憬の対象であった彼女の魅力は、物語の進行とともに徐々に色褪せていったはずであるが、大判ノートの初稿で見るかぎり彼女は相変らず「雲に包まれた（ennuagée）」ように優雅な存在で、「以前まだわたしが愛していたときよりももっと気持のよい」人物に見えるのであった（大判ノート第八冊二四ページ）。プルーストはいささか仰々しい表現をふんだんに用いて、彼女の美しさを讃美する。ところがD_2、D_3における加筆は、まず彼女の発音の滑稽さを書き写すことによっ

て、その肖像に大きな変化を加える。たとえば、

「セ・ル……イ・エオン・ル……ブ・フレール・ア・ロエール（C'est l'…i Eon, l… b… frère à Roert）。」（RTP, III, 36）（訳 IX, 70）

これはほとんど翻訳不可能だが、実は、「あれはレオンくん、ロベールの義理の兄弟に当る人です（C'est le petit Léon, le beau-frère à Robert）」の意味なのである。同様に、固有名詞の Fitz-Jammes を Fitt-jam と発音し、Frohsdorf を Frochedorf のように発音するゲルマント公爵夫人の癖も、D_3で初めてあらわれたものだが、これはノートの初稿にすでにあらわれていた彼女の口癖とは、やや性格を異にするものと言わねばならない。すなわち草稿では、ふつう「en réalité（実際は）」と言うときに、「au fait」と言い、「en particulier（とくに）」の代りに「singulièrement」、「frappé de stupeur（愕然とした）」の代りに「étonné」と言う彼女の癖は、「純粋な語彙（un vocabulaire pur）」の実例として、同夫人の「栄光（glorification）」にひと役買っているのに、加筆された部分の例は単にひどく変った発音の仕方として、微笑を誘うものとして描かれているにすぎない。

D_2の三九ページには、長い紙を貼って新たな挿話がつけ加えられているが、そこでのゲルマント夫人は、いっそうコミックな人物としてあらわれる（プレイヤード版の III, 38-42 に当る）（訳 IX, 72-83）。彼女はある夜会で着ていた衣裳について語り手にたずねられたときに、その衣裳のことは覚え

ているが夜会のことはすっかり忘れてしまい、そこにショースピエール夫人がいたことも、どうしても思い出せないと主張する。ところでこの婦人の夫であるショースピエール氏は、ジョッキー・クラブの会長選挙のさいに、当然選ばれるべきゲルマント公爵を押しのけて会長になってしまった人である。そしてゲルマント夫人がこの夜会を記憶していないのは、まさにそこにショースピエール夫人がいたからなのである。ショースピエールという名前はジョッキー・クラブの会長選挙と結びついて彼女を苛立たせる。彼女はそれを忘れたいと思い、そして本当に忘れてしまうのだ。これは一種の意識的な忘却であり、そこにいあわせた少々ぼんやりしたブレオーテ氏が、「よく分らぬ連想」で、夜会衣裳からとつぜんドレーフュス事件を思い出す一種の無意識的記憶と好対照をなしてコミックを完成する。すなわち、ゲルマント公爵が選挙に敗れた原因は、夫人が「ドレーフュス派」であるという噂を広く流されたためで、それがブレオーテの連想（夜会→ショースピエール→ジョッキー・クラブの会長選挙→ドレーフュス事件）を作っていたのである。

「ブレオーテ氏は何か言おうとして、自分でもよく分らぬ曖昧な連想から、すぼめた口の先の方で舌を動かしながら次のように切り出したとき、ひどい仕打ちを蒙った。『ドレーフュス事件については……』（だが、なぜドレーフュス事件なのか？　ただ赤いドレスの話をしていただけなのに……）」（RTP, III, 40）（訳 IX, 79）

もちろんゲルマント夫人の側でも、ドレーフュス事件→ジョッキー・クラブという観念連鎖が直ちにでき上る。彼女が、「げんなり（embbaitée）」だとか、「ばかげている」などと、ほとんど口汚いくらいの調子でブレオーテに答えるのはそのためだ。

以上で分る通り、この加筆部分でのゲルマント夫人の意識的忘却と無意識の連想とは、夫の選挙の失敗によって名誉を傷つけられた上流婦人の見栄に原因するが、ジョッキー・クラブの会長という地位は社交界に占めるゲルマント家の地位から見てとるに足りないものである上、彼女と夫の関係はかなり冷やかなものであったはずだから、この見栄はいっそう滑稽なものになる。一方、ノートの初稿の段階では、このような戯画はいっさい見られない。そして現在プレイヤード版に見られる彼女への讃辞は、すべて初稿で書かれたものなのである。

それゆえ、最終稿まで残されたゲルマント夫人の肖像には、二人の人物が含まれていると言えよう。初稿のプルーストの筆に成る讃美の対象としての夫人と、D_2、D_3のコミックな彼女とである。一方は誇張された語を連ねた描写で、以前にサロン情景をスケッチした当時のプルーストを思わせる文体を持ち、他方はむしろ簡潔に事実を伝えながら、皮肉な笑いを含んでいる。そしておそらく作者自身にも、二人の異った人物の存在は奇妙なものに見えたのだろう。彼はD_2、D_3で、ときには初稿の文章を書き直し、また彼女にささげた讃辞の多くを削除して、ゲルマント夫人の統一をとり戻そうとしている。削除の二、三の例を挙げておこう。

「彼女を訪問するたびごとに、彼女がその身を包んであらわれる衣裳は、別なものではあり得ないかのようだった。それは一つの好みを持つ人の最高の思いつきによって決定されており、気紛れそのもののなかにおいても、至高の法則に従っているのだった。」（D_2にて削除）

「同様に、もっと晴れ上ってはいても、まだ肌寒さを覚えるような早春に、公爵夫人は、肩の開いたドレスが凍るような四月には寒すぎるので、それまでわたしの見たこともなかったような青い絹のヴェールをその肩の上に羽織ることがあったが、そんなときにわたしの覚える喜びは、風が森を吹き抜けて行くようなきびしい天気の日に、いま咲きだしたばかりの菫がびっしりと敷物状になっているのを見つける喜びと同じものだった。」（D_3にて削除）

このような削除がある一方で、新たにつけ加えられた文章は、公爵夫人のエレガントな衣裳を描いて詩的なイメージをかきたてるどころか、遠慮会釈もなく、彼女が自覚していない心の動きを分析して暴き出している。その結果ゲルマント公爵夫人は、醜いとはいえないまでも、甚だ滑稽な姿をさらすことになる。これがほぼすべての作中人物の肖像に加えられる修正の傾向なのである。

四

彼女の夫のゲルマント公爵は、初稿では『囚われの女』冒頭の一〇〇ページにいっさい登場せず、D_2での加筆で初めてあらわれて、それが最終稿まで残るのだが、この加筆はことごとくがカリカチュアである。彼は上述したように、夫人がドレーフュス派だと言われたために、保守的なジョッキー・クラブの会長になれなかった。そしてそれ以来、人がドレーフュス事件の話をしただけで激昂するようになる。

「……ドレーフュスの名前を聞いただけでゲルマント公爵のユピテルさながらに傲慢な眉はさっと曇った。」(RTP, III, 40)（訳 IX, 79）

彼の憤激は反ユダヤ主義にまで発展していくが、それを述べる際にも作者は、公爵のでたらめな言葉づかいを戯画化するのを忘れない。これはプルーストの常套手段なのである。

「アルフォンス・ロトシルド家のやつらはね、そりゃたしかにあの忌わしい事件については巧妙にもけっしてふれようとしないけれども、ユダヤ人ですからねえ、心の底ではドレーフュス派ですよ。対人論証《アド・ホミネム》ってのはこのことだが（公爵は対人論証《アド・ホミネム》という表現をいささかでたらめに使うのだった）、ユダヤ人のいんちきを暴くためにこれをもっと活用しなければいけない。」（RTP, III, 41）（訳 IX, 81）

ゲルマント公爵はまた、ドレーフュス事件が「多くの不幸」を生んだと言うが、彼はたった一つの「不幸」、すなわち選挙の失敗をしか感じていないのだ（RTP, III, 40）（訳 IX, 78-79）。彼が「恐ろしい影響」と言うときも、ただショースピエールの当選のみを考えているのである（RTP, III, 42）（訳 IX, 79）。

このD$_2$の加筆に対して、D$_3$ではさらに別なゲルマント公爵の口癖がつけ加えられて、その戯画を完成する。それはジョッキー・クラブの会長選挙以来、人がドレーフュスの話をすると、たちまち彼の口から「まさしく（bel et bien）」という言葉がとび出して来ることである。

「ドレーフュス事件、ドレーフュス事件と簡単におっしゃるが、この言葉は適切じゃありませんね。これは宗教的事件じゃあない。まさしく政治的事件なんだ。」（RTP, III, 40）（訳 IX, 78）

「あの恐ろしい犯罪は単なるユダヤ人問題じゃなくて、まさしく国家的な一大事件なんだからね。」（RTP, III, 42）（訳 IX, 82）

この陳腐な表現は、それ自体ではなんの意味もないが、プルーストの筆にかかると、ゲルマント公爵の傷つけられた虚栄心を戯画化するための、実に恰好な道具となる。その結果、D_2、D_3で書かれた『囚われの女』冒頭の彼の横顔は、滑稽な、ほとんど一個の俗物と言ってもよいようなものになるのだが、それに対して『囚われの女』以後の篇においても、初稿であらわれる彼の描写はむしろ好意的なものである。こうしてゲルマント公爵も、最終的には複数の顔を持つことになったのである。

五

以上の例に見られるコミックは、プルーストの作品の持つ笑いの本質である。すなわち改稿を重ね、加筆すればするほど、作者の眼はますます皮肉を帯び、その分析はひたすら人間の弱点を暴くことになる。たとえばアンドレ(「花咲く乙女たち」の一人)の場合、他人から讃辞を浴びせられたときの彼女の表情を描いているもともと滑稽な一節に、D_2で次の句がつけ加えられている。

「彼女はわたしから視線をそらすが、急にまんまるくなったその両の眼は宙に笑いかけている。」(RTP, III, 62)(訳 IX, 121)

具体的な表現の持つおかしさが、他人の讃辞に容易に動かされる若い娘の虚栄心を巧みにえぐり出してはいないだろうか。

また外交官のノルポワについては、かつて自分の予言したドイツとフランスの同盟が、一向に結ばれる気配もないので、一心に予言を取消そうとするさまがD_2でつけ加えられ、さらにD_3では見事な戯画となる。彼は言う、

「そりゃおかしい。私には全然記憶がないんですがねえ。第一、私の言いそうなことではありませんな、それは。こういった話のときは私はいつも甚だ口数の少い方でしてね(……)。そりゃたしかに遠い将来には独仏の接近が行なわれるかもしれませんし、そうなれば両国にとって甚だ好都合でしょうねえ。フランスも損な商売はしますまい。私はそう思っておる。が、だんじてこのことをしゃべったわけではありませんぞ。まだ機は熟しておらんのですから。」(RTP, III, 38)(訳IX, 75)

もちろんノルポワは、かつてうっかりそれを予言したことがあるのだ。しかし彼が今それを否定したとしても、「嘘をついた」のではなく、「ただ忘れてしまった」のだとプルーストは皮肉に言う。これもやはりゲルマント夫人と同じく、意識的忘却である。人は都合の悪いことを忘れる。それは、ときにはスノビスムのため、ときには虚栄心のためであろう。だがまた場合によっては、一つの環境に

属する人間の共通の性格のせいでもある。たとえば社交界の人間にかんするD_3の次の加筆——。

「社交界の人びとに至っては、ほとんど何も覚えていはしないのである。」（RTP, III, 39）（訳 IX, 76）

訂正にあらわれたもので見るかぎり、社交界の人びとに対するプルーストの態度は、きわめて辛辣である。ここに引用した彼らの「健忘症」は、彼らが「深くものを考えず」、「猿真似」ばかりするからだと作者は言う。たとえばゲルマント公爵夫人の発音を聞くと、彼らはたちまち「しおらしい従順さ」（RTP, III, 36）（訳 IX, 69）を発揮して、同じように「Fitt-jam」、「Frochedorf」と言うようになるのである。

例を挙げればきりがないが、これでもう充分だろう。以上に述べた訂正の内容がわれわれに教えるのは、作中人物が初稿からD_2、D_3へと進むに従って、目に見えてコミックな側面をつけ加えていくという事実である。もちろん、このような滑稽な場面は初稿でも皆無だったというわけではないが、それでもなお訂正のさいのこの顕著な特徴を否定することはできない。しかもその笑いはきわめて皮肉なものであって、単純なユーモアではない。作中人物は、それぞれ滑稽な（ときには残酷な）訂正や加筆を蒙り、わずかな心の動きや動作の秘密も暴露される。人びとの会話が、とりわけ彼らのスノビスムが、プルーストの皮肉な眼に好個の目標を提供する。こうして作者は、訂正を重ねるごとにますます作中人物の憐れむべき姿を発見し、憐憫をこめ（また情熱をこめ）てそれを暴きたてるとともに、他方では初稿のいささか表面的で不当な讃辞を次々と削除する。ここに見られるプルーストの笑いは、何よりもカリカチュリストの笑いである。*(18)

これは死の直前のプルーストにあらわれた一傾向であろうか。だがわれわれは、アルベール・フイユラがその著『マルセル・プルーストの小説作法』のなかで、ほぼ同様な結論に到達していることに驚かされるのだ。さきに説明したように、彼はグラッセ版第二篇の校正刷と、ガリマール決定版との比較を試みたが、その結論として、決定版のゲルマント公爵夫人にかんして次のように書いている。

「結局のところゲルマント公爵夫人は、その行為の一つ一つによって、語り手に軽薄さの観念を与え、それが彼女をまさにシャルリュス氏の、またゲルマント家のすべての人たちの同類たらしめる。(19)」

またゲルマント公爵については、もともとコミックな人物であったのが、修正によって「俗悪な（vulgaire）」人間になったと彼は指摘するが、これは『囚われの女』における「まさしく（bel et bien）」という例の口癖をわれわれに想起させる。(20)

ノルポワについても事情は同じである。プルーストがガリマール版でこの人物の「滑稽な点（ridicules）」を強調し、とくにその演説口調のしゃべり方や、陳腐な諺を引用して表現を豊かにしたと信じこむ愚かさを俎上にしていることを、フイユラは報告しているのである。[21]

これらの指摘は、今までわれわれが検討してきた『囚われの女』の諸段階に見られる傾向と奇妙に一致している。ただしフイユラがこれら訂正の根本原因と考えている作者プルーストの変化については、私は若干の異論をさしはさまないわけにはいかない。だが、それを述べる前に、これまで故意にふれなかったアルベルチーヌと、それに関連した問題とに、D_2、D_3でどのような変更が加えられたかを、簡単に考察する必要がある。

六

アルベルチーヌは「囚われの女」そのものであり、したがってこの第五篇の文字通り中心人物である。それればかりか『失われた時』全体を通じて彼女が演じている役割は、この上なく重要かつ決定的である。しかし、アルベルチーヌは決して最初の構想からこのように準備され配置されていたわけではない。グラッセ版第二巻の校正刷には、ただの一度もアルベルチーヌの名が見当らないことを、フイユラも指摘している。それにもかかわらず、フイユラはグラッセ版最終巻（第三巻）の形態を想定するさいに、現行の『囚われの女』に当るような語り手とアルベルチーヌの同棲生活が、すでに一九一二年の原稿にざっと書かれていたはずだと言っている。[22]この想像はいささか意外であり、むしろ反対に、彼女はグラッセ版以後（すなわち第一次大戦勃発後）に創造され、ないしはそのころに急に重要人物に膨れ上り、彼女を中心とする物語が余りに拡大されて重い意味を持ってしまったために、作品全体の構成も崩れて、プルーストはついに二十冊のノート原稿を新たに執筆するに至ったと推測する方が妥当ではないだろうか。

おそらくフイユラは、発表されなかったグラッセ版第三巻が、現行の第四篇『ソドムとゴモラ』から第七篇『見出された時』までに至る部分の原型であると考えたために、アルベルチーヌをめぐるこの部分の重要な主題を、グラッセ版にも或る形で想定せずにはいられなかったのだろう。しかしこの推論の根拠が、私にはさっぱり分らない。だいたいプルーストは、一つのテーマのために、必ず前の章で周到な準備をしておくのが普通である（たとえば、第一篇にちらりとシャルリュスを登場させているように）。また、原稿に新しく一つのテーマを導入するときは、できるかぎり前の章に戻ってあちこちに手を加え、気づかれないように準備して、あらかじめそこから生ずる矛盾を除いておくのが彼の方法である。したがって、ガリマール版で「花咲く乙女」のテーマを第二篇に移し、アルベルチーヌの姿をそのあちこちに挿入し、彼女がゴモラの女である可能性と矛盾しないように、ヴァントゥイユ嬢の友だちと親しかったことを暗示するような伏線まで設けたときこそ、「囚われの女」のテーマが決定された時期ではないだろうか。

何はともあれ、現在知り得る『囚われの女』の原初形態が、戦争中に、ただし一九一六年二月以前に書かれたノート原稿であることはすでに述べた。とすれば、現在われわれの知るようなアルベルチーヌが誕生したのも、そのころということになるだろう。このことは、ロベール・ヴィニュロンの詳しく伝えているプルーストの秘書アゴスティネリの事故死（一九一四年五月十三日）を、われわれに思い出させずにはおかない[23]。プルーストが寵愛したこの元運転手は、一九一三年ごろプルーストの許で秘書として働いていたが、飛行士を志して「逃亡」し、南仏のアンティーブ沖で訓練中に事故のため急死する。この事件は不思議なことに、アルベルチーヌの「逃亡」と事故死（落馬）にそのまま重なっている。いったい、これは単なる偶然であろうか。それともアルベルチーヌは、彼自身同性愛者であったプルーストにとって、アゴスティネリの思い出から生れた人物であろうか。いずれにせよこの事件からプルーストが受けた苦しみの体験は、一九一四年以後の彼の創作に貴重な寄与をしたにちがいない。

さてアルベルチーヌがその本質的な性格として、語り手の眼を通してのみ観察され解釈されていることは、とくに注目されねばならない。彼女は自分に固有の独立した生命を持っていないのである。それゆえ、ここにほどこされた訂正のあとを検討する場合にも、加筆が語り手の心の動きと切り離し得ない関係におかれていることをわれわれは念頭においておく必要がある。

先に見たように、作中人物の口にする言葉はたえずプルーストの関心の的であった。またそれがこの小説のコミックな側面を生む源泉の一つにもなっていた。この事情は、「囚われの女」についても同じである。すでに第三篇の『ゲルマントの方』以来、作者は彼女の語彙がその内的発展と対応していることを示していたが（RTP, II, 350-358）（訳 VI, 95-111）、そのとき例に挙げられたのは、「しばしのあいだ（un laps de temps）」、「わたし、困ってしまうわ（je suis confuse）」、「あの人の顔はルージュでべたべたよ（elle a un *pied de rouge* sur sa figure）」、「わたしの感じでは（à mon sens）」、「ムスメ（mousmé）」などであった。『囚われの女』の初稿に手を入れるさいにも、プルーストは、「すごいことだと思うわ（je trouve ça formidable）」とか、「まるで豚が書いたみたい（c'est écrit comme par un cochon）」といった彼女の言葉を、成長を示すしるしとして書き加えているが、とりわけ彼女の口癖である「本当？（C'est vrai?）」という言葉は、D_2とD_3の加筆部分で奇妙な分析の対象となった。一見平凡なこの言葉も、語り手の解釈によれば、「物事を自分で判断できない人間」という印象を与えると同時に、他方では、ごく幼いころから早熟なアルベルチーヌが、言寄る男たちの大げさな讃辞に対して、「あだっぽくなびくような謙虚さ」をこめて、「本当？」と答えた名残りにちがいない、ということになるのである。たとえば、「あなたのようにきれいな人は見たことがない」――「本当？」といったやりとりのように。

　こういう解釈の面白さは、プルーストの小説の与える快楽の一つである。それは、平凡な言葉が思いがけない分析によって唐突に一つの限定された意味づけをされるところから来るが、とくに一方で嫉妬に狂う語り手の姿を想像しながら、彼とアルベルチーヌの次のような会話に出会うと、おかしさは頂点に達する。

「きみは一時間以上も眠ったんだよ。――本当？」（RTP, III, 21）（訳 IX, 43）

このごく日常的なやりとりのなかに、語り手の嫉妬が戯画化されていると言ってもよいだろう。

嫉妬については、すでにノート原稿からかなり詳しい考察が加えられている。プルーストは嫉妬を、「疑惑」と「不完全な知識」によるとしているが、D_2、D_3ではそこに疑惑を滑稽なものとする次の言葉が書き加えられているのを見落すわけにいかない。

「この言葉について、また自分の記憶の正確さについて、わたしたちの心にはおのずと一つの疑惑が生れ、その疑惑はちょうどある種のいらいらした精神状態のときに、果して自分が閂をさしたのかどうか、五十度繰り返しても最初のときと同様にあやふやであるような、そんな疑惑によく似ていると思われる。いわば無限に一つの行為を繰り返してみても、わたしたちを疑惑から解放してくれる明確な記憶は絶対に生れて来ないのである。これがドアなら五十一回目に閉め直すこともできるだろう。ところが……」（RTP, III, 61）（訳 IX, 119）

比喩はもとより、「解放してくれる記憶（souvenir libérateur）」などの語に含まれた一種のユーモアが、深刻であるはずの疑惑から深刻さを一掃して、むしろこれをばかげたものに見せるのに役立っている。ほんの些細なことが疑いを惹き起すに足りるのである。通りがかりの女を眺めるという恋人の動作は、相手が昔知っていたゴモラの女ではないかと思わせて語り手を苦しめ、また恋人がそちらを見ない場合にも、やはり昔馴染であるためことさら眼を向けないのではないかという疑惑をそそる。そのような加筆の一例。

「通りがかりのあの女を『なぜ見たのか』ときくのさえむずかしいのに、『なぜあの娘を見なかったのか』ときくのはいっそう困難である。」(RTP, III, 89)(訳 IX, 170)

さて、嫉妬や疑惑がこのように戯画化されていくのと同時に、D_2、D_3では「囚われの女」のもう一つの特徴であるペシミスティックな色彩が強調され、それはまず第一に語り手の気持の変化、とくに喜びの喪失と倦怠とを描く無数の加筆のなかにあらわれる。D_2の七ページ目には、ノート原稿をそのまま写したタイプ原稿で、「世帯を持つことについては、アルベルチーヌに決定的なことを言わないようにと、かねてから母に言われていた」と記されているが、それに書き加えてプルーストは、

「わたし自身結婚のことを考えるのがますます堪えがたくなっていたのである。」(RTP, III, 14)(訳 IX, 29)

と、語り手の気持を断定的に語っている。

このように語り手の心がアルベルチーヌから離れてしまったことを示す加筆は数限りないが、今はもう一例だけ挙げておこう。

「わたしはアルベルチーヌにまるで恋してはいなかったし、二人で過ごす時を楽しみのなかに数えようともしなかったが……」（RTP, III, 21）（訳 IX, 43）

しかし、印象的なのは、このように語り手の愛情を否定する記述が数多くつけ加えられたということだけではない。それと反比例して、ノートの自筆原稿で愛情や喜びを語ったかなりの部分が削除され、あるいは訂正を受けて、嫉妬と苦痛のみが肥大していく、という事実である。自筆原稿で、

「わたしは彼女に恋し、かつ嫉妬していた」
——……j'étais *amoureux et jaloux* d'elle.

となっていたものが、D_3で直されて、

「わたしは彼女に嫉妬していた」
——……j'étais *jaloux* d'elle.

となった例もある（RTP, III, 58）（訳 IX, 112）。わずか一語の削除にすぎないが、この訂正は、D_2、D_3の方向を要約しているように見える。

タイプ原稿への修正が示しているのは、それだけにとどまらない。以上の傾向と並んで顕著なことは、プルーストが修正を通して、一種の普遍的な法則へと徐々に近づいて行くことであり、その過程をわれわれは、D_2、D_3によって辿ることができる。とくに右に述べた二人の愛情の変質と破綻は、愛の対象が複数に分解していくという形で定式化される。たとえば、眠りこんだアルベルチーヌを語り手が眺める有名な部分では、D_2で次のような言葉がつけ加えられて、この分解を要約する。

「わたしには、たった一人の少女ではなくて、無数の少女を所有しているように思われた。」(RTP, III, 72)(訳 IX, 139)

恋人はたえず変貌して、語り手を裏切るのであり、少女Aと思ってとらえてみれば、すでにAは逃亡して、目の前にいるのは少女Bに変っている。こうした観察は、たしかに自筆原稿でも多少は書かれていたけれども、これを「逃亡する存在(êtres de fuite)」という形でくっきりと際立たせたのは、D_2のプルーストである。事実、D_2の九六ページには、何枚もつぎ足した紙の上に長い長い一節が書き加えられているが、そこには次のような表現が読みとれる。

「このような人たちは、たとえあなたの手のなかに抱かれていても逃亡する存在だ。」(RTP, III, 92)(訳 IX, 175)

「肉体の覆いの下に多くの隠れた存在が（……）入れかわり立ちかわりあらわれる大群集以上の存在が、うごめいているような少女、わたしはアルベルチーヌがそんな少女であることを見抜いていたのではなかったろうか。」（RTP, III, 94）（訳 IX, 179）

こうした存在の心のなかには秘密の計画がひそんでいることを、D_2への加筆は詳細に語っている。語り手は、アルベルチーヌがそこへ行こうと「執念深く欲し」ている逢引の場所を決して知り得ないだろうと感じるのである。

この「逃亡する存在」とは、『失われた時を求めて』第六篇の題名として、プルーストが考えた「逃げ去る女（La Fugitive）」のことである。プルーストはこれを「囚われの女（La Prisonnière）」に対立する語として考えたのだが、たまたま同名の翻訳書がこのころ出版されたので、これを思いとどまったのであった。[24] ところで大判ノートの自筆原稿の段階では、この二つの題名はまだあらわれておらず、わずかに『ソドムとゴモラI』、『ソドムとゴモラII――見出された時』という題名のみが書かれていた[*25]（これは一九一八年刊行のガリマール版第二篇に発表された続刊予告に符合する）。「囚われの女」は、タイプ原稿においてようやく題名としてあらわれたにすぎない（口絵⑬）。すなわちプルーストは、一九二二年になってはじめてこの題を（したがって「逃げ去る女」を）考えたのであり、それは「逃亡する存在」が加筆部分で明記されていく時期におよそ重なるのである。その加筆部分に見られる次の文章も、この事情を語っている。

「むろんわたしたちの言う逃亡する存在（êtres de fuite）は、とうていものにできそうもないと思われる相手なら、投獄された人たち（êtres en prison）であれ、囚われた女たち（femmes captives）であれ、そのまま当てはまる。」（RTP, III, 93）（訳 IX, 178）

対照は鮮明であって、説明の必要もない。だがまた加筆部分によれば、一面において、「逃亡する存在」を作るのは語り手自身でもある。すなわちごく些細な疑いが、彼に相手の「逃亡」を信じさせるのである。たとえば来るべきはずの手紙がおくれると、それだけで人はもう不安になる。そしてプルーストは、人が一般に愛と信じるのはこの不安にすぎないと言う。あるいは、愛とは「われわれの悲しみの函数」にすぎない、と言うのである（RTP, III, 93）（訳 IX, 176-177）。

同じような加筆は他にも数多い。たとえばD_2の六一ページに長い紙をはりつけて記された文章の一節がある。

「またアルベルチーヌにせよ、アンドレにせよ、その実体は何なのか。それを知るには、乙女たちよ、きみらを固定してしまう必要があるだろう。たえず他人になり変わるきみたちへの不断の期待のなかに生きることをやめる必要があるだろう。」（RTP, III, 64）（訳 IX, 125）

彼女らの姿は目まぐるしく変貌する。こうして、「固定された本性」と考えられていたものは、不安のなかで粉々にされ、恋人は「沢山の断片」（RTP, III, 91）（訳 IX, 174）でできた絶対にとらえられないものに変えられてしまう。その「本性」を回復し、他者を固定するのは、われわれの「無関心」であると、D2六一ページの長い加筆のなかでプルーストは言っている。すなわち、

「わたしたちの無関心は彼女らの不動の状態を作り出し、こうして彼女らを精神の判断に委ねることになるだろう。」（RTP, III, 66）（訳 IX, 128）

けれども、無関心のなかで作用する「知性の判断」も所詮は「偽り」にすぎず、そこから生れる人間の「本性」とは、「言葉の便宜のため」に作られた虚構にすぎない、とも彼はつけ加えている（RTP, III, 65）（訳 IX, 126）。人を愛しても愛さなくても、結局は他者をとらえることができないというプルーストの加筆は、『囚われの女』に描かれた人間関係をいっそう悲観的なものにしていると言ってよいだろう。

七

以上の検討からわれわれは、「囚われの女」の主題にかんする訂正に、いくつかの方向を認めることができる。まず第一に、他の作中人物の場合と同じく、この主題もはっきりとコミックな性格を帯びてきたこと、第二にそれが語り手の心情、とくにその疑惑や嫉妬の、戯画を作っていること、第三に、愛や人間関係にかんするペシミスムが色濃くあらわれたこと、第四に、「逃亡する存在」のような考え方が、普遍的なものとして強調されたこと、である。こうした傾向は、ノート原稿の段階でも萌芽が認められたが、D_2、D_3の訂正加筆のさいにとくに大きく浮かび上って作者の関心をとらえ、強調され、逆に他のテーマは小さく霞んでいき、こうして『囚われの女』前半の方向づけが行なわれたことは、否定できないのである。

ところで、さきにふれたアルベール・フイユラの研究を見ると、グラッセ版第二篇の校正刷からガリマール版第二篇の刊行までのあいだに、語り手とスワンの娘ジルベルトとの恋物語がどのように拡大変化していったかを、われわれはほぼ正確につかむことができる。そしてこの発展は、「囚われの女」の主題に加えられた変更と、多くの点で一致することが分るのである。グラッセ版で約二〇ページにすぎなかった語り手とジルベルトの挿話は、ガリマール版では四倍の長さに拡大され、同時に主として嫉妬、忘却、苦痛、その鎮静などのテーマが書き加えられる。その一方でジルベルトの肖像には、余り好意的でない記述がつけ加えられていく。さらにフイユラは、その著書の第一部結論において、一般的な特徴として、暗い人生観、幸福への絶望、ペシミスム、作中人物の価値の低下などが、ガリマール版で新たにつけ加えられたことを挙げている。またグラッセ版第三巻の形態を推測するという作業にとりかかる前に、彼は一九一二年以前と以後のプルーストを区別するものとして文体の差を挙げ、一九一二年まではただ感覚と印象のみを中心にして受動的にイメージを作っているのに対し、一九一二年以後はすすんで作中人物を創造し、直接読者に語りかけ、抽象的な言葉も恐れずに用いる、という意味のことを述べている。[26] ところがフイユラの指摘するこれらの特徴は、『囚われの女』の原稿訂正に見られるものと、まさに同じ傾向をはっきり示しているのである。

その傾向はどこから来るのか。フイユラはこれを漠然と、作者の年齢や体験の差に帰しているもののようである。フイユラはプルーストが一九〇五年から『失われた時』の創作にとりかかったと信じていたようだが、その一九〇五年から一九二二年の死に至る十七年間に、作者の変化しなかったはずはないというのが、彼の主張である。たしかに戦争や、フェヌロンだのカイヤヴェだののような親しい友人たちの死や、アゴスティネリの「逃亡」と事故死などが、プルーストになんらかの影響を与えなかったはずはないだろう。それにもかかわらず、プルーストの体験や成長のみがこうした作品の変化の決定的な原因だったと考えることに、私は抵抗を覚えるのである。

その理由は至って簡単である。プルーストはおそらく一九一四年に作品を大幅に変更して、グラッセ版第二巻及び第三巻の一部からガリマール版の第二篇『花咲く乙女たちのかげに』と第三篇『ゲルマントの方』を作ったわけだが、われわれが『囚われの女』の初稿と見なした大判ノートの原稿は、その作業のあとで初めて書かれたものであり（だからこそノートでは第四篇『ソドムとゴモラ』から書きはじめているのである）、しかもここにも一九一二年以前の草稿を訂正するのと同じ方法で訂正が行なわれているからである。この事実は、次のような推定を可能にする。すなわちグラッセ版とガリマール版の比較を通してフイユラの明らかにした多くの問題は、単に戦争を境とする人間プルーストの変化のみに起因するのではなくて、第一稿から種々の訂正を経て第二、第三稿へと移行する過程で、必ずあらわれる現象ではなかったろうか、という推定である。これらの訂正につぐ訂正は、プルーストが『失われた時を求めて』の作家へと変身するための日々の糧ではなかったろうか。ここにこそ、彼の創作活動の秘密があり、また彼の作品に見られるあの混乱や、読者を戸惑わせる独特の文体や、複雑な視角の原因があったのではないか、と私は考えるのである。

八

ルイ・マルタン＝ショフィエは、そのすぐれた論文「プルーストと四人の人物の二重の《私》」[27]において、別の観点からこの問題の核心にふれている。彼の論文の基礎となるのは、プルーストに二人の人物がひそんでいるという着眼である。すなわち、生活し、体験し、その体験を素材として提供するマルセル・プルーストと、その素材を構成し、虚構を作り上げる作家プルーストとである。これはまた『失われた時を求めて』の主人公と、語り手とにも、そのまま当てはまる図式であって、マルタン＝ショフィエは一見回想録のような形態を備えた『失われた時を求めて』が、実は回想録とほど遠い巨大なフィクションであることを見抜き、その構造をプルースト及び作中の「わたし」という人物に探ったのであるが、そのかぎりにおいて彼の洞察は非常に鋭いものがある。ただし、作家プルーストが何の障害もなしに一気に形成されたと考えてはならないだろう。おそらく何人もの作家がいたのであり、あるいは一人のプルーストを形成するいくつもの段階があったと考えるべきだろう。

第一稿を執筆するためにプルーストが大判ノートの第一ページ目を開いたとき、彼はたしかに、『失われた時』を書きついでいく一作家として、白い紙に向かったのであろう。彼は、もう一人のプルースト——すなわち社交界に足しげく通い、常軌を逸した額を費して豪華な晩餐会を開き、歯の浮くような手紙を友人たちに書き送り、名声に憧れ、しかも一方では同性との秘かな関係を育む倒錯者であったプルースト——の体験と観察を、作家として、作中の語り手に分ち与えたのである。しかし作家となったプルーストが、人間プルーストと肉体的に切り離されたわけではないから、彼は創作の合間に再び社交的な手紙を書き、株を買い、サロンに出入りすることもあったのである。このような作家と人間の二重性は、プルーストの場合とくに顕著である。少くとも、伝説的になったコルク張りの部屋の孤独は作家プルーストのみのものであり、社交界での彼は、たとえ内に作家の眼、作家の意識を潜めていたにしても、社交そのものにやはり激しい興味を覚えていたことは疑えない。

この実生活のプルーストは、彼の大勢の友人たちと同じように、『失われた時』のモデルの一人となった。それは彼が作品の「わたし」であるという意味ではない。プルーストのモデルは複雑をきわめており、一人の作中人物に数人のモデルのいるのが普通だが、逆に一人の実在の人物が数人の作中人物のモデルになったと思われる場合も少くない。主人公であり語り手である「わたし」が、プルーストの分身であるのは当然だが、われわれは同時にスワンやシャルリュスやブロックのなかにも、なんらかの点でプルーストの面影を認めないわけにはいかないのである。

ところでこの作品を成立させているこうしたモデルたちも、第一稿ではしばしば作家プルーストによって充分に消化されることなく、いわば作家から独立したそれ自身の存在を保っているように見える場合がある。そして本稿の冒頭に書いたように、プルーストが「ひと息に」二十冊のノートを書き上げたときも、これらのモデルたちや、あるいはプルーストがどこかで耳にした会話の断片などが、作家の再創造を充分に経ないまま作品にあらわれて来るのにわれわれは気づくのである。もちろんプルーストは、最初から「厳格な構成」を樹てた上で作品を開始したにはちがいない。しかしその構成の上に立ってまず仕事にとりかかるのは、まだ回想録作家から完全に抜けきっていないプルーストであった。その証拠に、たとえば大判ノートのある一節で、語り手がゲルマント公爵夫人に彼女の衣裳の「飾り紐」、「ボタン」、「衿飾り」についてたずねる箇所があるが（八冊目二六ページ）、作者はそこに次のような覚え書をつけている。

「これらの語は、スワン夫人の衣裳の描写に使用したので、ここには記さないこと。」

そして事実われわれは、戦後に刊行された『花咲く乙女たちのかげに』のなかでのスワン夫人の衣裳の描写に、これらの語が用いられているのを発見する（RTP, I, 619-620）（訳 III, 407-410）。そればかりか、大判ノートの同じ二六ページの原稿では、ゲルマント公爵夫人とスワン夫人を作者自身が混同する、といったことすら起きている。すなわち、プルーストはこう書いているのだ。

「……わたしはゲルマント夫人を質問攻めにした、『それで、なんという名前でしたっけ、あの飾り紐は（これらの語は、スワン夫人の衣裳の描写に使用したので、ここには記さないこと）、あのボタン、あの衿飾りは？』そうわたしは夫人にたずねるのであった。あたかも分類さえすれば魅力の秘密が明らかになるのだとつい信じこんでしまいがちなわれわれが、一人の音楽家に向かって、あのようなフィナーレ、走句《トレー》、アルペジオは、なんという名前でしたっけと、たずねるようなものだ。するとスワン夫人は答えるのだった、『だって、あれはボタン、飾り紐、衿飾りというものじゃありませんか。』ちょうど音楽家が『だって、あれはフィナーレ、走句《トレー》、アルペジオというものじゃありませんか』と言うように。」（傍点筆者）

この混同は、プルーストがこれを書きながら、虚構のゲルマント夫人をくっきりと想像の対象にとらえてはいないということを示している。むしろ彼は、サロンの一隅かなにかで耳にしたやりとりを、そのまま使ってみたくて仕方がないのであり、そうしたやりとりの言葉がそれ自身独立したモデルのように、この場面を形成していると考えられる。プルーストはただその言葉を書き写しただけで、作家の果した役割は微小なものだった。だから当然のことながら、この一節はD_2で削除されることになったのである。

この例にあらわれているごとく、プルーストの第一稿は、人間プルーストの体験の諸断片にそのまま深く影響されている。ジードの表現を借りれば、そこに見られるのは、「ヴェルデュラン家の方」風の作家である。[28] たとえば私が先にふれたゲルマント夫人への誇張された讃辞は、社交界に出入りするプルースト自身の口調をそのまままわれわれに想像させるようなものと言うこともできよう。

しかし第一稿を書き終えて、作中人物が不完全ながらも定着されると、今度はその人物たちがいわば素材となる。誰かれの影を落した人物ではなくて、一人のゲルマント夫人、一人のシャルリュス、あるいは一人の「わたし」が存在を開始する。そしてこの瞬間から作家プルーストが日常生活の体験を離れて、その小説とともに自らの生を営みはじめる。彼は、自分の手で作られたゲルマント夫人やシャルリュスや「わたし」の言葉を聞き、その行動を観察し、隠れた原因について考察する。彼はこのとき、実生活で知りあった人たち、かつて作中人物のモデルになった友人たちに、ほとんど拘束を覚えることもなく、自分が彼らから完全に解放されていることを知っていたのであろう。一方、作中人物に対しても、彼はまったく自由な存在である。なぜなら、ゲルマント夫人やアルベルチーヌは、作中の主人公「わたし」の友人ないしは恋人であっても、作者とはなんの面識もないからである。

このように解放されて、真の孤独を、つまり他人に対する絶対の自由を、意識したときに、プルーストは初めて本格的にコミックに目を開かれたのではないか。たしかに、あるものを滑稽であると見なして笑うのは、それを対象視することを含んでいるから、作者プルーストが作中の「わたし」に密着しているかぎり、真のコミックの発見は容易でなかったであろう。ちょうど社交生活を続ける人間プルーストにとって、社交界を完全に蔑視することは不可能であるように。それが可能になるのは、彼が作家になるときである。「囚われの女」が人間プルーストの秘密を作っていた「囚われの男」から解放され、「逃亡する存在」がアンティーブ沖で飛行機事故のために死んだ元秘書アゴスティネリから解放されるのも、このときである。そうなってはじめてプルーストは、作中人物の虚栄やスノビスムを存分に笑うことができるし、また愛には（とくに嫉妬には）必ず一種の滑稽さがつきまとうこと、実人生において他者の実体を知るという人びとの単純な確信が神話にすぎないことを、悟るのである。いわばプルーストは、作家になることによって自由を獲得した人間であった。

だから創作過程でますます強化されていくプルーストのコミックやカリカチュアは、そのペシミスムと同様に、彼が作家に形成されていくしるしなのだ。それを証明するかのように、原稿に手を入れていくあいだに、ときおり作中の「わたし」とは別個の作者がちらちらと加筆部分に顔を出すのを、われわれは目撃する。(29) たとえば、

「ジュピヤンの店に話をもどすに先立ち、作者としては、このように奇妙な描写が読者に万一不

快感を与えるとしたらまことに残念であるということを、是非申し述べておきたい。」（RTP, III, 46）（訳 IX, 91）

「口がきけるようになると、彼女は『あたしの』とか、『あたしの大事な』とか言って、その後にわたしの洗礼名のどれかをつけるのであったが、もしこの本の作者と同じ名前を語り手に与えたとしたら、それは『あたしのマルセル』、『あたしの大事なマルセル』ということになっただろう。」（RTP, III, 75）（訳 IX, 144）

たしかにここに見られる作家の介入は、決してすぐれた結果を生んでいるとは言えない。しかしそれは、金持の遊民が一人の作家へと形成されていく過程の一段階を示しているのである。

プルーストは、第一稿から第二稿、第三稿へと、たえず形成されていく作家である。彼を特徴づけているのは、このたえず形成されていくということにほかならない。彼は常に途上にある。その彼が志向するのは、実生活のなかにはその場所を与えられていない一人の作家、すなわち「別の自分」である。

「（……）一冊の書物は、われわれが自分たちの習慣や、社会（社交界）や、自分たちの悪徳のなかで表わしている自我とは、別な自我の産物である。この自我をもし理解しようと試みるつもりなら、われわれは自分自身の内部でその自我を再創造するべくつとめることによって、われわれ自身の根底においてそれに到達することができるだろう。」（CSB, 221-222）

「別な自我」に到達する過程は、困難をきわめたものだった。彼はそれと気づかずに、文字通り「別な自分」を「再創造」していたのだが、それは単に『失われた時』に書かれたような特権的瞬間の啓示によって一気にそうなるのではなく、自筆ないしはタイプの原稿や校正刷と向きあって、そこにさまざまな修正の筆を加えることによってであった。われわれが現在、彼の作品に認めることのできる多くの矛盾や混乱は、「再創造」のための模索や格闘をそのまま露呈したものと言うことができる。プルーストは作品のなかでこの「再創造」の過程を描こうとしながら、実は自分自身の「再創造」をそのまま投げ出しているのである。

そのような「別の自分」すなわち作家とは、いったい何者なのか。それはどこに存在し得るのか。もしわれわれが常識的に実人生と考えているものを現実と呼ぶならば、いま述べたような作家は架空の存在と言うべきかもしれない。だがまた「架空」とはこの場合なにを指すのか。とくにプルーストのような（また多くの作家のような）実人生を主題とする作家とは何者なのであろうか。これは虚構の、したがって文学の、根本命題であり、書くという行為の倫理や責任の問題であろうが、このことは『囚われの女』を離れて、一般的な形で考察する必要がありそうだ。そうした問題を未解決で残したまま、本稿は一応ここで終りたいと思う。

Ⅱ　実人生と作品

イサクと父親

一九七八年

一

これから私はさまざまな機会に、作家マルセル・プルーストを形成した諸局面を明らかにしながら、彼の全体を理解するという一連の作業にとりかかってみたいと思う。本稿はその手始めとして、まずプルーストと父親の関係を考察する過程で気づいた若干の問題点を、ごく走り書き風に記録することを目的にしたものである。

ところで〝エクリチュール〟だの〝テクスト〟だのということが盛んに語られる現在にあって、私が敢てこのようなテーマを選ぶためには、いくつかの前提が必要であった。その第一は、すぐれた作品はすべてを表現することを目指しているはずだという、いわば確信である。ここに言うすべてとは、一つの時代全体を独自な形で生きる世界内存在としての一作家の最も本質的なものという意味であって、それ以上のことを指すわけではない。これを仮に一人の作家の全体性と呼ぶならば、ではそのような全体性に到達することがわれわれにとって果して可能なのであろうか。このことが、直ちに次の問題となって現れてくるはずである。このような問いは、たぶん未だかつて解答の与えられていないものだと私は思う。だがたとえその全体性に到達することは不可能であろうとも、おそらくさまざまな方法を用いて、かつ大胆に想像に頼ることによって、無限にそれに近づくことは可能であろう。可能であるだけではない。読者ないしは研究者の側からの接近の企てがない限り、その全体性は決して姿を現わさぬばかりか、おそらくは存在さえしないことになるだろうというのが、私の第二の前提である。そしてこの二つの前提は、とりわけ現在のようにアンガージュマンの可能性が極めて限定された時代、この甚だぶよぶよした時代に曲りなりにも文学研究の緊張を維持するために、私には欠くことのできぬものである。

　さらに第三の前提として、私はプルースト研究の特殊性ということを挙げておかなければならない。プルーストという不思議な作家は、彼自身の生涯の「象徴的物語」でもあれば、「創造的自伝」[1]でもあるところの『失われた時を求めて』という一篇の作品を書くために、その一生を費した人物であった。彼にあっては、『楽しみと日々』（一八九六年刊）や『ジャン・サントゥイユ』（一八九五年ごろから一九〇〇年ごろにかけて執筆され、放棄された長篇小説）に始まる一切の習作が、また彼の軽薄な社交生活から奇怪な形に倒錯した性生活に至るまでの実人生のすべてが、挙げて一篇の巨大な作品の成立に寄与している。彼はことごとくをそこにこめたのであり、作品を通して彼の全体を実現することをきわめて意識的に目指したのであった。すでに『ジャン・サントゥイユ』の冒頭でも彼は書いている。

「この書物を小説と呼べるであろうか？　おそらくこれは小説以下のものだが、またはるかに小説以上のものでもあり、私の人生が流れていくあの引裂かれた時間のなかで、何もそこに加えることなく摘みとられた私の人生の本質そのものである。」（JS, 181）

そのとき以来、彼は、「一人の作家の実人生と彼の作品、現実と芸術、あるいはむしろ実人生の外観と、その人生の持続的な根底をなしていて芸術によって引出された現実そのもの、そういったもののあいだに存在するひそかな関係と必然的な変貌」（JS, 190）にきわめて自覚的だった。『失われた時を求めて』は、こうした自覚の上に成立している。言いかえれば、彼のいわゆる「実人生」と『失われた時を求めて』とは、甚だ微妙にまた密接にからみあっていると考えることができるのである。

とはいえ私は、『失われた時を求めて』に語られている個々の事実が、そのまま作者の実際の経験に対応しているなどと言うつもりはない。ただ私は、彼が作品にすべてを、つまりはその人生の本質をこめようと意識的につとめた以上、その作品の記述は実生活のプルーストをも照らし出すはずだと思うし、また逆に彼の実人生の真相を探り、またはそれを再構成することは、彼の残した唯一の作品を理解する上で不可欠とは言えぬまでも、確実に有効な手段であろうと想定する。要するに、彼の人生と作品とのこの上もなく緊密に生きられた関係は、その秘密を解いてみたいという誘惑を私に覚えさせるのである。

以下の記述は、少くとも右のことを前提として、その誘惑にかられて行なった考察の一端であることを、まずあらかじめお断りしておきたい。

二

それにしても、なぜ父親なのか。精神分析的方法の問題点がいろいろと指摘されている現在でも、私は依然として一個の人間の形成の上で幼年期に出会う他者は決定的な役割を演じていると思うからであり、かつマルセル・プルーストの場合はとくに家族の重大性を鋭く意識して、それを作品化した作家と考えられるからである。もっともプルーストの形成に及ぼした家族の影響と言うならば、真先きに頭に浮かぶのは母親であろうし、また二歳年下の弟ロベールの存在も見逃せないはずである。けれどもこのような小論では、とうてい複雑をきわめた母と子の関係を扱うわけにはいかないし、ロベールについてはすでに私自身が短い文章でふれたことがある（「不在の弟」）。余り語られることのないプルーストと父親というテーマに本稿を限定した所以である。

そこでマルセル・プルーストの父アドリヤン・プルーストであるが、彼は大聖堂で名高いシャルトルのすぐ近くにある極めて保守的で敬虔な田舎町イリエで一八三四年に生れ、まずシャルトルの中学で給費生になり、ついでパリに出て来て医学を修め、後には衛生学の権威と見なされ、パリ大学医学部教授や衛生局総裁の地位に就いたりした高名な学者であって、一九〇三年十一月二十六日にパリで死んだ人物である。

その父の死の直後、マルセル・プルーストは女流詩人アンナ・ド・ノアイユ宛ての手紙で書いた。

「私は父を満足させようとは思いませんでした――自分が常に父の人生の黒点であったことは、よく分っているからです――。ただ私は父に愛情を示そうとはつとめていました。(2)」

ここに言う「黒点」とは、むろん不吉な点、かげりを帯びた点、ということであろう。しかし表面的にはこの父子の関係はきわめて良好であったし、それればかりか父親は興に乗ると、「マルセルは将来きっとアカデミー会員になるだろう」と口走ったといわれている。(3) 医者の立場でプルーストの小伝を書いたロベール・スーポーに至っては、マルセル・プルーストの心やさしさ、躾のよさ、明晰さのために、父親に対してほとんど反抗らしいものもなかったと主張しているくらいである。(4) にもかかわらずマルセルが、自分を父の「黒点」と見なしたのは、もしそれが単なる外交辞令でなかったとすればなぜなのか。そのことをわれわれはまず一つの疑問として押えておきたい。

実を言えばこの父子の関係は、決して容易なものでも平穏なものでもなかった。あらゆる父と子の関係には隠れた確執がつきものだが、アドリヤン―マルセルの場合にはとくに母を奪うものとしての父親に対する子供の側からの暗黙の激しい敵意があり、また父は子供にとって、有無を言わせず恣意的に己れの意志を強制する人物に見えていたのであった。またマルセルはいわば父のイデオロギーを通して、〝家〟の重圧を感じていたのでもある。(5) そうした父に対する複雑な感情が、彼を創作行為に向かわせる深い動機の一つとなっていたろうことは、ほぼ間違いのないところである。

そのような想像を許すものは何か。そうした趣旨のいくつかの証言もないではないが(6)、それ以上に「象徴的物語」「創造的自伝」としての彼の作品であり、またそこに影を落している作者の父親の存在である。いわば作品自体が現実のプルーストと父親の関係を暗示していると同時に、彼が作家として自己を形成する上で父親が不可欠な存在の一つであったことを証言していると私は考える。

われわれはまず、現実のプルーストと多くの点で重ね合わせて考えることのできる『失われた時を求めて』の語り手の、その父親の存在に、また彼が作品冒頭の挿話のなかで果している役割に注目しよう。

周知のように『失われた時を求めて』の冒頭には、語り手の幼年期における就寝の悲劇の長い描写がある。すなわち母親から就寝前の接吻をしてもらわなければ眠ることができないという、神経質な少年の悲歎が克明に書きこまれている部分であって、作者プルースト自身も母親に対するこのような甘えを生涯持ちつづけた人間であることは、『母との書簡』(7) が語る通りである。ところで『失われた時を求めて』の少年は、来客に妨げられて母が「お寝《やす》み」の挨拶に来てくれなかったのを悲しむ余り、夜おそく二階に上って来る母親をつかまえて接吻を得ようと廊下に待伏せているところを、母親ばかりか父親にも発見されてしまう。この甘ったれた行為は、当然のことながらきびしく叱責され、少年には手痛い罰が待っているはずであった。ところがわが子の苦悩を見てとった父親は母親に向かって、ひと晩だけ子供の部屋で一緒に寝てやるようにと、思いもかけぬ命令を発するのである。そしてこれが『失われた時を求めて』の語り手の生涯を貫く重大な事件を構成することとなる。というのも、そのときまで少年は、母を求める苦悩の責任が自分にあるのだと感じており、意志の力によってその悲しみを克服することが要請されていると信じこんでいたのに、今や少年の余りの苦しみを見かねた父親によって、「初めてぼくの悲しみは、もう罰すべき過ちではなくて、意志ではどうにもならない病気であると公に認められたのである。ぼくには責任のない神経の状態だと見なされたのである」(RTP, I, 38)(訳 I, 95)。

言うまでもなく、この挿話のなかで作者が暗示しているのは、母親に対する不倫の感情である。この点についてプルーストの記述には疑いをさしはさむ余地がない。なぜなら彼は「母の意志を弛緩させ理性を屈伏させることに成功した」と書き、「この夜は新たな時代の始まりで、悲しい日付として残るだろう」と言い、さらに「一旦悪がなされてしまった以上は……」とまで記しているからである(RTP, I, 38)(訳 I, 96)。それはともかくとして、そのように母親を少年の共犯者たらしめるきっかけを作った父親についていては、語り手の言葉は甚だ意地の悪いものである。彼はまず「父は〈原則〉に拘泥しない人間だったし、また〈人権〉なども父の目には存在しなかったから、母や祖母が与えてくれたもっと広い協約に基づいて許可されていることも、始終ぼくに拒否するのであった」(RTP, I, 36)(訳 I, 91)と言う。したがって、「父のぼくに対するやり方は、このような恩恵によって示される場合であっても、どこか気紛れで不当な性格を備えていて、それが特徴になっていた」(RTP, I, 37)(訳 I, 94)。こうして無原則、無定見でありながら、母と子の運命を勝手気ままに左右する父親を、プルーストは次のように意味深い比喩で描いたのであった。

「父は相変らず眼の前にいる、大きな身体を白い部屋着にくるみ(……)、スワン氏がぼくにくれたベノッツォ・ゴッツォリの複製のアブラハムが、その妻サラに向かって、イサクの傍から身を離せと告げるときのあの身振りをしながら。(8)」(RTP, I, 36-37)(訳 I, 93)

プルーストならびに『失われた時を求めて』の語り手は、明らかにここで父親のうちに旧約のアブラハムの姿を見ている。神の命に従って、一旦はわが子イサクを燔祭にささげた後に、再び神の命で彼を解放するあのアブラハムである。それと同様にこの父親も、一旦わが子から母親を引離した後に、不意に再び母親をわが子の許に送り返して、イサク=語り手から永久に乳離れの可能性を絶ち、「悪」のきっかけを作ったのであった。

重要なことはこのドラマにおいて、アブラハムが常に主体であり、イサクは常に客体だということである。アブラハム＝父親を促すのが信仰であれ、あるいは単なる気紛れであれ、彼の行為はぎりぎりのところ彼自身の選択にかかっている。ところがイサク＝息子にとっては、燔祭のたきぎの上に縛りつけられるのも、また不意にその戒めを解かれるのも、一切は他者の手で進められるのであって、イサクの力はそこではゼロに等しい。彼の生殺与奪の権をにぎっているのは父であり、神である。彼の運命は到底その手の及ばぬところにあり、彼は他者の意志で左右される対象物にすぎない。イサク＝語り手の場合も同様であって、彼から母を奪うのも、また彼に母を返して二人の共犯関係を準備するのも、すべて他者の仕業である。そればかりではない。彼にとっては自分自身さえもが、他者のごとくに映っているのだ。それというのも、彼の悲歎は彼の体質や神経や「病気」のもたらしたものであって、彼のせいではないことにされているからである。*(9) 要するに、病気や体質は他者としての彼を形作っているのであり、それが〝許される〟ということの意味なのだ。すなわち許されるとは語り手にとって、二重の意味で他者に支配されることにほかならない。

ところでプルーストがその創造的自伝の冒頭にこの経験を据えている以上、彼の生涯の発端にあるのもおそらくこの他者化の経験であっただろう。私はそれがほぼ七歳のころに起こったものであろうと推定している。*(10) 少くとも、プルーストはその年齢のころに、なんらかの事件によって深く印づけられたはずであり、そのために、永久に乳離れすることのない病弱な子供として固定されたのであった。またそれ以後は、堪えがたい苦悩をいくぶんでも軽減するために、悪と知りつつ、母を共犯として病弱な子供を演じつづけることを余儀なくされたのであった。その事件が作品に書かれた通りに進行したのかどうか、それを知る手段はわれわれにはない。しかしほぼ確実に言えることは、その事件が家族のなかで起こり、そこでは父親が一個の他者として君臨していたことだろう。その事情を私は以下に探ってみなければならない。

三

このことを考える上で、マルセル・プルーストの父アドリヤンが武骨な野心家であり、上述の通り医学を足場にして一直線にまた着実に出世街道を歩みつづけた人物であったことを見逃してはならないだろう。彼は田舎町イリエのしがない雑貨屋の倅であって、姉が一人いたほかに兄弟はなく、したがって一家の期待はこの成績のよい息子にかかっていたろうと思われる。聖職者になることをすすめる両親を振り切って、彼はプルースト家で初めてこの町を離れる人物となり、医学を武器としてパリに攻上るのであるが、すでに『赤と黒』の時代は遠く過去っていた以上、この選択は賢明なものだったと言わなければなるまい。果して医学は彼のために確実に上昇を保証したのであった。博士号を、ついで大学教授資格を取得し、次々と論文を発表し、とくに有効なコレラ対策を提唱して注目され、やがて衛生学の権威として何度も国際会議や諸外国での調査に政府から派遣され、ついにレジオン・ドヌール勲章五等佩綬者となったのが一八七〇年、その結婚のひと月前のことである。

もっとも彼が出世の手段としてのみ医学を選んだという証拠はどこにもない。ただ彼が当時の支配的風潮に機敏に同調できる人物だったことは、ほぼ明らかである。しばしば引かれる「エジプトはコレラに対抗するためのヨーロッパの防壁と見なされるべきである」という彼の言葉も（『コレラからの欧州防衛』[11]）、今日であればその感覚を疑われるところであろうが、当時はおそらく時流に先んじたものであったろうし、また彼の仕事が広く認められるようになってからは、その周辺にたえず政府関係者や高級官僚の姿が見られたことも知られているところである（マルセル・プルーストが、『ジャン・サントゥイユ』でも『失われた時を求めて』においても、主人公の父親を外務省あるいは内務省の高級官僚に仕立てており、またそうした役人たちの作る世界を痛烈な皮肉の対象にしていることをここで想起しておこう）。外務大臣をつとめたガブリエル・アノトーともアドリヤン・プルーストは親しかった[12]。またこのプルースト博士の葬儀には、元首相のジュール・メリーヌが自ら参列しており[13]、このことから推しても彼が有力者と深いつながりを持っていたことが推測されよう。こうした人物であるから、パリ大学教授や衛生局総裁になっただけでは満足せず、医学アカデミーのメンバーとなった後に、今度は人文・社会科学アカデミーの席を狙ってあれこれ画策しはじめたとしても不思議はない。マルセル・プルーストから母親宛ての書簡の一つには、無駄に終ることになる父親のこの無邪気な試みを、家族全体が熟知していたことを示す一節がある[14]。「マルセルはアカデミー会員になるだろう」という表現が誰かの創作だったとしても、まことにこの父親ならではの言葉と言うべきであろう。

このアドリヤン・プルーストが、後にマルセルを生むことになる金持ちのユダヤ人の美しい娘と結婚するについては、彼自身の内部から、またはその周辺や身内の人々から、なんらかの抵抗がなかったであろうか。何も抵抗のなかったはずはあるまいと思われるが、残念ながらそれを知る手がかりはない。おそらく医学によって培われたアドリヤンの合理主義が、またヴェーユ家の莫大な資産と、都会的な洗練された感性とが、それぞれその抵抗を乗り切るのにひと役買ったのであろう。だがそれでも田舎町のきわめて保守的なカトリシズムの精神がユダヤ人に警戒を怠らなかったことはあり得るところで、それは息子マルセルの作品のなかに、主人公の祖父の口からもれる「ご用心、ご用心」という警告をはじめとして、さまざまな形で現われている。*(15)

その上アドリヤン・プルーストはその結婚のさいにすでに三十六歳に達しており、立派にひとかどの人物として認められていた。彼の評価は定着し、学者としての未来は洋々として開けていた。一方その妻となったユダヤ人女性のジャンヌ・ヴェーユは、わずかに二十一歳になったばかりの繊細で控え目な少女であって、親子ほどとは言えないまでも、それに近いほどにかけ離れたこの年齢差が、やはり彼らの作る家庭を方向づけたにちがいない。一人息子である夫、田舎町の出身者らしいその野心、プルースト家で初めて高い地位を獲得したというその自負、約束されている未来、ユダヤ人の妻、その妻とのかなりの年齢の開き、そして現在とは異った当時の旧式な形態の結婚、そうした一切がプルースト家における家長の絶対主義を確立するのに与って力あったはずである。

そのことは母と子の関係にどんな影響を及ぼしたであろうか。確実なことはむろん何一つ分っていない。が、家長によるこうした専制政体が家族の他のメンバーを平等の者として近づけたろうことは、およそ推測がつく。年若い母親は、子供たちを溺愛するとともに、不在がちのいかめしい夫の代りに、いくぶん子供たちを頼りにしていたかもしれない。マルセル・プルーストと母親の異常な親密さのなかには、母親に頼る病身の子供という側面とともに、母と子が同一水準に立って互いに恋人のように愛しあっている節が見られるが、[*16] そこにはこのような家父長体制の影響もいくぶん混っていたかもしれない。さらにドレーフュス事件のさいに、父親を除いて母と二人の子供だけが熱烈なドレーフュス派になったという事実のなかには、さまざまな事情があったであろうが、その一つに母と子に流れるユダヤの血が含まれていたのではないかと私は思う。しかしそれらはすべて想像の域を出ないものである。

ただ次のことは確実だろう。すなわちマルセル・プルーストが父に対して抱いていた根強い反撥である。『ジャン・サントゥイユ』では、作者は主人公ジャンをして自分の父親のことを、「なんて粗野な男だ（Quel homme grossier）」（JS, 250）とまで言わせており、また「父を殴打したいというひそかな欲望」（JS, 859-860）にまでふれているくらいであるが、彼は絶対にこれと類似の言葉で母親のことを語りはしないだろう。ここには反撥というだけではなくて、一種の侮りの気持すらこもっており、父親という以上に一個の他人を意地悪く見つめている眼が感じられる。そしてこうした感情は、家父長体制に対して示された母親の同意によっていっそう搔き立てられたのであろう。『アドリヤン・プルースト教授伝』の著者ロベール・ル＝マールは、プルースト夫人が夫の仕事と名声のためにひたすら献身する女性だったことを例を挙げて記している。[17] またじじつ家長の権威は、必ず一家の構成メンバーのなんらかの同意によって維持されるものであろう。そしてマルセルはこうした両親の態度を深くその心に刻みつけたにちがいない。なぜなら、これが後に彼の作品の主題の一つとなるからである。じっさいその作品にしばしば現れる夫婦のパターンは、悪気はないが鈍感でただ社会的地位のみ高い俗物の夫と、繊細な心を持っているくせにその夫の欠点についてだけは盲目の妻（またはそれをじっと堪えている妻）という組合せであって、極端に言えば彼にはこれ以外の夫婦というものを考えることができないかのようにさえ見えるのである。『ジャン・サントゥイユ』の主人公の両親、『失われた時を求めて』の語り手の両親の場合も、同様であると言っていい。[18] いまこの後者の場合について見るならば、父親は他愛もなく生物学ならぬ晴雨計などに凝っている人物であるのに、母親はそうした夫の「邪魔にならないようにと物音もたてずに、うっとりと尊敬をこめて彼を眺め」る始末であって、しかも「父のすぐれている秘密を見破るまいと、あまりじろじろ見つめはしない」（RTP, I, 11）（訳 I, 43-44）とつけ加えられていることからしても、作者のプルーストがこうした同意に非常に皮肉な眼を注いでいることが分るであろう。

ともあれ以上がプルースト家における父親の位置であり、その支配体制であった。またこれがアブラハムの比喩を生む下地だったと考えられる。では、イサクの方はどうしたであろうか。彼にはまず矛盾する二つの方向が徐々に現れて来たように思われる。一方では彼は諦めて、全能の父の力をすべて認めてしまう。「父は最高権力者と通じあっているし、神さまあての推薦状を沢山持っている」（RTP, I, 173）（訳 I, 366）から、自分の悪いようにはしないだろう、と『失われた時』の語り手は或る箇所で考えるのだが、ここでは息子の側の主体がゼロに等しいだけでなく、彼自身が城を明け渡してゼロであることにすっかり同意しているのである。他方では父親に対する反撥が、思いがけない地点にまで彼を連れて行くことがある。たとえば後に述べる医学に対する態度はその一つであろう。そしてこれはイサクが秘かに準備した復讐の機会であり、彼の独自性の証明でもあったのである。

四

この点で『失われた時を求めて』の第四篇『ソドムとゴモラ』のなかの「心の間歇」と題された部分には、興味深い一節がある。死んだ祖母の思い出が無意志的記憶で急に生き生きと蘇ってくるという経験のあとで、語り手が祖母の夢を見るという条りがそれである。もともと語り手の祖母というのが不思議な作中人物であって、プルーストはこれを母方の祖母から発想したのかもしれないが(19)、孫である語り手がこの祖母の生前に、「乳を吸う幼児のような静かな貪婪さ」でその頬や額に唇を押し当てる第二篇の一節(RTP, I, 668)(訳 III, 507)などは、単に祖母の姿が母と重なるばかりではなく、恋人とも二重写しになっているようにさえ思われる。これを母としたのでは余りに生ま生ましすぎるので、作者は敢えて祖母という設定にしたのであろうか。いずれにしてもこれが、強烈すぎる母親への愛情から派生した人物であることは間違いないところであろう。

ところでその夢のなかで語り手が思わず祖母の方にかけ寄ろうとすると、彼の前に立ちはだかるのが父である。すなわちここでも父親は祖母(母)を奪う存在として立ち現れているのであろう。その父親に対して語り手は抗議して言う、「死者がもう生きていないなどというのは嘘だ」。すると父親はこれに対して理性的に答えるのである、「仕方がないよ、死んだ人は死んだ人さ」（RTP, II, 761, 779）（訳VII, 350, 388）。一見したところ、これは夢に現れたごく平凡な会話の断片のように思えるが、よく考えてみるとここに示されているのは、実は文学と医学の全面的対立なのである。というのもマルセル・プルーストにとって文学は現世と別の一世界を構成し、現世の掟とはかけ離れた掟を持っているのであって、その意味において文学とはまた夢でもあるからだ。こうした考え方をプルーストは、作中の小説家ベルゴットの死の描写のさいに明確に記しているけれども（RTP, III, 182-188）（訳IX 346-357）、夢に現れた祖母もまた無意志的記憶で蘇生する過去と同様に、実人生の死とは別次元に位置しているのであり、しかもこのような非現実的空間こそプルーストにとって文学の根拠となるものであった。それがまた創造的自伝の成立する場であることも明らかであろう。

したがって、『失われた時を求めて』全体が、父親の持っている医学的な世界観に真っ向うから対立しているのであり、このなかに描かれた数人の医師たちのことごとくがぶざまに嘲笑の対象となっているのは、決して偶然ではない。とりわけコタール医師はその代表であって、これは気のきかないでくの棒でもすぐれた学者や臨床医であり得るという見本のごときものであり、医者という職業の見事な戯画を構成していると言えよう（RTP, I, 433, 499）（訳III, 21, 156）。またこのことがプルーストにとって重要な問題であったことは、一九〇五年にノアイユ夫人に宛てて、「私は医者にかんする本を書くところです」と言っていることからも推測できる。[20]

とはいえ、プルーストは医学的真理ないしは科学的真理を総否定したわけではなかった。P－E・セドマン[21]はプルーストの真意を、「医学を信じるのは愚の骨頂だが、信じないのはもっと愚かだ」（RTP, II, 298-299）（訳 V, 613）という言葉に見ており、これはほぼ妥当な見解だと思われる。しかしプルーストの周囲には医者が充満していたから、その世界観に対抗するために、彼は次々と医学批判を積み重ねなければならなかった。その典型的な一例を挙げてみよう。

「自然の与える病気は短期間のものしかありえないものらしい。ところが医学はその病気を長引かせる術を身につけたのである。（……）そのうちに薬の効き目は薄れ、量は増してゆく。もう薬を飲んでも何の効果もなく、逆に不快が続くおかげで薬は苦痛を与えるようになる。自然の病気であったなら、こんなに長くは続かなかったことだろう。医学とはなんと素晴らしいものだろう。ほとんど自然と肩を並べ、否応なしに患者を床につかせ、死ぬぞとおどして薬の使用を続けさせる。もはや人工的に接木された病気は根を降ろし、二次的な病気に、だが本物の病気になってしまう。違うところはただ一つ、自然の病気は治るけれども医学の作り出す病気はけっして治らないということだ——なぜなら医学は治癒の秘密を知らないからである。」（RTP, III, 182-183）（訳 IX, 346-347）

現代においてであれば、こうした言葉はもはやわれわれをさほど驚かせることがない。科学と資本の合理主義が犯した数々の罪に対して、ここ十数年のあいだにようやく反省の機運が広がってきたことも今さら言うまでもないだろう。しかしプルーストの時代において、しかも父と弟に医学部教授を持っていたプルーストがこのように書くのは、それ自体が一つの態度表明であったと思われる。

それというのも、彼の弟もまた「父を喜ばせるため」[22]に、医学を選んだからである。ことによると父親は、当初はまず長男のマルセルに未来の医者を夢見ていたのかもしれない。『ジャン・サントゥイユ』の冒頭には、医学部教授でジュルランド博士と呼ばれる客人(すなわち母を奪う存在)が、ご子息を医者にするつもりはないかと主人公の母親にたずねるシーンがあるが[23](JS, 203)、これを見るとそのような想像もあながち見当ちがいではないと私は思う。それもまた「父を喜ばせる」ことになっただろうからである。ともあれマルセルが継承しなかった医学を、まるで異ったタイプの健康で明い弟ロベールが選ぶことになるのであって、このように外濠ばかりか内濠も埋められてしまった以上、『失われた時を求めて』の医学批判もいっそう激しさを加えなければならなかったのであろう。

しかもプルーストは単に作品のなかで医学批判を行なっただけではない。彼の批判はむしろ医学と結びついた父親の生き方に、すなわち営々と世俗的成功に向かって築き上げて行った科学の世界での堅実な知的労働の生涯に向けられていた。それは倫理の問題であり、生き方の問題であったから、単に作品のなかにおいてではなく、職業選択を始めとして実生活のさまざまな水準でこれに対抗することが必要だった。

一八九三年九月ごろ、父親宛ての手紙[24]においてマルセルは、自分が哲学ないし文学の研究に向いていると思うが、已むを得なければ外交官試験か古文書学校の試験の準備でもしたい、と言っている。また同じ手紙で、弁護士になるのは真っ平であるとも書いている（彼はこの年に法学士号を獲得していたのである）。この手紙は、父親から就職について執拗に迫られていたことを窺わせるものであり、またその二年後に書き始められた『ジャン・サントゥイユ』を見ても、「まっとうな職業（une carrière véritable）」に就くことが家族からしきりに求められていたこと（JS, 203）、それにマルセルが悩まされていたらしいことが推測できる。しかし彼はこの期待や要請に応えようとしなかった。一八九五年六月には、それでもマザリン図書館に就職するが、その後数年のあいだ彼は父親のコネを利用してまったく出勤しようとせず、そのままこの勤めも失うことになる。その代りに彼が専念したのは、社交であり、また途方もない浪費の生活であった。私は伝説的になったプルーストの浪費癖や、彼のばらまく巨額のチップを、一種の「ポトラッチ」の試みだと思う。父親はこうした法外なチップに腹を立てたが[25]、おそらくマルセルにとって母親からせびりとる金銭は母の愛情の象徴であるとともに（プルーストほど典型的な「欲動転換」の例を示しているものは稀である）、堅実な生活の象徴でもあったから、無意味にこれを破壊し消費することが重要だったのであろう。ところでそうした堅実な生活の軸になるものこそ医学だった。だからプルーストのあの恐るべき浪費癖は、彼の埃だらけのコルク部屋や、およそ不健康な闘病生活、最後にはひたすらコーヒーとビールだけでかすかに支えられ維持されていた肉体などと、決して矛盾することがないのである。プルーストは懸命に浪費を行ない、ときには命がけで医学に対抗した。彼は医者の診察を拒否したときには代りに医者に花を贈ったが[26]、これは明らかに医者というものの間違った（意識的に間違った）利用方法である。私は彼の最期を見とった家政婦のセレスト・アルバレと、約二年間ほど隣人としてつきあったことがあるのだが、その彼女の口から直接何度も、プルーストがどれほど頑なに注射を拒んだかを涙ながらに聞かされた。臨終の床でもプルーストは手当てを拒否して、喘息の持病に肺炎を併発しながら、暖房のない部屋、氷のように冷えきったその部屋のなかで、命を縮めて行ったのである。そのことを、彼女はその『ムッシュー・プルースト』のなかでも語っている[27]。

「現在では、医学という科学（?）は文字通り、まるで滑稽なものになっている」[28]。こうプルーストが書いたのは、その死に先立つこと僅か二カ月、クルティウス宛ての手紙のなかにおいてであった。その言葉通り、プルーストは死に至るまで医学と妥協しなかった。この頑固な警戒心は、単なる医学不信というだけでは説明がつかない。むしろ燔祭のたきぎの上に縛りつけられたあの屈辱の思い出を抱きつづけるイサクの、父アブラハムに対する長い復讐とも呼ぶべきものであろう。だが、復讐はそれだけで終ったのではなかった。マルセル・プルーストは父アドリヤンのイデオロギーを拒んだばかりではない。それをさらに上まわる復讐のごとくに、父の存在を逆に受容れる姿勢さえ見せているのである。私は最後に、このことを語らなければならないだろう。

五

父を受容れる、といま私は書いたが、そこにはさまざまな段階がある。まず何よりも先にマルセルが、父を受容れようとする以前に、実は彼の拒否する父のイデオロギーに滲透されていたということを挙げておかなければならない。その意味で、彼の父に対する反撥には、常に共犯者の批判というにおいがつきまとう。これは父に対するだけではなくて、彼の作品の不思議な特徴を構成することになるだろう。

その意味で私は、一九二〇年五月にジャック・リヴィエールに宛てたプルーストの書簡のなかで、アカデミーへの立候補にかんするリヴィエールの意見が打診されていることに興味を覚える。(29) またじじつプルーストは、このときからしばらくのあいだアカデミー入りの可能性を探ることに多少の力を注ぎ、やがてそれを諦めることになるのである。むろんこの愚かな試みを、父親の持っていた理念とまったく同一のものと考えてはならないだろう。そこには社交生活で培われたプルースト特有のスノビズムや演技があり、またアカデミーを自分の作品のために利用しようとする意図も窺われる。とくに彼がこのころ、世の糾弾を浴びかねない『ソドムとゴモラ』(『失われた時を求めて』第四篇)の出版を準備しながら、不安にかられていたことを考慮する必要があるだろう。けれどもそうした演技や計算を成立させる一因として、父を中心として作られていた十九世紀末の確実に上昇過程を歩んできた家庭のモラルがあったことは、むろん見逃すわけにはいかない。

　そればかりではない。プルーストには、彼のうちに否応なく滲透していた父親のイデオロギーとは別個に、むしろ彼の方から積極的に父親との同一化を望む傾向もあり、これは実は母に執着する少年にしばしば見られる特徴でもあったのである。

『ジャン・サントゥイユ』には、主人公のドアをノックする音が父親そっくりであることを、母親から指摘される箇所がある（JS, 857）。それを聞いた主人公は自分が父親と結ばれていると感じて非常な喜びを覚え、たまたまその日が投票日だったために、父の投票するはずの候補に誇らかな気持で自分も一票を投ずるというのだが、これが母親とのほとんど官能的と言ってよい抱擁の直後に書かれていることから見れば、ここにエディプス・コンプレックスの両面（母親への性的対象備給と、父親との同一視）がそっくりそのまま現れていると考えることが許されよう。しかもこのとき、主人公のジャンは二十二歳と明記されており、作者プルーストは二十五歳から三十歳くらいのあいだにこの草稿を書いたはずであるから、ここには幼年期の姿勢をそのまま固着させてしまったこの小説家の、実際の年齢とはまるで不釣合いな感覚をうかがうことができる。

　ところでこの父親に似たノックの仕方は、『失われた時を求めて』にも現れているが、そこでは場面も意味もいささか異っている（RTP, III, 108）（訳 IX, 206）。すなわち第一に、これが若い恋人であるアルベルチーヌとのやりとりのなかに挿入されているということがある。それは一面でこのアルベルチーヌが母親の変身したものであることを暴露する結果になっていると言えよう。それと同時に第二の点として、ただ単に父との同一化ではなく、ここではすべての肉親との同一化が語られ、語り手自身の過去の受容が問題になっているということを見なければならない。その意味からすればアルベルチーヌは母親以上のものであり、作者プルーストの経験したさまざまな愛の化身になっていると言ってもよいだろう。

私が強調したいと思うのは、単純で古典的なエディプス・コンプレックスによる同一化ではなくて、この後者の同一化であり、『失われた時を求めて』の語り手が（そしてまたプルーストが）引受けようとしていた己れの全過去のなかに含まれる父親である。すなわち語り手は単に父親だけでなく、母や祖母や叔母など、すべての肉身の姿を自分のなかに見出すに至っているのであって、問題になるのは現在の彼を形成するすべてなのである。

「ところがぼくは、今ではアルベルチーヌに向かって、時には子供時代にコンブレーで母に話しかけたような、時には祖母がぼくに話しかけたような、そんな口調で話すのだった。一定の年齢を過ぎると、少年時代の自分の魂と、われわれがそこから生れた今は亡き先祖の魂とが、その富と呪いをわれわれにたっぷり投げかけ、現にわれわれが感じている新たな感情に協力を申し出るものだ——われわれはそれらの古い刻印を消し去って新たな感情のなかに溶かしこみ、これまでにないものを作り上げる。こうしてぼくの一番古い時代に始まる全過去が、またそのかなたにあるぼくの両親の過去が、アルベルチーヌに対するぼくの不純な恋に、子供の親に対するような、また母親の子に対するような、一種穏かな愛情を混えていたのである。或る時期が来ると、人ははるかかなたからやって来て自分のまわりに集うすべての肉親を迎えねばならないものだ。」(RTP, III, 79)(訳 IX, 151-152)

彼があらためて父と似たノックの仕方や、類似の性格的特徴を語るのは、このような文脈においてである。

今や明瞭であろうが、プルーストがここで見通しているのは、一個の存在の全体を形成する全過去であり、またそれを支える〈時〉である。もはや、単なる反撥や同一化といった両価的な感情が問題なのではなくて、現在を作り出すために営々として積上げられた過去の総体が、つまりは全体性が問題なのである。プルーストが『失われた時を求めて』において最終的に父親を受容れているように見えるのは、この視点を獲得したためであった。

ところで、これこそ時を見出すということであり、プルーストの小説の主題そのものである。語り手が、アルベルチーヌに対する自己の態度を通して垣間見た彼の全過去とは、実に最終篇『見出された時』において小説全体を支えることになる〈時〉であった。したがってまたプルーストが、作品を書くという作業を通して、つまりは創造的自伝の試みによってのみ、父親アドリヤンを全面的に受容れ、またこの父親との関係に結着をつけることになるのも理解されよう。以上が私に考えられるかぎりにおいて、最も真相に近いと思われるこの親子の物語の結末を構成するのである。

ところで当初に述べた疑問に立ち戻って結論風に言うならば、父親の死の瞬間まで、マルセル・プルーストは明らかにその父親の「黒点」であった。病身で、意志が弱くて、まともな職業を嫌い、しかも湯水のように金銭をばらまくこの長男は、父親にとって常に不安の種だったはずだからである。だが、父親が彼を「黒点」と見なす以上に、息子の方が、自分は父親の生涯の「黒点」であったという意識を強く心に抱いていたのだと思われる。なぜなら彼は自分が客体化されたということを意識の原点にすえて、ひそかに復讐の機会を狙っていたからである。その復讐は二つの次元において、すなわち人に知られぬ実生活と、万人の前にさらけ出された作品との、両面において行われることになるだろう。だがまた彼の作品は、〈時〉を見出す過程の詳細を極めた叙述の上に成立しており、さらに〈時〉を見出すとは過去のすべてを受容れることであるとすれば、彼の企てた復讐もまた所詮は父親を受容れるという行為に帰着することになるだろう。これはやや図式的な整理だが、事実もおよそこんな軌跡を辿って進行したのであろうと私は想像している。

それにしても、こうした父親との葛藤は、プルーストに何をもたらしたのだろうか。もはや紙数も尽きたので、これもごく図式的に言うならば、この葛藤は二重の意味で他者の支配に属していたマルセル・プルーストが、己れを形作る他者性を認識し、かつそれを再創造することによって主体を奪還していく過程であった。イサクの自由を頭から無視したアブラハムの気紛れさえもが、イサクを形作る必要不可欠な体験として逆に意味を与えられ、照らし出されていくのは、この過程を通してである。私はプルーストがはっきりとこの主体奪還劇を自覚しはじめた時期を、父親の最晩年から始まる数年と考えているが、このことを立証するには『ジャン・サントゥイユ』と『失われた時を求めて』の比較を初めとして、なおいくつかの予備的作業が必要になるであろう。「黒点」という意識はそのときに、あの不幸なエディプス王のごとくに、「最も抗しがたい宿命——人々にならって言えば病理学的な宿命」(30)によって親を傷つける存在の意識になるとともに、その意識がまた親を蘇生させ、つまりは死を超えさせることになるだろう。しかしそれは本稿とは別な一つの物語を構成するはずである。

ソドムを忌避するソドムの末裔

一九七四年

第二次大戦直後に『現代』誌を創めるに当って、その「創刊の辞」でサルトルはプルーストの文学に激しい批判の矢を浴びせた。彼の批判はいくつかの論点にわたるものであったけれども、その中に次の一節があることは多分よく知られているだろう。サルトルはこう述べている。

「男色家プルーストは、オデットに対するスワンの恋を描こうとしたときに、自分の同性愛の経験を利用できると考えた。」

「われわれは倒錯者の恋愛が、異性愛者の恋愛と同じ性質を示すなどと考えることを拒否する。前者の持つ秘かな禁断の性質、その黒ミサ的な様相、同性愛者の秘密結社の存在、倒錯者が自分といっしょにパートナーを引きこむと意識しているあの地獄の責め苦、こういった事実はこの感情全体にわたって、その進展の細部に至るまで、影響を及ぼすように思われる。[1]」

だからプルーストは受け容れがたい、というのが戦闘的な哲学者のこの時期の見解であった。少くともそのプルースト拒否の一面であった。

この「『現代』誌創刊の辞」を初めて読んだのがいつのことだったか、私にはもう記憶がない。しかしいずれにしても、この文章を目にした当初から、そこに現れたプルースト批判のこの一節にかんする限り、私はこれをかなりの抵抗感なしに読むことはできなかった。ここでサルトルは、人間をはっきりと異性愛者と同性愛者の世界に分類した上で、その二つのあいだには何ら通じるものがないと断言しているのであり、また一つの文学作品に異性愛が登場する以上、それは現実の異性愛の持つ性格（というものがあるとして）を映し出すものでなければならぬと考えているのである。果してそうか。必ずしもそうではあるまい。なるほど同性愛がきわめて密教的な性格を帯びるとしても、メダルド・ボスの言葉をかりればこれもまた一つの「恋愛的世界内存在可能性」として把えられるべきものだろう。[2]ましてや文学作品に描かれた異性愛がたとえ異性愛者の目に現実離れしていると映ったところで、それが作品の価値を左右するものではないだろうと思われる。

それればかりではない。サルトルは、「男色家プルースト」と言う。これはほとんど存在の次元に属し、存在の次元でプルーストを貫いているように見える。プルーストも同性愛者について、「一種独特な先天的素質」(RTP, II, 617)(訳 VII, 48)などと語っているのであるが、しかしプルースト自身は決して「男色家」として生れ落ちたわけではない。その器質的特性がどうあろうとも、それをも含みこんだ世界内存在として、彼は倒錯を濃厚に含んだ一つの性の軌跡を自ら選びとったにすぎないのである。もしわれわれがそれについて何かを言い得るとしたならば、それは倒錯に傾斜していった彼の性をできるだけ正確に理解し、または(結局同じことだが)それを追体験しようと試みるくらいであろう。

そして私の考えでは、このような作業は『失われた時を求めて』の理解のためにも、きわめて重要な意味を持つはずである。それというのも『失われた時を求めて』は、自伝的な要素を色こく含んだ小説であるからだ。それは、作品の中心に位置する「ぼく」とのみ名乗る語り手の経験が、そのまま実人生のプルーストの経験に対応するということではない。個々の断片的事実に現れる類似は、ここではほとんど問題にならないだろう。にもかかわらず、作品が現実に生きたプルーストと切り離し得ないのは、ペインターが正確に語ったように、『失われた時を求めて』が彼の生涯の象徴的物語であり、純粋なフィクションと言うよりもむしろはるかに創造的自叙伝に近いという点にある(もっとも、そのように言いながら当のペインターは、この創造的自伝と実人生のプルーストとの関係を把えるための有効な方法を欠いていたように私には思われるのだが)。ここには作者の経験が、あるいは作者の全歴史が、形をかえてぬりこめられているのであって、その中で性はもちろん中心的なテーマの一つを構成しており、それは語り手である「ぼく」だけではなく、また徐々に同性愛者であることが明らかにされてゆくシャルリュス、サン=ルー、アルベルチーヌなどの主要な作中人物の描写だけでもなく、作品全体によって指し示されているもののように思われる。

そのように考えてくるならば、『失われた時を求めて』のきわめて重要な側面が、作品と化したマルセル・プルーストの性愛の歴史にあることも容易に推察されよう。また、その観点を見落してしまうと、この作品の面白さもまるで半減してしまうのであって、作中に現れる異性愛（スワンのオデットに対する、そして語り手のアルベルチーヌに対する）も、その意味では不可欠の挿話のように私には思われる。

ところで『失われた時を求めて』は、周知のようにまず夢うつつの状態で過去を思い出す一個の主体の描写に始まる。そしてこうしてたぐりよせられ克明に語られる最初の記憶は何かと言えば、母が毎夜与えてくれる甘美な接吻の思い出であり、それを待つあいだの少年の異常な不安である。とすれば、プルーストの性の歴史の根源にあるのもまた母親の存在だと考えるべきではなかろうか。

プルーストと母親の関係は、シャルル・ブリヤンの『マルセル・プルーストの秘密』(3)（一九五〇年）と題された書物によって、つとに指摘された。ブリヤンは作品にあらわれたいくつかの場面を比較検討しながら、プルーストと母親との近親相姦を想定したのである。ほとんど断定したと言ってもよい。そしてこの書物は敬虔なプルースト信者たちによって、口をきわめて非難されたり、不当に無視されたりしてきたのであった。同性愛者であるだけですでに充分なのに、そのうえ近親相姦とは何事であるか、というわけだ。しかしブリヤンの指摘は当時のプルースト学者たちの反撥や冷やかな反応にもかかわらず、一つの本質を衝いていたのではないかと私には思われる。事実、この長い小説の最後に辿り着いたときに、時間を見出した語り手「ぼく」の語るのも、実は母親に関係した次のような言葉なのである。

「コンブレーの庭の呼鈴の音、かくも遠く、しかもぼくの内部にあるあの呼鈴の音、その音をきいた日付は、ぼくが持っているとも気づかなかったあの巨大な〔時間という〕次元の起点であった。」(RTP, III, 1047)(訳 XIII, 279)

この呼鈴とは言うまでもなく、作品の冒頭で母の接吻を妨害する来客のしるしだった。客(スワン)がやって来ると、母はその相手をつとめなければならず、したがって語り手である少年のベッドの傍らに「お寝みの接吻」をしに来てくれないのであるが、数千ページを隔てた作品の終結部に至るまで鳴りつづける呼鈴の音には、まず何よりもその辛い記憶がこめられている。その呼鈴が他のものとちがって特にこの巨大な時を貫いて維持されるのは、まさにそれが母の接吻を得るか得ないかの極め手になっていたからであり、それだけにこの語り手を通して、作者が母への愛を他の何よりも重視していたことを示しているだろう。だがそればかりではない。作品冒頭のこの呼鈴の音は、プルーストにとっての愛が歓びである以上に苦悩であったこと、また後ろめたい悪であったことを語っており、そのような形でこれは作品全体に展開される性愛の序曲になるとともに、そこに含まれた倒錯の世界を予告していたとも言えるのである。

実際プルーストが序章部分で描いている母に対する語り手の愛情の中には、それを自然の権利と見なす態度と同時に、むしろそれをはるかに上まわる形で、禁断の行為に引きこまれる者の恐怖やためらいが示されている。しかし少年(語り手)は、その愛が不可能なものであり、禁じられたものであり、破滅に導くものであるにもかかわらず、いっそうそれに執着するのであって、しかもこうしてようやく母の接吻を得、母が慣例を破ってひと晩中自分のベッドの傍らにいてくれるとなったとき、少年はそれを喜ぶかわりに、逆にそこから深い悲しみを引出すのである。それが異常なこと、恥ずかしいこと、いけないことだからであって、語り手はそれをはっきり「悪」と呼ぶ(RTP, I, 38)(訳I, 96)。またこのようにして「母の意志を弛緩させ理性を屈伏させるのに成功した」(RTP, I, 38)(訳I, 96)こと、つまり母を悪の共犯者としたことを、「新たな時代の始まり」「悲しい日付」と表現し、そのような時代にふみこんでしまった後悔から少年は涙にくれるのだが、その涙は母にも感染し、またその「嗚咽の声」は生涯を貫いて「決して止むことがなかった」(RTP, I, 37)(訳I, 94)という。したがって、もし『失われた時を求めて』を一つの性の物語と考えれば、その全体に刻印を与えているのはこの悔恨と嗚咽の声であり、母親とのほとんど肉体的と言ってよいくらいの関係なのであって、それはこの「ぼく」という人物の性愛にしばしば母を凌辱するイメージがつきまとうことからも、容易に推測できるのである。

肉体的、という。しかし現実のプルーストと母親のあいだに具体的にどのような関係があったのか、それを知る手段がわれわれに残されているわけではない。後になってプルーストがその母宛ての書簡の一つで、ひと晩中彼女がベッドの傍にいてくれたオートゥイユの一夜のことにふれ得たことを思えば(4)、悪はむしろ少年の意識の中のみにあったと推定するのが妥当かもしれない。だが重要なのは、具体的な母との関係がどのようなものであれ、プルーストがひと晩の経験を消しがたい事件と見なして執拗に作品の中で語ったことであり、また他方現実の母と子の書簡集の中に、明らかに一種の共犯関係がうかがわれることである。いまその一例として、一八九七年ごろと推定される母から子への手紙の一節を挙げてみよう。

「割れたガラスは、もうこれからは寺院にあるのと同じものだと思いましょう——あの分かつことのできない結合の象徴なのです(5)。」

「割れたガラス」とは、両親とのいさかいのあとで、プルースト(当時二十六歳)が荒々しく閉めてこわしてしまったドアのガラスを指しており、「分かつことのできない結合の象徴」とは、ユダヤ教会での結婚式のさい、新郎新婦が一つ盃で酒を飲んだ後に、結合のしるしにその盃を割る習慣を指している。そして母から子へのこの微妙な言葉の背後には、二人だけに通じあう一つの意味が含まれているように私には思われる。

同性愛について書くつもりで、私は長々と母親のことにページを費してしまったが、おそらくプルーストの同性愛はこの母親への感情と無縁ではない。周知のようにフロイトは、エディプス・コンプレックスと去勢コンプレックスから性倒錯に至る過程を解釈する筋道を編み出したが、プルーストもまたフロイトが『レオナルド・ダヴィンチの幼年時代のある思い出』をはじめとして多くのところで語ったように、母親への激しい執着と、母への同一視ならびに忠誠心から、他の女性よりもむしろ男に愛情を注ぐに至った同性愛者の一典型のように見える。私もまたあながらそれを否定するつもりはない。しかしながら、エディプス・コンプレックスないし近親相姦から同性愛へという枠組を当てはめただけでは、まだプルーストの性愛の世界の特殊性に近づいたことにはならないだろう。というのもプルーストにとって、性は彼の全体を指し示すものであるからだ。レインのいわゆる「一切の個別的体験を彼の世界内存在の全体の脈絡のなかに置こうとする試み[6]」は、プルーストの同性愛を理解する上でも不可欠の態度だと私には思われる。だからもともとこのような短文でプルーストの同性愛を語ること自体が絶望的に困難なことなのであるけれども、いまはその困難さに目をつぶって、ごく断片的な一、二の点を指摘しておきたい。

私の考えでは、プルーストが母親への愛から同性への愛へと向かうに至った最も基本的な要因は、サルトルがジュネにかんして指摘したのとまったく同じものであって、つまりは主体の中においてさえ客体が優位を占めるという構造である。プルーストが愛するよりは愛撫され甘やかされることを望み、他人の目に映る自己を演技する、つまりは自己を客体として示す、という姿勢をどうしようもなく身につけてしまったこと、それが何よりも母との関係から生れたものであることは、すでに十代のプルーストの書き残した言葉の端々からも立証できる。その姿勢こそ彼を受動的な愛へ、同性愛へと向かわせるおそらく基本軸だったのだろうけれども、それについてはかつて簡単に道程を示したこともあるので今は述べない。ただこのことと関連して、ここにふれておきたいのは、プルーストの描く性愛の中に、そしてとりわけ同性愛の中に、しつこくつきまとう有罪意識であり、悪の感覚である。

それがすでに母親への愛情の中に強く現れていることはいま見てきた通りだが、この悪の感覚とはつまるところ他者の意識にほかならない。少年は母親への強い執着を恥じている。他者の目の前でそれを恥じているのだ。と同時に、他人の判断に自分も同意しているという意味で、これは当の本人にとっても許しがたい悪を構成しているのである。言いかえればプルーストは、近親相姦をタブーとする社会の目（他者の目）を、母親への強い愛着を通して、永久に自分の中にひそませていたのであった。自分にはごく自然なものと思われるのに、この感情はなんと非難さるべき悪だったのである。そしてこれを悪と呼ぶときに、彼は他者に合体し、今度は自分で自分を他者と見なしているのだ。彼にはまた母への感情と並んで、オナニスムに対する異常な執着があり、それは初期の未完の長篇『ジャン・サントゥイユ』以来、くり返して顔を出している。そしてオナニスムは、ときには微妙な象徴によって母とも重なっている。さらに言えば、悪としての愛情や欲望から出発して以来、彼には愛と悪とをほとんど同視するような姿勢すらうかがわれる。こうして「幼少期の無意識状態においては(……)ごく自然に思われるものとして溢れ出た」ものが、やがて「悪徳」とされ、青春期には完全に「悔恨や決意の対象」となる（JS, 705）。このような悪徳への執着から、彼が同性愛を選んだのだ、と言ってしまうのは、少々飛躍がありすぎるにしても、確実に言えるのは、彼が同性愛をたえず「悪徳」と呼んでおり、ちょうど母への愛情と同様に、それを異常なものであり、悪であると見なす他者の目を、常に自分のものとして身につけていたことだろう。彼はこの点で、自分を糾弾する内的な理由を持っていた。重要なのは、この内部の他者である。だからプルーストは、同性愛者をしてその生活を隠し、たえず偽りの中に生きることを余儀なくさせるところの、異性愛者の目を語った後に、「そういった社会的拘束も、彼ら〔同性愛者〕の悪徳が、ないしは不適切にも悪徳と呼ばれているものが、他人たちにではなく彼ら自身に押しつけている内的拘束に比べれば軽いものである」(RTP, II, 618)(訳 VII, 50)と述べているのであろう。いわば社会的拘束は、その当不当を言う前に、それを予め受入れた内的拘束によって免罪にされているのであって、つまりはプルースト自身が始めからこの社会的拘束に城を明け渡しているのであろう。

これは言うまでもなく、他者への同意であり、決定的な屈伏である。そしておそらくプルーストは、その愛の領域において、生涯この他者化を免れなかったように思われる。愛だけではない。彼はごく幼いときから、その存在において他者化の意識を免れなかった。それはおそらく彼が母から受けついだユダヤの血とも密接に関連していよう。この点でプルーストがしばしば同性愛者の行動を、ユダヤ人のそれと比較していることは、注目に価する。たとえば『ソドムとゴモラ』の次の一節である。

「ユダヤ人のように(といっても、自分たちの人種の人びととしかつきあおうとせず、いつも定式の用語やおきまりの冗談のみを口にするユダヤ人は別であるが)、倒錯者たちは互いに相手を避けあい、自分たちとは正反対の、自分たちを好まぬ人びとを求め、その連中の手荒な排斥は大目に見て、彼らにお世辞でも言われるとうっとりしてしまう。」(RTP, II, 616)(訳 VII, 47)

「倒錯者は、医者が盲腸を探すように、歴史の中にまで倒錯を探し求め、同性愛が規範であったときに異常者はいなかったことも、キリスト以前に反キリスト者はいなかったことも、さらには汚辱のみが罪を作ることも考えずに、ちょうどユダヤ教徒がイエスをユダヤ人だと言うように、ソクラテスが倒錯者の一人であることを指摘して喜ぶのである。」(RTP, II, 616-617)(訳 VII, 48)

こうして同性愛者は、「他の種〔異性愛者〕となれなれしく危険な親密さの中に生きながら」、「自分の悪徳をまるで他人事のように話題にして」(RTP, II, 617)(訳 VII, 50)たわむれるのだとプルーストは言うのであるが、このように他者に媚びを売る倒錯者をユダヤ人と比較するところに、私は同化したユダヤ人を母とするプルーストの、きわめて否定的に示された一つの帰属意識を見る思いがする。

これに関連して留意しなければならないのは、第一に、彼の父親が最も保守的伝統的な田舎町の出身のカトリック教徒だったことであり、第二に、プルーストが物心ついたのは、反ユダヤ主義とシオニズムの急速に興る時期だったということである。つまり彼は父の存在を通して、自己の半分を悪とする視点を体内にしみこませていったことになる。またこの点で、プルーストが二十一歳のときに、ほとんど反ユダヤ主義ともとられかねない文章を書いていることは、注目に価しよう。後にドレーフュス派として行動するプルーストが、である。つまり半ユダヤ人プルーストは、同時にユダヤを否定するユダヤ人でもあったのであり、この自分の半ば属する種族に対する肯定と否定の同居こそ、彼の性愛の特徴ともなったものである。彼は自分をつき動かす欲望をまったく自然なものと見なしながらそれを否定せずにはいられず、また否定しながらもそれを選ばずにはいられない。彼は悪を断罪しながらも悪に近づき、しかも悪をポジティヴなものに転化することは予め拒否するのである。彼が「シオニズムの運動を鼓舞したように、ソドミズムの運動とソドムの再建を目指すようないまわしいあやまち」(RTP, II, 632)(訳VII, 79)に警告を発するのは、右に述べたことから容易に理解できよう。

彼がしばしば「意志の欠如」を語るのもそのためである。プルーストの言う意志とは、母への愛情や悪徳(倒錯)への傾斜を妨げようとするもののことであり、ひと口に言えばタブーをタブーとして承認する他者の意志である。ところが彼は、その意志を肯定しながらも、その意志の欠如をも同時に受入れる。こうしてプルースト二十四、五歳の作と見られるある短篇には、これにかんしてきわめて示唆的な次の字句が見られることになる。

「意志をもちたいと願うだけでは充分でなかったのです。意志がないために私にはできなかったこと、つまり意志を持とうと意欲することが、まさに必要だったのでしょう。」(JS, 89-90)

ところがその意志を彼は決して持とうと意欲しないのであって、この意志の不在の容認こそ、悪としての彼自身の姿なのであった。

　プルーストが、その実生活においても作品においても、決して同性愛の世界に昂然と居直ることがなかったのはそのためである。同性愛者としての反抗や連帯は、ユダヤ人のそれと同様に彼にはいっさい問題にならなかった。なるほど彼はまごうかたなきソドムの末裔だが、またソドムを決定的に忌避した末裔でもあった。おそらく彼が他の何者にもまして同性愛者を憎んでいたろうことは確実である。だからこそ彼は、もし天使の代りに「ソドミスト」がソドムに遣わされたのであったら、悔い改めた者もロトやその家族も含めて、一人残らずソドムに追い返して皆殺しにしたろうと語るのである（RTP, II, 631）（訳 VII, 77）。これはソドムの末裔の口から発せられたものとして、裏切りの言葉以外の何ものでもあるまい。彼は裏切った倒錯者であるが、それは彼が自分自身を裏切っているからだ。このように自己を容認できぬ倒錯者、裏切りの同性愛者にとって、絶対的な孤立以外の何が残されているだろう。私は、彼の自ら選びとった孤立が戦慄的な世界であったことを確信している。

　プルーストが、ジードの『コリドン』のような男色擁護の書物を書かなかったし、また書けなかった理由も、今や明らかであろう。ましてや『一粒の麦』のごとき自伝など、彼には想像もつかぬことだったにちがいない。そこに私はこの二人の同性愛者の決定的な相違を見る思いがする。プルーストは決して同性愛の美しさをうたわない。チュニジアの砂漠でもどかしげに自らの衣服を引きちぎるアリという少年を描いた『一粒の麦』の一節は、美しく固い官能をたぎらせているが、このようなユラニスムは絶対にプルーストに求めることのできないものであった。彼が同性愛を悪徳と見なすもう一つの自己を、おそらく一度たりとも抹殺しようとしなかったからである。それを抹殺すれば、プルーストはたちまちプルーストでなくなるだろう。それというのも、彼は悪を悪のままで、つまりは客体と他者のままで、また絶対的な孤独において、拾い上げようとしたからであって、それが彼の作り上げた世界の独自性であり、またおそらくはその限界でもあるのだろう。

もしプルーストが、ジュネのように悪を選び、悪を意欲していたならば、ことはどんなに変っていただろう。それというのも、選ばれた悪はもはや悪ではないからだ。少くとも、プルースト自身が解放されるためには、それ以外の方法はあり得なかったように私には思われる。ところが彼はその方法を採らなかった。彼は常に善を望みながら悪を行ない、異性愛をよしとしながら同性愛を受容れたようにさえ見える。この選択は、まことに奇怪で異様なものと言うほかはない。彼の実人生は、まったく出口のない、不可能性そのものの生涯であり、自己欺瞞とすら呼んでよいものだったように思われるけれども、それはおそらくこの不思議な選択のためであったろう。そしてこの救いようもなく孤立した生涯でたった一つだけ彼が確信を持ち得たのが、生涯そのものを全面的に作品に転化する作業だったのであろう。作品は彼の善であったし、美的投企は彼の唯一自信をもって行使した自由であった。それというのも、よく引用されるように、「一冊の書物とは、われわれが習慣、社会、悪徳の中で示す自我とは別の自我によって作られたもの」(CSB, 221-222) であるからだ。ここに並置されている「習慣、社会、悪徳」が、決して不用意な羅列でないことは言うまでもない。

プルーストがジュネの行なったような形で同性愛を描かなかったのを惜しむことはできよう。しかしジュネは、プルースト（そして多分ジード）のあとにしか出現しない作家であろうし、またそのような前後関係だけではなく、プルーストとはおよそ異った世界を生きた人物である。さらに『失われた時を求めて』の中で、同性愛が外側から、いわば第三者の目で描かれているのを歎くこともできるかもしれないが、しかし考えてみればプルーストにとって倒錯は「他者」の世界にほかならなかったのだし、また他方、語り手が示しているのも一個の同性愛者を含んだ性の軌跡であると私には思われる。作者が用意周到にも、『ソドムとゴモラ』の序章において、ゴモラの女に惹かれるソドムの男のことを語っているのは、語り手の性愛の経験と切り離して考えるわけにゆかないからだ。

そういったことに今これ以上立入る余裕はない。それらにふれるためには、プルーストの全生涯の意味を作品との関連で構成し直す必要があるだろうから。プルーストの同性愛についても、このような全体の中でこそ構造的に理解されるであろうし、その場合にはここでまったくふれなかったさまざまの問題が、とりわけ弟ロベールの存在のことが、不可欠の要因の一つとして明らかにされなければなるまい（『ジャン・サントゥイユ』にも『失われた時を求めて』にも、弟の存在は抹殺されているのだが、それは『プルースト伝』の著者ペインターの言うような単なる「美学的な理由」からでは、とうてい片づかない性質のものである）。私はいずれそのようなプルースト世界の解明を試みたいと思うが、今はとりあえず、ごく限定された一、二の点の走り書き的な指摘にとどめておく。

不在の弟――「ロベールと仔山羊」をめぐって

一九七五年

今年の三月から四月にかけて約ひと月をパリで過ごした折りに、久々にマルセル・プルーストの姪のシュジー・マントに会う機会があった。すでに七十歳を越したこの老婦人は、プルーストの家政婦兼助手をしていたセレスト・アルバレを除けば、おそらく生前の作家を身近に知っていた唯一の人物であろう。

このシュジー・マントの父親は、むろんプルーストの弟ロベールである。だから彼女と話をするたびに、私の空想はよくプルーストとその弟のことに、また弟とプルーストの作品の関係にと惹き寄せられる。いったいプルーストにとって、この弟は何者だったのだろう。またこの弟は作品にどんな形で入りこみ、何をそこに残したのであろうか。

こういった空想にかられるのも、プルーストの実生活が（というより彼の全生涯が）その作品とごく密接な関係にあるからである。ミシェル・ビュトールも指摘していることだが、どんな作家も必ず自分の実人生の諸要素から出発してその作品や作中人物の創造に向かうものであり、作者がそれを欲しようが欲しまいが、また自覚的であろうがあるまいが、この事情は変らない筈である。しかしプルーストの場合その方法はきわめて意識的であって、彼は自分の全過去・全生涯を救い出すために、その生涯の意味を全面的に作品として表現することにつとめたのだと私は考えている。だから（すでに他のところでも書いたことだが）彼が生きつづける限りその作品は完成する筈もなかったのであり、またこのようにもともと未完に終るべく運命づけられた作品であったからこそ、ペインターのいう「創造的自叙伝」に、つまり「プルーストの生涯のアレゴリー」になり得たのであろう。

ところでこの創造的自叙伝には一つの奇妙な空白がある。つまり語り手には弟がいないのだ。もっともこれはなんの変哲もないことのように見えるかもしれぬ。作者は架空の語り手を兄弟のない人物として設定した——ただそれだけの話だからである。しかし弟を除く作者自身の身近な家族が、母親は言うに及ばず、父も叔父も叔母もそれぞれ何らかの形で作品の創造に寄与しているのを見ると、母とともに常に作者の周辺にいて最後にはその死を見守ることになる弟が完全に作品から除外されているのは、やはりいささか不思議に思ってもよいことではなかろうか。『失われた時を求めて』だけではない。プルーストが二十五歳から三十歳にかけて執筆し放棄してしまった未完の長篇『ジャン・サントゥイユ』は、『失われた時』以上に作者の実生活に近い作品だが、ここでも主人公のジャンは兄弟を持たぬ存在だったし、また二十五歳のときに発表された短篇「乙女の告白」の語り手は、性を変えた作者の分身ともいうべき人物だが、やはりこれも一人娘として描かれている。要するに、実人生から出発して創造的自叙伝へと近づいて行ったプルーストは、その創造の過程でほぼ一貫して自分の弟を無視し抹消してきたように見えるのである。先に引いたペインターは、これについていともあっさりと、「『失われた時を求めて』のなかでは、おそらく美的理由によるのであろうが、ロベールの存在を完全に抹殺してしまった(1)」と書いている。しかし私にはこの「美的理由」なるものがさっぱり分らない。むしろ私は、美的であろうがあるまいが、このように一貫して弟を無視してきたところに、プルーストの執拗な意志が働いていることを感じないわけにはいかないのである。ちょうどプルーストが、『失われた時』の語り手を異性愛者として作り上げながら、しかも他者としての同性愛をその作品の主要なテーマの一つとすることに成功したように、語り手の弟の不存在はいわばその欠如によって、作者が弟に寄せる並々ならぬ関心を示しているのではなかろうか。

プルーストはその作品のなかで弟を語ろうとしなかった。しかしここに一つの例外がある。研究者のあいだで「ロベールと仔山羊」と呼ばれているわずか七、八ページの短い断章がそれである。これは『失われた時』を準備する最初の草稿の一つであって、一九〇八年一月に書かれたと推定されている。しかしこの時期のプルーストはやがてこれら草稿の完成を諦め、「ロベールと仔山羊」も他の断章とともに程なく放棄される。そして作者の死後三十年ほどたってから、ようやく他の未発表草稿とともにベルナール・ド・ファロワによって発掘され、『反サント゠ブーヴ論』と題された一冊の書物のなかに組みこまれて読者の目にふれることになるのである(2)。これは邦訳もなく、研究者以外には馴染のうすい断章であろうから、まずごくかいつまんでその内容を紹介しておきたい。

舞台は『失われた時』の冒頭と同じくコンブレーと呼ばれる田舎町で、そこに滞在する語り手（マルセル）の家族のうち、母親と弟ロベールとが旅行に出発する日の出来事である。父親とともになお数日そこに残ることとなった語り手は、しばらくのあいだ母親と別れ別れになるので激しい悲しみを覚え、その悲歎がこの断章のあちこちに記されている。ところが五歳半になる弟ロベールも、出発を喜ぶどころか、逆に可愛がっている仔山羊と別れなければならないのを歎き、自分を仔山羊と引離す「迫害者」たちに強い怒りを燃やしている。そして復讐のためにわざと汽車に乗りおくれようと、仔山羊を連れて藪のなかに身を隠し、出発の記念撮影用に着せられた晴れ着を引きちぎり、髪につけたリボンの飾りを地面に叩きつけ、お八つの入った袋を踏みにじって口惜しがる。ついに見つけ出されて駅に連れて行かれたロベールはそこでも周囲の人びとに当り散らし、さらに昼食後のデザートのときになると、突然「マルセルのクリーム・チョコレートの方がぼくのより多いよ！」とどなり出して、このような怒りで仔山羊との別れの悲しみを表現する――以上が「ロベールと仔山羊」と呼ばれる挿話の概略である。

この断章はその文体からしても、またその構成からしても、きわめて不完全なものであるが、マルセル及びロベールという名前が示しているように、まずプルーストの幼年時代の思い出がおそらくは何の潤色もなく描かれたものとして注目しなければなるまい。ここにはまたロベールが片時も手から離さぬ荷車の玩具が描かれているが、シュジー・マントが私に語ったところによれば、彼女は父親（ロベール）が子供のとき荷車の玩具を大事にしていた話や、相手は思い出せないがクリーム・チョコレートをめぐってどなりあった記憶があるという話などを、直接に父親の口からきいていたそうである。だから「ロベールと仔山羊」が発表されたとき、彼女は父の言葉を思い出して深い感動を覚えたという。このマントの証言からしても、「ロベールと仔山羊」がプルースト兄弟の幼年時代の一こまを描いているのはほぼ確実なことのように思われる。

しかしそれ以上に重要なのは、この断章のなかで弟を見つめている作者プルーストの目であろう。その目は何を語っているのか。なぜ三十七歳のプルーストがこのときとつぜん弟のことを書こうと考えついたのであろうか。

この点でまず第一に注目すべきは、弟ロベールが母とともに出発する、つまりは母を連れ去る存在として描かれていることである。しかもプルーストは、この断章執筆のわずか二年余り前に母を失っており、余りに深い落胆と、自分が母を殺したかのような苦痛とからいくぶん立ち直って、このころようやく作品のなかで母を再創造することに意を用いはじめたところだったのである。

よく知られているように、プルーストはその母親に異常に激しく排他的な愛情を注いだ人間であった。それはほとんど近親相姦的ともいえる愛情であり、悪の意識をはっきり伴った悲鳴に近い感情であったが、プルーストはまたそれを公然と作品の中心軸の一つにすえた作家でもあった。自分と母との関係を再創造するというこの意志がなければ、彼の「創造的自叙伝」はもともと成り立たなかったろうとさえ私には思われる。現に『ジャン・サントゥイユ』も、『失われた時』も、母の主人公に与える「お寝みの接吻」が第三者の訪問によって妨げられ、そのために主人公が激しい苦悩を体験するという挿話によって開始される。そしてこの第三者は、『ジャン・サントゥイユ』では一人の医師であり、『失われた時』では隣人のスワンであった。しかし作者プルーストにとってはどうだったであろうか。彼にはこれら第三者のそもそもの原型として、自分が二歳にも満たぬときにとつぜん出現した弟ロベールのことが意識されてはいなかったであろうか。

マルセルとロベールが仲のよい兄弟と思われていたことについては、多くの証言がある。しかしどんなに仲よく見える兄弟も、必ず内心に複雑な葛藤を抱えているものだ。その葛藤がとりわけマルセルの側で顕著であったことは、容易に想像がつく。彼は弟が母と自分のあいだに入りこみ、ときには母を自分から引離す役を果していることを、早くからその全身で意識していたにちがいない。母の接吻が妨げられる就寝時の悲劇をあのように執拗に描いたプルーストが、どうしてこれを意識しないなどということがあり得よう。ひょっとすると彼はその空想のなかで（だれしものやるように）何度か弟のない自分を想定したのではないか。ときにはこの弟の死を、あるいは弟が忽然と消えてしまうことを、プルーストは心のどこかで願わなかったであろうか（ちょうど『失われた時』の語り手が「囚われの女」のアルベルチーヌについて、ときおり似たような空想をめぐらしたように）。

プルーストの作品から弟が抹殺されているのは、まず第一にこのような空想を実現したものであろうと思われる。だからまた逆にもしも弟を導入するならば、それは右に述べたように母と自分のあいだに入りこむ厄介で危険な存在を導入することになった筈である。少くとも「ロベールと仔山羊」を書いた一九〇八年には、彼はそのような弟の存在自体を作品化する可能性を探っていたにちがいない。またそうである以上、この挿話は、当時プルーストが手をつけはじめていた作品のなかで、きわめて重要な位置を占めることになったろうと思われる。

事実はその通りに進行していたと私は考える。そして右のような推論の成り立つ一つの根拠は、当時プルーストがさまざまのメモをつけていた手帖の一ページにある。そこにプルーストは、作品のすでに書き上げられた部分を列挙しているのであるが、その冒頭にははっきりと「ロベールと仔山羊、ママが旅行に出発する」と書かれており、それにつづいて「ヴィルボンの方とメゼグリーズの方」という文字が記されている（むろんこれは後に『失われた時』の第一篇で描かれることになるコンブレーの二つの方角の原型だろう）。いわゆる「お寝みの接吻」に当るものは、はるか後に言及されているにすぎない。だからこのころのプルーストが、弟ロベールに作品全体の引き金にも当る役を割りふろうと考えていた可能性は、決して小さなものではない筈である。

そのように考えてくると、この断章が単に幼年時代の懐かしい思い出の一こまを描くといったようなものでなく、はるかに重大な主題をはらんでいることが分る。ここでマルセルは明らかに、幼い故に優位に立っている弟に、アベルを見るカインの目を注いでいるのである。五歳半の弟は幼いから母とともに出発できるのだし、また幼いからこそその悲歎や怒りをぶちまけても大目に見られるのである。ところが兄のマルセルには年長者として悲しみにうち克つことが要求されており、母はプリュタルク英雄伝の挿話まで引用してその心得を説いている。兄はこの「使命」にふさわしい振舞いをしなければならない。それはなるほど彼にいささかの優越感を与えはするが、だからといって母との別れの悲しみがやわらげられるものでもなく、また弟への羨望が消えるものでもないのである。
そういう少年の気持にぴたりと符合する一つの対象がある。それが弟の髪の毛である。引用してみよう。

「弟が行ってしまうので、叔父は記念撮影のために弟をエヴルーに連れて行った。まるで門番の子供が写真をとられるときのように弟は髪の毛をカールされたので、ちょうどベラスケスの描く王女の蝶かざりのように大きな結い目をつけてふっくらとした黒い髪が、兜のように弟の大きな顔をとり囲むことになった。ぼくは年上の子供が愛する弟に対して示す微笑を浮かべて彼を見つめたが、その微笑のなかにより多く含まれていたのは、いったい賞讃の気持か、皮肉な優越感か、あるいは愛情だったか(3)。」

ロベールが怒りにかられてかきむしり、引きちぎるのは、この撮影用の髪を飾るリボンの結い目である。
ここで一言つけ加えておかねばならないが、プルーストはたいそう髪の毛に敏感な作家であった。彼において髪はしばしば、欲望や讃美の気持をかきたてるイメージとして描かれている。そしてこの髪に対する敏感さは、おそらく彼の幼年期の体験と無縁ではないのであろう。たとえば『失われた時を求めて』の出だしにおかれた眠りの描写のなかに見られる次のような一節は、プルーストの幼年時代に始まった髪の歴史を想像させるものであるだろう。

「あるいはまた眠りながら、ぼくは永遠に過ぎ去った幼いころの一時期に楽々と追いついて、大伯父に捲き毛を引っ張られはしないかといったような他愛もない恐怖感、その捲き毛が切られた日――つまりぼくにとって新時代の始まった日――以来、消え去っていた恐怖感を再び見出すのであった。」(RTP, I, 4)(訳 I, 31-32)

だから「ロベールと仔山羊」において、マルセルが弟の縮らせた髪の毛を眺めるのは、いわば新時代のこちら側から、失った楽園をのぞむ気持に似ているだろう。マルセルはもとより年長者の「皮肉な優越感」を持ちながらも、この幼い弟の髪に強い羨望と郷愁を覚えている。なぜならもはや自分が二度と戻れぬその髪型こそ、自分をいっそう母に近づけるものであるからだ。

ところでこのように幼さに執着しているのは、いったい何歳の少年なのだろうか。もし現実のプルースト兄弟の年齢差をこの断章に当てはめれば、ロベールが五歳半である以上、マルセルはやっと七歳を越えたばかりの筈なのであるが、それは同時に『ジャン・サントゥイユ』の冒頭で母の接吻を渇望するジャンの年齢として明記されているものでもある。そしてこの暗合は私にはきわめて意味ふかいものに思われる。おそらく七歳のときにプルーストは、何らかの忘れがたい経験を持ったにちがいない。

　私の手許には、ちょうどこの年ごろか、ないしはこれよりいくぶん小さいくらいのマルセルとロベールの写真がある（口絵④）。これもまた何かの折りの記念撮影だろうが、いかにも自信のなさそうな兄は髪をおカッパのように切られ、勝気そうな弟は捲き毛でこそないけれども明らかに縮らせた髪の毛を頭のうしろに立てている。スコットランド風のスカートをはいた二人の子供だが、ぎこちなく怖ず怖ずとした兄に比べて弟のいかにものびのびとした様子が強く印象に残る写真である。おそらく七歳のマルセルが羨望したのは、このようなロベールの髪だったのかもしれない。

　こんな風に考えてくると、『失われた時』の第一篇『スワン家の方へ』のなかでいささか唐突に語られる髪の挿話の意味も明らかになるだろう（RTP, I, 145）（訳 I, 310）。むろんロベールは作品から抹消されているのだから、「写真をとるために髪を縮らされ、一度もかぶったことのない帽子を慎重にかぶらされ」るのは、今度は語り手の「ぼく」である。そして彼は仔山羊ではなく山査子の花と別れるのを口惜しがって、髪にさしたリボンを引抜き帽子とともに足でふみつけているところを母に見つかるのである。「よけいなことをしてくれたもの、こんな結び目をこしらえて、わざわざ髪を結い上げたりして！」という『フェードル』の詩句が両方に活用されていることから見ても、作者が「ロベールと仔山羊」をもとにしてこの一節を書いたことは疑いの余地がない。そして作者がこのようにロベールの髪を語り手に移し変えたのは、まさしく幼いロベールにとって替りたいという彼の強烈な願望と無縁ではあるまい。自分の作品から入念に弟の影を拭い去ったプルーストは、この一節からも推測できるように、実は深く弟によって印づけられていたのだと私には思われる。

ところで初めにも述べたことだが、こういった問題が関心の対象になり得るのは、プルーストが自分の生涯を全面的に作品化するという形で『失われた時を求めて』にとりくんだためである。だから私は――ペインターのように、「『失われた時』しか知らない人間が『失われた時』についてなにを知っているか[4]」と言うつもりはないけれども――『失われた時』の対極にあってこれと拮抗するもう一つの時間（つまりはマルセル・プルーストの生涯）を作品との関係において全面的に構成し直してゆく試みは、必ず『失われた時』の理解を助けるであろうと信じて疑わない。またそのマルセルの生涯において弟ロベールの存在が、二人の幼年期の関係から出発してきわめて広くかつ深刻な影響を持つに至ったろうことも確実であると思う。

それというのも七歳のプルーストの経験は、それが文字通りの出発点であったにせよ、またより痛烈な幼時体験を秘めた隠蔽記憶であったにせよ、いずれにしてもほんの発端にすぎないのであって、少くともこのときから幼さへの執着がまだ幼いプルーストを特徴づけたと思われるからである。幼さへの執着とは、自ら責任を負うのではなくて他人に許され受容れられる者でありたいという願いであり、後にプルースト自身が「サロンの告白帳」（口絵⑨）に記したように、「愛されたいという欲求」、「愛撫され甘やかされたいという欲求」である。つまりは主体よりも客体であろうとする意志である。おそらく彼がひ弱な子供であったことがこの傾向を強めたのかもしれない。あるいはこの傾向が彼をひ弱な子供にしたのかもしれない。こうしてやがてプルーストの九歳のときに、最初の喘息の発作が彼を襲うことになるだろう。その症状は典型的な花粉アレルギーのように見える。しかしこれは単純に彼のアレルギー体質を原因とするものなのだろうか。あるいはインターナル・クライともいわれる喘息を彼はどこかで呼び求めていたのだろうか。医者でもない私は判断を慎しみたいが、ともあれこの発作を境にして、彼には文字どおり「新時代」が訪れるだろう。喘息は、作品中の「コンブレー」に象徴される彼の幼年時代を決定的に帰らぬものにすると同時に、喘息のおかげで彼は首尾よくロベール以上に母にいたわられる病身の子供になってゆくだろう。また何かにつけて病気を装うことにより他人の同情を獲得するという狡智を身につけるだろう。こうして彼はますます対他性に支配されてゆくだろうし、それは彼を同性愛へと向かわせる一要因になるだろう。またそこから〝正常〟な弟との新たな関係が始まるだろうし、それがまた作品に思いがけぬ反響を与えることになるだろう。そして私にはここに紹介した「ロベールと仔山羊」が、まさにこうした一切の入口にマルセルとロベールの幼い人間関係があったこと、それを除いては何も起こり得なかったことを、われわれに告げているように思われるのである。

喘息の方舟

一九八一年

一

作家の病気といえば、真先に私の頭に浮かぶもののなかにドストエフスキーの癲癇とプルーストの喘息がある。これはこの二人の作家の最も本質的なものと関係があると私は思う。もしドストエフスキーが癲癇でなかったとしたら、ただ『白痴』が書かれなかっただけではなく、たぶんわれわれの知るドストエフスキーは存在しなかったことだろう。またもしプルーストが喘息でなかったら、『失われた時を求めて』も『ジャン・サントゥイユ』も書かれはしなかったであろうし、それ故にマルセル・プルーストは存在しなかったにちがいない。そしてドストエフスキーもプルーストもいなかったとしたら、世界の文学はずいぶんと趣を変えていたであろう。だからこれらの病気はたまたま二人が身に蒙った不幸というようなものではなくて、遥かに重大な意味を帯びた文学的事件なのである。私が本稿でプルーストと喘息の関係を考察しようと思うのも、そのためにほかならない。

　ごく表面的に眺めただけでも、喘息の影響はプルーストの作品に顕著に現れている。だから伝記的事実を何も知らない読者でも、注意深く作品を読めば必ずそこに病気が色濃く影を落していることに気づくはずなのである。たとえば、「長いあいだ、ぼくは夜早く床に就いてきた。ときには蠟燭を消すとたちまち眼がふさがり、《ああ、眠るんだな》と考える暇さえないこともあった。しかも三十分ほどすると、もうそろそろ眠らなければという思いで眼がさめるのだった」というのは、余りにも知られた『失われた時を求めて』の書出しだが、その直後にすでにプルーストは次のように記しているのである。

「やがて十二時だ。それは、病気だというのにやむを得ぬ旅行に出かけて、見知らぬホテルに泊らなければならなかった人が、発作を起こして眼がさめたときに、ドアの下からもれる一条の朝の光を見つけて喜ぶ瞬間である。助かった、もう朝になったんだ！　じきに従業員が起きてくる、ベルも押せるし、助けにきてもくれる。楽になれるという希望が、苦しみに堪える勇気を病人に与える。ちょうどそのとき彼は足音を耳にしたような気がする。足音は近づき、そして遠ざかる。ドアの下からもれていた朝の光は消えてしまった。十二時だ。いまガス燈を消したところだ。最後の従業員も行ってしまい、こうしてひと晩中、薬もなしに苦しみつづけなければならないのだ。」（傍点筆者）（RTP, I, 4）（訳 I, 31）

この発作がどんな性質のものかはここでは説明されていないが、一種病的な雰囲気とごく神経質な気分に満ちた文章のなかに、さりげなく滑りこませた発作の比喩は、語り手にとって実はきわめて深刻な意味を含んでいるのである。じじつ読者はやがて、彼が病身で医者からヴェネチア旅行も劇場に行くことも禁じられ、真綿でくるまれるように大切に育てられていることを知るだろう（RTP, I, 393, 439）（訳 II, 441-442, III, 32-33）。さらにこの語り手は或るとき突然発作を起こし、原因不明の窒息に苦しんだ後に、それが重症の喘息であると判明するだろう（RTP, I, 495-499）（訳 III, 148-156）。この病気で語り手の生活は一変する。彼の赴く場所も（したがってそこでの出会いも）喘息によいか否かで決定されることになるし、彼が馬車の窓を開け放しにできなかったり、花のために気分が悪くなったり、しばしば窒息の発作を起こすことも、作品の背景に一貫して流れる主題になるだろう（RTP, I, 782, II, 926, 1109, 1125）（訳 IV, 200, VIII, 170-171, 555, 588）。つまりこの語り手はたえず発作の恐怖におびえている人間なのである。してみると、彼が冒頭で「発作」になぞらえた不安な夜の意識とは、まさに喘息患者の不安や苦痛が生み出したもの、と考えることができはしないか。

『失われた時を求めて』だけではない。プルーストが二十四歳から二十九歳までのあいだに執筆して放棄した長篇小説『ジャン・サントゥイユ』においても、まず序章でこの小説の架空の作者とされているCは「枯草熱」のために郊外に行くことのできない者として描かれているし（JS, 200）、また主人公のジャンも喘息とリューマチのために、二十五歳で跳んだり走ったりできない人間になった、とされている（JS, 312）。このほか、処女出版『楽しみと日々』に収められた短篇にしても、後年のエッセイにしても、プルーストが病気に重要な役を与えた例は数限りない。

その基盤になっているのは、プルースト自身の喘息の経験である。では、それはどのようなものであったか。私は以下に、可能な限りにおいて、その実体と意味を探ってみたい。

二

彼が最初に激しい喘息の発作に見舞われたのは、九歳のとき（一八八一年）であったと推定される。それは、誰もが引用する二歳年下の弟ロベール・プルーストの明快な証言があるからだ。

「マルセルが九歳の年、われわれが友人のD……たちと一緒にブーローニュの森の長い散歩から帰ったときだったが、マルセルは恐ろしい窒息の発作に見舞われ、驚愕した父の面前であやうく息を引取りそうになったことがある。この日を境にして、似たような発作の再発にたえずおびやかされる苛酷な生活が始まった。(1)」

多くの伝記作家、とくに医者として小伝を書いたロベール・スーポーは、この発作の遠因をプルーストが生れながらの病身であったことに帰している。そしてプルーストが病身に生れついた理由として、彼が胎内にあった頃のコミューヌの乱のために母の覚えた極度の不安を挙げている。(2)じじつプルーストの母ジャンヌは、夫アドリヤンを戦乱のパリに残したままオートゥイユに逃れて、ここでマルセルを出産するのであるが、こうした母親の不安な心理状態が胎内の子供の体質に与える影響については、私は何も語る用意がない。

ところで、ここに不思議な証言がある。それは上記の弟ロベールのもので、彼は必ずしも兄マルセルが生来極端にひ弱な体質だったとは考えていない節があるのだ。

「記憶の最初の結晶作用が行なわれるあの曖昧な時期まで、私の幼年時代の思い出の流れをどこまで遡ってみても、私が必ず見出すのは、無限の優しさで私を包み、いわば母親のような慈愛で私を見守る兄のイメージである。そして奇妙なことに、われわれの人生の最初の時期の胸を衝つこのイメージが、ほとんど常に燦々と日の光を浴びた郊外のイメージと結びついていることを私は発見する。というのも、たぶん兄が五歳、私が三歳ぐらいと思われるこの時期に、兄はまだ健康をひどく損ねてはいなかったからだ。兄が身体をこわすのは数年後のことで、その結果いっさいの戸外の空気と春とから逃亡することを、兄は余儀なくされたのである。(3)」

断定は控えねばならないが、弟ロベールの記憶によれば、兄マルセルは或る日、不意に思いもよらなかった発作に襲われたのではないか。前掲引用の中の「奇妙なことに」という言葉などは、ひ弱なマルセルという伝説（おそらくは、マルセル・プルースト自身がかなり積極的に広めたと思われる伝説）に、控え目に異議を申し立てている。しかもこのロベールは、父アドリヤンのあとをついでプルースト家の医学の伝統を守った人物であり、たとえ幼年時代の回想とはいえ、医学的にも彼がまったくの出たらめを言うとは考えられない。そうだとすれば九歳の発作までのプルーストは、むろん頑健な子供とは程遠かったにしても、他の子供たちと余り変らぬ幼年時代を過したのかもしれない。少なくとも、プルーストの誕生する前に母が覚えた不安などという、本人にはとうてい手の届かぬ偶然によって、彼の喘息体質が（したがって彼の喘息が）あらかじめ決定されていたと見なすのではなくて、むしろ九歳までの彼の生によって、徐々に喘息発作が準備されたかもしれぬと考える可能性を、この証言は残しているのである。あるいは、仮に一定の体質があったにしても、その潜在的な体質から顕在的に喘息を引出したのは、九歳までの彼の幼児経験ではないかと疑ってみることも可能に思われる。私には、そう考える方が自然なのだ。というのも、喘息が過保護に育った裕福な家庭の長男に圧倒的に多いということは、実にしばしば指摘されていることであって、それはこの病気が微妙な幼児心理と密接にからんでいることを示しているからである。いずれにしても、弟ロベールの証言から、今はとりあえず以上の問題点のみを押えておきたい。

九歳のマルセルを急襲した発作は、ロベールの証言から推測すれば、当時の表現でいう「枯草喘息」、すなわち花粉と結びついた発作のように思われる。プルースト自身も後に書いている、「私は何よりも、そして疑いもなく、重症の喘息です。最初は枯草喘息でしたが、たちまちそれが夏季喘息になり、ついでほとんど年間を通じての喘息になりました」[4]と。枯草喘息とは、今日の言葉でいう花粉アレルギーの発作であって、花粉が抗原（アレルゲン）となり、それが体内に侵入して抗体（レアギン）を生じ（これを感作状態と呼ぶ）、次にまた同じ抗原にふれるとアレルギー反応により喘息の発作が始まるのであるが、しかしこの当時、アレルギーという現象はまだ知られていなかった。[5]花粉が枯草熱や気管支喘息の原因になり得ることは分っていたが、それさえプルーストの発作の数年前（正確には一八七三年）に、初めて本格的に報告されたものにすぎない。*[6]それでもプルーストの父親は医学の大家であったから、直ちに当時として可能な処置を執ったはずである。まだアレルギー論に基づく治療（脱感作療法）はなかった時代だから、基礎的治療として考えられたのは、転地だったり、神経症体質（**nervosisme constitutionnel**）の改造の試みだったりしたのであろう。[7]とくにこの体質と神経の関係は重要であって、それは本稿でも後にもう一度ふれることになるはずである。

ところで今日では、喘息の多くをアレルギー性のものと見なすのが、ほぼ常識となっている。だがまた全ての喘息発作をアレルギーで説明できるわけでないのも、私の調べた全資料の一致した見解である。現にアレルギー説のほかに、自律神経失調説（迷走神経の緊張）、内分泌調節異常説、感染説、心理的ストレス説などがあり、なかには馬に接すると喘息を起こす人が映画の馬を見て発作に陥った例を報告している書物もある。じっさい喘息という病気のむつかしさは、心身の条件の複雑微妙なからみあいが発作をもたらすという点にあるのだろう。メダルド・ボスはこの問題にふれて、愛情のない結婚に同意した途端に重い喘息になった婦人の例や、上司から面罵されて喘息発作を起こした者の例、不公平な遺産配分や、スキャンダルにおびえる不安な感情までが、喘息の原因になった例などを挙げている。*[8] だがこうした心身医学の立場に立っても喘息のすべてが解明されるわけではないのであって、だから久徳重盛のように、これは「心身の問題が強く関与するアレルギー性疾患であり、純粋な心身症とは考えるべきでない」[9]という立場も生じるのである。この久徳重盛は内山道明とともに、「アレルギーを基礎とした全体医学説」を主張しているのであるが、[10] これは一つの原因で発作を説明する一元論を排して、気管支喘息の多元論を主張するもので、アレルギー感作状態の存在と、抗原が体内に入ることとを、発作の一応の条件とした上で、生理的なバランスの乱れや心理的な動揺を「喘息準備状態」としてこれにからめた考え方である。もしもアレルギーを喘息の基本に据えることが正しければ、これはほぼ妥当な折衷案として受入れることができるであろう。*[11]

以上のことをふまえてプルーストの喘息発作を振りかえってみると、たとえその症状からしてこれを花粉アレルギーらしいと言ってみても、それだけではこの病気について、ほとんど何も語ったことにならないことが分るであろう。単なる病因論としても、アレルギーがどうして起こったのかということが正しく説明されなければならないし、また後述するごとき九歳の発作以後に辿った病気の経過から判断しても、この喘息の正体はかなり複雑なものではないかという疑いが生じるからである。

この点にかんする研究者の態度は、およそ二つの方向に分れる。一つはごく機械的に病因を推断するだけで満足する立場であって、たとえば『マルセル・プルーストの作品に対する喘息の影響』の著者ジョルジュ・リヴァヌは、いとも簡単にこれを「アレルギー性のものである」と断定している[12]。同じくアレルギー説のロベール・スーポーや、自律神経失調説のピエール・モーリヤックの主張も、この部類に入るであろう[13]。

これに対して第二の立場は、プルーストの喘息の複雑な性格を認めて、とくに母の愛を求めるというところに深い病因を探るものであって、浩瀚な伝記を書いたモーロワもペインターも、この説に傾いているようだし、またプルーストの遺族の激怒を買った問題の書物『マルセル・プルーストの秘密[14]』の著者シャルル・ブリヤンも同様である。

こうした心因性喘息を重視する見解は、言うまでもなく精神分析派の人びとに広く支持される考え方である。だからミルトン・L・ミラーの『ノスタルジア――マルセル・プルーストの精神分析的研究[15]』も類似の立場で喘息に一章をさいているが、とくに興味深いのは弟の存在を強調するE・ジョーンズの論文であって[16]、著者は弟の誕生によって特権的地位を失ったプルーストが、それを取返そうとする秘かな欲望のために全力を注いだ結果、たった一つの方法である病気のなかに逃げこんだことを、きわめて明快に主張している。

これはいずれも推測以上のものではない。けれども神経質な親の過保護の影響や、長男および一人っ子に喘息が多いことと並んで、兄弟間の心理的問題が発作の引き金になる例もすでに多数報告されているのだし[17]、またプルーストと弟のあいだには、数少ない資料を通じてではあれ、かなり複雑な葛藤のあったことが想像されるのであるから、[*(18)] これを唯一絶対の原因と見なしてよいかどうかは別にしても、病因を考える上で弟の存在は決して軽視できないもののように思われる。それというのも、単に喘息が一元論で片づかない病気であるのみではなく、多くの病気が、物としての身体にたまたま起こった故障などといったものでないことは、今日ますます明らかになってきたからである。病気は或る状況を生きる人間の全的な表現の一つなのである。

しかしながらプルーストの場合、単に九歳のときの発作の原因を探るだけでは何一つ確実なことを知り得ないであろう。それは資料が絶対的に不足しており、発病の具体的な記述も弟ロベールの証言以外に何もないからである。むしろ、このように限られた資料から強引に病因を断定するよりも、発作以後のプルーストがどんな風に自分の喘息を受入れたかを知る方が、はるかに重要ではなかろうか。彼は喘息とどんな関係を結び、どう喘息を生きたか、それを記述することは原因の推定以上に有効であろう。なぜなら、そこにプルーストが自ら作り出した喘息の意味が顕著に見えるはずだからである。

この点でわれわれに多くの情報を与えてくれるのは、プルーストの夥しい書簡であり、なかでも母親とのあいだに交された手紙は示唆的である。

われわれの知るマルセルから母宛ての最初の手紙は十六歳のときのものと推定されているが、そこで息子は長々と彼の健康状態を報告している。その一節を引用してみよう。

「或る晩（ルーヴル美術館に行った日の晩です）、ぼくは余り消化のことも気にせずに、でもおそい時間にたっぷり夕食をたべて寝たのです（デザートを三皿も）。眼が覚めたとき、ぼくはひとり部屋のなかで驚きの声を上げました。口中も爽快だし、穏やかにぐっすり眠れたからです。その次の日は、したがって、むろん前日よりずっと好調でした。その日の午後、ぼくはいつものように歩いて、それから叔父さんの馬車に乗ったりして、ブーローニュの森に行きました。すると眠りは重苦しく、口のなかがとても気持悪いのです。

そこでぼくは次のように考えました。

たったひと晩のあの気持のよかった夜の前日は、こんな風に過されたのだ、と。

その日はアカシア通り[19]でではなくて、ルーヴル美術館の出口で叔父さんに会ったのだから、ブーローニュの森では箱馬車に乗ったままだったのです。

その翌日は森に行かないようにしました。

すると、お八つも夕飯も（まったく偶然に）たっぷり食べ、お祖母さんから散々お小言も言われたのに、

口のなかに嫌な味は一つもないのです[20]。」

ブーローニュの森を箱馬車に乗らなければ通れないのは、むろん喘息のためだが、同時に祖母の小言もふだんは体調に関係してくることを示す文字のあることが注目される。それはともかくとして、このように健康状態を細々と知らせるのは、彼の母宛ての手紙の決った型なのである。発作があった

かどうか、夜はよく眠れたかどうか、薬や、喘息を抑える吸入や、エスピック煙草などを用いたかどうか、そうしたことを息子は後年まで、詳細に報告している。それはプルーストの健康が母の最大の関心事になっていたという意味であり、またプルースト自身は、母に心配をかけていたわられる存在であることをすすんで受入れ、そうした存在を母に提示していたことを証明している。

そこから、母と子の書簡の（つまりは二人の関係の）目立った特徴が生れる。すなわち母が常に保護者であり、助言者であるのに対して、マルセルは常にこどもであり、当時流行しはじめた表現で「わたしの可愛い狼（Mon petit loup）」と母に呼ばれる存在でありつづけた、ということである。つまり彼は病気を利用して、おとなになるのを拒否しつづけるとともに、必死で母に甘え、母の愛を独占しようとつとめていたのであった。

プルーストには、一生涯を通じて或る幼児性、一種の退行現象が見られるけれども、その重要な原因は、いたわられる病人という特権的な存在への固執にあったと私は思う。その結果、彼は常に受身の存在でありつづけたし、彼においては主体よりもまず客体が優位を占めることになったのである。これは、原因こそちがえ、サルトルの解明したジャン・ジュネやフローベールの資質に通じるものである。ともあれ彼の書簡に一貫して見られるのは、客体に逃避することによって自分を母親の独自な愛の対象たらしめようとするプルースト固有の戦略である、と言うことができよう。

しかし書簡よりもさらに明瞭にこのことを暴露しているのは、彼の作品、とくに『ジャン・サントゥイユ』と『失われた時を求めて』の冒頭部分である。この二つの作品では作者の姿勢に微妙な相違があるけれども、いずれも主人公ないし語り手を体質的に過敏な神経を持って生れついた病人として描き、しかもそれが他者（とくに母親）によって承認されるという事実を強調していることに変りはない。たとえば『ジャン・サントゥイユ』である。

「『この子は神経のせいで苦しんでいるんだわ』という母の言葉、ジャンがあんなに後悔した悲嗚や嗚咽を、意志によらない神経の苛立ちのせいにして、それをジャンの責任ある意志から引離し、こうして彼をたいそう喜ばしたこの言葉は、彼に一時の歓喜以上のものを与え、彼の生涯に深い影響を及ぼしたのであった。（……）ジャンがそれと懸命に戦ってきた過敏な神経が、依然として悲しむべきものではあっても、もはや罪あるものとは見なされなくなった日、過ちを回避する義務の代りに病気をいたわるという特典のみを考えればよくなった日に、幼いときからジャンが四六時中自分自身を支えてきた苛酷でかつ実り豊かな闘いは終了したのである。」(JS, 210)

ここで神経と言っているのは、母に対する強すぎる愛情のことであり、いかなる代償を払っても母を自分のそばに惹きつけておこうとして、一種の錯乱の発作に陥った七歳の少年の状態のことである。そしてプルーストは常にこうした状態を、「責任ある意志」つまりは主体に対立させる。*(21) 言いかえれば、錯乱は体質であり宿命であって、本人の自由にならないものであるというのだ。だがまた、作者がここで喘息を念頭においているのも明らかである。まず第一にこの主人公は後に喘息に悩まされるのであるし、また『失われた時を求めて』では上述のごとく、いっそう周到に、狂気のように母を求める語り手の興奮を引出すべく準備された冒頭の不眠の夜の苦しさを「発作」になぞらえているのだし、さらに神経症体質こそ喘息をもたらすというのは当時のごく一般的な考え方でもあったからだ[22]。つまり母への過度の愛とは、喘息と同じく体質から発したものであり、それは本人にもどうにもならない運命であるから、そこから起こるいっさいの責任は本人には免除される、ということになる。これは甚だ虫のいい考えと言うべきだろう。なぜならプルーストは、その喘息体質ゆえに、母の愛情や心遣いを享受して当然だと主張していることになるからだ。

いったい体質とは何だろう？　人間の誕生の地点で何が決定されているかを考えれば、そのときに絶対に変更の許されない宿命としての体質の存在などは認めないこと、少なくともそれを最小限に押えることが、われわれの当然の態度でなければなるまい。なるほど人は背が高かったり低かったりするし、髪の色もさまざまだし、また障害を持って生れたり、そうでなかったりもする。これに類した外部的な、また内部的な、さまざまの肉体的特徴もあるだろう。それらを、人に与えられたぎりぎりの条件と言ってもいい。また、幼児にはどうにもならない他者の存在、すなわち家族と、それにまつわるさまざまな問題も、与えられた条件を構成すると考えることができる。しかしその条件がどれほど圧倒的なものに見えようとも、それを宿命とするのは、多かれ少なかれその本人の誕生以後の生き方ではないか。体質もまた同様であって、誕生の偶然によって構成されているように見えながら、同時に体質はわれわれ各人が作り出していくものでもあるはずだろう。いずれにしても運命や宿命という発想は、人が未来を志向する自由存在である限り、これを最小限にとどめることが要求されるだろう（逆にひたすら過去を振返るなら、いっさいはすでに決定されていることになり、だからこそマルローの「死は人生を運命に変える」という言葉が生れるのである）。

したがってプルーストが『ジャン・サントゥイユ』のなかで、意志ではどうにもならない神経の作用を大幅に認めたとき、彼の時間性の特徴をなす過去志向は明瞭に決定されたと言っていい。それと同時に、神経＝肉体が彼の自由にとって手の届かぬもの、すなわち一個の客体であり他者であることも判明したのである。*(23) しかも神経によって惹起された興奮や錯乱は、本人にとってもともと後めたいものなのであるから、肉体＝悪という発想もすでにここには含まれていたように思われる。これは幼年期になんらかの持病に苦しんだ者なら、たちどころに理解できることだろう。子供は、自分が病気によって他人と異った存在にされたことに苦しみ、肉体を悪と同視し易いものだが、そのテーマをプルーストは後に大がかりな形で『失われた時を求めて』のなかに展開することとなるだろう。

それだけではない。『ジャン・サントゥイユ』には、神経を病む者へのいくつかのアポロジーさえ見られるのである。しかもこの小説が書かれたのは、一八九五年から一九〇〇年にかけて、作者が二十四歳から二十九歳にかけてのころであるから、もはや少年プルーストではなくて成年以後の彼の病気に対する態度決定が問題になるだろう。それを見るためには一旦作品を離れて、この時期のプルーストの実人生の問題を検討してみなければならない。

三

プルーストにとって喘息が重大な意味を持つのは、これが決して九歳のときの発作とその直接の結果のみに限定されるものではなかったためである。というのも彼は一生この病気とつきあうことになるからで、最初の発作については多分に推測に頼らざるを得ないにしても、後のものにかんしてはプルースト自身の言葉が残っており、それが発作の意味を考える手がかりを与えてくれるのである。

そうした後年の発作のなかでまず興味を惹くのは、おそらく一八九四年のそれであろう。この一八九四年は、プルーストにとって決定的な時期の一つであった。このとき彼は社会的におとなになるか否かの岐路に立っていたからである。

その前年、二十二歳になったプルーストは、しきりに両親（とくに父親）に就職を迫られた形跡がある。まっとうな職業に就いてほしいというのは、たいていの父親が子供に対して抱く願いだろうが、プルースト家もその例にもれなかったばかりか、田舎町からパリに出て来て見事に一家を成した父アドリヤンは、自分が出世街道を驀進しただけに人一倍その希望を持っていたように思われる。その事情はこの頃の一連の手紙が語っている。

「お父さん、

ぼくはかねがね自分が文学や哲学の研究に向いていると思い、いつかそれが継続できるようになればと願っていました。でも毎年ぼくにはますます実務的な仕事が与えられるばかりなので、むしろぼくは今すぐ、お父さんの言う実務的な職業を選びたくなりました。ぼくは外交官試験なり、古文書学校の入試なり、お父さんのお望みのものを本気になって準備するつもりです。」

だがそのあとで、彼は未練がましくつけ加えている。

「それでもぼくは依然として、文学と哲学以外のどんなことをやろうと、ぼくにとってそれは失われた時だと思うのですけれど。[24]」(傍点筆者)

この手紙は一八九三年九月末のものと推定されるが、それからの二、三年はプルーストにとって一生の分れ道だった。平凡な外交官ないし図書館司書になるか、作家ないし哲学者になるか。と同時に、この前年にプルーストはエドガール・オーベールという端正な美貌のスイス青年と知合い、その年にはウィリー・ヒースを知り、それぞれに強い友情を抱きながら二人にともに若死にされ[25]、さらに倒錯の詩人ロベール・ド・モンテスキウを知ったのも一八九三年ごろだったから、これは彼自身が異性の友人と同性の友人とのあいだで覚えるあやしい混乱に戸惑いはじめた時期でもあったろう。レスビエンヌの問題を描いた最初の習作「夕暮れのひととき」が発表されたのも同年十二月であり、おそらく同性愛者としての自覚もこの辺りから始まったものと推定される。私は喘息と同性愛にもなんらかの関係がありはしないかと疑っているのだが、この問題にはいまはこれ以上深入りしない。ともあれ彼が猛烈な喘息の再発に見舞われたのは、今の父宛ての手紙から数カ月した一八九四年の五、六月だった。[26]

そのときまで、なるほど喘息は少年マルセルの持病になり、中学もしばしば休む羽目になったけれども、長ずるとともに徐々に発作はおさまって来てもいたのである。少なくとも、若干の特典はあったにせよ、一八八九―一八九〇年には一年間の志願兵をつとめることさえできたほどであった。だが一八九四年にぶり返した喘息は、もはや二度と彼を去ることがないだろう。またそれは通常の職に就くことを著しく困難にするだろう。さらにまたプルーストはそれ以後喘息を、さまざまな機会に、口実として持出すことを覚えるだろう。

それでも彼は両親の懇請に負けて、マザリン図書館司書の試験を受け、一八九五年六月から出勤することになるのだが、希望しなかった納本課に配属され、ついで文部省の納本課に出張を命ぜられると、健康を理由にして仕事を逃れようとする。しかし彼自身がすすんで試験を受けた以上、これは理にかなわぬことであり、マザリン図書館長がプルーストのことを「健康そのもの」と判断したのは、当然であった。[27] ところでその時期のプルーストの姿を描いているものに、プルーストがたいそう可愛がっていたリュシヤン・ドーデーの回想がある。

「ときどき私はマルセル・プルーストを探しに学士院の図書館に行った。彼は枯草熱（彼のあらゆる不快や、後の生活条件を作った元兇である枯草熱）への用心から、手に噴霧器を持っていたが、それには何かの消毒液がいっぱいつまっていた。[28]」

噴霧器を手から放さぬ司書というのは荷厄介な存在というべきだろう。また消毒液が人体に有毒であるのも、当時すでに常識となっていた。[29]とすれば、これは自己防衛のためのプルーストのデモンストレーションだったのかもしれない。いずれにしても彼は父のコネなどを利用して次々と休暇を獲得することに成功し、獲得と同時に一八九五年の七月から九月にかけて、まず母とともにドイツのクロイツナッハに、ついでレーナルド・アーンとともにサン＝ジェルマン＝アン＝レ、ディエップ、さらにブルターニュへと、精力的に旅行を試みている。その旅先で彼が堰を切ったように書きはじめたものこそ『ジャン・サントゥイユ』であった。しかも生れて初めての大長篇に取組みながら、一方で彼は文部大臣宛てに（なぜなら、出張を命ぜられて文部省の管轄下にあったからだが）直接に次のような手紙を書いている。

「私の神経性喘息は、二カ月の休暇をいただいたために殆ど全快に近い状態ですが、なおこれを完治させるために、十月十五日より十一月十五日まで、一カ月間の休暇を申請する次第であります。[30]」

これによって、プルーストが喘息を口実にして最初の休暇を得たことが判明する。ただしこの手紙が本当に投函されたかどうかは明らかでない。分っているのは、旅先での執筆のためにあらゆる用紙を動員しなければならなかったプルーストが、書き損じたこの手紙の裏に『ジャン・サントゥイユ』の草稿を書きつけていることである。つまり創作への情熱と、病気を口実にして仕事を逃れようという作戦とが、文字通り表裏一体になっていることをわれわれは知り得るのである。こうして自伝的小説の創作へ向けての第一歩を踏出した彼は、以後二度と納本課の職場に戻ることがなかったのである。

『ジャン・サントゥイユ』で主人公の将来がしきりに議論されるのはそのためだろう。ある一節では、将来のジャンが役所づとめをしているところさえ語られる（JS, 300）。母親は、裁判官、外交官、弁護士といった「きちんとした職業」（JS, 203）を選ばせたいと言い、祖父のサンドレ氏は「ジャンが詩が好きになるとしたら」という娘の言葉に怒りを爆発させて、詩人たちのような「やくざ連中」を口をきわめて罵倒するが（JS, 214）、これはプルースト家でも見られた情景だったかもしれない。これに対して作者はしきりに、文学の選択をこの習作を通じて擁護しようと試みている。そしてそのために彼が援用するものこそ病気の存在なのだ。

この病気が『ジャン・サントゥイユ』の中で神経症体質として描かれていることはすでに見た。だがそれだけではなく、この作品には病気を一つの表現と見なす態度もすでに現れているのであって、それはたとえば次のような言葉に示されている。

「われわれの感受性もまた微妙で頑丈な器官を備えており、それは、余りの激痛に圧しつぶされそうになると、気を失ったり、呆然自失したり、眠りこんだり、または熱を出したりして、そうしたものの名において、入りこめない薄い覆いを感受性の上にかぶせてしまうのである。」(JS, 613)

この狡猾で明晰な病人は、自分の病気について充分に知り尽していたのではないか。このような言葉を書くことができるのは、発熱や病気によって感受性の苦痛を逃れた者、しかもそのことを意識している者だけではあるまいか。つまり喘息の発作もまた、一つの防衛手段だったのではないか。いや、それ以上であって、プルーストはすでに病気に積極的な意義さえ認めていたらしいのだ。次の一節はその例証である。

「医者というのは、上手な女性歌手の歌を聞いたり、価値ある作家と知合いになったりするのが好きな人間である。その歌手が風邪を引こうともお構いなしに、医者は彼女に言うだろう、『いいじゃありませんか、だってあなたはこんなに歌がうまいのだから。』また作家がいくら不眠に悩まされようとお構いなしに、医者は彼に言うだろう、『いいじゃありませんか、だってあなたは素晴らしい本をお書きになるのだから』と。なぜなら医者は知っているのだ、素晴らしい本を書くのは眠れない人であり、自分を病人と思っている人であり、手当の仕様もない喘息持ちであり、医者にかかる人であり、そしてそうしたことが彼の才能の一部をなしているのだということを。」(JS, 732)

喘息であるにもかかわらず才能があるのではない。喘息こそ才能に不可欠なものなのだ。或いは喘息とは一つの才能なのだ。プルーストはそう主張する。そうだとすれば、彼がますます喘息に固執し、文字通り宿痾を養うことになるのは目に見えている。だがプルーストはさらに先へ進んでいる。彼にとって病気は単に才能の一部というだけではなく、生命そのものの支えにもなるのだ。『ジャン・サントゥイユ』序章で、この小説の架空の作者とされるCに枯草熱の持病があると記されていることは上述したが、そのCは、死によって初めて自分は枯草熱から解放されるのだと語った後に、自分の世話をしてくれるフェリシテという女中の次の言葉を伝えている。

「ついこのあいだまで、私はまだ希望をつないでおりました。でも旦那様が田舎にいらしても、くさめもなさらなければ息もつまらせないのを見て、ああもう、今度という今度はお終いだ、余り長くはもたない、と自分に言いきかせました。」(JS, 201)

この記述では、喘息が生命のしるしになっているのである。しかもこれをわずか二十四、五歳の青年が書いたことを思えば、彼が後半生を送る上で、喘息が単なる持病どころか、生のよりどころにさえなったことも容易に理解できる。それを示す資料にもわれわれは事欠かない。たとえばリュシャン・ドーデーの次の言葉を見ればよいのである。

「マルセル・プルーストは、彼がしばしば診てもらったアルベール・ロバン教授の甚だ奇妙な次の言葉を、しきりに私にくり返した。すなわち、『私はたぶん、あなたの喘息をなくすことができるでしょうが、でも私はそうしたくないのです。あなたはすっかり喘息になりきっておられるし、またあなたの喘息の型から見て、これは一種の捌け口になっていて、あなたを他の病気から守っているのですから……[31]』」

プルースト自身もアントワーヌ・ビベスコ宛て一九〇四年七月の手紙で書いている。

「ぼくはフェザンと並び称される名医のメルクランに診てもらったのだが、それによるとぼくの喘息は神経の習慣になっていて、これを治す唯一の方法は、ドイツにある喘息療養所に入院することなのだそうだ。もし万一そこに行ったと仮定すれば（なぜって、ぼくはたぶん行かないだろうから）、モルヒネ中毒の患者からモルヒネを取去るように、ぼくの喘息という『習慣を失わせ』てくれるのかもしれない[32]。」

これを見ると、プルーストが必ずしも喘息から解放されたいと願ってはいなかったことがうかがわれる（「なぜって、ぼくはたぶん行かないだろうから」）。なるほど彼は常に発作に苦しみ、発作を恐れていたろうが、しかしまた喘息の苦痛は彼の慣れ親しんだものになり、彼の一部と化していたのであって、彼は喘息を通して物を見たり感じたりする習慣から離れられなくなっていたのだろう。だからこそ、これを棄ててドイツの療養所に入ることは問題外だったのである。

そうであってみれば、初めに引用したように、『失われた時を求めて』の冒頭で作者が不眠を「発作」と比較しただけでなく、さまざまな経験を喘息に比較している理由もうなずけよう。彼の作品にはこうした例が数限りなく見られるが、それは喘息がプルーストの認識や見方になくてはならぬものになっていたためである。

とはいえ私は、さきにもふれた『プルーストの作品に対する喘息の影響』を書いたジョルジュ・リヴァヌのように、すべてを強引に喘息へと還元するつもりはない。彼によれば、無意識的記憶は抗原抗体反応と関係があり、文体は喘息患者のそれであり、継起的自我すなわち自我の分断と細分化の思想も喘息の発作から来るという。私はそうした個々の事実の説明に喘息を利用する必要はないと思うが、それはプルーストと喘息の関係がもっとはるかに本質的だと考えるからである。たとえばリヴァヌは、土地の名に詩的イマージュを汲みとる周知のテーマにかんして、その起源は純粋に効用の問題であり、喘息患者にとって呼吸のし易い場所としにくい場所の区別にある、と言う(33)。なるほどプルーストがその点に敏感だったことは疑いの余地がない[34]。しかしそうした治療上の問題や実際的な利点よりも、プルーストはまず第一に喘息による土地の剥奪を蒙ったのではないか。父の故郷イリエは、毎年復活祭の休みはもとより、他の季節にも頻繁にプルースト一家の訪れる土地であったが、喘息の発作以後のマルセルにとっては花粉アレルギーのために禁じられた土地となった。ほとんど禁じられた、と言うべきかもしれない。というのは、それでもごくたまにマルセルが、両親とともにイリエを訪れたことが分っているからである。そうした例外はあるにせよ、喘息の発作を恐れるプルーストにとって、イリエが容易に行かれぬ場所になったことは明らかである。重要なのは、こうした土地の剥奪、土地の喪失である。それがプルーストにとって、なんの変哲もない田舎町イリエをコンブレーに昇華させたのであり、また自由にイリエに行き得た幼年時代を楽園たらしめたのであろう。というのも、あらゆる楽園は失われたものであり、不在のものでしかないからである。

「人はしきりに楽園を夢みる。あるいはむしろ、次々と数多くの楽園を夢見るのであるが、それらはみな、人が死ぬよりはるかに以前から失われてしまった楽園であり、たとえそこに行き着いても人は自分が道に迷い失われたと思うであろうようなところである。」（RTP, II, 859）（訳 VIII, 28）

プルーストにおいて、喜びは、不在でなければ一旦失われなければならない、という構造もまた、そこに由来する。

「その上、ますます病気がちになったぼくは、ごくありふれた快楽でさえ到達困難であったばかりに、いっそうこれを過大評価したい気持になっていた。」（RTP, I, 787）（訳 IV, 212）

「よくあることだが、記憶によって集められた思い出のかずかずに再会するときに誰しもの感ずるあの悦びは、病人の場合いっそう強いものなのだ――肉体的苦痛にさいなまれ、日々全快の希望を抱きつづける病人は、この思い出に似通った光景《タブロー》を自然のなかに求めに行くこともできず、だが他方ではやがて自分もそこへ行けるようになると思っているために、欲望と空腹の状態で思い出とじっと相対しているもので、これを単なる思い出や絵画《タブロー》のように見なしはしないものである。」（RTP, III, 26-27）（訳 IX, 53）

ここまで来ればもう明らかだろうが、喘息はプルーストの想像力の一つの根拠なのである。人は不在のもの、あるいは眼に見えないもののみを想像することができる。そしてプルーストが想像に生涯を賭けたのは、喘息によって禁じられていた体験を彼が熱望していたからである。それが少なくとも一つの重要な理由である。そのことを彼が明確に意識したのは、やはり一八九四年の発作の後だった。つまり、就職を迫る両親に対して、自分の仕事はやはり文学ではないかと考えはじめていた時期である。なぜなら、一八九六年の処女出版の文集『楽しみと日々』の序文のなかで、彼はこう書いているからだ。

「ぼくがまだほんの子供だったころ、聖書のどんな人物の運命にもまして惨めなものに見えたのは、ノアの運命だったが、それは大洪水のために四十日のあいだ方舟に閉じこめられていたからである。後にぼくは何度も病気になり、いく日ものあいだやはり『方舟』の中にとどまっていなければならなかった。そのときぼくは理解したのである、方舟は閉ざされており、地上は夜であったにしても、ノアは方舟の中からのように世界をよく眺めたことは一度もあり得なかったろう、ということを。」(JS, 6)

プルーストは喘息のために、その生涯を方舟に閉じこめた。方舟とは、彼の想像を可能にする場所であり、彼の虚構の成立する地点だったのであろう。

あるユダヤ意識の形成

一九八三年

はじめに

数年前から、私はマルセル・プルーストのさまざまな側面に光をあてることによって、彼の全体的な理解に可能なかぎり接近するという一連の仕事を試みてきた。本稿はその一環として、プルーストにおけるユダヤ意識の形成とその意味を、いくらかでも明らかにしようとするものである。

これは私にとって、初めて扱うテーマではない。というのも、すでに私は『現代思想』一九七七年十一月号に、「半ユダヤ人における反ユダヤ主義」という文章を書いて、プルーストとユダヤの関係を考察したことがあるからだ。今回再びこの問題をとり上げるからといって、私の基本的な考え方がそのときから変化したというわけではない。ただ、当時の文章は、紙数のごく限られた月刊雑誌の論文だった上に、まだこの問題に手をつけたばかりの段階だったから、ほんの表面を掠めただけの、きわめて不充分なものであった。そこで今回は、それから後にいくらか進めてきた調査をもとにして、別な形で問題を掘り下げてみたいと思う。それでも類似のテーマであるから、部分的に重複する趣旨のことを記す場合もあるだろう。その点をあらかじめお断りしておきたい。

ところで私がプルーストにおけるユダヤ意識に関心を持ったのは、何よりもまず『失われた時を求めて』のなかに描かれた二、三の重要なユダヤ人の登場人物と、作品の底に常に横たわっている、ユダヤ人をめぐるさまざまな問題のためだ。しかもこの作品に現れるユダヤ人たちは一見したところ互いに甚だ矛盾した姿を呈していて、読者はとうてい統一されたユダヤ人像などというものを持つことができない仕組になっている。その上、作品の背景には、十九世紀末のユダヤ人将校の冤罪事件として名高いドレーフュス事件がたえず流れていて、それへの多様な反応が、ユダヤ人であると否とを問わず、ふだんは隠されている作中人物の側面を明るみに引出すように構成されている。だからこそ、セシル・ドロルブのように、プルーストの作品から逆にドレーフュス事件への関心をそそられる研究者も現れたのである。彼女はプルーストだけでなく、ゾラ、アナトール・フランス、バレス、モラス、レオン・ドーデー、ペギーその他の作家について、それぞれドレーフュス事件の意味を検討するという仕事を、一九三〇年代に早くも発表しており、(1) 今日から見ればいくらも不備な点を指摘できるにしても、その先駆者としての意義は否定することができない。

複雑で、矛盾していて、重層的で、しかもある場合には作中人物を左右するほどの決定的な役割を演じているこのプルーストのユダヤ世界は、では、どのように形成されたのか。それを作り出したプルーストにとって、ユダヤとは何だったのであろう。むろん、すべての発端に、ユダヤ人であった母の存在があったろうことは、容易に想像されるところである。アルベール・チボーデがいち早くこの点に着目して、「マルセル・プルーストとフランスの伝統[2]」と題された文章のなかで、同じようにユダヤ人の母親を持ったモンテーニュとプルーストを比較したことも、よく知られていよう。プルースト自身も、たとえばロベール・ド・モンテスキウ宛てのある手紙で、こう書いている。

「昨日はおたずねのユダヤ人のことにお答えしませんでした。それは次のようなごく簡単な理由からです。すなわち私は、父や弟と同様にカトリック教徒ですが、一方母はユダヤ人（ユダヤ教徒）なのです。これだけで、あのような議論をご遠慮申し上げる充分な理由になることがお分りいただけましょう[3]。」

しかし、母親がユダヤ人だということで、何もかもが決定されるわけではあるまい。まして、そこからプルーストの描く複雑で多面的な世界までのあいだには、はるかな距離がある。その距離を作者はどんな風に埋めたのか。言いかえれば、プルーストはどのようにしてプルーストになったのか。私が関心をそそられるのはこの点である。

ところで、これを多少なりとも解明するつもりで調べを進めて行くに従い、私はこの問題が途方もない広がりを持つものであることを理解しないわけにいかなかった。西欧の一作家が、ある形でユダヤの問題に印づけられていった軌跡を明らかにしようとすれば、直ちにそこには二〇〇〇年の歴史がまつわりついて来るからだ。それはとても私の手に負えぬことだが、プルーストの場合は、どんなに切りつめてみても、少くとも十九世紀のフランスにおけるユダヤ人の状況の変化ぐらいは、まだごく近い歴史として彼のなかに生きていたように思われる。私が本稿で、いくらか考察したいのは、一個人を形作り、かつその個人のなかで生きているそうした歴史である。しかし、プルーストは作家として、それを作品化したからこそ、この問題がわれわれの眼にふれることになったのだし、そもそもの出発点には作品があり、そこに示されたユダヤ世界があったのだから、本稿においてもまず『失われた時を求めて』を考察の対象として、そこに描かれている最も重要な二つの肖像を手がかりに、プルーストが作品に描いたユダヤ世界の構造を明らかにすることから始めたい。この二つの肖像は、プルーストの専門家ならずとも、注意深い読者にはよく知られたものだが、これを欠いてはプルーストのユダヤ意識そのものが問題にならないはずだからである。すなわち、スワンとブロックがそれである。その上で、これら作中人物を作り出した作者プルーストの意識形成を、主としてドレーフュス事件までの期間に限定して考えてみることにしたい。

一　スワンの上昇と下降

『失われた時を求めて』には、冒頭から一つの魅力的な顔が登場する。作者自身がたいそう好意的にこれを描いていると思われるために、つい読者も共感を覚えずにはいられないような人物、非常に博識だが謙虚で、相当な金持でありながら控え目で、よい趣味を持ちながらそのくせだらしがなく、あたら才能を下らぬことに消費してしまうが、しかしまたそうした浪費自体が一つの憎めない人間的魅力にもなっている男、ユダヤ人シャルル・スワンがその人である。ところでそのスワンについてまず読者は、彼の生活が多様な局面で展開されることを知らされる。すなわち彼は、株式仲買人であったその亡父の代から、この小説の語り手の家族と親しくしており、「息子のスワン」と呼ばれて気楽な隣人づきあいをしているのであるが、同時に他方で「ジョッキー・クラブの最高の伊達男」、「パリ伯爵やプリンス・オヴ・ウェルズのお気に入り」であり、「フォーブール・サン゠ジェルマンの上流社会の寵児」だというのである（RTP, I, 15-16）（訳 I, 52-54）。にもかかわらず、彼は相変らず気さくに手土産など下げて語り手の家族を訪れつづけているし、語り手の家族の方では、スワンが華やかな社交生活を送っているなどとはつゆ知らずに、「初めて家に来るお客のお相伴をさせるのに、スワンでは少々威厳に欠けると考えて、彼を招待しなかったような重要な晩餐の場合も、グリビッシュ・ソースやパイナップル・サラダの作り方を知る必要が起こると平気で彼に来てもらうのだった」（RTP, I,

18）（訳 I, 57）。

このように、二つの異った水準に展開されるスワンの生活と、その両者の途方もない落差とは、作品の冒頭から鮮明な形で提示されており、それらはまったく相通じあうことのない二つの閉ざされた世界のごとくに見えるのである。

ところでスワンには、これ以外にさらに別な水準の生活があって、それはオデット・ド・クレシーとの結婚によって形成された彼の家庭である。オデットは、貴族に相手にされないブルジョワたちのサロンに出没して、次々と男をわたり歩いて来た一種のサロン娼婦であったが、この曖昧な過去を持った女との結婚を嫌った語り手の家族は、スワン本人とは昔通りにつきあうけれども、スワン夫人のことはいっさい家に寄せつけようとしない。それはまたフォーブール・サン＝ジェルマンの貴族たち、たとえばスワンとたいそう親しいゲルマント公爵夫人の執る態度でもあって、彼女は、最高の社交場のなかでも他の人たちを小馬鹿にして、スワンと自分だけに通じる会話を共犯者的に楽しむような間柄であるのに、そのスワンの妻子には頑として会おうとしないのである。こうして、「息子のスワン」と、「社交界の寵児」に並んで、第三のスワン、すなわち「オデットの夫」という存在が描かれることになるのである。

したがって、ここには複数のスワンがいると言ってもいい。ところで、プルーストがこのように多面的な人物を描いたのは、どういう意味を持っているのだろうか。むろんわれわれは、プルースト自身が作品のなかでそうしたように、「さまざまな（多様な）スワン（divers Swann）」から、認識の主観性という結論を引出すこともできる（RTP, III, 912）（訳XII, 456）。また、ジャン・ルッセが行なったように、この多様性を、作中人物を提示する方法という観点から分析することもできよう[4]。しかし、私が多様性の意味というのは、そういうことではない。『失われた時を求めて』という虚構の作品は、たしかな手ごたえを持った全体的な一世界を構成しているのであるから、私はまずその世界の内部で、本人のスワンにとって彼自身の生活の多様な局面がもたらした意味を探ってみたいのである。しかもビュトールも言うように[5]、どんな作家も必ず現実の自分自身のなんらかの経験から出発して作中人物の創造に向かうものである以上、それが現実のプルーストの経験となんらかの形で通底しており、したがってプルーストの何かを意味している（指し示している）はずだということも、一つの前提としてふまえておきたい。

三つの水準に展開されるスワンの人間関係を考えてみると、われわれはこれがスワン自身の生活史のなかで、明らかに三つの異った時期に形成されたものであることを理解することができる。最初スワンは、一介の株式仲買人の息子にすぎなかったはずである。彼の父親は語り手の祖父の親しい友人だが、これは十九世紀中葉の、比較的裕福な家庭同士の平凡なつきあいにすぎない。「息子のスワン」という表現は、そうした気楽な身分から生れたものと言っていい。

そのスワンが、小説の最初の部分からすでに「社交界の寵児」として紹介されているのは、この物語の始まる前に彼が急激な上昇をなしとげて、別な社会層のなかになんらかの手段で入りこんだことを示している。これはプルーストにとって、後述するごとく非常に重大な意味を含んでいる現象であった。だから彼はそのことを冒頭から力説して、一種の階級離脱のようにこう書いている。

「当時のブルジョワたちは社会についていくぶんインド風の考えを持ち、社会は閉ざされたカーストで構成されていて、銘々は生れ落ちるや否やそのまま両親の占めている身分に位置づけられ、たまたま例外的な生涯や思いもかけなかった結婚にでも恵まれないかぎり、離脱して上のカーストに入りこむことはできないと見なしていた。」(RTP, I, 16)(訳 I, 53)

「自分が生れたカースト以外のところ、自己の『階級』の外でつきあいを選ぶ者は、大伯母の眼には忌まわしくも階級を脱落した者として片づけられてしまうのである。」(RTP, I, 21)(訳 I, 62)

このように固定されたヒエラルヒーの想定は、プルーストの特徴であって、彼は常にその「カースト」の存在を、鋭く意識していたように思われる。そのことを、われわれはまず記憶にとめておきたい。

ではユダヤ人スワンは、どんな風にして最高の社交界にまで入りこんだのか。それについて『失われた時を求めて』は、何もわれわれに教えてくれない。しかし、少くとも富だけが貴族社会への万能のパスポートになるものでないことは明らかである。なぜなら、ロトシルド家か何かを思い浮かべながらプルーストが作り出したと思われるサー・ルーファス・イズレイルズという名のユダヤ人は、想像を絶するほどの財産を持ちながら、決してスワンと同じような形では、最高の社会に受入れられることがなかったからである。わずかに暗示されているのは、スワンが一時、貴族の娘との結婚によって上流社会に入りこもうと目論んだ、ということだけであって（RTP, I, 469）（訳 III, 95）、それは彼が上昇を望むスノブであったことを示しているとともに、こうした「カースト」においては縁組こそが決定的に重要であることをも暗示している。だからまた、一旦スワンが社交界にもぐりこんでしまうと、ユダヤ人であるはずのスワンの父親までが、実はベリ公爵（一八二〇年に暗殺されたブルボン王朝の後継者で、シャンボール伯爵の父親）の落胤ではないかというういつわりの風評が立ちはじめ（RTP, II, 578, 668-669）（訳 VI, 565, VII, 155）、そのうちにスワンが改宗したのだということがささやかれて（RTP, I, 334-335, II, 1040）（訳 II, 319, VIII, 410）、ついには死後にスワンがカトリック教徒として埋葬されることまで予告される結果になる（RTP, II, 713）（訳 VII, 248）。つまり、上流社交界への進出は、実はスワン自身の非ユダヤ化の過程であって、スワンをして一個の「にせのユダヤ人」[6]たらしめるものなのである。

しかしスワンは、こうして獲得した地位を保つために必要ないかなる血縁も持っているわけではない。だから彼は、貴族以上に貴族的になって、辛うじてその地位を維持しなければならない。作品のなかでしばしば語られる「ゲルマント家の才気」を、スワンほど理解できる者がいないのは、そのためである（RTP, I, 514 その他）（訳 III, 187 その他）。だが、この脆い立場は、何かのはずみで崩れ去り得るものだ。果してオデットとの結婚は、彼の顛落の始まりであって、この小説のスワンは、ほとんどその再下降の過程のみを克明に描き出されていると言えるくらいである。

その上、興味深いことには、このような下降に応じてスワンは貴族社会のなかで身につけた感覚を失い、たとえば自分の妻のサロンに高級役人の妻の訪問があったことを、とくとくとして吹聴するかと思うと、妻のばかげた話にも相好を崩すようになる。そればかりか、住居もサン゠ルイ島の古いオルレアン河岸から撤退して、第二帝政期以後に開発されたブーローニュの森に近い無性格な住宅地――いかにもブルジョワの住居らしく、寄せ集めの家具に囲まれたアパルトマン――に移るのである。われわれはプルースト自身が、自分の住んでいた当時のブルジョワの住宅地を、必ずしも好んでいなかったことを知っている。とくに、『失われた時を求めて』の大半を執筆したオスマン通りのアパルトマンを酷評して、「たいへん醜いアパルトマン」[7]であると言い、「私がこれまでに見た最も醜悪なもの、悪しきブルジョワ趣味の勝利」[8]とこきおろしたことも分っている。ところがそのプルーストの描く「オデットの夫」になったスワンは、そうしたブルジョワ趣味の環境にもいつか満足するようになり、ずるずると洗練された好みも失っていくのであるが、それまでのスワンは社交界の征服によって非ユダヤ化していったのだから、この再下降はスワンの再ユダヤ化を底に秘めているとも言えるのである。プルースト自身が、非常に巧妙に、読者にそのことを意識させるような言葉をちりばめている。というか、彼がこれを内心で再ユダヤ化と重ねあわせているために、そうした字句が生れて来る、と考えた方が正確かもしれない。むろん、オデットはユダヤ人ではない。けれども、プルーストはある部分で、スワンの登りつめた社交界が風向き次第で、ときにはユダヤ人を排除するかと思うと、ときにはオデットのような曖昧な出身の女を槍玉に上げるものであることを――つまりオデットがユダヤ人と同様な賤民の要素を持っていることを――両者を比較しながら克明に説いているのである（RTP, I, 517-520）（訳 III, 193-200）。別な箇所では、ユダヤ人のみに通じる言葉と、オデットのような「高級娼婦《ココット》」のみに通じる言葉を比較し、第三者のいるところでそれを用いると、ともに自分の正体をさらす危険があることを記している（RTP, I, 774）（訳 IV, 183-184）。さらにまた別のところでは、奇妙な記述があって、スワンが「ユダヤ人特有の湿疹と、預言者伝来の便秘に悩んでいた」とされている（RTP, I, 402）（訳 II, 459）。いったいユダヤ人と湿疹や便秘にどういう関係があるのか、私にはまったく不可解だが、しかしこの不思議な言葉は、スワンがオデットを通じて再び肉体的にもユダヤ人になっていったことを示しているだろう[*9]（この肉体の問題は、後述するように、プルーストのユダヤ理解に欠かせないものである）。要するにユダヤ人スワンは、たとえ苦労して上流社会にくいこんでも、わずかなことで再び単なる一介のユダヤ人に転落する可能性を秘めているのだ。こうした過程に最後にとどめをさすのが、ドレーフュス事件であって、スワンは多くの社交界の友人たちとは異って、きっぱりとドレーフュス派の立場をとり、しかも年齢や健康の衰えも手伝って、一気に凋落を完成する。これは一種の先祖返りとも言えるものなのである。

「ドレーフュス主義は、スワンを異常なくらい単純な人間にしてしまい、かつてのオデットとの結婚以上に、彼の物の見方を際立って衝動的で逸脱したものにしていた。この新たな階級離脱は、むしろ階級復帰と呼んだ方がよかったかもしれないが、それはスワンにとって名誉なことにほかならなかった。というのも、そのために彼は、祖先のたどって来た道、貴族との交際で彼がそれてしまった道に、再び戻ることになったからである。」(RTP, II, 582)(訳 VI, 574)

このように見てくると、スワンの多様性といわれるものは、その大部分が、ユダヤ人としてのスワンの上昇と下降、非ユダヤ化と再ユダヤ化の過程に対応していることが分るであろう。なるほど『失われた時を求めて』は、とくに最終篇『見出された時』で啓示されるように、スワンだけではなくてさまざまな人間の社会的上昇ないし下降の軌跡に満ちている、と言われるかもしれない——たとえば、どうしても貴族社会に入りこめなくて、その腹いせに貴族を「退屈な連中」と呼んでいたヴェルデュラン夫人が、『見出された時』では、夫の死後にデュラス公爵と結婚し、さらに二度目の夫の死後に飛躍的な上昇をとげて、ゲルマント大公の妻となって盛大なパーティを主催している姿が見られる、といったように——。しかし、最終篇で一気に暴露されるこうした上昇と下降は、余りに唐突でもあれば不自然でもあるし、そのメカニズムに至ってはほとんど明らかにされていない。いま挙げたヴェルデュラン夫人などは、七十五歳か八十歳で三度目の結婚をして、サロンの女主人におさまっている勘定になるくらいだから、作者がこの変貌を綿密に準備したとはとうてい思われないのである。そうした不自然さは、未定稿という条件から来たものとして眼をつぶるとしても、『見出された時』で不意に明かされるこれら社会的地位の急激な変化になんの必然性もないことは、認めなければなるまい。

たった一つ、そうした社会的上昇と下降の基準になっているのは、作者が克明にあとづけた唯一のケース、すなわちスワンのそれである（なお、これと無関係ではないものとして、ジャン・ルッセが「スワンの双生児の兄弟」[10]と名づけたシャルリュスの場合があるが、これについては別な機会にふれるつもりである）。その意味においても、スワンの上昇と下降、彼の非ユダヤ化と再ユダヤ化は、『失われた時を求めて』の世界全体を支える社会的骨組に、生命を与えるものと言わねばならない。プルーストはこのように、ユダヤという問題を中心にすえて、まずその社会的把握の方法を学んだのである。

二　ブロックの位置

ところで『失われた時を求めて』には、このスワンの対極に位置づけられる一人のユダヤ人がいるのであって、それが語り手の年長の友人ブロックであることは言うまでもない。作者はこの人物を、何から何までスワンと対照的に作り上げた。控え目なスワンに対してブロックは甚だ衒学的で饒舌で、仰々しい表現や大げさな比喩を平然と用いるし、繊細で敏感なスワンに対して、彼はまるで他人の反応に気づかずに、相手の気持を逆撫でするような言葉をまきちらす人物である。作品全体を通じて、このブロックは、愚かで、滑稽で、しかも傲慢不遜な一ユダヤ人として、その姿をさらしている。いま一例のみを挙げておけば、ブロックは、かつてのクラスメートである語り手に向かって、こんな風に言うのである。

「昨日ぼくはね、きみのこと、コンブレーのこと、きみに対するぼくの限りない愛情のこと、きみは覚えてもいないだろうけれど午後のクラスで起こったあれこれのことを思い出して、ひと晩じゅうすすり泣いていたんだよ。もしもこれが嘘だったら、ぼくはたちどころにあの真黒なケールにとらえられて、おぞましい死者の国の王ハデスの門をくぐらされてもかまいはしない。」(RTP, I, 745)（訳 IV, 125）

むろん語り手はこんなことを信じない。ブロックの言葉は、彼がさまざまなものにかけて、たとえば「誓いの守護神であるクロニオン・ゼウスにかけて」(RTP, I, 745)（訳 IV, 124）誓えば誓うほど、いっそういつわりの言葉のように響くのである。

注意すべきことは、ブロックだけではなくて、彼の父も叔父も、妹たち従妹たちも、ことごとく甚だ滑稽に、ある意味では意地悪く描かれていることであって、それは同じユダヤ人でもスワンに対する場合とまったく異っている。またそのような戯画は、多分に彼らのおかれた環境に関連しているように思われるのである。

その環境とは何か。ブロックの家族は、避暑地のバルベックなどに現れるところから判断すると、かなり余裕のある家庭のようにも見えるけれども、多くの場合は下積みのユダヤ人として描かれているのである。それもユダヤ社会のなかでも下層に属するということになっている。それと同時に、作者が注意深く強調しているのは、これが同化していないユダヤ人、彼らだけ他の社会の成員から離れて生活しているユダヤ人である、ということだ。だから彼らは避暑地のバルベックに来ても、ユダヤ人のコロニーを形成していて、一向に他の避暑客に融けこもうとしない（RTP, I, 738-739）（訳 IV, 109-111）。ぎくしゃくと、他人の眼を意識しながら、自分たちだけで群をなして、しかもかなり挑戦的に振舞うこの人たちの記述は、この土地の描写のなかで他の部分とまったく異質な一種の不協和音を放っており、それだけが妙に浮上って見えるのである。

プルーストは、他のところでも、これら同化されないユダヤ人のことを語っている。たとえば、パリのあるレストランでは、ブロックとその友人のユダヤ人がしばしば訪れるので、彼らに専用のドアができている、といったように（RTP, II, 401）（訳 VI, 201-202）。そして、これらの同化されないユダヤ人を、「ヘブライ人」または「外国人」と呼び（RTP, II, 401, 408）（訳 VI, 201, 214-215）、彼らの誠実さや寛大さは認めながらも、その「奇妙きてれつな外観」が、それを「我慢できない人びとに、不快感を与えた」と言う（RTP, II, 408）（訳 VI, 214-215）。ブロックが、少くとも発端において、これら同化されぬユダヤ人の代表として描かれていることは間違いない。また、語り手が（そしておそらくは作者が）、ここで非ユダヤ人の側に身をおいているらしいことも、容易に推測できよう。

以上のように見てくれば、プルーストがブロックの形容詞として何度も用いている「育ちが悪い（mal élevé, mauvaise éducation）」（RTP, I, 740, 744）（訳 IV, 114, 121-122）という甚だ曖昧でしかもかなり通俗的な言葉が、これまた同化していないユダヤ人の状況と密接にからんでいることも、明らかだろう。

じじつ、ブロックは、作品が進むにしたがい、同化によって「育ちの悪さ」をかなりの程度まで払拭することになる。というのも、彼は初めユダヤ社会の下層の人間として、単にキリスト教徒だけでなく、「自分より上の層を形成するユダヤ人のカースト」(RTP, I, 744)(訳 IV, 121)の重圧をも受けていたために、これを一段一段とよじ登ることに堪えられずに、越境逃亡をはかることになるのだが、こうして異った環境に入りこむにしたがって、いつの間にか持ち前の図々しさや強引さを、どこかに脱ぎ落しているからである。

「謙虚さ、言葉や行動の上での控え目な態度、それが社会的地位と年齢に伴って、いわば社会的年齢とでもいったものに伴って、ブロックに現れるようになった。なるほど以前の彼は無遠慮で、他人に親切にしたり助言したりすることなどできはしなかった。しかし、ある種の長所や短所は、甲なり乙なりの人物に付属しているというよりも、むしろ社会的観点から見たしかじかの生活の時期に属しているのである。それらは、ほとんど個々人の外部にあると言っていい。」(RTP, III, 970)(訳 XIII, 119)

「育ちの悪かった」ブロックが、このようにその欠陥を振り落していったのは、彼がユダヤ人社会から脱出した結果なのであった。じじつ、典型的なユダヤ人のごとくに描かれているブロックは、自分のアイデンティティを否認するところからその上昇の努力を開始するのであって、『失われた時を求めて』のなかで何の説明もなく唐突に示されている彼のユダヤ人呪詛の言葉は、そうした志向を示すものなのである。彼は他のユダヤ人の訛を嘲笑して、「おい、アプラハム、ぼくシャコプにてあったよ（Dis donc, Apraham, chai fu Chakop）」（RTP, I, 738）（訳 IV, 108）などと言ってみせるのだが、これは彼がユダヤ人である故に、かえって露骨な反ユダヤ主義者になったことを意味している。

ユダヤ人が反ユダヤ主義者になるというのは、決して珍しいことではない。フロイトもその『夢判断』のなかで、自分の夢に現れた屈折した反ユダヤ主義的傾向を語っている。すなわち彼は「ふたりの尊敬すべき学者たる同業者を、ひとりは馬鹿者として、他のひとりは犯罪者として、夢のなかでまさに彼らがユダヤ人であるがゆえに虐待することによって、自分が大臣ででもあるかのように振舞[11]」ったことを告白しているのである。そしてこの夢の背景には、フロイト自身が教授任命を拒まれたという事実があって、ここではそれを拒んだ大臣への復讐と、ユダヤ人にとっての上昇の願望とが、からみあっていることがうかがわれる。いずれにしてもフロイトは、このように夢のなかで自分の反ユダヤ主義を暴露したわけだが、それは彼が自分のユダヤ人であることを意識する一つの仕方なのであった。ブロックの場合は、それを覚醒時の世界のなかで徹底させて、他のユダヤ人を罵倒しながら這い上ろうとするのである。こうして彼はいつか貴族の社交界に入りこむことに成功し、ゲルマント家と最も親しい人物と見なされるに至るが（RTP, III, 965）（訳 XIII, 111）、そうなった彼は、ブロックという直ちにユダヤ人と知られる名前を棄てて、ジャック・デュ・ロジエなどという勿体ぶった名前に変更し、その否認を完成させるのである（RTP, III, 952）（訳 XIII, 84）。このようなブロックは、スワンの裏側の人物なのであって、同化したユダヤ人であるスワンの再ユダヤ化とともに、ブロックの非ユダヤ化（同化）こそが、『失われた時を求めて』の世界を支える縦軸をなしているのである。

三　同化と非同化

同じユダヤ人でありながら、以上に述べてきたように両極端に位置し、また正反対の方向に変化していくこのスワン—ブロックの対立を、作者プルーストはきわめて意識的に提示したように見える。言いかえれば、その対立は鮮明な一つの意味を持っていたと思われる。そのように私が推測するのは、ブロックが作品のなかで最初に登場する部分から、すでにこの両者の関係が、さりげなく、しかし的確に暗示されているためだ（RTP, I, 91-92）（訳 I, 200-202）。その部分は、語り手の祖父が独特の嗅覚で、孫の連れて来る友だちがみなユダヤ人であることをかぎつけてしまう箇所であるが、現行テクストでは次のように書かれている。

「なるほど祖父は、ぼくが学校友だちのだれかととくに仲よくなって、その友だちを家に引張って来るたびに、お前の友だちは決まってユダヤ人なんだね、と言っていたが、しかしもし万一、自分の孫がいつも最良のユダヤ人のなかから友だちを選んでいるらしいと考えていたのであれば、原則として祖父は気を悪くしなかったところであろう——祖父の友人のスワンも、ユダヤの血統

だからである――。」(RTP, I, 91)(訳 I, 200)

そして祖父は、アレヴィ作の『ユダヤ女』や、サン゠サーンスの『サムソンとデリラ』など、ユダヤに関係した曲を口ずさみながら、「ご用心! ご用心!」とつぶやく、というのである。

なるほど、ここではスワンの名がちらりと出て来るだけで、あとはブロックの無作法さや滑稽さが長々と書かれることになる。しかし、作者にとって、スワンとブロックは切離せないものなのであった。少くとも、この両者はプルーストの描いたユダヤ世界の両輪として、その特徴を作っているように思われる。その証拠に、この決定稿に至る以前の段階でも、プルーストはこの二つのものの対立を表現すべく、その形式をしきりに模索しているのである。現在パリの国立図書館に収められている『失われた時を求めて』を準備する六十二冊の自筆ノート(いわゆる「カイエ」と呼ばれているもの)の第四冊目には、この対立が今度はスワンに重点をおいて書かれているが、(12) そこではまず、「スワンはユダヤ人だった」と記されており、その上で、「彼は祖父よりずっと若いが、その親友だった。しかも祖父はユダヤ人が嫌いだったのである」として、現行テクストのように語り手の友人の話になった後に、祖父がスワンの眼の前で、はっきり声に出して『ユダヤ女』や『サムソンとデリラ』をうたうこと、こうしてスワンだけを他のユダヤ人と区別して、自分のユダヤ人嫌いを平気で示すことのできる身内のように見なしていることが描かれている。つまりこの挿話は、当初スワンの同化の深さのしるしとして用いられていたのであって、それが決定稿において、ブロックの奇矯な言動の紹介――すなわち同化していないユダヤ人の「育ちの悪さ」の説明——に流用されたことが分るのである。

それは何を示しているのだろうか。同化—非同化の関係が、作者の大きな関心を作っていた、ということである。また、「階級離脱」を果したあとのスワンを、それでもユダヤ人であると言うためには、ブロックないしは彼と同様に警戒しなければならない本物のユダヤ人の存在が必要だったということを、それは示しているのである。

こうした考察の末に、私が思い出すのは、ルイス・ワースの『ゲットー』(邦訳題名『ユダヤ人と疎外社会』)である。「あらゆる民族とすべての文化集団は、自らのゲットーを創造し維持する[13]」と言うワースにとって、ユダヤ人をユダヤ人たらしめるのはゲットーの存在であった。

「そのなかに居住していない、あるいはたぶん、一度も住んだことのないユダヤ人を、完全に彼の世界から離脱させ、非ユダヤ人社会に吸収されるのをさまたげているのは、このゲットーなのである。[14]」

ブロックとその仲間は、スワンにとってこのようなゲットーを構成する。いわば、スワンのような「にせのユダヤ人」の裏側にあって、スワンをユダヤ人たらしめるのは、これら同化しないユダヤ人であって、したがってスワンの創造のために彼らの存在は不可欠なものだったと考えるべきだろう。

こんな風に、互いに鋭く対立しながら支えあっているのが、スワンとブロックの関係であるが、その両者を非常に近づける一点がある。それこそドレーフュス事件であって、彼らは申し合わせたように、いずれも自分の利益に反してドレーフュス派になることを選ぶのである。その選択がスワンにとって決定的な再ユダヤ化の契機となり、彼をしてその後はひたすら凋落の一途を辿らせるようになったことは、すでに述べた通りだ。一方ブロックはと言えば、下層のユダヤ人である身分から少しでも自由な空気に近づくために、自分の出身を隠して貴族の社交界に入りこむ手段を狙っていたはずなのに(それが彼のスノビスムを構成する)、ドレーフュス事件が起こるとたちまち本来の戦略を忘れ去って、署名集めや裁判傍聴に奔走し、ユダヤ人としての自分の姿をさらけ出してしまうのである。

したがって、作者がドレーフュス事件を、ユダヤ人をしてユダヤ人たらしめる事件と見なしていたらしいことが推察されるが、ではプルースト自身の場合はどうだろう。周知のように、彼もまたドレーフュス事件のさいには、その一生でおよそ例外的なことであったが、ドレーフュス派として短期間のあいだ奔走した。「私は熱狂的なドレーフュス派でした」[15]と彼はシドニー・シフ宛ての手紙で言っており、またポール・スーデー宛ての手紙では、「私はたぶん最初のドレーフュス主義者でしょう。なぜなら、アナトール・フランスに署名を求めに行ったのは、この私ですから」[16]と記している。では、彼はスワンやブロックと同じように、ドレーフュス事件で一気にユダヤ人としての自覚に引き戻されたと考えるべきだろうか。だが結論を急いではなるまい。プルーストはまた別のところで、「ひとりの人間が苦しむかもしれない、という考えが、かつて私をドレーフュス主義者にした」(CSB, 603)とも書いており、当時の自分の選択がユダヤ人としてのものであるというよりも、むしろ倫理的で人道的なものであるかのように装っているし、さらに事件当時にも、また後年にも、こうした行動が浮薄なものであるかのような言葉さえ、ところどころで洩らしているのである。(17) おそらく、プルースト自身のユダヤ意識は、ドレーフュス事件によって強烈な刺戟を与えられたではあろうが、しかしそれ以前からきわめて複雑に形成されたのであろう。またそれでなければ、いま一端を紹介した『失われた時を求めて』のような複眼の作品に到達することはなかったであろう。というのも、プルースト自身はたしかに一時期ドレーフュス派であったが、彼の作品は、スワンやブロックのようにドレーフュス擁護派か否かを判断基準にするのではなくて、はるかに複雑かつ立体的にドレーフュス事件当時のユダヤ世界を描いているからだ。すでに、ドレーフュス事件の渦中で書かれた『ジャン・サントゥイユ』のなかでも、彼は、「ユダヤ人であるからこそわれわれは、反ユダヤ主義を理解するし、ドレーフュス派であるから、ゾラを断罪した裁判官を理解するのだ」(JS, 651) と書いている。また前記シドニー・シフ宛ての手紙は、こんな風につづくのである。

「あなたは以前にドレーフュス主義者だったことがおありですか? 私は熱狂的なドレーフュス派でした。ところで、作品のなかでは、私は完全に客観的です。『ゲルマントの方』は反ドレーフュス派に見えるかもしれません。しかし『ソドムとゴモラⅡ』は完全にドレーフュス派で、前の部分を訂正するものになりましょう。(18)」

なるほど、『失われた時を求めて』の背景には、ドレーフュス事件がたえず流れており、たえず事件が作中人物の話題に登場するけれども、作品はこの事件をはるかに越えて、より広く、十九世紀末のフランスのユダヤ人の状況と密接にからんでいるように思われる。だからこそ、ハンナ・アーレントは、その反ユダヤ主義の研究のなかで長々とプルーストにふれたのだし[19]、またマイケル・R・マラスは、ドレーフュス事件当時のユダヤ人を知る手がかりとして、真っ先にプルーストの作品を挙げたのであろう[20]。ドレーフュス事件は、フランスを二分するような大事件ではあったが、ユダヤという観点からすれば、十九世紀末のフランスのユダヤ人がおかれた状況からこぼれ落ちた一挿話にすぎないのである。

それはプルーストが、ドレーフュス事件にかかわるよりもはるかに深く、時代のなかにアンガジェしていたことを意味してはいないだろうか。言いかえれば、プルーストにおけるユダヤの問題をも含めて、彼を理解するためには、プルーストをその時代のなかに位置づけ直すことが必要になるのではないか。では、カトリック教徒で医学を修めた父親と、ユダヤ人の母親とのあいだから、一八七一年に生れたプルーストは、十九世紀末のフランスで、どんな風に自分の内部のユダヤを意識していったのか。それをあとづけることは、プルーストにおけるユダヤ世界を理解するために、有効な手段ではなかろうか。これはなかなかの難題だが、以下に私はいくぶんなりとも、この問題を解明してみたいと思う。それがプルーストという作家を理解するために、不可欠な作業だと思われるからである。

四　一八八〇年代の「ユダヤ人」

ところで、いまふれた「ドレーフュス事件」の最大の犠牲者であるアルフレッド・ドレーフュス大尉が逮捕されたのは一八九四年十月十五日、彼に終身刑の判決が下されたのは同年十二月である。翌年一月、ドレーフュスは位階を剥奪されて、流刑地に送られる。しかし、これが直ちにフランスを二分する「事件」となったわけではない。ドレーフュス大尉の兄マチューや、ベルナール・ラザールなど、少数の者の必死の努力にもかかわらず、この事件が大きな反響を呼ぶのは、それから三年余りたった一八九八年一月十三日に、ゾラの「われ弾劾す」という一文が発表されてからにすぎない。プルーストが友人たちとともに署名集めに走りまわるのも、裁判を傍聴するのも、実はこの時期であって、だから彼が「最初のドレーフュス派」と自称するのは、かなり割引きして考えねばならない。いずれにしてもこのとき、彼は二十六歳になっている。

先にも見たように、なるほどプルーストはその作品のなかで、ドレーフュス事件がユダヤ人を不意にユダヤ人たらしめる事件であるかのような趣旨のことを書いているとはいえ、むろん彼自身はこのときに初めて自分の内部のユダヤを意識したわけではなかった。彼はその幼少期に、ときおり父親の生れ故郷イリエを訪れることがあったが、大部分の時をパリとオートゥイユの母方の親戚に囲まれて過ごしたのであって、この親戚を通じて、ユダヤ人の血統を否応なしに意識させられていたはずだからである。

だが、そのユダヤ人の血統とは、何だろう。そもそも、ユダヤ人とは何なのか。またプルーストが「ユダヤ人（Juif）」という言葉を書き記すときに、彼はこれによって何を意味させようとしたのだろう。これをユダヤ教徒と解してよいだろうか。それとも人種としてのユダヤ人ということであろうか。そもそも、そのユダヤ人と非ユダヤ人とは、画然と区別できるものなのであろうか。

たしかに種々の統計は、フランスのユダヤ人口について、さまざまな数字を伝えている。しかし、そこで扱われているユダヤ人の定義は、実は甚だ曖昧なものだ。*(21) 現に、パリのベルヴィル地区のユダヤ人にかんする詳細な研究を発表したシャルロット・ロランは、「ユダヤ社会の登録簿を参照してみても、（……）宗教的集団のイスラエル人メンバーの数しか分らない、つまりはユダヤ教の信者で、その集団の生活に積極的に参加している者の数しか分らないのだ。しきたりや出身からして、自分がユダヤ人であることを知っており、しかもユダヤ教を離れているような人びとは、とらえることができないのである。にもかかわらず、フランスでも、またわれわれに関心のあるパリの地区（ベルヴィル）でも、そのような人たちこそ多数派なのだ(22)」と記しているのである。

以前は、ユダヤ人といえばユダヤ教徒のことだった。しかし十九世紀のフランスでは、大革命以後、ナポレオンの同化政策に端を発して、ユダヤ人の政治的解放が進行するにつれて、ユダヤ人社会そのものが急速に変貌したし、したがってユダヤ人の意識も明らかに変質したのであった。たとえば、彼らはもはや自分を、外国人・異邦人とは考えなかった。一八二八年には、すでにレオン・アレヴィが、

「ユダヤ人のすべては、心情においても精神においても、フランス人である」[23]と言明するくらいに、同化は足早に進行しつつあったのである。

このような政治的解放に呼応して、ユダヤ教からの改宗者も相ついだ。十九世紀フランスのユダヤ人社会のなかで、最も著名な政治家であり、弁護士であり、またユダヤ教会の有力者でもあったアドルフ・クレミウは、後にもふれるようにプルーストの遠縁に当る人物だが、そのクレミウ家の子息たちさえカトリックに改宗しており、そのためにクレミウは、一八四五年にユダヤ教会内でのその重要な地位を辞しているくらいである[24]。こうした改宗者とは異って、ユダヤ教会内に留まる者のなかでも、宗教的な実践に関心を失う者が増大した[25]。このように、十九世紀フランスを方向づける非宗教化の趨勢は、カトリック教徒よりもまずユダヤ教の内部で、はるかに急速かつ顕著な形で進行したように見える。さらに一八七〇年代初めの調査を最後として、フランス政府は宗教上の帰属を調査対象から除外することとしたために、それからはユダヤ教徒の数すらも明確には知り得ないようになったし[26]、ユダヤ教によってユダヤ人を定義することも、この時期以後は実質的に困難になったのである。

それに代って登場するのが(「高利貸」といったような通俗的用法を除けば)、人種としてのユダヤ人という概念であろう。この「人種(race)」という語が、どれほど多義的に、また恣意的に用いられて、新たなパーリアとしての「セム族」と、「アーリア族神話」とを作り出すのに貢献したかは、レオン・ポリアコフの著作が明らかにしている[27]。すでに一八五〇年代には、ゴビノーの『人種不平等論』が書かれているのだが、十九世紀も後半になると実証主義の影響を受けて、この「人種」という語は、疑似科学的な装いのもとに、大手を振って横行するようになる。それ以後、この言葉は実に甚大な影響を及ぼしたのであって、おそらく一世紀後の今日でも、われわれはいまだにこの「人種」という概念から完全に自由ではないのだろうし、依然としてユダヤ人を一つの立派な人種であると錯覚している人も少くないかもしれない。

おそらく解剖学的にも、また生理学的にも、ユダヤ人種というものが存在するという考え方自体が今では否定されているはずであるが、それはともかくとして、これがどれほど曖昧で非科学的に濫用されたかは、マラスが詳しくふれている。*(28) ルイス・ワースも、ユダヤ人の身体的特徴ということにふれて、そのようなものは存在しないか、ないしはたとえ存在したとしても、それは、「何世紀にもわたる離散に身を委ねながら、その血の純潔を擁護してきた」セム族に属する人々といったような「伝統的見解」とは、まるで関係のないものであること、人種的というよりは、迫害され隔離された都市住民の特殊な条件のなかで形成されたものと理解すべきことを説いている。(29) いずれにしても、ユダヤ人と非ユダヤ人の境界線を、人種をもとにして客観的に決定することは、きわめて困難であり、とくにプルーストの両親のようなユダヤ人と非ユダヤ人の結婚が少しずつでも増加するにつれて、それは不可能なことでもあれば無意味なことにもなったと言っていい。

にもかかわらず、プルーストの時代にユダヤ人が問題になったとすれば、その場合のユダヤ人はマラスの言うように、「ユダヤ人も非ユダヤ人も含めたフランス社会全体によって、ユダヤ人と見なされている者(30)」とでも規定する以外にないだろう。そしてこのような「ユダヤ人」は、プルーストが物心ついた一八八〇年代から、急速に無視できないものになったのである。それまでのユダヤ人迫害とは異質な反ユダヤ主義、人種主義にもとづく反ユダヤの主張が、この時期に火を噴いたからだ。まことにサルトルがその『ユダヤ人問題にかんする考察』のなかで、鋭利な直観を発揮して看破したように、八〇年代以降のヨーロッパでは、反ユダヤ主義がユダヤ人を作ったのである。

とはいえ、もちろん八〇年代以前のフランスでも――大革命とナポレオンの同化政策を経て政治的解放が進行していたにもかかわらず――ユダヤ人迫害がまったく途絶えたわけではなかった。ただ一八七〇年代には、それも余り問題にされず、反ユダヤの言説すらほとんど聞こえては来なかった。そのことは、あれほど克明に反ユダヤ主義文献を拾い出したポリアコフも認めているところである。[31]プルーストは一八七一年生れだから、彼が十歳になるまでは、フランスに住むユダヤ人にとって比較的平穏な日々が続いていたと言えるかもしれない。

ところが一八八〇年代に入ると、事態は微妙に変化しはじめた。まず一八八一年にパリで『反ユダヤ』*Antijuif* という定期刊行物が、さらに一八八三年にはモンディディエで『反セム族』*Antisémitique* が、それぞれ発刊され、こうして堂々と人種主義を看板に掲げる主張が展開されはじめたのである。[32]もっとも、それはまだごく小さな運動にすぎなかったし、ほとんど一般からは無視されていた。後には「フランスで最も反ユダヤ主義的な新聞[33]」と言われるようになったアソンプシオン修道会派の『ラ・クロワ（十字架）』紙でさえ、まだ「イスラエルに対して一種の寛容さを示しており、ユダヤの問題にほとんど注意を払わなかった。ロトシルド家のことを語る必要が起こっても、同家の宗教上の帰属を指摘するまでもないと見なしていた」[34]のであった。だから、ごくささやかな動きを別にすれば、八〇年代前半も、必ずしも反ユダヤ主義の声が大きいと言えなかったのである。むしろ逆にそのころは「良きユダヤ人」といった発想が眼につくくらいであって[35]、それはむろん「悪しきユダヤ人」を前提とした差別的発想であるに違いはないとしても、正面切ってのユダヤ人に対する攻撃とは性質を異にするものであった(なお、プルーストが『失われた時を求めて』のなかで、語り手の祖父をして、スワンを他のユダヤ人と区別させたのは、「良きユダヤ人」を讃えるこうした雰囲気を敏感にキャッチした上でのことだったかもしれない)。

このような空気に、はっきりと変化が生じたのは、一八八六年であったと思われる。では、その年に何が起こったのか。この一八八六年は、二つの重要な出版によって印づけられた年である。すなわち、第一にエドゥアール・ドリュモンの『ユダヤのフランス』[36]が発表された年であり、第二に、数点の過去の反ユダヤ主義文献、とりわけトゥスネルの『当代の王ユダヤ人』[37]の第三版が、四十年ぶりに刊行された年なのである。この二つの書物は、それ以後のユダヤのイメージに決定的な影響を与えたものなので、やや詳しく検討しておく必要がある。

五　ドリュモンとトゥスネル

エドゥアール・ドリュモンの波瀾に満ちた生涯は、十九世紀末から二十世紀にかけてのフランスの、日本では余り知られていない一面を形成しているが、それについては今はふれない。(38) しかし、他のことはともかくとして、彼の著書『ユダヤのフランス』と、彼が主宰した『リーブル・パロール（自由言論）』紙とは、以後のフランスに見られる反ユダヤ主義の基礎を築いたものと言わなければならない。レオン・ポリアコフも、ドリュモンの著書が反ユダヤ主義を若返らせたというモーリス・バレスの言葉を引いた後に、次のように書いている。

「一八八六年の春になって、初めて、エドゥアール・ドリュモンの『ユダヤのフランス』が収めた電撃的な成功が、新たな空気を作り上げ、大規模な反ユダヤ主義の運動のために道を開いたのである。(39)」

じじつ、この書物は、わずか一年間で一一四版、全体で二〇〇版以上を出したといわれるくらいであって、その途方もない成功と、衝撃の深さとは、推して知ることができる。*(40)

何がこのような成功をもたらしたのか。真先に認めなければならないのは、ドリュモンのデマゴーグとしての特異な才能である。なるほど彼の展開する論理は、緻密でもなければ、正確でもない。しかし彼には、非常に単純な二項対立を駆使して押しまくっていく腕っぷしの強さがある。それは強引に単純化されているだけに、一見明快であり、一度そのリズムに乗せられて彼の主張を信じはじめた人には、ことによると説得的でさえあるかもしれない。

しかも、そのように大まかだが歯切れのよいアジテーションによって彼が主張するのは、先に述べた疑似科学的な「人種」を基盤とする「ユダヤ禍」の警告であり、ポリアコフのいわゆる「アーリア族神話」なのであった。たとえば次のような例がある。

「セム族（ユダヤ人）は金もうけがうまく、強欲で、陰謀家で、巧妙で、陰険だ。アーリア族は熱狂的、英雄的、騎士的で、利害にうとく、率直で、馬鹿正直なくらいに人を信じ易い。セム族は、現在の生活の彼方にほとんど何も見ることのできない地上の人だ。アーリア族は天の子であって、たえずすぐれたものに憧れている。前者は現実に生き、後者は理想に生きる。[41]」

「コミューヌは、二つの面を備えていた。一方は、非理性的で、浅はかで、しかし勇敢な、フランス的側面である。他方は、利にさとく、強欲で、略奪好きで、低劣な形の投機性を備えた、ユダヤ的な側面である。[42]」

こうした強引きわまる二分法的論理は、『ユダヤのフランス』の至るところに見出すことができる。しかし、このように単純な弁舌だけで、当時のベスト・セラーができあがるわけではない。それと同時に、この著作が争って読まれたのは、そのころのイエズス会派を中心とする保守派の待望するもの、その意味で時宜にかなったものがあったからだと思われる。すなわちそれは、ユダヤというレッテルによる共和派の攻撃である。

　当時のフランスの政治情勢は、普仏戦争の敗北から一八七九年までに至る反動期、つまりいわゆる「共和派なき共和国（République sans républicains）」を経て、「共和派の共和国（République républicaine）」が形成され[43]、第三共和制の基礎が固まりはじめたときであった。じっさい一八七〇年代の前半まで、共和制はまだきわめて不安定であって、もしブルボン王朝の後継者であるシャンボール伯爵に多少の現実主義と政治感覚があったなら、王政復古も充分に可能だったろうとさえ思われるくらいに緊迫した情勢がつづいたのであったが[44]、こうした状態は共和派が絶対多数を獲得した一八七六年の総選挙以後になると徐々に崩れはじめ、野心家マク・マオンの退場と同時に、八〇年代の新しい時期に入りこんでいったのである。

　この時期の政治的中心課題は、国家の非宗教化の推進という問題であって、無償の義務教育の施行と相俟って、ローマ教会との関係の調整は焦眉の急だった。言いかえれば、教権主義《クレリカリスム》と反教権主義《アンチ・クレリカリスム》とが、表面的にはフランスの政治を二分して争っていたのである。共和派の指導者で、一八八二年に急死したガンベッタが、「教権主義こそ敵だ！」と演説したのは、よく知られている[45]。だから七〇年代の保守派は申し合わせたようにカトリックであり、ローマ教会との結びつきが強かった。モンマルトルの丘に醜悪なサクレ・クール寺院の建立が決定され、その工事が始められたのもこの時期であれば、ルールドへの巡礼が盛んに行なわれたのも同様である。「道徳的秩序」の政策といわれたこの時期の保守派の政策は、教権主義と一体をなしていた。

ドリュモンの書物は、こうした教権主義を鼓吹したものではない。むしろ、先にも述べたようなアーリア族とセム族の単純な区別を出発点として、肉体的、心理的、思想的なありとあらゆる悪性をユダヤ人のものとした上で、第三共和制の確立に影響力を発揮した政治的指導者たちや、財界人たちに、ことごとく「ユダヤ」というレッテルをはりつけて、これを攻撃したものである。しかしまたそうすることによって、彼は八〇年代に入って明らかに劣勢にまわった教権主義の擁護者たちに、「ユダヤ」という攻撃目標を復活させ、こうして新たな活力を注入したのでもあった。

あたかも『失われた時を求めて』の語り手の祖父のように、彼は至るところにユダヤ人をかぎつける。多くの共和派がそうであって、ジュール・シモンやアドルフ・クレミウはもとよりのこと、ガンベッタまでが彼によれば「ユダヤ人であり、かつ皇帝である」[46]。彼は執拗に、ガンベッタがユダヤ人であるという印象を与えるべく、あらゆる資料を動員した上で、「ガンベッタとその朝臣たち」について、長い一章を書いてこれを攻撃する。クレミウもまた世界イスラエル同盟の指導者として、六〇ページにわたる長い一章のなかでたえず罵倒を浴びせられる、といった調子で、上下二巻、一一〇〇ページに上る厖大なこの書物は、終始一貫して、時代を支配する者としてのユダヤ人に飽くことのない批判と中傷を放っているのである。

ところでドリュモンは、このような「ユダヤ」のレッテルによる政敵攻撃の方法を、実は初期〝社会主義者〟の一人でフーリエ派に属するトゥスネルから学んだのであった。ここに、近代の反ユダヤ主義の持つ、一筋縄ではいかない、甚だ始末におえない性格がある。じじつ、ドリュモンは、一八三〇年から四八年までのいわゆる七月王政下で「ユダヤ人の支配が始まった」とした後に、次のように記しているのである。

「トゥスネルの言うように、『フランスにもはや王政は存在しなかった。ユダヤ人がこれを隷属せしめた』のである。

この十八年間のユダヤ人による支配から、不滅の傑作が出現した。『当代の王ユダヤ人』がそれである。

論争の書、哲学的で社会的な研究、詩人で思想家で予言者である人の作品、トゥスネルの見事な著書は、同時にそれらすべてである。そして長い歳月のあいだ営々として文章を書いてきた私の唯一の野心を告白すれば、栄光に満ちたわれわれの大切な国がどんな原因で荒廃と屈辱のなかに追い落されたのか、それを理解したいと思うような人たちの書庫のなかで、私の書物がトゥスネルの著書のかたわらに並べられるようでありたい、ということなのである。[47]」

十九世紀末の反ユダヤ主義の教祖ドリュモンは、トゥスネルを手本にして、これと並べられる栄誉を夢見ながら、『ユダヤのフランス』を書いたのであった。一方、このような刺戟剤となったトゥスネルの著書も、上述のごとく、同年つまり一八八六年に第三版として蘇える。むろん『ユダヤのフランス』の成功が、トゥスネルを忘却から救い出したのであって、初版は一八四五年、再版は一八四七年だから、実に四十年の歳月を隔ててこの反ユダヤ主義の聖書は再び脚光を浴びることになったのである。

トゥスネルの書物は、一見したところ、十九世紀前半、とくに七月王政時代の金融貴族（いわゆる「オート・バンク」）の支配をあばくとともに、これに結びついたサン＝シモン派を批判した書物のように見える(48)。そしてむろん、それが重要な主張であることに違いはないが、この書物はそれ以上に、題名にも現れているごとく、サン＝シモン派批判の名目の下に地上の実際の権力者をユダヤ人と断定し、これに向けてむき出しで感情的な攻撃を加えたものであった。彼はユダヤ人を「金融封建制」と同視して、これを「金銭貴族」と名づけ、七月革命でその支配が確立したとして、次のように書いている。

「ユダヤ人はフランスを支配し、統治している。どこに彼らの王国の存在証明が書かれているか？至るところにだ。

すべての制度、日々に起こるすべての事柄、内外政治のすべての決定、議会の投票、裁判官の下す判決、王の演説に至るまで、あらゆるところにそれは書かれている(49)。」

「商業の両腕たる、銀行と、運送と。これを独占しているのは誰だ？　ユダヤ人だ。

金と水銀を独占しているのは誰だ？　ユダヤ人だ。

石炭、塩、タバコを、いずれ近いうちに独占するのは誰だ？　ユダヤ人だ。広告を独占しているのは誰だ？　ユダヤ人の従僕であるサン＝シモン派だ。[50]」

これらの引用は、この書物の特徴である好戦的な文体を通して、著者の姿勢をうかがわせるものだろう。彼はドリュモンと同様に、あらゆる敵をユダヤ人に結びつける。たとえばトゥスネルにとって、フランスとは、道徳的（精神的）にも、立法的にも、領土的にも、すべての意味で統一を目指す国であって、「宗教においても政治においてもカトリック」である。これに対してイギリスは、個人主義とプロテスタンティスムによって規定され、彼はこれをフランスの最強の敵とした上で、「現在フランスを支配統治しているのは、イギリスの友人のユダヤ人である」と断定する。こうした考察は、結局のところ、次のような時代錯誤の慨歎によって、しめくくられねばならない。すなわち、「ああ！　わが祖国の偉大な君主たちよ、リシュリューよ、ルイ十四世よ、ナポレオンよ、あなたがたは今どこにいるのか？[51]」

サン＝シモン派を批判してペンを執った一人のフーリエ主義者が、どうしてこんなことを書いてしまうのだろう。少くともその理由の一つは明瞭である。レオン・ポリアコフの言うように、フーリエ自身が伝統的な反ユダヤ主義に染まっていたということもあるが[52]、トゥスネルはそれに輪をかけて、心情的には古いカトリシズムによるユダヤ排斥をいささかも越えていなかったからだ。それを雄弁に示しているのは、第二版につけられた著者自身の序文であって、そのなかで彼はこう言っている。

「崇高なる精神を吹きこまれたすべての預言者を、情容赦もなく殺してしまった人びと、人間の贖主《あがないぬし》を十字架にかけて、それを罵倒した人びと、それを私は、神の民ユダヤ人などと呼ぶことはしない。」

「もしもユダヤの人びとが本当に神の民であったなら、彼らは神の子を殺しはしなかったであろう。[53]」

こうしたユダヤ攻撃は、それまでカトリシズムの立場から、数限りなく行なわれてきたものであった。

フランスにおける十九世紀末の反ユダヤ主義を考える上で、トゥスネルの果した役割は、ゴビノーなど較べ物にならぬくらいに重要である。彼は、本来ならば冷静に経済支配の実態を暴くという形で書き得たかもしれない書物を、伝統的な宗教対立のなかで培われた心情的嫌悪にかられて執筆したために、ドリュモンを教祖とする反ユダヤ主義の先駆者として記憶されることになったのである。

だがまた、これをトゥスネル一人の責に帰することはできない。というのも、一八四〇年代というのは、とくに初期の社会主義者たちのあいだで、ユダヤにかんする発言が相ついだ時期であって、トゥスネルは、それを最も素朴で感情的な反ユダヤという形で主張した人物にすぎなかったからだ。トゥスネルに先立って、ブリュノ・バウアーの『ユダヤ人問題』をめぐるマルクスの文章があるのはよく知られているけれども、[54]フランスでもトゥスネルの著書と相前後して、初めはサン＝シモン派に属していたキリスト教社会主義のピエール・ルルーが、その個人雑誌『ルヴュ・ソシアル』[55]のなかで「物質的財産の追求」という一連の論文を発表し、その第一部「個人主義と社会主義について」につぐ第二部には、トゥスネルの著書とまったく同じく「当代の王ユダヤ人」という題をつけて、サン＝シモン派を批判しているくらいである。なるほどマルクスはもとよりだが、ルルーの場合もその主張はトゥスネルのように単純で強引なものではない。その上に、彼は人間の集団としてのユダヤ人でも特定の個人でもなくて、「ユダヤ精神」について語るのだ、とも言っている。けれどもまた、「儲け、利益、利得の精神、ひと口に言えば銀行家の精神」が、「この人びと（ce peuple）に結びついた恐るべき宿命（prédestination）」である、と彼が主張するときに、ここで言う「この人びと」が、「ユダヤ精神」ではなくて具体的な生きたユダヤ人であることは明らかだ。こうして「ユダヤ精神」はすべてのユダヤ人のものとされる。このようなユダヤという言葉の厳密さを欠く使用、多義的にならざるを得ない使用が、後の反ユダヤ主義の誕生の可能性を準備したことは否定できないであろう。

いずれにしても、これら一八四〇年代の思想家たち、なかんずくトゥスネルによって、反ユダヤの意識は、従来の宗教的対立に基づく感情を温存し、それに拠りかかりながらも、現世的な地上の問題（当代の王）に引きずりおろされたのであり、こうして八〇年代の人種主義に基づく反ユダヤの運動のために地盤を準備したのであった。このように、神学上の争いに始まって、過去を温存しながら変貌していった「ユダヤ」のイメージは、プルーストの作品のなかにもそのまま受けつがれる。またこのイメージによって資本主義とユダヤとの短絡に新たに人種主義が加算され、八〇年代以降の反ユダヤ主義に対する社会主義者たちの批判に、ブレーキをかける結果さえもたらすであろう。*(56)

ドリュモンは、こうした過去の遺産を手当り次第に活用した。彼の人種主義のなかには、金持に対する庶民の反感をあおる部分もあれば、中世以来の悪魔のようなユダヤ人という伝説（ユダヤ人は子供を殺し、キリスト教徒の血をすする、といったような）によりかかる部分もあって、彼が抜け目なく、さまざまな言い伝えを利用したことが分る。ユダヤ人とスパイ及び裏切りとが絶対に切り離し得ないものだという彼の主張(57)は、ドレーフュス事件を準備するものですらあるだろう。

しかし問題は八〇年代である。いったいこの時期には、教権主義以外に、ドリュモンの発言を受入れるどんな要因が存在していたのだろうか。彼の著書を争って買い求めた人たちは、どうしてユダヤに関心をそそられたのであろう。このことについて、考えられるのは二つの事実である。

（一）普仏戦争の敗北がもたらした変化。ベルナノスが、そのドリュモン伝にも記している「雷撃のように襲って来たスダンの屈辱(58)」の後で、新たな局面が始まっていた。第一に、アルフォンス・ドーデーの「最後の授業」に端的に現れているような、敗北のもたらしたナショナリズムの広がりである。このドーデーが、ドリュモンに常に目をかけ、彼の『ユダヤのフランス』を出版社に売りこんで、あの大成功を収めさせた当の人物であるばかりか、その出版がきっかけでアルチュール・メイエルとドリュモンのあいだで決闘が行なわれたさいには、ドリュモン側の介添人をつとめるくらいにまで彼を強く支持した人物であることは、見逃してはならない。*[59] こうしたナショナリズムの顕在化に加えて、第二に起きた変化は、プロイセンに併合されたアルザスから多くのユダヤ人がフランスに移住して来たことであった。マラスは「少くとも五〇〇〇人[60]」と言っているが、正確な数字は分らない。ドリュモンは、このアルザスからの移住をフルに利用して、パリ・コミューヌのあとの情景をこう書いている。

「一八七一年六、七、八、九月には、街によっては人影もなかった。ところが年が押しつまると、どこもかしこも一杯の人で、生き生きと賑わっていた。生粋のパリジャンが町を観察してまわったが、彼は至るところで、未だかつて見たこともなかった奇妙なタイプの者に出会い、店という店に、マイエル、ジャコブ、シモンなどという名前を見出して愕然とした。[61]」

これらの名前が、ユダヤ系の人間を示すことはよく知られている。もともとフランスでは、「セファラード」(Séphardes 又は Séphardim, Séfaradis など)と呼ばれるポルトガル、スペイン系のユダヤ人を好遇し、「アシュケナーズ」(Ashkénazes 又は Asquénasis, Asquénas など)と呼ばれるドイツ系のユダヤ人を軽蔑する伝統が強いのであるが、そこに普仏戦争の生んだナショナリズムが加わっていたから、ドリュモンにとっては反ユダヤ感情をあおるのに屈強な状況が存在していたことになる。*[62]

しかし、先にも述べたように、そうした反感は、七〇年代にはむしろ余り目立ちはしなかった。アルザスからの移住者が、フランス社会への同化に、非常な努力を払ったという事情もあるだろう。後のドレーフュス事件の犠牲者でありまた主役でもあったアルフレッド・ドレーフュス大尉の家族も、普仏戦争後にアルザスから来たのであるが、そのドレーフュスが軍隊に入り、参謀本部の大尉になっていたことからも、彼らの強烈な同化志向がうかがわれよう。したがって、反ユダヤ主義の爆発には、この七〇年代に醸成されていた状況に加えて、次に述べる第二の変化が必要だったのである。

（二）八〇年代の変化。すなわち一八八一年以来、東欧およびロシアでのポグロムを逃れて、西欧に移るユダヤ人が急増したのである。『パリのユダヤ人』の著者ロブランは、一八七六年にパリにいたルーマニア人は五八四人、一九〇一年には三五三二人、という数字を上げている[63]。また、ロシア皇帝アレクサンドル二世の暗殺直後に、パリに逃れて来たユダヤ人は、五〇〇〇人がクリニャンクールに、それより若干少い数が十三区のシテ・ジャンヌ・ダルクに、それぞれ収容されたという[64]。これら東欧のユダヤ人とともに、「イディッシュがパリに到着した」とブールドレルは書いている[65]。注意しなければならないのは、イディッシュ語を語るユダヤ人と、同化したユダヤ人とのあいだに、しばしば軋轢の見られたことであろう。それはドイツでもフランスでも見られた現象だった[66]。また、プルーストが、これら東欧とロシアから来たユダヤ人の存在に無関心ではなかったことも忘れてはなるまい。彼が、反ユダヤ主義のユダヤ人ブロックをして、外国から来たばかりの（おそらくはアルザス系ユダヤ人たちの）訛の強い発音を嘲笑させたことは前にふれたけれども、バルベックに現れたブロックおよびその妹や親類たちの姿を描くに当って、プルーストは次のような比喩さえ用いているのである。

「ところでこのユダヤ人の群《コロニー》は、気持のよい人びとというよりは、むしろ絵になる連中だった。バルベックの彼らは、ロシアだのルーマニアだのという国のユダヤ人のようなものであって、地理の授業の教えるところでは、そうした国でのイスラエルの民は、たとえばパリにおけるのと同じように優遇されてもいなければ、同程度の同化にも到達していないのである。」(RTP, I, 738)(訳IV, 109)

これら東欧とロシアからの移住者の群は、一八九〇年代になっても続き、その多くは、パリのル・マレー地区や、ベルヴィル地区に住みついて、下層ユダヤ人の群を形成したのである。(67) 彼ら以外のユダヤ人において、同化がいっそう進行していたのに対して、彼らは言語的な障碍もあって、容易に社会の他の成員に融けこむことができなかったし、また融けこもうともしなかった。シャルロット・ロランは、二十世紀の半ばになっても、ベルヴィル地区のユダヤ人のなかでイディッシュ語人口が多数派を占めていたことを報告している。(68) ワースの言う意味で、ユダヤ人をユダヤ人たらしめるゲットーを形成していたのは彼らであった。

エドゥアール・ドリュモンの『ユダヤのフランス』は、このようにフランスのユダヤ人が同化によって急速にその特性を失いながら、しかし外部からの刺戟によって辛くもユダヤ人でありつづけていた時期に、不意にフランス社会の眼をその上に向けさせ、その存在を大きくクローズ・アップさせたものであった。彼によってユダヤ人は、それまでひたすら同化の道を歩んでいた者も、そうでない者も、いずれも同じユダヤ人とされ、フランス社会の異邦人として、しかも同時にフランスを侵蝕する恐れのある病巣として、指摘されたのであった。つまり〝他者〟として、ドリュモン自身が大いに自負するように、彼の書物は「ユダヤ人を明らかにした」のである（むろんここで言う「ユダヤ人」とは、「ユダヤ人と見なされた者」ということにすぎないのであるが）。そしてこれに直ちに反応してドリュモンに熱烈な手紙を送ったのは、多くの村の司祭たちであったという[69]。

以上が一八八六年の状況であった。では、この年に十五歳であったプルーストは、どんな風にこの問題を意識したであろうか。

六　〝他者〟としてのユダヤ

ドリュモンの問題の書物を、十五歳のマルセル・プルーストが直ちに読んだとは思われない。また、彼の一生を通じて、ドリュモンへの言及はごく少く、ほとんど取上げるにも当らないように思われる。にもかかわらず、彼はこの八〇年代半ばからの微妙な空気の変化を敏感に感じとっていたにちがいないし、彼の思考もかなりの程度はそれに影響されていたと思われる。というのも、ドリュモンが、ガンベッタと並んで最も激しい攻撃と罵倒の対象としたユダヤ人の政治的指導者アドルフ・クレミウは[70]、先にもふれたようにプルーストの遠縁に当る人物だったからだ。七月王政のさいにルイ＝フィリップの信用を得て以来、常に政治劇の舞台で活動しつづけたクレミウは、二月革命後の法務大臣であり、世界イスラエル同盟の議長であり、熱心な統合論者・同化論者であり、一八七〇年の国防内閣では再び法務大臣をつとめ、第三共和制の時代には元老的存在として重きをなしていた。しかも彼が、プルーストの母方ヴェーユ家の誇りとする人物であったことは、プルーストの両親の結婚に母方の証人の一人として参列していることによっても明らかである。[71] 念のために、最近出版されたフランシスとゴンチエの共著『プルーストとその親戚』を手がかりにしつつ、クレミウとヴェーユ家の関係を次ページに図示しておこう。

クレミウは、七月王政時代にはサン゠シモン派と親交があり、したがってペレール家やアレヴィ家とも親しかった。彼が政治家として名を成した後の、クレミウ夫人アメリーのサロンには、ラマルティーヌ、ユゴー、ミュッセ、ジョルジュ・サンド、女優のラシェルなどが、常に出入りしていたという。前記フランシスとゴンチエの共著によれば、クレミウ夫人の姪に当るベルンカステル家のアデル（すなわちプルーストの祖母）は、よくこのサロンを訪れたというが、[72] もしそうだったとすれば、彼女は孫のマルセルをたいそう可愛がった人だから、その話を通じて、プルーストは早くからサロンの生活を心に描いていたことだろう。少くとも、一八八〇年にアドルフ・クレミウが死んで国葬になったときには、プルーストが子供心に、自分の母方の親戚の存在を強く意識したろうことは、まず間違いのないところである。このときプルーストはまだ九歳にもなっていなかった。

ところでこの母方の親戚のヴェーユ家の者たちは、ユダヤ教を維持していたのであった。たとえばプルーストの祖父のナテ・ヴェーユは、自分でもよく意味が理解できないままにユダヤ教の儀式を守って、毎年ルポ街にある小さなユダヤ人墓地の両親の墓に詣でては小石を一つ供えていたという[73]。またその弟のルイ・ヴェーユの死にさいしてプルーストは、「彼の宗教のしきたりに従って、儀式は行ないません[74]」と、ロール・エーマンに書き送っている。母の死にさいしても同様で、プルーストはたとえばノアイユ夫人宛てに書いている、「父と結婚するときにも、母は先祖に対するこの上もない崇敬のあらわれとして、ユダヤ教を守りつづけていましたから、教会での儀式はありません[75]」と。これに

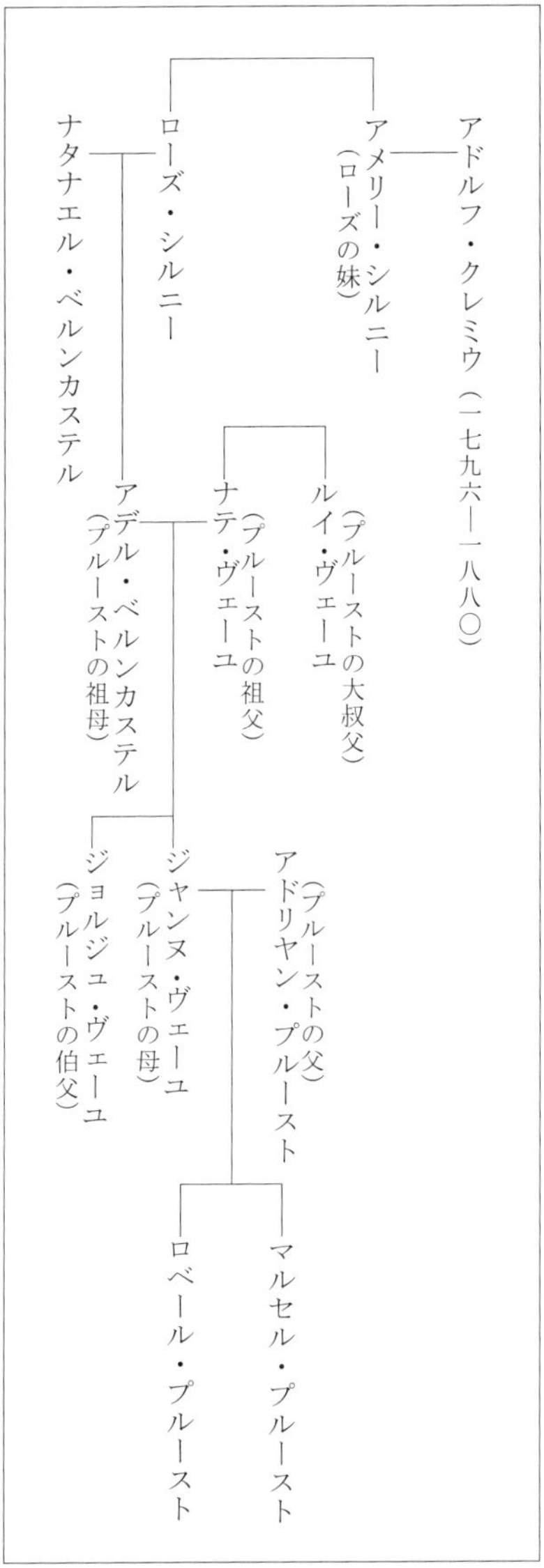

対して、プルースト自身は周知のように、カトリックとして洗礼を受け、常にカトリック信者として育てられたのであった。『失われた時を求めて』を見ても、架空の町コンブレーの教会や司祭の描写のために、第一篇から読者は直ちに、語り手の立場がカトリックで非ユダヤ人であることを諒解するのである。そのコンブレーと混同されてはならないが、しかしコンブレーにいくつかの重要な特徴を与えているのが父の生れ故郷イリエであることは、今さら言うまでもない。ときおりプルースト家の者が訪れたこの町は、鄙びた素朴な教会と、その前面の広場とを中心にして、聖者の名のついた狭い道の張りめぐらされている敬虔そのものの場所であって、プルーストが後にラスキンの『胡麻と百合』翻訳の序文として書いた「読書の日々」が示しているように、空から降って来る教会の鐘の音に毎日何回か規則正しく包みこまれるような、典型的な田舎町である（CSB, 160-194)。私は、この町を何度も訪れたが、そこに立つたびに、プルーストにとってのカトリシズムがどんな風に形成されたのかを考えないわけにはいかなかった。じっさい、プルーストのカトリシズムを作ったのは、パリでの日々の生活というよりも、たまに訪れるこの田舎町の鄙びた教会だったのかもしれない。いずれにしても、そこには同時に父の権威も貫かれていることは、疑いを容れる余地がないだろう[76]。

プルーストは、子供時代に身につけたこのカトリシズムの記憶に一生涯忠実だった。それを鋭く示しているのは、一九〇三年に書かれたジョルジュ・ド・ロリス宛ての手紙である[77]。そのなかで彼は、イリエの小学校の卒業式に村の司祭が招かれなくなったことを歎き（この点で、彼は教権主義者と同じく政教分離に反対する立場をとることになる）、「私にラテン語と、自分の庭の花の名前を教えてくれた司祭」のことをしきりに懐かしんでいる。この立場は政治的にも、また歴史的に見ても、まるでナイーヴとしか言いようのないものだが、プルーストの本質だけは鋭く暴露していると私は思う。すなわち、彼が大切にしているのは過去であり、少年時代の思い出であって、その意味で彼は典型的なパセイストと言うべきなのであろう。そのような懐古の対象となる少年時代のなかで、教会や司祭がきわめて重い意味を持っていたことを、われわれはこの手紙から推測することができる。またその過去に忠実であるかぎり、彼の立場がカトリシズムの側にあって、ユダヤは〝他者〟であることを、われわれは理解するのである。

したがって、プルーストは自分の母親のなかにも、〝他者〟としてのユダヤを認めたのであった。そのことは、冒頭に引いたモンテスキウ宛ての手紙の、「私は、父や弟と同様にカトリック教徒ですが、母はユダヤ人(ユダヤ教徒)なのです」によっても知ることができよう。この手紙は、一見母をかばっているように見えるけれども、また家族のなかで一人だけユダヤ人である母を、他の三人と異った者、つまりその意味で〝他者〟と見なすというニュアンスをも、濃厚に含んでいる。だからこそ、母と子のあいだの書簡では、母の改宗のことさえ話題になったのであろう。たとえば一八九〇年に書かれた母から子への手紙には、「アンジェリックは、わたしが改宗すると思うことでしょう――そしてランベール夫人は希望に満たされるでしょう(78)」という文句が見られる。むろん母は改宗しなかったし、むしろ改宗を安易に期待する者への一種の憐憫の情さえそこには感じられるけれども、それでもこれは彼女がその周囲に、改宗を望む人たちの存在をたえず意識していたことを示している。言いかえれば、母は自分が〝他者〟として対象視されていることを充分に承知していたのであろう（なお、右引用中のアンジェリックは、プルースト家で働いていた女中の名前であるらしい）。

母親がユダヤ人であるということは、しかしながら、単に宗教上の他者ということで終りはしなかった。この母と子のあいだには、彼らがやりとりした手紙の表面的な字句などでは容易に表わすことのできなかった感情が存在していたように思われるし、そのような感情は、むしろ書簡よりもプルーストの作品のなかに鮮明に映し出されているように見える。たとえば『失われた時を求めて』にとりかかる引き金となった『反サント＝ブーヴ論』では、語り手がサント＝ブーヴにかんするエッセイの形式について意見をきこうとして、ベッドに横たわったまま母を呼ぶ箇所があるが、その部分などは単なる宗教上の違いとは異って、さまざまな解釈を可能にする謎めいた表現で描かれている。すなわち、母は、躊躇しながらそっとドアを開けると、ラシーヌの『エステル』のなかに書かれている台詞を引用しながら、息子の先まわりをして、

「そなたか、エステル？　呼びもせぬのに」
「わしの命令もなくて　ここへ足を運ぶのか？
　いかなる不遜の者が、死を求めに来たのじゃ」

と言われそうだ、と告げる。それに対して、語り手である息子は、

郵便はがき

料金受取人払

牛込局承認

5507

差出有効期間
平成26年11月
18日まで

162-8790

東京都新宿区
早稲田鶴巻町五二三番地

株式会社 藤原書店 行

（受取人）

ご購入ありがとうございました。このカードは小社の今後の刊行計画および新刊等のご案内の資料といたします。ご記入のうえ、ご投函ください。

お名前	年齢
ご住所 〒 TEL　　E-mail	
ご職業（または学校・学年、できるだけくわしくお書き下さい）	
所属グループ・団体名　　連絡先	

本書をお買い求めの書店	
市区郡町　　書店	■新刊案内のご希望 □ある □ない ■図書目録のご希望 □ある □ない ■小社主催の催し物案内のご希望 □ある □ない

書名

読者カード

●本書のご感想および今後の出版へのご意見・ご希望など、お書きください。
（小社PR誌『機』に「読者の声」として掲載させて戴く場合もございます。）

■本書をお求めの動機。広告・書評には新聞・雑誌名もお書き添えください。
□店頭でみて　□広告　□書評・紹介記事　□その他
□小社の案内で　(　　)　(　　)　(　　)

■ご購読の新聞・雑誌名

■小社の出版案内を送って欲しい友人・知人のお名前・ご住所

お名前　ご住所 〒

□購入申込書（小社刊行物のご注文にご利用ください。その際書店名を必ずご記入ください。）

書名　冊	書名　冊
書名　冊	書名　冊

ご指定書店名　住所

都道府県　市区郡町

「エステル、何をそなたは恐れるのか？　わしはお前の兄ではないか？
かかるきびしい命令は、そなたのために作られたのではない。」

と、これも引用で答えるのである（CSB, 217）。そしてエステルとは言うまでもなく、旧約に記されているように、アハシュエロス王の妃となるユダヤ人の娘であり、また「お前の兄」とは、ここでは「お前の夫」の意味なのである。だからこの対話のなかには、ユダヤ人としての母の姿がくっきり浮かんでいるとともに、それと並んで、母と子のあいだにある一種の近親相姦的な感覚が示されていると言えよう。

そうした感覚は、『ジャン・サントゥイユ』にも、『失われた時を求めて』にも、文字通り充満していると言っていい。ただ、私が指摘しておきたいのは、単に母と子の近親相姦的な感情というだけではなくて、そこにしばしば、他者＝客体としてのユダヤの存在が介在することであり、この二つがからみあって、ときには陰惨な暴力性まで帯びるということである。そのような例を、『失われた時を求めて』のなかから、二つだけ引いておこう。

その第一は、ラシェルというユダヤ人女優の存在であって、彼女の役割は、スワンとブロックについできわめて重要であり、無視できぬユダヤ人の作中人物である。彼女は、後にゲルマント一族のサン＝ルー侯爵の愛人になって、一種の非ユダヤ化を果すのだが、最初はブロックが語り手を連れて行く下級娼家の一人の女として登場する。しかもその娼家の女主人は、ラシェルがユダヤ人だということをセールス・ポイントにして、しきりに語り手に、ラシェルを売りこもうとするのである（「考えてもごらん、お若い方、ユダヤ女なんだよ、そりゃいいに決っていると思いますよ！　おお、おお！」）(RTP, I, 576)（訳 III, 317-318)。そしてこの一節を書いたときに、プルーストが母親のことを、ちらりとも考えなかった、などということは、絶対にあり得ないだろう。だからこのユダヤ人娼婦の登場は、母を性的対象として見る眼を示していると考えるべきである。それも、単なる近親相姦的な感情というだけではなくて、母をいわば辱しめる姿勢（その意味で暴力的な姿勢）を伴っていると言えよう。

それに似たいま一つの例として、私は作品中の頽廃的な貴族シャルリュスの言葉に現れるユダヤのイメージを挙げておきたい。彼はユダヤ人を「外国人」と呼び、ユダヤ教の割礼式とか、賛美歌をうたうところなどを見たいものだと言った後に、ユダヤ人の子供がその両親とくに母親をぶんなぐるような笑劇があれば、さぞエクゾティックで面白いだろう、と言い放つのである (RTP, II, 288)（訳 V, 592)。なるほどこれは一登場人物の語る言葉にすぎない。しかし語り手自身も、場所によってユダヤ人を「外国人」と呼んでいることは前述した通りであるし、ここでもユダヤと母親とを結びつける言葉のなかで、プルーストが自分自身の母のことをまるで思い出さなかったとは、私には考えにくい。むしろ、他者としてのユダヤは、あるときは母を凌辱する意識とからみ、あるときは母に加える暗い暴力性のイメージとなって、プルーストのなかに存在していたと考えるのが正しいのであろう。*(79)

七 〝他者〟としてのわれ

ユダヤはしたがって、マルセル・プルーストにとっては他者＝客体だった。それは初めのうちこそ、単にカトリック教徒である自分（ならびに父や弟）と異った者としての意識だったのかもしれないが、最後に引いたシャルリュスの暴力的な夢や、とりわけその前に挙げたユダヤ人娼婦ラシェルの創造においては、視点がすでにはっきりと移動していることが感じられる。すなわち、そこでは「人種」が基盤になっていて、異った血、異った肉体の想定が、性的好奇心や欲望を形作っているのである。その意味で、プルーストには、当時の大多数の者と同様に——そしてある点までは、現在のわれわれとも同様に——、一八八〇年以降に精力的に展開された人種主義に基づく反ユダヤ主義者たちの主張が、間接的な形ではあれ、しみ通っていたと言うべきだろう。

にもかかわらず、彼は父方よりも、むしろはるかに母方の親戚と親しく往来していた。パリに住んでいたのが、母方の親戚ばかりだったということもあるだろうが、とくに「オートゥイユの叔父」といわれたルイ・ヴェーユは、その奔放な生活でプルーストの心をとらえたらしく、彼はしばしばオートゥイユを訪れたし、『失われた時を求めて』にもさまざまな形でその面影を刻みこんでいる。*(80)

ところで、他者としてのユダヤという態度は、プルーストが頻繁に往き来していたこのヴェーユ家のユダヤ人の親戚たちからも、植えつけられたものではなかったろうか。もう少し正確に言うならば、彼に間接的に反ユダヤ主義の主張を伝える仲介となったのは、むしろこれら親戚のユダヤ人たちではなかったろうか。私にはその疑いが消えないのである。

彼らは、上述のごとくユダヤ教徒であったが、またアドルフ・クレミウが同化論の急先鋒であったように完全な同化主義者でもあった。またそうでなければ、プルーストの両親の結婚（これはカトリックの形式で行なわれた）は、あり得なかったろう。統計こそ乏しいが、カトリックとユダヤの結婚は、この時代になっても非常に多いとは言えなかったらしいからである。[81] あたかもクレミウの子供たちがカトリックに改宗したように、このヴェーユ家の同化主義者たちも、その点でカトリシズムに対して非常に寛容だったのであろう。また、もしも同化がこのまま進めば、すなわち政教分離が完成し、政治的解放が完全に徹底して行なわれていれば、彼らがユダヤ教徒であるという事実も、社会的にはほとんどその意味を喪失したであろう。そしてヴェーユ家の人びとは、そうなることを望んでいたように思われる。

そのような同化の進行を妨げたのが、八〇年代に起こった東欧とロシアからの大量移民と、それを利用して声高に「ユダヤ禍」を訴えた反ユダヤ主義者たちであることは、すでに述べた。トロツキストの立場で特異な通史を著わしたA・レオンも、東欧からの移民の果した役割を異口同音に伝える次のような証言を引用している。[82]

「西方ユダヤ教は、東方ユダヤ教の反映としてしか存在しない。」

「西欧のユダヤ人の完全消滅は不可避であったが、それを停止させ、おそらく西欧のユダヤ人を救出したのは、東方のユダヤ人の西欧への流入であった。」

「東欧からの移民がなければ、イギリス、フランス、ベルギーなどの、小さなユダヤ人社会は、おそらく徐々にそのイスラエル的性格を喪失したことだろう。」

ヴェーユ家の人びとは、むしろそうした喪失を望んでいたのではないだろうか。

その点で私が注目するのは、『失われた時を求めて』のなかの語り手の祖父の言動であり、とりわけ先に引いた「ご用心！　ご用心！」の一節である。これは、さまざまな暗示を含んでいる箇所だが（なぜプルーストは、語り手の祖父を、わざわざ反ユダヤ主義者にせねばならなかったのか?）、とくに興味深いのは、この部分にかんするユゲット・ダヴィッドの指摘である。彼女は、『失われた時を求めて』を準備する「カイエ」の第九冊目の草稿では、この部分が次のように書かれていることに、注意を喚起している[83]。

「祖父は、ロベールとぼくが友だちのだれかと仲よくなるたびに……いつもユダヤ人なんだね、と言っていた。」（傍点筆者）

ここに言うロベールとは何者か。プルーストは、『失われた時を求めて』の執筆にとりかかる直前の短い時期に、弟のロベールを作品に生かそうと考えたことがあって、それが「ロベールと仔山羊」という断章になって一九五四年版『反サント＝ブーヴ論』に掲載されていることは、よく知られていよう。してみれば、ここに言うロベールも、まず確実に弟のことを考えながら書かれたものと思われる。ちなみに「カイエ」第四冊目にも、ほぼ同じ情景が描かれているが、そこでは「われわれが学校から新しい友だちを連れて帰ると(84)」となっており、語り手に決定稿では存在しない兄弟のあることを想像させる。そうだとすれば、この「ご用心！　ご用心！」の挿話を書くに当って、プルーストが弟ロベールと自分の実際の体験を利用したのではないかという想定が成立つであろう。しかも作品のなかの語り手の祖父は母方であり、もし現実のプルーストにそれを当てはめれば、ユダヤ人である祖父が、ユダヤ人に対して警告を発していることになる。私は、そのようなシーンが、実際のプルーストの生活のなかにあったとしても、不思議はないと思う。ユダヤ人のユダヤ嫌いは、先にもフロイトの例でふれたように、いささかも珍しいことではないからである。ことによると祖父のナテ・ヴェーユは、作中のスワンに若干の特徴を貸し与えた弟のルイ・ヴェーユを前にして、『ユダヤ女』や『サムソンとデリラ』をくちずさんだことがあるのかもしれない。だがまた、たとえそんなことが一度もなかったにしても、プルーストが『失われた時を求めて』の語り手の祖父をして、「ご用心！　ご用心！」と言わせたこと、しかもそれを彼の口ぐせにまでしたことは（RTP, I, 91, 199）（訳 I, 201, II, 29）、きわめて意味の深い創作だと言わねばならない。なぜならプルーストは、語り手の母親と祖父母とのなかに、明らかに自分の母親と母方の祖父母の特徴を書きこんでいるからである。ことによると、同化主義者であるヴェーユ家の空気は、このような言葉が祖父の口からもれても不思議ではないようなものだったのかもしれない。

それにしても、このような言葉は甚だ危険な両刃の剣であって、それを口にした者を傷つけないわけにはいかない。またそれを記録（ないしは創作）したプルーストは、そこから、〝ユダヤの血〟を引いている自分のことを振返らないわけにはいかなかったはずである。つまり、プルーストの祖父が、「ご用心！　ご用心！」と言ったとき、あるいはプルーストが語り手の祖父をしてその言葉を吐かせたとき、彼は自分のなかに警戒すべき対象をかかえこんでいることを否応なしに意識したにちがいない。なるほどユダヤは彼にとって〝他者〟であったが、しかしまたそれは母を通じて彼のものなのでもあった。言いかえれば、プルーストはこの他者なるユダヤへの警告を通して、自分のなかにその他者を認めて慄然としたにちがいないのである。

もともとプルーストにとって、われとは他者であった。彼は七歳から九歳にかけての時期に、自分の肉体や神経症的体質が、自分の意志の力の及ばぬ〝他者〟であることを、いち早く知りはじめていたのである。私は別のところでその問題を詳論したので[85]、今はくり返さないが、これは彼の自覚の原点であった。それに加えて、今や別の〝他者〟を彼は自分のなかに認識することになる。そして、そのような態度を作るのに力があったのは、もはや宗教ではない。宗教的にはプルーストがカトリックであってユダヤ教徒でないことが明らかである以上、そのような〝他者〟の意識を作るのはもはや宗教ではなくて、疑似科学的な「人種」の概念であり、それを活用した八〇年代の反ユダヤ主義の言説である。

実際、ドリュモンの書物が爆発的に売られ、反ユダヤ主義者の発言がようやくかまびすしくなりはじめた一八八八年ごろ、プルーストは一つの危機を、最初の覚醒を、つまり「知的クーデター」を経験していた。すなわちこの時期のプルーストの手紙には、複数の自我という考えが、くり返し現れるのである――たとえば、二日前から哲学の授業を受持ちはじめたダルリュに、プルーストは切々と自我の分裂の問題を訴えている(86)――。フィリップ・コルブは、それがプルーストの「ごく個人的な理論」であることを認めつつ、そこにアナトール・フランスの影響を見ようとしており(87)、それもあながち不可能な想定ではないだろうと私は思う。その上、年齢的な問題も、むろん重大な要因を形成していたにちがいない。だが、それらと並んで、私はプルーストのユダヤ人としての意識がその大きな原因であったと思いたい。そのように私が推測する根拠は、同じころ、すなわち十七歳のときの九月に、やはり複数の自我のことにふれながら彼が級友ロベール・ドレーフュスに送った手紙の一節である。

「もう一つの快楽は、友人の悪口を言うことで得られるだろう(……)。ぼくは芝居をして、自分以外の者になって、罪悪感を覚えることもなしに友だちの悪口を言うことができる。ぼく自身の悪口もだ。ぼくは喜んで、自画像を、自画像の一端を、お目にかけよう。『ご存じですか？ Xを？ ほら、あのM・Pのことですよ。率直なところ、あの人はどうも虫が好きませんね。始終大げさに感情を爆発させて、せかせかして、ひどく感激してみせたり、やたらと形容詞を並べたてたり。なによりも、わたしには、あの人がひどく気がふれていて、うそだらけに見えるのです。(88)』」（傍点筆者）

ここに書かれた友人の悪口を言う習慣と、自分の言葉がうそだらけに見えるという印象――これこそまさにプルーストが、『失われた時を求めて』でユダヤ人ブロックの肖像を意地悪く描いたときに、そこに適用したものだった。つまりプルーストは若いころの自己解剖を維持したまま、それを後にユダヤ人の特徴として生かしたのである。さらに言いかえれば、彼が十七、八歳のときに見ていたのは、自分の内部のユダヤだったのである。だからこそ、後に彼が作り出したブロックは、若いころのプルーストと同様に、語り手に向かってはその友人サン＝ルーの悪口を言い、サン＝ルーに対しては語り手の悪口を言うことになるだろう（RTP, I, 745）（訳 IV, 124）。しかもそのそれぞれに向かって大げさに友情を誓っては、自分で自分の言葉に感動してほろりとするのであるが、それはすべていつわりのものに見えて、一向に相手を納得させないし、「嘘をつくときの、ヒステリックな官能」の涙としか見えないのである（RTP, I, 746）（訳 IV, 124-125）。こんな風に手きびしく、ブロックを裁断した後に、プルーストは『失われた時を求めて』のなかで次のような注目すべき一節をつけ加えたのであった。

『『きみには想像もつかないだろうね、きみのことを思うとどんなにぼくが辛い気持になるか』とブロックは言葉を続けて、『要するにこれはぼくのかなりユダヤ人的な側面がまた顔を出したんだよ』と皮肉につけ加えながら眼を細めたが、それはまるで顕微鏡で『ユダヤの血』の極小量を調合しているかのようであり、またキリスト教徒ばかりの祖先を持っているフランスの大貴族が、その祖先のなかにサミュエル・ベルナールを、またさらに溯って聖母マリア——レヴィ家の人びとがその末裔を自称していると言われる聖母マリア——を数えたとすれば、そのような貴族にして初めて口にし得るような（だが決して口にしなかったであろうような）言草であった。彼はさらにつけ加えた、『ぼくはこんな風に自分の感情のなかで、かすかなものではあるけれどもユダヤ人というぼくの生れに由来するのかもしれない感情を見分けるのがわりに好きなんだ。』」

（RTP, I, 746-747）（訳 IV, 126-127）

プルーストがここで、自分のなかの「ユダヤの血」を考えていなかった、などということはあり得ない。たしかに彼はブロックとちがって、このことを容易に口にしなかった。しかし彼が十七、八歳のころに自分のなかの「ユダヤの血」の極小量の上にかがみこみながら、それに平静でいられなかったことは、二十年後にブロックを創造するに当って、あたかも他人の悪口を言うように若いころの自分をもモデルの一人として、自己観察から得たものにブロックのユダヤ人性のかなりの部分を担わせたことによっても明らかである。*(89)

「ユダヤの血」という以上、これは宗教的なものや文化的なものであるより前に、まず人種的なものを指している。プルーストには、人種や遺伝についての一種の信仰が認められるけれども、それは自分の自由にならないこのユダヤの血の存在——つまりは自分の宿命——の意識の、一つの現われ方なのであった。そのことに関連して、『失われた時を求めて』には、プルーストのこのようなユダヤ意識を思いがけず暴露する部分があるので、少し長いがその一つを引用しておこう。ただし表面上の主題は、ここではユダヤ人ではなく、バルベック海岸に出現する美少女たちの肉体である。

「この少女たちのかたわらの母親なり叔母なりを見れば、それだけでもう充分に測定できるのであった、これらの顔立ちが、一つの型——多くは醜悪なもの——の持つ内的牽引力に引きずられて、三十年足らずのあいだにどれほどの距離を歩むか、ということを。揚句の果てには、視線も衰え、顔はすっかり水平線に没して、もはや光も当らなくなるような時期に至るのである。ぼくにはよく分っていた、自分の種族から完全に解放されたと思っている人の場合にも、ユダヤ的愛国主義やキリスト教の隔世遺伝が深く根を下していて避けられないように、アルベルチーヌ、ロズモンド、アンドレたちのばら色に咲きみだれた花にかくれて、彼女たちにも知られていないがいずれ必要なときのために、大きな鼻、とがった口、ぶくぶく肥った身体などが蓄積されていることを。それらは人を驚かせるであろうが、実は常に舞台裏にひそんでいて、いつでも舞台に飛出して行こうと身構えているのであって、このように意表を衝く宿命的なものは、ドレーフュス主義、教権主義、民族的な、また封建的な英雄主義、といったものに見られるように、個々人以前に存在している一つの本性から状況に応じて突然出現するものにそっくりであり、個人はそうした本性によって考え、生き、変化し、強化され、ないしは死んでいくのであるが、そのくせ個別の動機をこの本性ととりちがえて両者を区別することもできないのである。精神的にもわれわれは、思ったよりもはるかに自然の法則に依拠しており、われわれの精神は或る種の隠花植物あるいは禾本科植物のように、自分の選んだつもりになっている特殊性を実は前もって所有しているのである。ところがわれわれは二次的な観念しかとらえることができず、そうした観念を必然的に生み出す第一原因、またいざというときに必ずわれわれが表現するものである第一原因（ユダヤの種族 race juive、フランスの家系など）には、気づきもしないのである。一見したところこの前者は思索の結果であり、後者は軽率な不養生の結果のように見えるけれども、実はおそらくわれわれは、荳科植物が種子からその形体を得ているように、われわれを生かしている観念もわれわれを殺すことになる病気も、いずれもわれわれの家族から受取っているものなのである。」(傍点筆者)（RTP, I, 891-892）（訳 IV, 417-418）

長々と引用したのは、この一節に作者にとってのユダヤの位置が見事に暴かれていると思われるからだ。語っているのはもちろん作品の語り手であり、虚構の「われ（je）」であるが、その口調の背後から響いて来るのは作者自身の声である。しかも比喩は一見したところ、はなはだ滑稽なものだ。

すなわち、つづめて言えば、女性の容貌が年齢とともに母親に似ていくのは、ユダヤ人がドレーフュス主義者になるようなものだ、ということになるのだから（普通はこの逆に、ユダヤ人がドレーフュス派になるのは、女が母親に似るように宿命的だ、と言うはずだろう）。しかしこの逆転した比喩でプルーストは、人が何かのきっかけで否応なしにユダヤ人に戻っていくこと、またユダヤ人の血統が逃れる術もない宿命であることを、強調しているのである。先にふれたように、スワンやブロックもその例外ではなかった。だからこそブロックについてプルーストは、皮膚や髪の毛や鼻の形が人種によって押しつけられたものであるように、自分の力を越えたある法則によって彼はドレーフュス主義者になった、ということを記しているのである（RTP, II, 297）（訳 V, 610）。そしてこの考察は当然のことながら、プルースト自身にも当てはまるものでなければなるまい。じじつ、この引用のなかで、「母親なり叔母なりを見れば」と彼が書いているのは、直ちに彼自身のことを連想させずにはいない。なぜならプルーストの写真はきわめて雄弁に、「東洋風」と評された彼の容貌が、父親よりもはるかに母親似であることを暴露しているからだ。彼は自分が少しずつ、ユダヤ人の母親を再現していくように感じはしなかったろうか。彼は自分のドレーフュス主義を、その「家族から受取った」と思わなかったであろうか。そしてこうしたユダヤ人としての己れの自覚は、上に見たように、十七、八歳のころの複数の自我の発見のときには、すでにかなり明確になっていたのではなかろうか。にもかかわらず、彼はまさにその複数の自我のために、決してドレーフュス主義者か否かを価値判断の絶対的な基準にするような態度はとらなかった。ドレーフュス主義者とは、いわば〝他者〟としての自分にすぎず、プルーストにとっては一向に実感の湧かない役割だったのかもしれない。こうして彼は、「さまざまなスワン」ならぬ「さまざまなプルースト」の前に立たされることになる。つまりは、彼が後にスワンの非ユダヤ化と再ユダヤ化とを描く必然性が、そこに生れるのである。

八　複眼のユダヤ

以上にふれた自我の分裂や、自画像のことなどについて、十七、八歳のプルーストが手紙を書き送った相手は、彼よりも二歳年下の友人ロベール・ドレーフュスだった。そしてこのドレーフュスは、ユダヤ人であった。

すでに多くの人が言及していることだが、この時期のマルセル・プルーストの友人で、現在分っている者の大部分が、ユダヤ人ないしはユダヤ系であることは、やはり注目に価しよう。すなわち上記ドレーフュスのほかに、ダニエル・アレヴィ、その従弟のジャック・ビゼーなど、コンドルセ中学時代の親しい友人たちは、みなそうである。尤もこの友人たちが、ユダヤ人の条件についてどう考えていたかは、必ずしも明らかでない。それでも、彼らが一八九八年に、ゾラの「われ弾劾す」を受けて急速に広まったドレーフュス派の署名運動のための中心勢力になったこと、[90]ジャック・ビゼーの母親で再婚したストロース夫人のサロンが、カイヤヴェ夫人のサロンとともにやはりドレーフュス派の根拠地の一つとなったことは、記しておいてもよいであろう。

ところでこれらユダヤ人の友人たちのなかで、プルーストの態度は、いくらか他の者と違っていたのではなかろうか。すなわち彼は自分のなかにユダヤの本性を否応なしに認めながら、しかしそれを〝他者〟として否定しつづけていたはずであったから、この両義的な態度が他の者には、いささか不快な印象を与えたのではないかと思われる。

そんな風に私が考えるのは、当時の印象を書き残したロベール・ドレーフュスの『マルセル・プルーストの思い出』のためだが、そのなかで著者は、プルーストが十七、八歳のころからしきりに社交界に出入りしはじめたことにふれて、この変化が仲間の者たちに、非難というよりは嘲笑で以て受取られた、と記している。(91) じじつ一八九二年六月に、間もなく二十一歳になろうとしているプルーストが、母と子ほど年齢の離れたストロース夫人に宛てて、花束とともに送った手紙には、「私のことを怠け者だと思われたり、社交人になりたがっていると考えられたら、間違いです。私はとても勉強しているのですから」(92) と書かれており、自分の友人の母親である彼女からも、社交生活に現《うつつ》をぬかす怠惰さをたしなめられていたらしいことがうかがわれる。他方、その直前の一八九二年四月には、プルーストは同人誌『饗宴』に反ユダヤ主義的ニュアンスを帯びた短文を寄稿しており、ロベール・ドレーフュスは、それを前記『思い出』のなかで、やんわりと非難しているくらいである。(93) だが、ドレーフュスは気づいていないらしいけれども、この二つのことは実は互いに密接な関連を持っていて、そこにプルースト特有のユダヤ意識がからんでいるのではなかろうか。私は最後に、その点にふれておきたい。

反ユダヤ主義的傾向を指摘された問題の文章は、甚だ奇妙なものであって、婦人の衣裳にかんするある匿名の小著に対する批判的書評として書かれている。その小著は、プルースト自身の文章によれば、「フランス社会の災厄ともいうべき女性の衣裳が、社会の建築の基盤を少しずつ揺るがせている」と主張して、その原因を「最も卑俗な意味での、民主的で平等主義的な傾向」に求めたものであるらしい。プルーストは、これを反駁して短文を書いたわけだが、そのなかで彼は、「カトリックの新聞に甚だ興味をそそる読物として描写されている現代の最もエレガントなユダヤ婦人たち」よりも、ヴァロワ王朝の女官たちの方がはるかに華美であったと主張した後に、こう記している。

「われわれは、テオドール・レーナック氏が伝える一つの事実を引用しよう。リヨンのユダヤ婦人たちは、十三世紀に余りにも贅沢な暮しをしていて、多くのものをエレガンスの犠牲にしていたので、彼女らに対してきわめて厳格な布告を発することを余儀なくされた。今日パリのユダヤ婦人たちが、より大きな寛容の恩恵に浴しているという点については、『上下顛倒』の著者の見解に同意しなければなるまい。」(CSB, 347)

問題になったのはこの部分だが、見られるごとくこの文章は、反ユダヤ主義というほどのものではない。むしろ、その意図としては、ユダヤ婦人を擁護するために書かれたのかもしれない。しかし面白いことに、ここには反ユダヤ主義によって口火を切られた当時のフランス社会の悪宣伝が、深く染みこんでいるのである。実際ユダヤ人とお洒落や衣裳を結びつけるのは、当時の反ユダヤ主義者の常套手段であった。ドリュモンはすでに『ユダヤのフランス』のなかで、「クラブと競馬が男たちを引受け、衣裳が女どもを破滅させる」と書き、ドレスメーカーはほとんどみなユダヤ系であると断定した上で、サロンの淑女の衣裳費が厖大なものに上ることを嘆いて書いている、「衣裳で着飾ることを好むのは、もはや比較的無邪気で可憐なコケットリーではなく（……）、一種の固定観念、有無を言わせぬ暗い悪習になった(94)」と。プルーストは、知らず知らずに、こうした反ユダヤ主義者たちの言説を、いつの間にか常識として許容していたように思われる。

というのも、ここにプルーストの変らぬ行動パターンがあるからであって、彼は、ユダヤ人を「異邦人（＝他者）」と見なす少年期からの視点を、ついに手放すことがなかったのである。手放さなかったばかりか、〝他者〟としてのユダヤを自分のうちに認めることも、その傾向にいささかもブレーキをかけなかったように見える。彼は反ユダヤ主義の視線にさらされたユダヤを引受けながら、しかもそのユダヤをそのままの形で救い出そうと試みているのであって、右の短文はそうした傾向の現われだと言ってよいのである。

プルーストが、この少しあとで、一八九四年からアルフォンス・ドーデーの家族とつきあいはじめたという事実も、そんな風に理解することができるであろう。ドリュモンの後楯になって、『ユダヤのフランス』の出版を実現したこのナショナリストのサロンが、プルーストにとってなんの抵抗もない場所だったはずはない。また実際に彼は、ユダヤ系の作曲家レーナルド・アーンに宛てて、ドーデー家での夕食会のことを記した手紙のなかでこう書いている。

「恐るべき物質主義だ。《エスプリを持った》人びととしては、これは実に異常なことだ。彼らは性格や才能を、肉体的習慣や人種によって説明する始末だ。ミュッセと、ボードレールと、ヴェルレーヌの違いを、彼らの飲んだアルコールの量で説明し、ある人物の性格を、彼の人種によって説明するのだ（反ユダヤ主義）[95]。」

この反応は、ごく自然なものと言うべきである。では、プルーストはドーデー家に厭気がさして、そこから遠ざかるのであろうか。ところがそうはならないのであって、逆に彼はそれ以後もドーデー家に何度も足を運び、二人の息子とは親交を結んでいるのである。たしかに弟のリュシヤンは線の細い青年で、父や兄と違っており、プルーストは晩年の手紙で彼が反ユダヤ主義を許容しないと言明してくれたことに感謝さえしているのであるが[96]、兄のレオンは筋金入りの反ユダヤ主義者で、アクシオン・フランセーズの有名な指導者の一人であった。しかもそのレオン・ドーデーとプルーストは、一八九六年十月、二人でフォンテーヌブローのホテルに一週間の滞在をし、昼間は森を散歩し、夜は暖炉を囲んで談笑するという生活を送っているのである[97]（すでにアルフレッド・ドレーフュスは、二年前に逮捕されていた！）。それだけではない。一九〇〇年四月に発表された「アミヤンのノートル・ダム寺院におけるラスキン」という文章も、また一九二〇年に発表された『失われた時を求めて』の第三篇『ゲルマントの方』も、いずれもレオン・ドーデーにささげられているし、そのほかにもプルーストは、「私の師であるレオン・ドーデー、シャルル・モラス両氏」などという言葉さえ残しているのである（CSB, 613）。さらに恐るべきことは、一九二〇年にレオン・ドーデーの『ユダの時代』と題された回想録が発表されると、プルーストは、ユダヤ人への意地の悪い考察に満ちたこの書物を絶讃する書評まで書こうとしたのであった（これは当時は発表の機会を得なかったものだが、その内容は今日、プレイヤード版『反サント＝ブーヴ論』で読むことができる）（CSB, 601-604）。またさまざまな人に宛てた書簡のなかでも、彼はレオン・ドーデーを讃美する言葉を残している。[98] おそらくドーデーが、『花咲く乙女たちのかげに』のゴンクール賞受賞のために尽力した、という事情も手伝っていたのであろう。また、そのようにドーデーを讃美しながらも、プルーストがドーデーの政治的立場に同意するという言明をいっさい行なっていないことは、認めなければならないだろう。[99] しかしそれにしても、『ユダの時代』のように、一八八〇年代から一九〇〇年代にかけての文学・政治・美術界の思い出を、アクシオン・フランセーズの立場から書いた書物、題名が挑発的に表現しているように、「天才的作家ドリュモン」の影響を語ることから始まるこの回想録を、政治的立場をまったく切り離して絶讃することは、私には不可能に思われる。だからプルーストは、反ユダヤ主義を露骨に発揮しているこのような思想を、どこかで受入れていると考えねばならない。[100] プルーストが、ドレーフュス主義という基準を絶対的なものとして人を裁断するようになったスワンの変身を、「滑稽な盲目ぶり」と書いたのも、おそらくはそのためであろう（RTP, II, 582）（訳 VI, 574）。このようなプルーストの立場を作ったものこそ、少年時代の教会や司祭の記憶と分かちがたく結びついた田舎町の保守的カトリシズムに始まって、八〇年代からのフランスの空気に浸透されながら、自分を含めてユダヤを常に社会の〝他者〟と見なしてきた視点であったと思われる。

　彼自身もそのような視線を身に蒙るユダヤ人であった。つまり先にも述べたように、ある時期から、彼は自分のなかに宿命的に賤民の存在を抱えていることを意識していたのである。だからスワンやブロックと同様に彼自身も、たえず上昇願望、非ユダヤ化の願望にとりつかれていたにちがいない。彼が、ストロース夫人やカイヤヴェ夫人といった、ユダヤ人ないし半分ユダヤの血を引いた婦人のサロンを皮切りにして、徐々により閉鎖的な貴族のサロンに入りこんでいったのは、その欲望の実現のためであった。それにしても、なぜプルーストは社交界を選んだのであろうか。時代おくれになった社交界が、どうして非ユダヤ化の象徴と見なされ得るのであろうか。このことは、立ち停って考えてみる価値がある。それほどに、プルーストの生活においても作品においても、社交界の占める比重は大きいのであるから。

　重要なのは、ユダヤ人＝他者の構造である。他者とはこの場合、マラスの言う「ユダヤ人と見なされた存在」であり、善なる社会全体によって悪の烙印を押された存在、つまりは客体である。もともと人は、いわゆる〝悪事〟をどんなにはたらこうとも、純粋な自発性において自分を悪と見なすことはあり得ないものであって、悪は必ず、それを悪と考える他の主体の存在（その意味での他者）を前提としているはずである。純粋自発性の想像力における悪の欠如を徹底してつきつめた李珍宇が、二度の強姦殺人という自分の行為を経て神を求め、カトリシズムへと向かった理由は、そこに求められる。[101]まして、自分の行為などとは何の関係もなしに、その存在自体において、生れ落ちたときから社会の異邦人、客体、と指定されたユダヤ人の場合、いっさいが自分以外の他者の主体の地平で進行していることは明らかだ。その進行を断ち切るためには、悪と見なされた客体を、価値ある主体に転化することが必要だろう。あたかも十九世紀末から急速に広がったシオニズムや、今世紀に一時燃え上った黒人のネグリチュードの運動が、自らの価値を主張したように。ところがプルーストはあらかじめ、ユダヤ人を悪または病患と見なす他者の主体に同意を与えていたのであった。したがって彼がシオニズムに同調できないことも明らかだった。ユダヤは、散り散りになり、孤立して、一つの社会全体に蹂躙される異邦人としてしか、彼にとっては意味を持たなかったからである。

それ故、ユダヤ人とはプルーストにとって、悪であり、疾患であるほかはなかった。それにもかかわらず、プルーストはやはり名誉回復を切望してもいたのである。そしてその名誉回復は、当然のことながら、他者の主体によって行なわれなければならなかった。いわば自分を客体としたままで、他者の主体によって損なわれた名誉が、他者の主体によって回復されないかぎり、烙印は消えることがないのである。以上が、プルーストのかかえている基本的な悪の構造であった。

ところで社交界は、そこへの出入りの資格認定がいっさい社交界自体の手ににぎられているという点で、典型的な他者の主体を構成している。つまり社交界に迎えられるということは他人によって名誉を回復される証しなのであって、それは社交界が閉鎖的であればあるほど確固たるものになるはずであった。初めにも述べたように、プルーストの小説において階級が不動の「カースト」を構成しており、容易に他の階級に移れない仕組になっているのは、そのためであろう。また、上はゲルマント家のサロンから、下はヴェルデュラン夫人のサロンに至るまで、すべての社交の場の主人たちが、出入りする人の資格認定に全権を揮うのも、そのためだと思われる。

プルーストがシャルル・アースの生き方に注目したのも、そのことに関連している。アースは、たいした財産もないのに最高の社交界に出入りを許されたユダヤ人、つまり他者によって非ユダヤ化されたユダヤ人の典型だったからだ。*(102) そのアースがスワン最大のモデルであることは、作者自身が種明しをしている通りだが、しかし問題はスワン—アースの上昇だけではない。よく見れば、『失われた時を求めて』のなかで、他人の主体に左右され、他者の手で引上げられるという点で、誰よりも鮮明に特徴づけられるのは、語り手自身であって、そこにプルーストがいつの間にか語り手に植えつけてしまったユダヤ意識を見ることも、可能であろう。(103) 実際語り手は、一介の役人の子供にすぎないのに易々と貴族の社交界に出入りを許されるばかりか、常にその貴族たちに目をかけられ、可愛がられ、保護され、引上げられていくのであり、名門中の名門である貴族たちがこの少年を才気あるマスコットのように受入れ、サロンの扉を彼のために開くのは、不思議な現象でさえある。そればかりか、この少年の記憶にない幼いころのこととして他人の語るところによれば、ある日シャン゠ゼリゼを通りかかった老ゲルマント元帥（ゲルマント公爵夫妻の祖父）が、そこで遊んでいた語り手の姿に眼を止めると、「美しい子じゃのお！」と言いながら、御褒美のチョコレート・ドロップをくれたことさえあるという（RTP, II, 12-13）（訳 V, 25）。ここで少年が、まったくの客体のまま、その存在によって一人の老貴族からの顕彰を受けているのは興味深い。サルトルは『家の馬鹿息子』のなかで、馬車で通りかかったベリ公爵夫人が幼いフローベールの姿に気づき、彼を抱き上げて接吻したという逸話を語っているが、(104)プルーストにもまた明らかに、同様な名誉を夢見る姿勢が認められる。

その姿勢は、『失われた時を求めて』に現われるだけではない。すでに『ジャン・サントゥイユ』においても、同じ願望がくっきり描かれているのである。たとえば主人公のジャンが、レヴェイヨン公爵家の息子のアンリによって認められ、引上げられ、抜擢されるところは、その一例であって(JS, 256)、仲間に小突かれ嘲笑されているジャンは、かけつけたアンリに救われ、みなの眼前でその立派な馬車のなかに迎えられる。さらに、レヴェイヨン公爵夫妻によるオペラ座への招待の場面も、同様に理解することができよう(JS, 679-682)。マルメ夫妻からの招待を取消されて恥ずかしめられたジャンに同情して、レヴェイヨン公爵夫妻は、同じ日に彼を、ラ・ロシュフーコー公爵夫人、ポルトガル国王、アキテーヌ大公、ブルターニュ公爵夫人などといった錚々たる顔ぶれとともに、自分の前桟敷に招いて、復讐をしてくれるのである。しかもジャンの代りにマルメ夫妻が招いたのは、取引所外株式仲買人であるユダヤ人のシェレクタンビュールであった。ここでもプルーストは、ひたすら他人の手による救済と名誉回復によって、自己を非ユダヤ化することに憧れていると考えるべきであろう。

以上のように見てくれば、プルーストにおいてドレーフュス主義に加担した時期は、きわめて例外的な瞬間であったことが分る。またそのドレーフュス主義に全面的に支配されているように見えるときも、彼がスワンやブロックのように盲目的に、ドレーフュス一辺倒になることがなかったのは、当然のことのように思われるのである。ドレーフュス事件のさなかで書かれた『ジャン・サントゥイユ』でも、プルーストはこう書いているからだ。

「たえず誠実であろうと努力するとき、われわれは自分の意見を信ずることができなくなって、自分たちにとって最も不利な意見に与するのである。そしてユダヤ人であるからこそわれわれは反ユダヤ主義を理解し、ドレーフュス派であるから、ゾラを断罪した裁判官を理解し、シュレル＝ケストネールに烙印を押した公権力を理解するのである。」(JS, 651)

さらにまた別のところでは、ドレーフュスは犯人ではないけれども、エステラジーにもまた罪はないのだ、という意見を述べる人物を、あたかも真相の最も近いところにいるかのように描いている(JS, 654-657)。このように、ドレーフュス事件の最中においてすら、彼はドレーフュス支持の立場をとりながらも、その立場はベルナール・ラザールやジョゼフ・レーナックのごとき支持派のリーダーとは明らかに異っていた。

それというのも、有罪か無罪かの二者択一は、プルーストのような形でユダヤ意識を作り上げてきた者にとって、余りにもその本質から遠いためである。十七、八歳ごろの自我解体の危機以来、「さまざまなスワン」で示されているような複数の自分を同時にかかえこんだプルーストにとっては、そのような自分の「未知の記号に満ちた内部の書物」を読みとくことこそが何よりも大きな使命であった。だから彼は、『見出された時』のなかで、「ドレーフュス事件であれ、戦争であれ、それぞれの事件は作家たちに、この書物の解読を怠るためのさまざまな口実を与えて来た」と書き得たのであろう（RTP, III, 879）（訳 XII, 391）。

おわりに

以上、プルーストにおけるユダヤ意識の形成について、考察してきたが、しかし彼におけるユダヤの問題はこれで尽きるわけではない。おそらくすべてを語ろうとすれば、プルーストの全体について述べることが必要になるだろう。私が『失われた時を求めて』の記述は必ずプルーストの何かを意味しているものと見なして、これに拠りながらも、主として若い時期のプルーストに問題点をしぼって本稿を書いたのは、そのためである。

それでも、この時期のみの問題点のなかでも、なお言い残したことがないわけではない。その最大のものは、第一にプルーストの同性愛とユダヤの関係である。ハンナ・アーレントが、その興味深い『反ユダヤ主義について』でふれているように[105]、同性愛とユダヤ人とは、十九世紀末の社交界が許容した（そしてある程度までは、それに惹きつけられた）二つの「悪徳（vices）」である。そればかりか、プルーストのなかには、半ユダヤ人であったことも一つの原因で彼が倒錯者になったと考えられるような、あるいは倒錯者であったためにこのようなユダヤ意識を持ったとも思えるような、両者を同一の観点でとらえようとする態度がはっきりうかがえるのである。ただ、同性愛の問題について考えるためには、ユダヤの問題だけではなくて、さらにさまざまな要因を考慮することが、必要になるであろう。とりわけ幼年期からの彼の足跡を、細かく辿り直すことが必要であろう。それは本稿を余りに厖大なものにするだけでなく、すでに私が他のところで試みはじめている仕事と重複することにもなりかねない。そこで今回は、この問題を初めから諦めることにしたのである。しかし私はいずれ、なんらかの形で、このことを考察してみるつもりである。

いま一つ、ここでふれられなかったことは、ドレーフュス事件をめぐる彼の態度の変化である。なるほど最後に記したように、『ジャン・サントゥイユ』においてもすでに複眼の思想は随所に現れていて、決してプルーストがいわゆる「熱狂的なドレーフュス派」という枠組に納まるものでないことは明らかだが、それでも後年の『失われた時を求めて』でのドレーフュス事件の扱いとは同一視することができない。これは、彼における作品の創造にかんする考え方が変化したことを示すものであるが、では、その変化のなかで、彼のユダヤ意識はどんな風に働いたのであろうか。その問題もまた、今後の宿題として残しておきたい。

Ⅲ　幼少期のプルースト

マルセル・プルーストの誕生

一九八二—一九八三年

はじめに

一八七一年、パリ・コミューヌが潰え去って、コミューヌ派が次々と虐殺され、二万五〇〇〇の死者を出したといわれる弾圧の恐怖が、突風のように町を過ぎ去って行ったころ、当時はまだパリ郊外であったオートゥイユで、一人の男の子が生まれた。その子供がどんな風にしてわれわれの知る〝マルセル・プルースト〟になっていったのか、それを探ってみたいというのが、かねてからの私の願いであった。またそのために、私はこれまで限られた二、三の主題にかんしていくつかの文章を書いてもきたのである。本稿もまた同じ目的に立って、ただし今回はいくぶんまとまった形で全体的に〝プルースト〟の誕生を素描するために書かれることになるはずである。

ところでマルセル・プルーストにかんする研究は、第二次大戦後、飛躍的に発展したように思われる。もっともプルーストの死んだのは一九二二年であり、彼の『失われた時を求めて』が死後出版で完結したのはそれからさらに五年も経ってからのことだから、第二次大戦までは本格的な研究の行われるのに充分な時間的余裕もなかったであろう。しかしプルースト研究が今日のような隆盛を招いたのは、単に時間の経過だけではなくて、二つの要因に負うところが大きいと私は思う。その第一は、大量の自筆原稿の登場である。

なるほど、自筆原稿ないしはそれに類する資料の発掘は、断片的な形では戦前戦中にも行われなかったわけではない。しかしながら、これらの資料が組織的とはいえなくとも連続的に発表されるようになったのは、第二次大戦以後のことである。そのおかげでわれわれは、二十歳代のプルーストがすでに長篇小説を準備していたことや、『失われた時を求めて』執筆直前の彼が、サント＝ブーヴへの批判から出発して、小説と批評の問題をめぐって突っこんだ考察を行っていたこと、それが彼の〝唯一の作品〟のために決定的な役割を果したことなどを知るようになった。要するに『失われた時を求めて』に収斂されて行く道筋が、かなり明らかになってきたのである。むろん現在だれもが『失われた時を求めて』の底本に用いているプレイヤード版（一九五四年）が、こうした自筆原稿や校正刷を参照して旧版を大幅に訂正したものであることは、今さら言うまでもない。刊行から四半世紀たった今日では、そのプレイヤード版にもすでに多くの不備や誤謬を指摘できるが、しかし全体としてこれが一応信をおき得るテクストであることに変わりないのである。

さらに一九六二年からは、新たな局面が始まった。作者の膨大なノートやメモ帖、自筆ないしタイプ原稿、校正刷などが、パリの国立図書館に収められ、だれにでも近づけるものになったのである。今日ではこの図書館で、二人か三人のプルースト研究家が、おそろしく判読困難な作者の文字と格闘している姿を見ない日は稀である。すでに日本人の二、三の若手研究家たちがこれに取組んで、フランスの国文学者たちも舌をまくような成果を上げていることも、ここにつけ加えておこう。

この資料群は、これをうまく用いれば、作品形成を明らかにする新事実をそこから引出すことのできる豊かな可能性を秘めていることはまず間違いがない。だがまたこの過剰な情報は、一方で危険をも伴いかねないものである。あたかもプルーストの下書きから最終稿までの推移を克明にあとづけることが研究であるかのような錯覚、彼の作品をひたすらエクリチュールの世界のみに限定する傾向を、それは生み易いからだ。ところで、まさにそこに限定されないことこそプルースト世界の特質なのである。

そう考えると、自筆原稿の登場と並んで、プルースト研究に強烈な刺戟と基盤を与え得る第二の事実が浮かび上ってくる。それはイリノイ大学のフィリップ・コルブを頂点とする書簡研究の、目を見はるような成果である。

コルブという人は、先年物故したシカゴ大学のロベール・ヴィニュロン(「スワンの発生」という論文で戦前おおいに注目されていた）のもとで、プルーストにかんする実証研究の方法を学んだのが、学者としてのそもそもの出発点であったらしい。彼は一九四九年に大著『マルセル・プルーストの書簡』を発表してから一貫して、さまざまな方法を駆使してプルーストの夥しい手紙に日付を打ち、これを編集するという作業に取組んだ。徹底した調査と、たいへんな記憶力と、卓抜な推理力を動員して、過去の事実を一つまた一つとたぐり寄せ、膨大な数の手紙の執筆時期を決定していくというこの仕事は、現在プロン社から第八巻まで刊行された『マルセル・プルースト書簡集』として結実しつつある。

書簡の日付決定という、いささか非文学的なこの作業が、プルースト研究にとって特に重要な意味を持つのはなぜか。何よりも、プルーストが猛烈なスピードで手紙を書いた人物であるために、これがそのまま彼の生涯の再構成につながらずにはいないからである。そしてそのことが、他の作家の場合と比較にならぬほどの重要性を帯びるのは、プルーストの小説が自伝的虚構だからであり、そこでは作者の経験を養分としつつ、自分の生涯を虚構に転化して作家としての自己を確立していく過程が、全体を支える軸となっているためである。

プルーストの伝記がわれわれの興味を惹くのは、まさにそのためである。それは単に作家の私生活をのぞき見る興味ではない。むしろ、作品自体が読者に要請している関心とでも言ったらよいだろうか。自分の生涯のすべてをそのまま虚構に転化することを選ぶような一人の主人公を創造したプルーストは、どのようにして、彼自身の生涯を全体として『失われた時を求めて』という虚構に移し替えたのか、またその事情をわれわれは理解できるのか。そのような課題を否応なく考えさせるところに、彼の作品の本質があり、また作品と有機的にからみあった彼の伝記が持っている言うに言われぬ面白さの秘密がある。

ところでプルーストの伝記といえば、第二次大戦後に、われわれは二つの重要な作品を所有している。言うまでもなく、一つはアンドレ・モーロワの『プルーストを求めて』であり、いま一つはイギリス人の伝記作家ペインターの手に成る『マルセル・プルースト』であって、いずれもすぐれた邦訳によって日本の読者にも広く親しまれた作品であろう。

このうち前者は、一九四九年という時点で、すでに自筆原稿や未発表書簡をふんだんに利用しているところに特色がある。もともとモーロワは、プルーストと浅からぬ因縁のある作家であって、彼の夫人となったシモーヌ・ド・カイヤヴェは、プルーストの幼な友だちであるガストン・ド・カイヤヴェと、その妻となったジャンヌ・プーケ（実は二十歳にもならぬ頃のプルーストがしきりに言寄った相手）とのあいだに生まれた娘だった。モーロワがプルースト伝執筆を思い立ったのも、彼が当時未発表だった資料を広く利用できたのも、こうした事情が作用していたのかもしれない。

それに対してペインターの手に成る伝記の方は、自筆原稿にはほとんど目もくれずに、活字となった書簡や回想記を中心にして、実にさまざまな刊行物に目を通し（書誌として挙げられているのは三二六項目、おそらくは四、五〇〇冊に上るものである）、ひたすら〝事実〟を蒐集し、その事実と作品とから、プルーストの生涯を克明に再現しようとしたものである。その意味で、これはコルブの仕事に通じるし、またコルブに負うところも少なくないように思われる。

ところで私はこの二作に多くのことを教えられたが、しかし今はいずれにも多少の不満を覚えずにはいられない。モーロワについては、彼の資料がすでに古くなり、その後に『ジャン・サントゥイユ』や『サント゠ブーヴ反論』が活字になったという事情に加えて、甘く舌ざわりのよい彼の文章によって作られたプルースト像が、余りに衛生無害のものになりすぎたのではないかという気持がある。またペインターについては、膨大な事実の蒐集がそのまま一個の生涯の全体になるわけではなく、どんなに資料や証言を積み重ねても、所詮は一人の生涯を語り尽くすことなどできないのではないか、という疑問と同時に、プルースト自身の告白している事実と、他人が回想録のなかで記している事実、プルーストが実際に体験したことと、小説のなかに記録したこと、そうした次元を異にするものを彼は混同しているのではないか、という疑いが消えないのである。一例を挙げれば彼は、『失われた時を求めて』の冒頭に記されている紅茶にひたしたマドレーヌの味の与える啓示をプルーストが実際に経験したのは、一九〇九年一月ごろだと推断する。しかし、プルーストが現実にそれを経験したかどうかは、だれにも分るはずがないし、またそれは大して重要なことではないのである。重要なのは、プルーストがそのような挿話に作品の鍵の一つを与えた意味を明らかにすることであろう。

そうしたさまざまな意味を実生活のなかに探りながら、彼の生涯を再構成することは可能だろうか。それが私にできるなどという自信はまったくないけれども、それを目指して伝記的事実を洗い直してみることは可能だろう。以下に私が試みようとするのは、こうした作業である。

一　故郷喪失

1

はじめにイリエあり、と書いたのはアンドレ・モーロワである。イリエというこの小さな町は、パリの南西一〇〇キロ余り、大聖堂で名高いシャルトルに近く、広大なボース平野のはずれにひっそりとうずくまるごく平凡なフランスの田舎町である。マルセル・プルーストの父アドリヤンは、一八三四年にここで生れた。またマルセルは幼いころに何度もここを訪れ、とくに復活祭の休暇にはしばしばこの父の生れ故郷で過ごす習慣があった。そうしたことは、プルースト研究家ならずとも、今では広く知られている事実であろう。さらに、プルーストの『失われた時を求めて』の第一篇『スワン家の方へ』の冒頭第一部は「コンブレー」と題されているが、このコンブレーは実はイリエにほかならぬとされ、現在では、実在の町イリエさえもが、イリエ＝コンブレーと改称されて、多くの文学巡礼を惹きつける場所になっているのである。その意味でも、はじめにイリエあり、というモーロワの言葉は、一見きわめて明快にプルーストの起源を指摘した言葉のように見えるかもしれない。

しかしながら、もし起源ということを言うならば、プルーストのすべてを父方に帰してしまうことはできないだろう。イリエとはまるで異なった母方の家系をも考慮しなければならないからである。

また、作品の舞台になったという点にかんして言えば、私はイリエがコンブレーに昇華したということと同様に、ないしはそれ以上に、コンブレーが決してイリエではないということが重要だと思う。なぜか、という理由は後に詳述するとして、いま現実に生きたプルーストの生涯を再構成しようとすれば、その発端に浮かび上るのは決してイリエではない。初めにイリエあり、ではなかった。初めにあったのは、むしろパリである。

プルーストは、一八七一年七月十日、オートゥイユにあるラ・フォンテーヌ街九十六番地で生れた。このオートゥイユは、今日ではパリ第十六区に属していて、パリのどまんなかとは言えなくても、裕福な住宅街をなしていることはよく知られているが、当時はまるで趣を異にする場所だったにちがいない。もともと行政上でオートゥイユ村がパリに編入されたのは一八六〇年、この辺りの大動脈であるモーツァルト通りができたのも一八六七年のことだから、マルセル誕生当時のオートゥイユは急速に変りつつあったはずである。それを確かめるには、この辺りの建物の建築年月日に少しばかり注意を払うだけで充分である。最近に出来た薄っぺらな建物はすぐにそれと知れるが、少しばかりどっしりとした建物もたいていはその正面入口の付近に一八八〇年から一九〇〇年にかけての日付が記されているからだ。そうしたプルースト誕生以後のものを取去って、一八七一年当時のオートゥイユを再現するには、いささかの想像力が必要である。むろんラ・フォンテーヌ街九十六番地にも、今ではまったく別のビルがのさばっているのだ。しかしそのラ・フォンテーヌ街を数歩北に行けば、ジョルジュ・サンド街と交叉する辺りからラ・スールス街に至る一帯のところどころに、今なお当時のオートゥイユの鄙びた面影がいくぶん浮かび上ってくるはずである。たとえば塀ごしに察せられる、田舎風の何気ないたたずまいを残した庭や、二階建てほどの貧相な商店などがそれである。

ところでマルセルがオートゥイユで生れたのは、当時ここに母の叔父に当るルイ・ヴェーユが住んでいたからであった。彼は一八九五年に独身のまま他界するのであるが、マルセルが母方の大叔父の家で誕生したということは特に記憶にとどめておかねばならぬことだと私は思う。

なぜマルセルはこの大叔父の家で生まれたのか。すべての伝記作家の意見は一致している。すなわちコミューヌのパリを避けたというのだ。彼らが申しあわせたように根拠としているのは、マルセルの父アドリヤン・プルーストの小伝を書いたロベール・ル＝マールの証言である。じじつ、ル＝マールは言っている、「アドリヤン・プルーストは、結婚のときに彼が居を構えたマルゼルブ通りから、(1)シャリテ病院に行く途中、叛徒の撃った弾丸で危く殺されかかった。この恐怖から立直れなかったプルースト夫人は、両親のそばに、叔父のルイ・ヴェーユ家にと、難を避けた」と。(2)この文章は「叛徒」といった表現で筆者の体質こそ露骨に示しているが、よく見ると甚だ曖昧な記述でもある。「殺されかかった」とはどうしたことなのか。ペインターが恣意的に断定したように、軽い怪我でもしたのだろうか。あるいは近くに弾丸の音が聞こえただけなのか。そういったことすら一向に明確にされていないのである。

同様に、プルースト夫人のオートゥイユ行きの秘密も、ここで充分に明らかにされているとは言えない。なるほど出産も間近な彼女は、コミューヌ鎮圧に伴う危険を避けたかったのかもしれないが、もしそのことだけが目的なら、わざわざヴェルサイユ軍の通り道に当るオートゥイユに行くよりも、むしろイリエに逃れた方がはるかに安全だったろう。しかもル＝マールによれば、二年後にマルセルの弟ロベールが誕生するのもまた、やはりこのオートゥイユの大叔父の家なのである。してみるとこの逃避行には、コミューヌの問題もからんでいたかもしれないが、それ以上にプルーストの母親と実家との強い結びつきが示されていると見なすべきではなかろうか。そしておそらくこの母を通して、マルセルは父方よりも母方の祖父母や親戚と近しい関係を持つようになったのではないか。

そういえば、『失われた時を求めて』の語り手の場合も、家族はまず第一に母及び母の両親であって、父方よりは母方と深くつながっていることが感じられる。『失われた時を求めて』で祖父母と呼ばれているのは、必ず母方のそれなのだから。そしてプルーストが作品にそうした人間関係を設定したのは、現実に彼の過ごした幼年時代と無縁ではあるまい。私は、このことが孕む問題を重視したいと思う。なぜなら、よく知られているように、母方の家系はユダヤ人のブルジョワだからである。この問題もいずれ私は詳しく検討することになるだろう。

ところでプルーストの起源にパリがある、というのは、彼がオートゥイユのようなパリのはずれで生れたからでは決してない。彼の居住空間がパリそのものであったからだ。それもパリ右岸の狭い一地域に限定されていたことが特徴的である。マルセル誕生当時に両親が住んでいたロワ街八番地、彼が三歳から二十九歳までのあいだの住居となったマドレーヌ寺院のすぐそばのマルゼルブ通り九番地、二十九歳から三十五歳までのあいだの住居で、両親の柩を出す場所となった、モンソー公園に近いクールセル街四十五番地、さらに三十五歳から四十八歳まで、セレスト・アルバレに助けられて伝説的なコルクばりの部屋にこもって作品を書いたオスマン通り一〇二番地、これはいずれもパリ第八区にあり、互いに数分ないし十数分で歩けるくらいの間隔に散在している。なるほど最晩年になってオスマン通りのアパートが他人に売られてからは、やむなく彼はロラン・ピシャ街の仮寓を経てアムラン街に移り、ここが最後の場所となるのであるが、それとて第八区に隣接するところで他の住居とそう遠いわけではない。しかもことは住居だけではなかった。幼いころのマルセルの遊び場所であったシャン゠ゼリゼも八区だし、少年期の終りに通ったコンドルセ高等中学は第九区でも、第八区との境界をなすル・アーヴル街に面していた。さらに晩年に足しげく通ったといわれる男娼宿までが、パリ第八区のごく狭い一角に密集しており、プルーストはほとんど一生のあいだ同じ街の空気を呼吸しつづけたようにさえ思われるのである。

それは彼が生れ故郷のようにパリ第八区を愛したからであろうか。おそらくそうではあるまい。後に述べることになろうが、プルーストは自分が大部分の歳月を送ったパリ第八区に、かなり冷淡な眼を注いでいた。つまり父アドリヤンにとってのイリエのような故郷を、マルセルはついに持たなかったのである。それは、この第八区の主な通りがナポレオン三世以後に作られたものであり、プルーストの時代にはまったく歴史を欠いた街であったということと無関係ではあるまい。もともと現在のパリの主な骨組は、ナポレオン三世時代にオスマン男爵を新都市設立の立役者としてでき上ったものだが、その名を冠したオスマン通りはもとよりのこと、それ以外の場合もプルースト家は常に一八六〇年前後に開通した大通りに面し、同じ時代にできた建物のなかに位置していた。それはこの辺りが、十九世紀後半にブルジョワ化した人たちの住居として最適の場所だったからだろう。プルーストの父親はまさにそうした立志伝的人物の一人だった。片田舎と言ってよいイリエから上京して医学を修め、医者としてまた学者として最高権威に上りつめた彼にとって、第八区は新しく輝いている場所であり、一つの身分証明であった。地味な古いロワ街から、いかめしく反り返ったマルゼルブ通りへ、そして完全に一家をなしてからは落着いて静かなクールセル街へ、という軌跡には、父アドリヤンの生涯の推移を見る思いがする。マルセルが同じ第八区を動かなかったのは、故郷を棄てて出世した十九世紀後半の上昇する家族の生活感覚によって育てられたことと無関係ではないだろう。そのような意味でこそ、プルーストの生涯の初めにはまずパリがあったのであり、彼は自分自身の故郷を持たぬパリ第八区の都会子として、その生を開始したのであった。

2

初めにはパリがあった。そして、そのパリのなかでも、まず新興ブルジョワジーの町第八区があった。プルーストの感性は、よくも悪くも、まずパリ第八区で準備されたのである。彼は土地に対して異常に研ぎすまされた感覚を有している作家だが、その資質もまたマルゼルブ通りを中心とするパリ第八区から始まったと言っていい。

ところで、プルーストのパリを考えていくと、私は『失われた時を求めて』のなかに、いくつかの意味深い暗示がちりばめられているのに気づく。たとえば語り手が幼いころ、母に連れられ、手にはマロン・グラッセの包みを下げて、パリに住む親類の家に次々と年始まわりに行く場面がそれである。ここでは二人がマドレーヌ寺院のところから出発して、途中のサン＝トーギュスタン教会に寄った後に、左岸に出て植物園の付近に住む叔父を訪ねることが記されているが（RTP, I, 486）（訳 III, 129-130）、このマドレーヌ寺院とサン＝トーギュスタン教会はいずれもマルゼルブ通りにあって、プルースト家のすぐ近くに聳えていたのだから、これを書いたとき彼が第八区で過ごした幼少期を思い浮かべていたろうことは、まず疑いを容れる余地がないのである。

しかしプルーストは必ずしも、この界隈を懐かしみ、あるいは誇りに思ってこの一節を書いたわけではない。彼は自分の育った町に甚だ皮肉な眼を注いでいて、それこそむしろ彼の特徴なのである。たとえば作中の理想の画家エルスチールの言葉を隠れ蓑《みの》にして、プルーストがサン＝トーギュスタンを醜悪な教会の代表として挙げている一節がある（RTP, I, 900）（訳 IV, 436）。いや、それ以上に辛辣なパリ第八区への批評を見出すことも容易であって、重要な作中人物スワンの住居を語る部分には、その批評が顕著に現れている。

株式仲買人を父に持った富裕なユダヤ人スワンは、シテ島と並んでパリのセーヌ川に浮かぶサン＝ルイ島の、オルレアン河岸に住んでいる。十七世紀に建てられた館が多く、絵のような風情のあるこのサン＝ルイ島は、今日では観光名所の一つであるとともに高級住宅の点在するところでもあり、私が初めてパリを訪れた一九五四年には、プルーストの姪のシュジー・マント夫人も、この島のベテュヌ河岸にある宏壮なアパルトマンに住んでいた。とくにオルレアン河岸は、左手にセーヌを隔ててパリ左岸を臨み、右手にシテ島のノートル・ダム寺院を背後から眺めることのできる、甚だ展望の美しい一角である。しかし十九世紀末には、ここは当世風の場所と見なされなかったのかもしれない（当時のベデカーのパリ案内などを繙いても、サン＝ルイ島にあてられた記述は驚くほど少ない）。だから、『失われた時を求めて』に現れる語り手の大伯母は、このオルレアン河岸を「住むのも恥ずかしい」場所と決めつけ、その気になればスワンも「オスマン通りかオペラ通りに住める」はずなのに、と断言する。そして毎年元日にそのスワンが（なぜか語り手と同様に）マロン・グラッセを下げて現れると、その住居のことを話題にして露骨な皮肉を口にする、というのである（RTP, I, 17）（訳 I, 54-55）。

オペラ通りもオスマン通りも同じく、第二帝政期にできた新興ブルジョワの通りであった。だからこの「オスマン通りかオペラ通りに住める」という見方には、プルースト家公認の価値判断が現れていると言えよう。ところで作者はいささかも、この価値判断を肯定してはいないのだ。スワンという作中人物は、美術や文学にかんする造詣が深く、見事なコレクションを所有し、洗練された趣味を持ち、社交界の寵児であり、しかもきわめて控え目な人柄である。だからそれを嘲笑する大伯母の態度はどう見ても滑稽で、プルーストはまさにオスマン通りやオペラ通りの当世風感覚を皮肉るために、この一節を書いたとしか思われない。ところでそうした観点は、パリ第八区だけからでは絶対に生れないものだろう。言いかえれば、そこにはプルースト家の上昇志向とは別のもの、場合によってはそれを上まわる上昇志向、いずれにしてもパリ第八区とは異った視点が必要だろう。ではその視点は、現実のプルーストにとって、どこに存在していたのであろうか。

こう考えてくると、まずここでも問題になるのは、母方の親戚の存在である。すなわちマルセルの祖父母に当るナテ・ヴェーユ夫妻、ナテの弟で生涯独身を通した大叔父ルイ・ヴェーユ、そしてマルセルの母の兄ジョルジュ・ヴェーユがそれである。父方の親戚はすべて故郷のイリエに留まっていたから、パリのプルースト家が頻繁につきあう親戚といえば、すべて母方のユダヤ系一族だったのだ。その関係は本書二四七ページの系図に示した通りである。

幼いマルセル・プルーストは、母方のヴェーユ家の人びとと、たえず往き来していた。母と子の交した書簡は、この親類づきあいの親密さをうかがわせるに充分である。たとえば、母が「お前のG伯父」と呼んでいるジョルジュ・ヴェーユを相手に、マルセルが大喜びで戯れている様子も、手紙の行間からありありと浮かび上ってくる(3)。だがその伯父以上にマルセルが頻繁に会ったのは、おそらく祖父母と、大叔父であった。

祖父のナテ・ヴェーユは、スワンの父親同様に株式仲買人だったというのが定説だが、こうした家庭関係の諸事実を細かく調べたロベール・スーポーは、実は株式仲買人への出資者であったと訂正している(4)。いずれにしても、父方とは比較にならぬ金持だったことに変りはない。そのくせ住居は下町のフォーブール・ポワソニエール街四十番地の二にあり、マルセルの母親ジャンヌも結婚までその両親とともにここに住んでいたのである。そればかりか、幼いマルセルも、母に手を引かれ、ときにはおそらくマロン・グラッセの包みなどをぶら下げて、その建物の階段を上ったにちがいない。というのも、やはり母と子の交した書簡を見ると、「四十番地の二」という表現がそれだけで、母の実家の意味に用いられているからだ(5)。通りの名前を省略してこのように番地を符牒としていることは、母と子がこの辺りにしばしば足を運んだことを想像させる。だからわれわれもまた、「四十番地の二」の辺りを訪ねてみなければならない。

というわけで私は何度かフォーブール・ポワソニエール街の辺りを歩きまわった。パリ北部のメトロの駅バルベス・ロシュシュアールから南に下って、グラン・ブールヴァールに至るこの道は、パリ九区と十区の境界をなしており、プルーストの第八区とはまるで趣を異にした一画である。以前に北フランスの海から運ばれる魚(ポワソン)がここを通ってパリの市場に送られたところからこの名が生じたというが、今なおそうした魚を積んだ車が走っていてもおかしくないような古びた雰囲気も残っており、さびれゆく町の物哀しさをたたえている。なるほどこの辺りも、パリ中央市場の栄えていた十九世紀末には、もっと活気があったにちがいない。しかし第八区の表通りに比べて極端に道幅の狭いこと、建物の構え自体に第八区のような物々しさや自信が微塵も感じられないことは、一〇〇年前も今も変るはずがない。そして至るところで眼につくのが、ユダヤ人に多い毛皮屋と皮革商の店である。

ロレーヌ州の出であったヴェーユ家は、いつからこの街に住んだのか、私はそれを審かにしていない。ただ分っているのは、十九世紀前半からこの辺りに急速にユダヤ人が増えたことである。なるほど、フォーブール・ポワソニエール街をユダヤ人街と呼ぶことはできないにしても、パリの九区と十区は、その南に広がる本格的なユダヤ地区についで、十九世紀のパリで最もユダヤ人の多い地域であった（ベルヴィル周辺の十一区のユダヤ人地域は、それ以後に形成されたのである）。幼いプルーストが母とともにこの辺りを訪れた一八七〇年代には、近くのヴィクトワール街に開かれたシナゴーグに向かう人びとの姿が見られたことだろう(6)。

どの都会もそうだが、パリでもそれぞれの地域は異った表情を持っている。フォーブール・ポワソニエール街のやや古くなった町並の放つ時間のしみついた臭いは、真新しいパリ第八区とはまったく別物だった。そしてマルセルは、マルゼルブ通りとは似ても似つかぬこの区域をも身内の世界として実感したにちがいない。彼がそこに住む祖父母からときにはきつい小言などをもらいながらも（それを彼らは「石鹸《サヴォン》」と呼んだ）、思いきり祖父母に甘えていたのは確実である。それは十五、六歳の彼の手紙にはっきり現れている。この年ごろの少年の肉親宛ての手紙としてはおよそ考えられないことだが、彼は、母親の親しい友人の一人で自分の憧れの的である一女性カチュス夫人の肖像を、こまかく祖母に書き送っているからだ。そこにはマルセルの狡猾な計算も働いていたかもしれないが、また祖母とのよほど深く親しい心の交流がなければこれは考えられないことだろう(7)。

パリ第八区に育ったプルーストの幼年時代は、同時にそれと別の世界、たとえばこの「四十番地の二」のごとき異質の世界をも備えていた。執着すべき一つの故郷も持たなかった都会人プルーストの複眼の体質は、こんな風にして養われていったように思われる。

3

故郷なき都会の子だったプルーストは、それだけに逆に故郷に憧れを持っていた。そうした憧れが、やがて土地の名をめぐってくり広げられる目ざましい想像世界の原動力になるのだが、その彼にとってもしいくらか故郷に代るものがあったとすれば、一つは母方の大叔父ルイ・ヴェーユのいたオートゥイユであり、いま一つは父の生れたイリエだった。オートゥイユはすでに行政上パリに属していたが、それでもこの二つの土地は、パリという大都会とは異った空間のイメージを与えるものとして、マルセルの幼年期の最も重要な部分を形作っていたのである。

マルセルは、実にしばしばオートゥイユを訪れている。マルセルだけではない。祖父母も、母も、弟も、それればかりか父までが、まるで自分の家のように、風変りな主人だったルイ・ヴェーユの住居の客になった。祖父のナテ・ヴェーユは決して他人の家に泊らない人で、たとえ毎晩のようにその弟ルイの家で夕食を摂っても、夜は必ずフォーブール・ポワソニエール街に戻るのだったが、他の者はしばしばこの家で長期の滞在をしたらしい。しかもこの習慣は、マルセルが二十歳を越えるまで続いたのである。その事情は、プルーストの書簡集に見られるオートゥイユからの（ないしはオートゥイユ宛ての）夥しい手紙によって、またジャック＝エミール・ブランシュの『ダヴィッドからドガへ』に寄せたプルーストの長い序文によって、推察することができる。ブランシュは、オートゥイユに住む肖像画家で、プルーストはパリのサロンで彼と知合い、ある年のオートゥイユ滞在中にはそのアトリエに日参してポーズをした（CSB, 572-575）。今日、プルーストの肖像といえばすぐブランシュの筆に成るものが思い出されるが、もとを辿ればその背景にはオートゥイユの隣人づきあいがあったのである（口絵①）。

閑静な別荘地帯であったオートゥイユも、このころは次々と新しい建物がふえて激しく変化していた。しかしなんと言ってもここは背後に広いブーローニュの森を控え、そこへの散歩の前進基地として屈強な場所だったし、それにパリ第八区のプルースト家からは交通の便も申し分なかった。マドレーヌ—オートゥイユ間のバスか、サン＝ラザール駅からの郊外線を利用すればよかったからである。プルースト家の者たちがしきりにルイ・ヴェーユの住居を訪れたのは、そうした理由もあったのだろう。

マルセルは、ブーローニュの森の散歩に夢中になった。少年時代の母宛ての手紙によると、オートゥイユ滞在中は森への散歩を日課としていたことがうかがわれる。二十歳を過ぎたプルーストが、後に自分の処女作を献げることになる薄命の青年ウィリー・ヒースと、どちらからともなく待合わせたのもブーローニュの森だった（JS, 5）。二十四、五歳のときの手紙にも、「早く起きたら森に行く」といった表現が何度か見られるし、またその作品のなかでも重要な部分で、ブーローニュの森は決め手のような役割を演じている（たとえば第一篇『スワン家の方へ』の末尾）。考えてみればこのブーローニュの森は、その少し前まで、ごく一部を除いて、荒れはてた物騒な場所で有名だったが、それを第二帝政期にパリ市が巨額の費用を投じて、今の形に整備したばかりであった。だからマルセルの少年時代には、まだ出来たばかりの憩いの場として、新鮮さを失っていなかったのかもしれない。と同時にマルセルが、パリの石畳に対立するものとしてこの森の樹々や花々に愛着を覚えたのも、私には確実なことのように思われる。

しかし彼にとってオートゥイユの魅力は、ブーローニュの森だけではなくて大叔父の住居にあり、とりわけ大叔父の人柄にあったのだろう。モデル問題を詮索する人たちは、この大叔父を『失われた時を求めて』のアドルフ叔父と重ねあわせるのが常であり、私もそれを否定する気持はない。「高級娼婦」の愛人の存在にせよ、独身を貫いた自由奔放な生涯にせよ、両者の類似は明瞭である。けれどもまたこの大叔父は、単にアドルフ叔父のモデルになっただけではなくて、はるかに深い影響をプルーストに与えたのではないかと私は思う。その問題の一端には、いずれふれる機会があるだろう。

このようなオートゥイユ滞在も、しかしながら一八九〇年代の中ごろにはもう打切られていた。もともと花粉アレルギーによる喘息に悩まされていたマルセルの健康にとって、オートゥイユは決して好ましい土地ではなかった。九歳のときに彼を打ちのめした喘息の激しい発作は、オートゥイユ滞在中の、それもブーローニュの森の散歩から帰って来たときに起こったのである。マルセル自身も、その後は箱馬車に乗ってならいざ知らず、歩いて森に行くと夜も眠れなくなることを母に訴えている(8)。だからオートゥイユよりもむしろトルーヴィルの海岸などで夏を過ごす方が好ましいと家族が考えたのは、ごく自然なことだったろう。こうして、彼が故郷のように愛着したオートゥイユも失われることになる。

だがそれだけがオートゥイユ喪失の理由ではあるまい。それと並んで第二に、大叔父ルイ・ヴェーユが祖父ナテと相前後して、一八九六年に他界したこと、また第三に、おそらくオートゥイユの家が取壊されたことも、考慮する必要があるだろう。もっとも、これが壊された正確な年代を私は把握していない。大叔父の庭を二つに分断したというモーツァルト通りは、一八六七年つまりマルセル誕生以前に開通していたはずだが、それが引金になって九〇年代にこの辺りの家が整理されたのだろうか。いずれにせよ、マルセルが故郷の代替物のように執着した「私の幼年時代のオートゥイユ」は、こうして「眼に見える世界から不可視のもののなかに移住」したのであり、「もはや存在しない木蔭道」となって思考にいっそうの価値を添えることになったのである（CSB, 570）。

オートゥイユが『ダヴィッドからドガへ』の序文で描かれたとすれば、イリエもまたラスキン著プルースト訳の『胡麻と百合』につけられた序文「読書の日々」で語られている。そしてこのイリエも、同じような運命に見舞われるのである。

マルセルが復活祭の休みをイリエで過ごしたのはいつまでだったか。不思議なことに、それを知る手がかりはきわめて少ない。母宛てにオートゥイユから書かれた十七歳のときの手紙には、「ル・トレポール、ないしはイリエでのオーギュスタン・ティエリの年」という文句があり、それからして十四、五歳ごろにイリエでオーギュスタン・ティエリに読みふけったことが想像されるが（ペインターはこれを十三歳の夏、コルブは十五歳の秋と推定している）、しかしオートゥイユのように毎年かなり長い期間をイリエで過ごした痕跡は、書簡のなかには見出せない。わずかに弟ロベールがイリエに行っていることや、父アドリヤンによるイリエの小学校での講演のことなどが、散見されるくらいである。

このようにマルセルがイリエを離れて、ほんの時たましか戻らなかったのはなぜか。ペインターは、彼の健康とリセ（高等中学）の授業という、二つの理由を挙げている。しかし、復活祭の休暇に、近い田舎に行くことのできないようなリセはあり得ないし、また健康の点でも、イリエ以上に花粉アレルギーの大敵だったオートゥイユには二十歳すぎまで毎年通いつづけているのだから、これだけが理由であるとはとうてい思われない。ひょっとすると一番大きな理由は、プルースト家がいつも宿泊していたアミヨ家の伯母（父の姉）エリザベートの死だったのかもしれない。念のために、ここでも次ページに家系を示しておこう。

イリエには父の実家があり、祖母のヴィルジニーも存命だったのに、プルースト家がイリエ訪問のたびに泊るのは伯母の嫁ぎ先のアミヨ家だった。そのわけはイリエを訪れてみればすぐ想像がつく。雑貨屋を営んでいた父の実家は、ごく小さい質素な家で、パリ第八区の広いアパルトマンに住み慣れたブルジョワの家族全員がここに滞在することはとても困難に見えるからだ。それに対してエリザベートと結婚したジュール・アミヨは、植民地アルジェリアなどとの取引きで儲けた富裕な商人で、小さいながら庭のついた一戸建ての家のほかに、「プレ・カトラン」と称する広大な庭園と菜園を持ち、その資力は父プルーストの実家の比ではなかった。プルーストの家族がイリエ滞在に当って常にアミヨ家の厄介になっていたらしいのは、そうした物質的事情もからんでいたのだろう。それだけにマルセル十五歳のときに、プルースト家とアミヨ家を結ぶ存在である伯母エリザベートが他界し、十八歳のときに祖母も世を去ると、身近な血縁の者を失ったプルースト家の足は自らイリエから遠のいたのではないであろうか。

いずれにしても、オートゥイユとイリエというこの二つの疑似故郷も、やはりマルセルの世界から消えていった。そしてそのことは〝マルセル・プルースト〟の誕生にとって不可欠な条件の一つだった。それが「コンブレー」を生んだからである。その事情を私は次に検討してみなければならない。

4

『失われた時を求めて』は架空の村コンブレーで幕をあけ、そのコンブレーで終る。この土地の人の醇朴な気質を一つの理想像とする語り手は、大長篇を物語るあいだも終始コンブレーという核を手放そうとしなかった。冒頭の挿話では、コンブレーの隣人スワンにより庭の門の鈴の鳴らされる音が

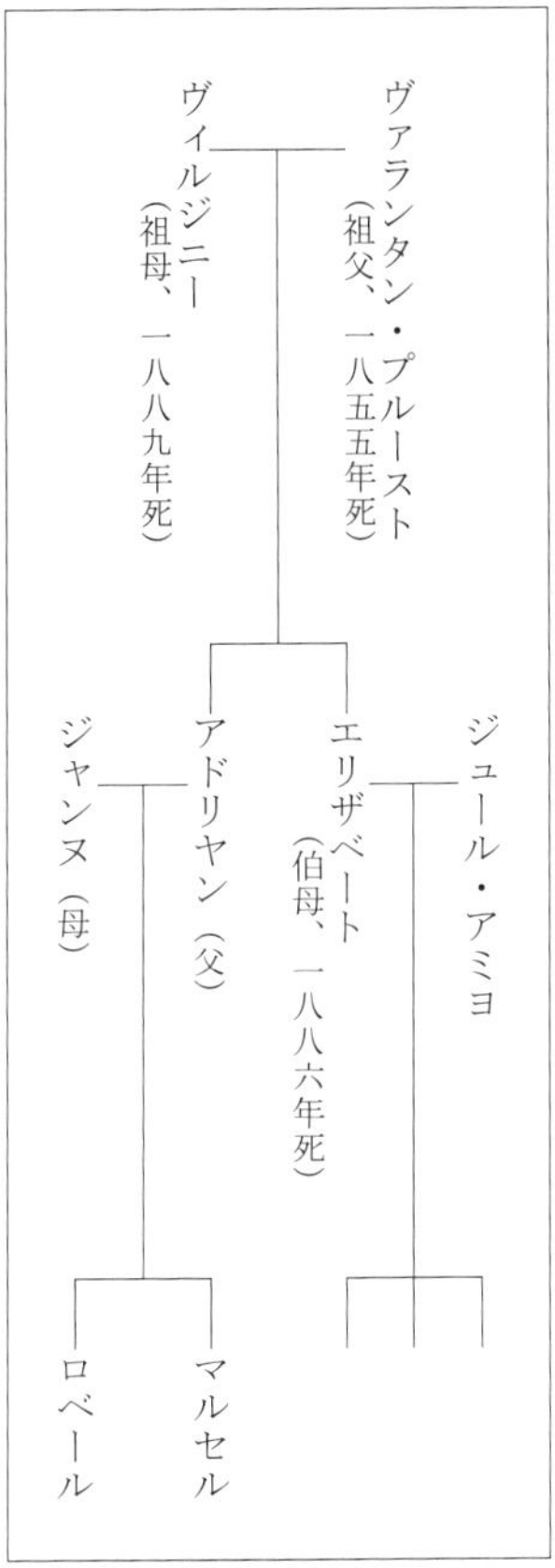

伝えられるが、語り手は作品の最後で、この音が生涯にわたって一度も鳴りやまなかったと自分に言いきかせている。その意味でもコンブレーは『失われた時を求めて』の縦軸であり、つまりは〝マルセル・プルースト〟にとって真の故郷だったと言うことができるであろう。

ところでこのコンブレーは、従来余りにも現実のイリエと結びつけて理解されすぎたのではないか。私は一九五〇年代から何度もイリエを訪れたが、そのたびに少しずつその思いを深めずにはいられなかった。

最初のころ必ず私を案内してくれたのは、『コンブレーの香り』の著者P―L・ラルシェ氏である。今は亡いこの小柄な老人は、イリエのあちこちで私の足を停めさせては、その場所が小説の描写にどう対応するかを克明に指摘してくれた。それはまるで小説の出来事が実際にここで現実のマルセルの身に起こったと確信しているかのようであった。

たしかにこの付近を歩いてみれば、一つの小さな町とその周辺の地形が、架空の村コンブレーにさまざまな地理的特徴を貸し与えたらしいことは推測がつく。散在するいくつかの館は作者の心に貴族社会への夢をかきたてるのに役立ったろうし、村の中央の教会はいかにも素朴でコンブレーの教会にふさわしい。そうした部分的外形的な対応ならわれわれはいくらでも指摘できる。にもかかわらず(ロラン・バルトも後にそうした感想をもらしているが[9])、イリエを歩くたびに私には、この土地とコンブレーを隔てるものの大きさがますます実感されるのであった。

たとえば「レオニ叔母の家」である。作品のなかで重要なドラマの舞台となるこの家は、子供の眼で見た尺度で描かれているということを勘定に入れても、庭もまた住居も、現在イリエにある「レオニ叔母の家」つまりマルセルの伯父アミヨ夫婦の家とはまるで違ったものに私には思われる。ペインターはそのことに着目して、この家の原型をオートゥイユの大叔父の住居に求めたが、そのさいコンブレーの家が（オートゥイユの家同様に）すでに取り壊されたはずの（つまりは不在の）ものとして描かれているという指摘を行なっているのは重要である。ペインターはまた、イリエとコンブレーの大きな違いが住人にあると言い（そのことに私は賛成だ）、その例として語り手の母方の祖父母や大伯母の姿の見えることを挙げている。だが私にはこの相違を集約的に示すものが、むしろスワンの存在であるように思われるのである。

スワンはコンブレーの最重要の隣人であり、かつこの土地で起こる最大の事件の原因である。それればかりか語り手は作品の最後で、自分の書く書物の素材となる経験がことごとくスワンから来たとさえ述懐している（RTP, III, 915）（訳 XII, 461）。しかもそのスワンがコンブレーで所有していた庭園は、どうやらイリエにある「プレ・カトラン」から発想したものらしい。そしてブーローニュの森にあるものと同じ仰々しい名前で呼ばれるこの庭園が、プルーストの伯父ジュール・アミヨのものであったことはよく知られている。われわれはまず、イリエに住んでいた現実の伯父と、コンブレーの架空の隣人スワンとの、この対応関係を心に留めておこう。

これに関連して思い出されるのは、『サント゠ブーヴ反論』を最初に発掘したベルナール・ド・ファロワの指摘である。『サント゠ブーヴ反論』とは、『失われた時を求めて』執筆直前の一群の原稿だが、ファロワは、それら草稿群のなかで七十五枚の大判用紙に書かれたテクストが最も早い時期のものだと言い（この七十五枚の草稿はなぜか行方が知れず、パリの国立図書館にも納められていない）、その段階ではまだスワンが存在しておらず、彼の役割は一人の叔父と、ブレットヴィル氏という人物によって分け持たれている、と報告している。[10] ここでも後にスワンが、一人の叔父の機能を引き受けるらしいことが推察されるのである。

それだけではない。七十五枚の草稿の直後に書かれた手帖のメモには、しきりに「ぼくの叔父」という語が登場する。たとえば「生涯を、好きな女の小さな世界と結ばれて過ごしたぼくの叔父、無駄に失われた時」といったように。しかしこのメモは、もはや父方の伯父を想い出させはしない。この手帖を判読発表したコルブは正当にも注記している、「これは小説のアドルフ叔父のモデルとなった〔母方〕のルイ・ヴェーユ〔大〕叔父のことである。但しここで問題になっている習慣を、プルーストはアドルフ叔父よりもむしろスワンに与えることになるだろう[11]」と。

以上の諸点に注目すれば、スワンという人物の形成には、プルースト自身の身内の者の存在がひと役もふた役も買っていることが容易に理解されよう。しかしむろんそれは、モデルなどといった単純な関係ではあるまい。「語り手の精神的な父でもあれば兄でもある[12]」といわれるスワンは、またきわめて「多様な[13]」存在でもあった。そしておそらくスワンの形成そのものも、きわめて多様な根を持っていたはずである。そのさまざまな根のなかには、作者自身が言明しているように、ロトシルド家以外のユダヤ人で初めて最高の社交界に出入りすることのできたシャルル・アース（口絵⑩）もいたろうが、作者の叔父たちも、いくらかスワンの養分となって消えて行ったのだと私は思う。小説のなかで語り手の家系からユダヤ人の血を一掃したプルーストは、逆にユダヤ人スワンの創造によって、「プレ・カトラン」の所有者である父方のジュール・アミヨ伯父とともに、実は母方の大叔父ルイ・ヴェーユの思い出をも掬い上げているのである。

このルイ大叔父は、作中のアドルフ叔父に投影されているというのが定説だが、以上のように見てくれば、スワンもまたその一面を分け持っていることが納得されよう。現に作中のアドルフとスワンは（現実のルイ・ヴェーユと同様に）、いずれも「高級娼婦」オデットを愛人にしているではないか。またついにスワン夫人となったオデットのあでやかな姿を讃美する語り手の言葉は、大叔父ルイ・ヴェーユを通して知ったロール・エーマン宛ての二十歳のマルセルの手紙を思い起こさせる。二十歳も年上の婦人に対して、マルセルはこんな風にその手紙を書いているのである。

「単に色気があるというだけの、単なる渇望の対象にしかすぎない婦人は、その讃美者たちを分裂させ、お互いに相手に腹を立てさせます。これはまことに自然な話でしょう。でも芸術作品のような一婦人が、この上もなく洗練された魅力、この上もなく繊細な優雅さ、この上もなく崇高な美、この上もなく官能的な知性を、われわれの前に示してくれれば、その婦人に感歎する共通の気持が人を結びつけ、兄弟のような存在たらしめます。われわれみながロール・エーマンに帰依する同宗の信者になるのです(14)。」

この秀抜な表現は、スワンと語り手もオデットに帰依する同宗の信者であり、いわば肉親関係にあることを示している。

だがこのようにマルセルの母方まで取込んだスワンの住みつくコンブレーは、もはや現実のイリエとはまるで別物である。イリエはカトリック一色にぬりつぶされた、ユダヤ人とはおよそ無縁の小邑で、プルーストの母方の親戚といえども、ここに足を踏み入れたかどうかは疑わしいからだ。言いかえれば、スワンのいるコンブレーとは、想像世界が築かれていく空間にほかならない。だからスワンは、イリエとコンブレーの絶縁を象徴する人物のように私には思われるのである。イリエが単に父方の田舎にすぎなかったのに対して、コンブレーがあらゆる意味で作家プルーストの根源にあるものとなった理由は、そこにある。

なるほどイリエはその地理的特徴をコンブレーに提供しているだろうが、スワンがイリエにいなかった以上、「ゲルマントの方」に対立する「スワン家の方」もあり得なかったろう。イリエにあるのは、ただの二本の道にすぎない。スワンは、そうした二本の道が想像上の「二つの方」に昇華し、つまりは別次元のものになるための、不可欠な人物だった。

以上に見てきたように、プルーストは現実の故郷を持たない人間である。パリはもとより、彼が故郷の代替物のように執着した母方の大叔父のオートゥイユも、父の生れたイリエも、やがて彼からは剥奪された。しかし彼のうちには常に故郷を志向するものがあって、それが彼をして、イリエでもオートゥイユでもなく、父方も母方も含めて彼の全存在を支えるような、コンブレーの村を構想させたのである。プルーストの想像の世界はそこから始まったのであろう。

それにしても、イリエからコンブレーへは無限の距離がある。そしてコンブレーの創造に行きつくまでに、プルーストはその幼年時代から、華々しい冒険は何ひとつないけれども、しかし多様な内的経験に満ちた長い道程を辿らなければならなかった。次に私が検討しようと思うのは、その長い道程のなかで彼の方向を決定づけた、二、三の要因についてである。

二　老成した少年

1

マルセル・プルーストの生涯は、彼が病身だったということも手伝って、外見上はまったく波瀾や冒険に乏しい一生だった。けれどもそれは別の観点に立つと、生涯の全体を虚構に投入するために演じられたきわどい冒険に満ちてもいたのである。ところでこの虚構化の方向は、二十歳を過ぎて『楽しみと日々』（一八九六年刊）に収められた作品を執筆したり、長篇『ジャン・サントゥイユ』（一八九五―一九〇〇年）に取組んだりした時期には、むろん動かしがたいものとしてすでに確立されていたのであるが、その芽はそれよりはるかに早く、幼いときから自覚されていたように思われる。ヴィクトリア時代のイギリスでしきりに流行してフランスに輸入されたいわゆる「サロンの告白帳」（口絵⑨）――訪問者に一定の質問に答えさせる一種のサイン帳――は、プルーストのおかげでひどく有名になったものだが、そのなかで彼は十三歳ごろに、「どこに住みたいですか」という問に答えてすでにこう記しているからである、「〈理想〉の国で。というよりもぼくの理想とする国で[15]」。彼がイリエを失うのはそれから間もなくであった。

ところでこのように早くから、〈理想〉の世界、いわばどこにもない世界に惹き寄せられるのを覚えたプルーストは、それと同時に若いときから、さらに以前の時期つまりは幼少期への憧れを持ちつづけた人間でもあった。言いかえれば幼いときから専ら過去に生きて、未来の変化に期待を寄せていなかったのであり、その意味で彼は甚だ老成した少年であった。『失われた時を求めて』のなかで晩年のプルーストが描いたのも、そのように少しずつ変化への絶望に追いやられていく少年の姿であって、それはたとえば第二篇「花咲く乙女たちのかげに」のなかの、こんな挿話に明瞭に示されている――。

主人公はいま一人の少女に夢中になっており、彼女からの手紙を熱望している。たぶん元日になれば待ちに待ったその手紙がやって来て、二人のあいだに新らしい関係が始まるだろう、と彼は夢想する。心あらたまる気持で迎える新らしい年が、これまでにない局面を作るためのきっかけになってくれることを彼は念じているのだ。むろんこうした期待はたちまち打ち砕かれずにはいない。

「ぼくはそのとき、はっとして予感を覚えた、元日は他の日と違った一日などではなく、新らしい世界の始まる第一日目でもないのであった。（……）ぼくは家に戻った。ぼくは老人の送るような一月一日を生きたところであった。この日に老人が若者から区別されるのは、もうお年玉をもらわないからではなくて、彼らがもはや元日というものを信じなくなっているからだ。」（RTP, I, 487-488）（訳 III, 132-133）

これと同じことをプルースト自身が、二十三歳のときにロベール・ド・モンテスキウ宛ての手紙で書いている。

「一昨年も去年も、自分のためにも他人のためにも、私はもう元日から何も期待しなくなっていました。私はこんな風に感じていたのです——たとえ年はあらたまっても、人間の性格は変ることがなく、欲望の夢見る未来は、どんなにわれわれが過去と違うものであってくれと願っても、その同じ過去によってしか実現されないのであって、良かれ悪しかれわれわれが前以てゆり動かしておいたすべての鐘の音をそのまま正確に伝えるにすぎないのだ、と。[16]」

もしも幼少期がこうした諦めとは無縁のものであって、無邪気に変化を信じることのできた時期であったとすれば、どんなにかそれはプルーストにとって慕わしいものに思われたことだろう。プルーストの生涯というのは、詮じつめれば虚構の力でこの楽園を回復するために費される一生であるが、しかし今はまだその結論に到達するには早すぎる。われわれはそれよりも、むしろ幼年期のプルーストの経験自体を掘り起こしてみることが必要である。

幼いマルセル・プルーストをこのように老成した少年たらしめたのは、何よりもまず彼の家族であり、とくに母親の果した役割は重要であった。十五歳も年上の男、しかもすでに学者として一家を成しかかっていた男と結婚したこの若いユダヤ人の女性は、結婚と同時にあっという間に身籠って二十二歳でマルセルを生むのであるが、彼女はマルセルの喜びの源泉であるばかりではなくて、同時にそのすべての不幸を作り出す元兇でもあった。

そのことを考える上でまず記しておかねばならないのは、プルーストの幼年期に起こったいくつかの〝事件〟である。主要な事件、決定的な事件などというと、バルト信者には作り物めいて聞こえるかもしれないが、プルーストの場合、彼の幼年期に少くとも三つの大きな事件があって、それが彼に消えることのない刻印を押したのは間違いのないことだと私は思う。その第一のものは、マルセルが二歳にもならぬころの弟の出現であった。弟ロベールは、一八七三年五月二十四日、兄と同じくオートゥイユで生れたのである。

プルーストは、この弟の誕生のことをほとんど語っていない。しかし、後年になって、彼は自分とおよそ異質なこの存在の出現の意味を執拗に反芻したように思われる。そのような推測が可能になるのは、何よりもまずプルーストが、『失われた時を求めて』のみならず、あらゆる自伝的作品から慎重に弟の存在を抹殺してしまったからだ。この事実は、プルーストが弟に対して寄せていた並々ならぬ関心を示す有力証拠の一つを形成するだろう。しかも彼は、決して単純に弟を無視してそうしたわけではないのであった。母と自分の親密な関係のなかに不意に闖入してきたこの元気のよい小悪魔を、どうして無視することなどできようか。むしろ彼は、困惑と憎悪、羨望と驚歎の入り混った複雑な感情で、この闖入者を眺めていたのだろう。その事情は、彼が弟を作品に登場させようと考えた唯一の時期、そして結局はこの計画を放棄することになる時期——それは一九〇八年のいわゆる『サント＝ブーヴ反論』にとりかかる短い時期だが——、その時期に書き残したメモや断章から、ほぼ推測することができる(17)。

いずれにしてもこの弟の出現まで、ピアジェだったら「感覚運動的時期」と呼ぶであろうような期間において、マルセルと母親との関係はほぼ完璧なものだったにちがいない。初めての子供であり、またおそらく頑健とはいえない子供だったであろうから、母親は夢中になってマルセルをいつくしんだことだろう。しかも二人の一体化にとって好都合な条件は揃っていた。第一に、上述のごとくマルセルの父と母のあいだには十五歳の年齢の開きがあったから、母ジャンヌは自分の夫を、たとえ自分の父親の同世代とは考えなかったにしても、少くともかなりの年長者として崇めていたように見えるからだ。こうした両親の年齢差は、現在とは比べものにならぬくらい強烈な十九世紀ブルジョワ家庭の家父長制を、プルースト家の内部でいっそう助長していた。それればかりか、父プルーストの絶対的地位は、女子供には理解できない医学の権威を併せ持っていることでも揺るぎのないものにされており、そうした父の存在がマルセルの母にしみ通っていたことは、『失われた時を求めて』のなかにも至るところに感じとれるのである。じっさい読者は、とるに足りない夫の能力に無邪気に感心する妻の姿を、プルーストの作品のなかにしばしば見出すけれども、それはプルースト家の家父長制の反映でなくてなんであろう。ところで、このような父親の専制支配がもたらすのは、他の家族成員の強固な結びつきと平等とであって、マルセルは容易に、自分と固く結ばれた存在を母のうちに見出しはじめていたろうし、母はまたマルセルのうちに同じように家長に支配される存在を見出してこれを溺愛したのだった。その上、彼らの生活はパリで営まれ、母と子はしばしば実家を訪れて母方の親戚に親しんでいたから、その点でも彼らには一体感があったと思われる。少くとも後になってマルセルが想像する過去の楽園は、そのような母との緊密な関係を基盤にしていたはずである。

こうした母と子の〝蜜月〟時代に、不意に闖入してきた弟ロベールは、新たな人間関係をそこに作り出さずにはいなかった。なるほど、二歳までに起こったことと同様に、このロベールの誕生についてもマルセルが鮮明な記憶を持っていたとは考えにくいが、しかし彼は後に自分の作品から執拗かつ徹底的に弟の影をとり去るという形で、記憶にない自分の楽園時代、弟の誕生する以前の母と自分の関係を、再び実現しようと試みたのであったから、たえずこの二歳下の弟の誕生という重大な事件を、否定的な形で再創造していたとも言えるのである。かくてこの事件は、いつか一つの夢のようにマルセルのうちに形成されていったのであろう。というのもプルーストは『ジャン・サントゥイユ』のなかで、こんな意味深い言葉を残しているからだ。

「ジャンは自分の見た夢を、二歳のときに起こったことくらいにしか覚えていなかった。」(JS, 285)

こうした記憶以前の記憶のことは、プルーストの大きな関心事であった。『失われた時を求めて』のなかでも、他人にきいた話として、語り手がまだごく幼いときに、シャン゠ゼリゼで老ゲルマント元帥が彼の姿に眼を止めると、「美しい子だのう!」と言いながら、小さなボンボン入れからチョコレート・ドロップを取出してくれたことが記されている(RTP, II, 12-13.)(訳V, 25)。じっさい自分の記憶にないこうした〝幸福〟、他人の追憶で保証されている過去の〝名誉〟は、プルーストの夢の一典型である。それは動かし得ない過去の事実として客観性を帯びているとともに、本人も知らない失われた幸福でもあるからだ。このように、過去の未知なるものに向けられた憧れこそ、老成した少年を作り出す原因の一つであって、その最初の契機は、母との融合の時代を破壊し去った弟ロベールの出現であった。

2

プルーストの幼年期に刻印を押したと思われる三つの事件のうち、第一のものは弟の出現である。とはいえ、マルセルとロベールの兄弟仲が悪かったことを示す証言は、ほとんど見当らない。わずかにエリザベート・ド・グラモンが、プルースト家には母とマルセル、父とロベールという、二つの党派があったと言っているのが眼を惹くくらいだが[18]、その彼女にしてもべつに兄弟仲に言及しているわけではない。むしろマルセルの死後、弟ロベールは『新フランス評論（NRF）』のプルースト追悼号で正反対の証言をしているほどであって、それによれば彼が自分たちの幼年時代をどこまで遡ってみても、必ずそこに見出すのは、「無限の優しさで私を包み、いわば母親のような慈愛で私を見守る兄のイメージ[19]」であるという。彼はまた、兄五歳、自分は三歳ぐらいのときのこととして、燦々と日の光を浴びて郊外でたわむれた記憶を語り、二人の仲の良さを強調している。これは多分オートゥイユかイリエの思い出なのだろう。ただわれわれは、この証言が兄の死の直後の弟のものであることを忘れてはなるまい。というのも、兄の記憶は多分もう少し複雑だったであろうから。たとえば十七歳ごろと推定されるオートゥイユで書かれた母親宛ての手紙で、マルセルはこんな文句を書いている。

「今朝は早起きして、ロチを一冊持ってブーローニュの森へ行きました（……）。森に入るや否や、とても気持がよく、太陽が顔を出しているのに冷んやりして、ぼくはたった一人で嬉しさの余り笑ってしまいました。息を吸込み、香りをかぎ、手足を動かすのが、とても楽しかったのです。以前にル・トレボールか、イリエでオーギュスタン・ティエリを読んだ年のように――そしてロベールといっしょの散歩よりは、一〇〇〇倍もこの方がよいのです[20]。」

注意しなければならないが、この手紙は弟ロベールとともにスペイン国境に近いサリ・ド・ベアルヌに滞在している母に宛てて書かれたものだ。しかも母と弟は、その前日か前々日までマルセルと一緒にオートゥイユにいたのだが、彼を母方の親類の者たちのところに残して二人だけで出発したのである。十七歳にもなるというのにマルセルは、この手紙のなかで、母の出発を悲しんで涙を流したこと、叔父からそのように大げさな悲歎は母を独占しようとする「エゴイズム」の現れだと指摘されたことを、記している。したがってこの弟への言及も、弟の不在ではなくて母の不在を堪えるための痩せ我慢であり、幸福な位置にいる弟への羨望の現れと見るのがふさわしい。そういえば、プルーストが十三歳のときの例の「サロンの告白帳」（口絵⑨）に、「最大の不幸は？」という問に答えて「ママから引離されること」と記したのはよく知られているが、その少年の姿がここにそのまま残っているとも言えるのである。老成した少年は、したがって、いつまでも幼児性を引きずりながら成人していく人物でもあって、この老人と幼児の同居はプルーストの晩年の作品のなかにまで、顕著な特徴の一つを形作るはずである。

さて、今述べたような母と弟の出発は、プルースト家にときおり起こったことらしい。なぜなら書簡集にも何度かそうした状況下で書かれた母と子の手紙が見られるからである。それればかりか、ファロワ版『サント゠ブーヴ反論』に収められた「ロベールと仔山羊」にも、まったく同様の事態が語られている。これはマルセル（ぼく）と弟ロベールが登場する実話とも小説ともつかぬ文章で、母親が五歳半の弟とともに発って行く場面を語っているのだが、もし仮にこの年齢を現実のロベールに当てはめれば、そのときマルセルは七歳ということになるだろう。そしてこの七歳というのは、プルーストの幼少期において、弟の誕生につぐ第二の注目すべき事件のあった年ではないかと、私は思うのである。

なぜ七歳か。プルーストが後になって、しきりにこの年齢にこだわるからだ。「ロベールと仔山羊」だけではない。その十年くらい前の『ジャン・サントゥイユ』では、母が来客に邪魔されて「お寝み」の接吻をしに来てくれなかったことが、主人公ジャンの生き方を決定づける最初の事件として作品の冒頭で語られているが、そこでもジャンは七歳と明記されているし、またその少し前に書かれた「嫉妬の終り」という短篇でも、主人公オノレの「七歳のときの子供らしい願望」が、死ぬまで彼の嫉妬の形を決定づけたことが描かれている（JS, 161）。なるほどそれは子供らしい願望だ。しかし奇妙な願望でもある。というのも、それは、夜会に行く母に対して、夕食前に夜会服に着替えて出かけてしまってくれと頼むという内容のものなのだから。なぜそんな願望を持つのか。自分がこれから眠ろうとしているときに母が外出の支度をしているという考えに、オノレは堪えることができなかったからだ、と作者は説明する。ともあれこうした場面がいずれも六歳でも八歳でもなく七歳とされていることは、注目してよいことだろう。言いかえれば、実際に七歳のときに起こったのが何であったにせよ、プルーストはある時期から、七歳を一つの自覚の年齢として注目しだしたように見えるのである。

事実と虚構をたえず混同する伝記作家のペインターは、この七歳のときに『ジャン・サントゥイユ』冒頭の「就寝の悲劇」が実際に起こったのだと言う。その根拠として彼が挙げるのは、端折って言えばこの挿話が作品の中に書かれているということにほかならない。なるほどプルーストは晩年の『失われた時を求めて』でも、年齢こそ記してはいないが、同じ体験を冒頭に据えているし――もっとも母の接吻を妨げる来客は両作で異っており、悲劇の場所も同一とは思われないが――、あらゆる点から見てこれはプルーストの語る最大の象徴的事件だろう。しかしこの挿話はいずれも虚構として書かれたものだ。つまりいわゆる「就寝の悲劇」は、これがプルーストの実生活に起こったとしても不思議はないけれども、しかしその確証は何もないと言わねばならない。そこでこれを単純に事実として承認する前に、いま少し角度を変えてみよう。いったい七歳のプルーストの自覚の内容はなんだったのか。

右に挙げたすべての挿話に共通しているのは、母と引離される悲しみである。では、それが自覚の内容だろうか。おそらくはそうだ。しかしそれだけではあるまい。右の挿話のいずれにも多かれ少なかれ現れていることだが、マルセルは母が自分を離れて行くのを不当と考えていたようだし、そうした行為を敢てする母に怨みの気持すら抱いたように見える。

これに関連して『ジャン・サントゥイユ』には興味をそそる一節がある。兄弟のないジャンが、母とともに、親戚のいる某小村を発つ日の光景である（その村は、イリエないしエトゥイユと作中で呼ばれている）。お別れに誰かが、切取った山査子と〝雪球草〟と呼ばれる花の大きな束をくれたのに、母は相手がいなくなると、荷物が多くて邪魔だからと無残にも道端にそれを棄ててしまうのである。「そしてジャンは、できればパリに連れ帰りたいと思ったこの大切な生き物たちと別れねばならないことに、また母の余りの意地悪さに、涙を流すのであった」(JS, 326)。

この一節が興味深いのは、露骨に母を非難する言葉が見られるためだけではなくて、これと同じ情景——ただし今度は地面に生えている山査子に別れを告げる場面——が、後の『失われた時を求めて』のなかに書かれているためだ（RTP, I, 145）（訳 I, 310-311）。しかもこの後者は、そこに見られる引用や描写から判断して、明らかにその直前に書かれた上述の「ロベールと仔山羊」の変形と考えることができる[21]——ただし、仔山羊は山査子という「生き物」に変り、記念撮影用にめかしこんだ髪型や衣服を台なしにしながら、自分をこの「生き物」から引離す者への怒りをぶちまける人物は、ロベールから「ぼく」に変っているのだが——。こんな風に見てくると、「嫉妬の終り」と『ジャン・サントゥイユ』に始まって、「ロベールと仔山羊」を経て『失われた時を求めて』に至る一連の別離のテーマの構成要素が、いくらか見えてきはしないだろうか。一方には、言うまでもなく、母への強すぎる執着のために、母と引裂かれる悲しみ、母を奪う者への嫉妬の感情がある。それが「就寝の悲劇」の原因でもあれば、「ロベールと仔山羊」で母と一緒に発って行く弟への羨望にもなって現われる。他方では、子供の気持を無視して、あるときは独断で、あるときは父と共謀して、大切なものから子供を引離したり、または引離すことに同意したりする母の、非情さ、意地の悪さ、不当さの意識がある。そしてマルセルが最も執着する大切な存在とは母親その人にほかならないし、その存在を少年から引離すものも最終的には母自身である。だからプルーストの作り出した主人公は、「こんなにまでぼくを苦しめるとは、何てむごいお母さんだ」(JS, 206) と考えるのであり、またプルースト自身も七歳のとき以来、心の奥底にこの母の裏切りの意識を秘めてきたように思われる。

プルーストの幼年時代について、われわれの知り得る事実は多くない。けれども彼がそのあらゆる作品のなかで執拗に幼少期の体験を問題にしている以上、彼自身も自分の幼少期を重視していると考えることが許されよう。その幼年期からまず浮かぶのは、右に述べたような七歳の少年の経験だが、しかしこれが彼の主要な自覚だったのであろうか。むしろ少年はこのころさらに重大な真実を発見して、一生涯その真実を維持し、あるいはそれに拠りかかりつづけたのではないか。だからこそまたプルーストは、その七歳に固執したのではあるまいか。そして、その事実を雄弁に語っているものこそ、プルーストがその虚構の決め手に選んだあの「就寝の悲劇」なのである。

3

七歳のマルセルが感じとったのは、単に母親と引離されるときの苦痛や、母の冷淡さと意地悪さに対する怨みの意識のみではなかった。むしろ、そのような苦痛や怨みを覚えねばならない自分自身の必然性と宿命の意識こそが、彼の最も根源的な自覚を形成していたように思われる。それはまた彼が『ジャン・サントゥイユ』と『失われた時を求めて』の冒頭に「就寝の悲劇」をおき、執拗にこの事件を描こうとした理由でもあると私は考える。

ところでこの両作品に描かれた「就寝の悲劇」には、登場人物や場所は相違しているにしても、基本的には共通の特徴が認められるが、直ちに目につくのは次の二点だろう。すなわち第一に、主人公はいずれの場合も、母に対する自分の過度の執着を、一種の罪ないしは屈辱のように考えていることであり、第二に、それにもかかわらず、これが主人公の意志を越えた、本人にもどうにもならない衝動であるかのように、いっさいが進行していくことである（そして事実、それ故に、彼は結局のところ責任を免除されることになる）。しかもプルーストはこの二点を執拗に維持しつづけ、ほとんど二十年近い間隔をおきながらも、それを重大な象徴的事件の基本軸として、自分の二つの作品の冒頭に据えているのであるから、そのことを考えれば、これがプルーストの最も根源的な認識であり、七歳の彼の自覚を形作るものだったのではないかと、疑ってみてもよいだろう。

この問題について、私はすでに別のところでいくらか自分の考えを述べたことがあるが、これは以後の本稿の展開のためにも是非押えておかねばならない重要なポイントなので、ここでも重複を恐れずに――ただし新たな視点も含めながら――いま一度ふれておきたい。

さて、両作品の主人公が、母への執着を罪ないし恥辱と見なす背景には、むろん強すぎるエディプス・コンプレクスに発する不倫の感情があるのだけれども、同時にそこにはごく平凡なブルジョワ家庭のしつけのあることもうかがわれる。すなわち、来客のあるときに、子供は客の接待の邪魔をしてはいけない、七歳の子供は、もう母親に接吻などしてもらわなくても、自分ひとりで眠ることができなければならない、といった類いの、ごく常識的なしつけである。プルーストの描く主人公は、そうしたしつけを体現している人びとの非難の眼差しと、自分自身の欲望とのあいだで、激しく動揺しているように見える。

では彼は、母の接吻を諦めるであろうか。ところが彼は一向に自分の欲望を押えようとはしないのであって、むしろ逆に母を呼び寄せるための手段をエスカレートさせるのである。ジャン・サントゥイユはベッドにころげまわって泣き声をはり上げるし、『失われた時を求めて』の主人公は、夜おそくまで眠らずに母のことを見張っていて、彼女がいざ寝室に入ろうとする瞬間を廊下で待ちぶせる。しかも、こうした一見とるに足りぬ家庭内の小事件、だが主人公の少年にとっては一か八かの非常手段は、いずれも功を奏して、ジャンの母親は彼が眠るまでそばについていてくれたし、『失われた時を求めて』の主人公の場合になると、母はひと晩じゅうかたわらにいて、ジョルジュ・サンドの『フランソワ・ル・シャンピ』を朗読してくれることになるのである。

これは少年マルセルの実際の体験だったのかもしれない。プルーストは後になって母宛ての手紙のなかで、ポリニャック大公妃が夫のかたわらで朝の三時までマーク・トゥエインの話をしたことにふれ、「これはお母さんがオートゥイユで、夜ぼくのそばでくたくたになっておられたのを思い出させます」[22]と書いているが、このオートゥイユの夜の母の疲労は、『フランソワ・ル・シャンピ』の朗読がもたらしたものだったのかもしれない。しかし、それが事実か否かはどうでもよいことだ。問題は、後の作家〝マルセル・プルースト〟が、これに類した幼児体験を極端に重視したことである。つまり彼は、七歳の少年の欲望におとなたちが屈服したということを、自分の全虚構の出発点とするほどに、このことに深くこだわっているのである。

では、どうしておとなたちは、少年の欲望に屈服するのか。この点にかんするプルーストの説明は、両作品を通じて完全に一致しており、かつ明快である。すなわち、母を求めて主人公が苛立ち、泣きわめき、他人の思惑や家のきまりを無視して過激な行動に及ぶのは、彼の責任ある意志とは別物であり、彼の「神経」のなせるわざであって、そのことを認めた父や母はまずこの神経を鎮めることが必要だと判断して、母がわが子のかたわらに付き添うことになった、というのである。

「こうして初めてぼくの悲しみは、もう罰すべき過ちではなくて、意志ではどうにもならない病気であると公に認められたのであり、ぼくには責任のない神経の状態だと見なされたのである。ぼくはもう、自分の苦い涙にいろいろな気づかいをまぜる必要もなくなったので、ほっとした
——泣いても罪にはならないのだ。」(RTP, I, 38)(訳 I, 95-96)

注目すべきは、この「就寝の悲劇」において、すべて決め手になるものが他者に握られていることだろう。もともとこの悲劇は、来客のために母を奪われた苦悩に始まるわけだが、問題は母の接吻を得ることなのだから、プルーストの言う来客は、その接吻を妨げるすべてのものの象徴と読むこともできよう。それはひょっとすると弟だったかもしれないし、父を念頭において書かれたのかもしれない。要するに、きっかけになるのは母を奪う他者なのだ。しかしそれはほんの始まりにすぎない。

それにつづく主人公の恥辱感や罪悪感にしても、その根拠になっているのは、主人公の自発性ではなくて、来客、家族、召使いなどといった他者の眼である。とくにこの召使いたち(『ジャン・サントゥ

イユ』の老僕オーギュスタンと、『失われた時』のフランソワーズ）が投げる非難の視線――ないしは、彼らが投げるだろうと主人公が予想している非難の視線――は、両作品に共通して強調されているもので、他者の持つ役割を鮮明に浮彫りにしている。だからわれわれは、この他者の視線こそ、罪なしは恥の感覚の根拠と考えることが許されよう。人は物を盗もうが、何かを破壊しようが、さらに言うなら強姦殺人をやってのけようが、他者の視線を意識しなければ罪悪感を覚えずにいることもあり得るからである（むろんここで言う他者は、父や弟や来客だけではなくて、想像の他者でもよく、また神であってもよいわけだ）。そのことを、小松川事件の作者である李珍宇は、その『全書簡集』（新人物往来社）のなかに天才的な明晰さで示している。

他者の役割は、恥辱感や罪悪感を与えるだけで終りはしない。この「就寝の悲劇」を解決するのもまた他者である。なぜなら主人公は、いずれの場合も、手ひどい罰を受けることを覚悟の上で、母の注意を惹くための重大な行為に走ったのに、意外やその行為は許されて、母はベッドのかたわらにいつづけてくれたからである。主人公は、こうした結末を予期していなかった。にもかかわらず、母は彼の神経症的な体質のゆえに彼に恩恵をほどこしてくれたのだから、この体質はいわば他者に与えられたものなのである。主人公の体質は、他者に認められて初めて市民権を得たのであって、その事情は両作品に完全に共通して、顕著な形で現れている。プルーストはほとんど、このことを結論として示すために、「就寝の悲劇」を準備したようにすら思われる。

それだけではない。この体質は、それ自体が一個の他者でもある。なぜなら、それは主人公の意志を越えたものであり、主人公の自由とは別な何ものかであるからだ。彼自身の抵抗にもかかわらず、その抵抗を排除して彼を支配し、彼を方向づけて、破廉恥な行為を犯させるもの、それをプルーストは「神経の衝動」（RTP, I, 33）（訳 I, 86）と名づけているのであるから、これは自分のものでありながら自分の自由にならぬもので、つまりは一種の他者と考えることが許されよう。そのような意味においても、この「就寝の悲劇」を貫いているのは、少年の他者化、他有化の記述なのである。

この神経症体質の公認は、主人公の「生涯に深い影響を及ぼした」、（JS, 210）とプルーストは書いている。事実、それはプルースト自身の生涯にも決定的な方向を与えたのであって、外見的にはともかく、彼は七歳を転機として、他者に支配される少年へと内部から見る見るうちに変貌しはじめたのである。それにしても、これは虚構の主人公の身に起こったことにすぎないのではないか。それをプルースト自身の七歳の経験と見なすのは、虚構と事実を混同するペインターと同じ過ちを冒すことになりはしないか。そういった反論が、直ちに聞こえてきそうな気がする。しかし私はやはり、これが作中人物だけではなくて、少年マルセルの身の上にも実際に起こったのだと考えたい。それが母の接吻を得ようとする苦痛であったにせよ、なかったにせよ、その場所がイリエだったにせよ、オートゥイユだったにせよ、要するにその具体的な状況がどのようなものであれ、少年マルセルは母への異様なまでの執着とともに、他者の眼を通して、自分の神経が自分自身でも制御できない強烈な力を揮うものであることを、自覚したにちがいない。というのは、この自覚と密接にからんで、彼の生涯を完全に方向づける次の事件が発生するからである。

4

最初の事件は二歳のときの弟の誕生だった。第二の事件は七歳のときに一気に顕在化した母と引離される苦悩、母の犯した裏切りへの怒り、そしてそうした苦悩の根底にある自分自身の神経症的体質の自覚であった。実を言えば七歳のマルセルの自覚はこれだけにとどまらず、さらに深刻な事態さえ彼は予感し、見透していたように思われもするが、今はこれ以上立入ることは差し控えて、まずはこの第二の事件と密接にからんだ第三の事件にふれておこう。すなわち九歳の春にマルセルを襲った激しい喘息の発作がそれである。

弟ロベールの証言によると、一見この発作は不意にマルセルに降りかかった不幸のように見える。というのも、彼は既に引いた『新フランス評論（NRF）』のプルースト追悼号でこう記しているからだ。

「マルセルが九歳の年、われわれが友人のD……たちと一緒にブーローニュの森の長い散歩から帰ったときだったが、マルセルは恐ろしい窒息の発作に見舞われ、驚愕した父の面前であやうく息を引取りそうになった。この日を境にして、似たような発作の再発にたえずおびやかされる苛酷な生活が始まった。」

これがドストエフスキーの癲癇と並んで有名なプルーストの喘息の発端である。

この喘息は単に一人の少年を苦しめただけではなくて、彼に一生つきまとい、ついにはプルースト文学と切っても切り離せないものになった(23)。それだけに、この問題については多くの人がふれている。プルースト自身も、自分の「奇妙な病気――だがまたとても苦しい病気(24)」を、枯草熱、花の熱、枯草喘息などと表現しており、それが今日の言葉で「花粉アレルギー」と呼ばれるものであることは、ほぼ間違いのないところだろうと思われる。

喘息は、他人にとうてい分らぬ苦痛を伴うといわれる。けれども発作自体は、それがどんなに苦しくても、表面にあらわれた現象なのではなかろうか。そしてその底には(ちょうどフロイトが「ドストエフスキーの父親殺し」で分析した癲癇のように)、おそらく多くの複雑な原因が横たわっているだろう。もともとこの病気は、裕福で過保護の家庭の長男に多いことや、心理的要因が重要な役割をになっていることから明らかなように、環境や人間関係に深く支配される可能性を持ったもののように思われる。だからプルーストの場合にしても、母親への強い執着や、弟の存在、そこから始まる嫉妬などが、発作の引き金になったろうことは、充分に想像される。しかしこうしたことはいささか私の専門外の問題にわたる故に、この病気の原因にかんする最終判断を下すことは差し控えよう。

それでも、私にも確実に分るいくつかのことがある。それは、九歳のときに最初の発作に見舞われて以来、プルーストが自分の喘息に対して執ってきた態度である。しかも彼がどのように自分の喘息を受入れ、どのように病気とつきあったかを知ることは、所詮は推測に終るほかない病因探求よりも、むしろはるかに意味のあることだろう。

この点で、直ちに眼に映るのは、二つの問題である。その第一は、彼が喘息を常に神経と結びつけていることであり、その第二は、喘息によって彼が他者に（とりわけ母親に）いたわられる存在になったということである。われわれはまず、この二点について考えてみることにしよう。

プルーストは、喘息という語と神経という語を、実にしばしば連結して用いている。単に自分の病気を「神経性喘息」[25]と呼んだだけではない。すでにふれた二十三歳のときの習作「嫉妬の終り」でも、主人公オノレを神経性の喘息にかからせているし、また『失われた時を求めて』においても、喘息に悩まされている語り手ばかりか、その家族の者までをも「神経症的」という表現で総括しつつ、これをほとんど選ばれた者への讃辞のように用いてさえいる。その一例は、神経科の権威デュ・ブールボン博士から語り手の祖母に向かって言われた次の言葉だ。

「神経症と呼ばれても我慢して下さい。あなたは、地の塩であるあの見事な悲しい人びとの系統に属しておられるのだ。われわれの知るすべての偉大なものは、神経症の人から来るのです。宗教の基礎を作ったのも、傑作を書いたのも、他ならぬこの人たちだ（……）。われわれは洗練された音楽や、美しい画布や、その他多くの微妙な作品を味わいます。だがそれを創造するためには、多くの不眠の夜、多くの涙、引きつったような笑い、蕁麻疹、喘息、癲癇、何よりもつらい死の苦悩、といった代償が必要だったことを、われわれは心得ていないのです。」（RTP, II, 305）（訳

V, 627)

ここでは喘息が癲癇と並ぶ神経症として、「偉大な」仕事と不可分なものに見立てられているのである。

それにしても、これは小説中の神経科の一医師の言葉であって、プルースト自身の考え方は分らない、と言われるかもしれない。そのような反論があれば、私はプルースト自身の言葉として、「ある親殺しの感情」(一九〇七年)という文章の一節をお眼にかけよう。

「新聞が言うように、低気圧が『バレアル諸島に向かって進行』したり、ジャマイカ島が荒れはじめたりするだけで、たちまちパリでは、偏頭痛持ち、リューマチ患者、喘息持ち、そしておそらく狂人までが、発作を起こすのである。そのくらいにこれら神経症患者たちは、世界のどんな離れたところにいても一種の連帯の絆で結ばれているのだ。」(CSB, 154)

ところでこの神経症としての喘息の強調は、前に述べた「就寝の悲劇」における「神経の衝動」を思わせはしないだろうか。しかも「就寝の悲劇」の場合の「神経」は、統御できるものでも抑えられるものでもなくて、まさに「神経」だからこそ手に負えないもの、それ故に許されるものとして描かれていたのではなかったか。むろん喘息発作における「神経」がそれをはるかに上まわり、どうしようもない力で患者に「死の苦悩」を嘗めさせるものであるのは、今さら言うまでもない。

そう考えてくると、私はプルーストがあれほど執着して描いた「就寝の悲劇」が、喘息の発作となんらかの関係を持っているのではないかと思いたくなる。むろん母の接吻を待ちこがれて異常な行動に走るというのは、プルーストの実際の体験だったのかもしれない。だが、たとえそうでなかったとしても、作者は易々と、自分の喘息発作の経験を利用して、あの挿話を作り上げることができたであろう。それほどに、「就寝の悲劇」と喘息発作は、類似の構造を示しているように私には思われるのである。

その構造の共通性は「神経」のみにとどまらない。他者との関係も酷似している。

弟ロベールの証言にもあるように、不意にマルセルを襲った窒息の発作は、父の眼前で起こり、父を「驚愕」させた。医者である父親は、むろん大あわてで必要な処置を講じたにちがいないし、それ以来プルースト家の人たちは、みながはれものにさわるようにマルセルを扱い、彼の発作のたびごとにこれを鎮めるのに全力を注いだことだろう。そしてこうした騒ぎはプルースト家で何度もくり返されたはずだ。むろんマルセルは発作を恐れ、発作から逃げようと自分なりにつとめたにちがいないが、それと同時に彼はそこに、人からいたわられる苦い快楽をも味わったのではないか。この恐怖と快楽の混淆は、執拗な病気に悩まされた子供なら、たぶんだれでも知っている。幼年時代に六、七年にわたり自律神経系の病気に苦しんで、絶えず嘔吐と絶食を繰り返した私の場合もそうだった。おそらくプルーストも、その例外ではなかったであろう。

こうして発作の恐怖にたえず戦きながら、しかしまた発作のおかげでもたらされる他者のいたわりに甘え、そのいたわりを心の内で待ち受けるという、マルセル特有の生活が始まった。彼は発作のたびに、一刻も早くそこから逃れたいと思いながら、発作を利用して自分を他人のいたわりの対象として差出すことを覚えた。かくてすでに「就寝の悲劇」にはっきり現れているように他者に支配されていたこの少年が、喘息発作によってますます他者化の方向を強めたのである。その意味で喘息は、七歳のマルセルの自覚の結論のように、彼に訪れたのであった。

そのような事情は、彼の書簡のなかから無数に拾い上げることができるが、また彼の作品のなかにも現れている。すでに一端を紹介した二十三歳のときの短篇「嫉妬の終り」の次の一節などは、その好例だろう――。

主人公のオノレは、ブーローニュの森で暴れ馬の脚にかけられ、重傷を負ったところである。楽観的な医者や友人と異なって、本人は自分の命がもう長くないことを予感している。私はこんなときにも喘息の発作が始まり得るものかどうか知らないが、ともかく作者のプルーストはここでオノレが喘息にかかったことにして、次のように書いているのである。

「そのとき彼は、ひゅうひゅうという呼吸音を耳にしてぞっとした。脇腹が痛く、胸が背中にくっついてしまうような気がして、思うように呼吸ができず、息をつこうとしてもだめだった。一瞬ごとに彼は、自分が呼吸はしているけれども充分な呼吸ではないように感じていた。医者がやって来た。それによると、オノレは単に軽い神経性の喘息にかかっているだけなのだという。医者が行ってしまうと、彼はいっそう悲しい気持になった。病気がもっと深刻で、人に憐んでもらえたらよかったのに、と思ったのだ。」(JS, 160)

自分の病気を「神経性喘息」と診断しているプルーストは、明らかに自分の体験をふまえてこれを書いている。ただ、ここでオノレの期待しているものが何よりも恋人の気持を惹きつけることであるのに対して、最初の発作に見舞われたころの少年マルセルが切望したのは母親の愛情であり、母親のかけてくれる憐憫の情であった。そこから、彼のいくつかの策略が始まるのである。

5

喘息の発作に苦しむマルセルが、何よりも欲したのは、母の憐れみといたわりであった。彼は何にもまして母の優しい言葉を待ちこがれた。ところが何度も発作を重ねるにつれて、彼は自分を悩ませる喘息こそ母の心を自分に向けさせるものであることを、徐々に、だが確実に意識していったにちがいない。発作が起これば母が来てくれて、そばにいてくれるのだ。そのことにマルセルは、ますます強い確信を持つに至る(だからこそ、喘息の発作は「就寝の悲劇」と同じ構造を持っているのだし、また彼の喘息が母に対する愛情と嫉妬によって惹き起こされたと想像する理由が生れるのである)。このようなプルーストの気持を示す証拠は無数に存在するが、今はそのなかの典型的なものを二つだけ挙げておこう。

その第一は、彼の処女出版『楽しみと日々』につけられたウィリー・ヒースにささげる序文のなかの、有名な一節である。その部分で彼は旧約『創世記』の大洪水にふれ、四十日間降りつづいた雨のあとで一年以上にわたって方舟に閉じこめられたノアを、病気で部屋にしばりつけられた自分と比較して、「方舟は閉ざされ、地上は夜であったにしても、ノアは方舟のなかからのように世界をよく眺めたことは一度もあり得なかったろう」と書いた後に、次のようにつけ加えているのである。


「ぼくの恢復期が始まると、それまでぼくのそばを離れずに、夜もかたわらにいてくれた母は、『方舟の窓を開けて』出て行った。けれども、ちょうど〔ノアの〕鳩のように、『その晩は再び戻って来た』。それからぼくが完全に治ってしまうと、ちょうど〔ノアの〕鳩のように、母は『もはや帰って来なかった』のである。」(JS, 6-7)

ここには、疑問を容れる余地もないほど明瞭に、喘息を受身の対象愛獲得のための武器に転化させようとするマルセルの姿勢がのぞいている。母を引止め、母の愛を得るためには、病人でなければならないのである。

第二の証拠物件は、一九〇二年、マルセルが三十一歳で母は五十二歳のときの、子から母に宛てた手紙の一節である。

「本当のことを言えば、ぼくのからだがよくなると、お母さんはぼくを快方に向かわせる生活ぶりにかっとして、たちまち何もかも滅茶々々にしてしまい、またぞろぼくのからだを具合悪くさせてしまうのです。これが初めてではありません。ぼくは昨夜、風邪を引きました。これはもうじき喘息のぶり返しになるに決っていますが、そうなれば、今の状態では、ちょうど去年の今ごろのぼくのような姿になったときに、お母さんはきっとまたぼくに優しくして下さることでしょう。それにしても悲しいことです。愛情と健康を同時に手に入れられないということは。[26]」

これは説明の必要もないほど明瞭な告白である。マルセルは、むろん発作を恐れていたが、それでも母の愛情だけは何がなんでも得たかったのである。

このように、発作が愛情獲得のための不可欠な手段になったからには、マルセルがやがて発作の演技を思いつくようになっていくことも、容易に想像されよう。喘息によって母にいたわられる存在になった以上、母にいたわられるためには喘息を演じなければならないことに彼は気づくのである。しかし、ここで誤解のないようにつけ加えておけば、この少年は決していつわりの喘息を演じたわけではない。彼は正真正銘の喘息に苦しんだので、だからこそまた喘息を演技するのである。ジードはどこかで、人が本当に感じていることと、演技された感情とは、容易に区別できないものであり、その曖昧さこそ感情の特徴である、という趣旨のことを述べている。サルトルは『存在と無』のなかで、人が何物かであるためには、必ずそれを演じなければならない、と言っている。ただ、演技というからには、人は心の隅で、自分が他者＝観客の視線の対象であることを、意識していなければなるまい。マルセルはまさにそのような意味で、幼いときから喘息の演技者になり、終生その姿勢を維持しつづけたのである。

だがまたことによると、事態は逆の順序で進行したのかもしれない。つまり演技が先立っていたのかもしれない。七歳のときにマルセルが痛切な自覚を持ち、自分が他者に支配されているばかりか、自分の内部にも「神経」という名の他者をかかえこんでいることに眼を開かれて以来、演技は彼の常態になり、それが、人によっては「喘息準備状態」(27)と名づけるものを形成するための、決め手になったのかもしれない。発作はしたがって、病気の始まりというよりも、自覚の結果であり、自覚の深化の一段階だったのかもしれない。この辺のことは、全体的な医学の立場で喘息を理解しようとする専門家の意見をききたいところであるが、ともあれ発作以後のマルセルがますますその演技性を強化していったのは、まず間違いのないところだろう。

マルセルは演技者になった。しかし決して巧みな演技者ではなかった。むしろ大根役者とさえ言うべきであったろう。しかも発作がひどければひどいほど、母のいたわりの言葉は増すのだから、マルセルの演技は少しずつエスカレートしていくことになる。誇張はこうして、彼の特性となるのである。試みに、プルーストの書簡集を開いてみるがいい。われわれはそこに、名宛人への大げさなお世辞や讃辞の数々を見出すだろう。文字通り歯の浮くような言葉を、プルーストは平然と書き連ねるが、そうしたグロテスクな誇張癖は、とりわけ自分の喘息の描写に顕著に現れている。たとえば一八九四年五月のロベール・ド・モンテスキウ宛ての手紙の書き出しは、次のようになっている。

「お手紙を頂戴したのは、二十四時間もつづいた恐ろしい窒息の発作の最中でした。[28]」

そしてこれ以後プルーストは、何十通も、類似の手紙を書くことになるだろう。「三十時間の発作」、「二日間ぶっつづけの発作」といった文句が、ひっきりなしに彼のペンの下から生れ、ときには、「ぼくのぜいぜい声のために、ペンの音も、階下で入浴する音も、かき消されてしまう[29]」などという表現も混じるだろう。仮にこれらの言葉が真実を述べているのだと想定するにしても、では、次のような表現はどう考えたらよかろうか。これは眼の痛みを訴えた一九一八年頃と思われるジャック＝エミール・ブランシュ宛ての書簡である。

「前にも申したように、わたしの発作は二年来、ただの一度も早い時間におさまったことがなくて、眼科医の診察を受けることができないのです。[30]」(傍点筆者)

字句通りにとれば、発作は二年間にわたって毎日起こったことになるが、むろんそうではあるまい。しかし喘息について語るたびごとに、プルーストのペンは滑らかに動きすぎて、病状を誇大視する方向へ、方向へと、進みはじめる。だから友人たちが彼の病気の真相を疑って、これを仮病ではないかと思ったのも、理由がないわけではない。

それはもともと彼において、発作を起こすということと、他人にいたわられたり憐れまれたりする対象として自分を構成するということとが、分ちがたく結びついているからではないか。その意味で、マルセルの発作はきわめて対他的な性質を帯びている。また、演技とは己れを他者の視線の対象として示すことである以上、彼の発作はきわめて演技的な性格を帯びないわけにいかなかったのであろう。

私はこの喘息発作がマルセルの幼年期にとどめを刺し、彼を老成した少年として固着させたと思う。まず第一に、それが演技性を帯びていようがいまいが、発作は堪えがたい苦痛であって、ちょうど弟のいない世界を夢見るように、マルセルをして発作以前の世界に憧れさせたからだ。彼は何度も悲鳴を上げて書いている、「ぼくは死にそうだ」、「これは断末魔の苦しみだ」と。彼にとって、花粉アレルギーの心配もなしに自由に外出できた幼年時代は、まさに楽園であって、それは『失われた時を求めて』の主人公が、第一篇第一部の「コンブレー」という章で、喘息発作に見舞われる前の自然の世界に熱烈な讃辞をささげていることにも、うかがうことができる。こうして彼は子供のときから老人のように、過去を懐かしみ、過去に執着して生きる習慣を身につけたのである。

それだけではない。第二に彼は、その演技によっても自分を過去に結びつけたのである。じじつ、いたわられる存在とは、幼児のような存在でなくして何だろう。憐れまれ、心配される弱い存在として、他人の関心を呼ぶために（とくに母を惹きつけるためには）、ますます彼は幼児にならなければならない。この母と子の書簡集が、後年になっても常識破りの甘えの言葉で充満しているのは、そのためである。またそれは、プルーストがついに脱することのできなかったその小児性の、基本的な構造であった。その意味で、幼いときから老成したこの少年の姿勢と、いつまでも子供のように他人に甘えることをやめない後の成人したプルーストの態度とは、表裏一体である。この老成した少年は、こうして子供のような成人になっていくだろう。

以上が幼年期のマルセル・プルーストの最大の経験であり、九歳の彼がかかえていた問題である。しかしそのあいだにプルースト家の内部では、情勢が少しずつ変化していた。何よりもマルセルのかたわらでは、元気な小悪魔のごときロベールが、ぐんぐん成長していた。兄とはちがって、陽気で、頑健で、身体を動かすことの得意なこの弟は、かつては母を奪う者としてマルセルの嫉妬の対象であったが、今では少しずつ、彼の人生の大敵として、だがまた他方では頼り甲斐のある身内として、その素顔をのぞかせはじめていたのである。

三　病める意志

1

マルセルのかたわらでは、弟ロベールがぐんぐん成長していた。そしてこの二人の兄弟は、何から何まで正反対だったように思われる。まず第一に、病身の兄に対して、弟は健康そのものであった。幼年時代の写真を見ても、ひ弱そうな兄と、いかにも元気で勝気そうな弟とが、好対照をなしている。それはこの二人の幼いころを知っているだれしもの眼に、はっきりと映る違いであった。たとえば、ロベール・ドレーフュスは、『マルセル・プルーストの思い出』のなかで記している。

「弟ロベールが、溢れんばかりの陽気な活力で輝いていたのに対して、マルセルの方はごく若いころから、いつもひ弱で、肉体的な苦痛に運命づけられていたのである。[31]」

幼少期において、体力的に引け目を感じるということがどんなに重大な意味を持っているかは、われわれみなが知っている。まして年長者の方が体力において劣っているときは、弟の場合と比較して、その意味ははるかに深刻である。ところで弟ロベールは、体力の点で病身の兄をはるかに上まわっていた。単に健康だったというだけではない。スポーツでも同様だった。マルセルの方は、後にテニス・コートに行っても、ただ見ているだけだったし、また乗馬については、オルレアンの軍隊生活中に一、二度こわごわ試みてはみたものの、これがとうてい自分に不可能な芸当であることは直ちに判明したから、永久にそのようなものに挑戦するのは諦めた（このときマルセルは十九歳である）。これに対してロベールは、馬も易々と乗りこなしたばかりか、ボートも好きだったし、さらに一八九四年、二十一歳のときには、女友だちと一緒に乗っていたタンデム自転車から落ちたところを、石炭トラックに腿を轢かれて大怪我までしている。この事故についてマルセルは、彼特有の誇張癖を発揮して、あるときは三トン車に轢かれたと言い、あるときは五トン車だったと言っているが、ともあれこんな事故はマルセルには起こりようのないことだった。要するに、兄は体力的にとうてい弟の敵ではなかったのである。

だが問題が体力だけであれば、まだことは簡単である。ところがマルセルは、勉強にかけても、弟ロベールに一目おいていた面があったらしいのである。エリザベート・ド・グラモンは書いている。

「数学についていえば、マルセルはどうしてもこれが呑込めなかった。弟が、問題を解く手助けをしてくれて、彼にこう言った、『とにかく分ろうと努力しなけりゃいけないよ。』するとマルセルは答えるのだった、『とてもだめだよ』と。」[32]

弟に数学を教わり、弟からたしなめられるというこの容易ならぬ形勢が、いつの時点のことなのかは、明らかでない。またエリザベート・ド・グラモンは、この話をだれからきいたのかも明記してはいない。しかし、そんなことがあっても、ちっとも不思議はなかったはずである。というのも、マルセルは学校も休みがちで、それが彼の学業に少からぬ影響を与えなかったわけはないからだ。彼がフォンターヌ中学（翌年、コンドルセ中学と改称）に登録されたのは一八八二年十月、つまり十一歳のときだが、翌々年の十三歳のときにはすでに数カ月もつづけて欠席しているし、一八八五年から六年にかけては、長期欠席で留年までしているくらいだからである。

では、数カ月も学校を休んだマルセルは家に閉じこもっていたかといえば、必ずしもそう断定することはできない。彼が、当時プルースト家のあったマルゼルブ通り九番地から遠くないシャン＝ゼリゼ大通りの公園に「新鮮な空気を吸いに」行き、そこで連日のように裕福なブルジョワ娘たちと戯れていたのも、ちょうどこの時期、つまり十三歳から十七歳くらいまでのことだからである。このように、学校を欠席がちだった時代と、シャン＝ゼリゼ時代とが重なっているのは、興味深いことである。というのも、彼の喘息が病気であるとともに演技である以上、これは今でいう「登校拒否」の一形態だったかもしれないと考えられるからだ。じじつ『ジャン・サントゥイユ』では主人公の両親が、シャン＝ゼリゼに出かけようとするジャンを叱りつけて勉強に通わせる場面もあって（JS, 223-224）、それからしても、プルースト家で同じような言いあいがくり返されたのではないかと想像したくなるのである。

それでもマルセルは、毎日のようにシャン＝ゼリゼに出かけて行く。その当時に彼がある女友だちに書き送った手紙には、いとも無邪気に、「ぼくはほとんど毎日シャン＝ゼリゼに行っています」[33]と記されており、そこにはなんの後ろめたさも見られない。とすると彼の家族の者たちは、たとえこれが「登校拒否」だったとしても、喘息を治すためであれば少々のことは大目に見るつもりだったのかもしれない。しかしそれを黙認しながらも、もし内心でそのことを苦々しく思っていた者があったとすれば、それはだれよりもまず彼の父親アドリヤン・プルーストだったはずである。

父アドリヤンは、すでに述べたように、片田舎の町イリエの出身である。しがない雑貨屋の倅として生れた彼は、幼いときから稀代の秀才でもあって、彼自身そのことを誇りにしており、またプルースト家で初めて故郷を離れ、パリに出て医学を修めた人でもあった。単に医学を修めただけではない。彼は学者として目ざましい出世をとげ、予防衛生学の国際会議にしばしばフランスを代表して出席し、そのようなことも手伝ってか、政界官界にも多くの有力な知己を持っていた。こうして彼は学会のボスとなり、重鎮となったのである。

その当時は、医学が職人的な技術から脱出して、ようやく日の当る制度的な科学へと、大きく転換しつつあった時期である。ゾラがその『実験小説論』のなかで、「医学は小説と同じく、たしかにまだ多くの人から、単なるひとつの技芸とみられている」と書いたのは、一八七九年のことだったけれども、彼がその文学論のよりどころとしたクロード・ベルナールの『実験医学序説』は、すでに一八六五年に発表されていた。(34) またゾラは、そのクロード・ベルナールについて、「生涯を通じて、医学を科学的な道程に押しすすめるために研究し、たたかった」として、こう書いている、「そこには実験的方法のおかげで経験主義から次第に抜け出し、真理のなかに根を張ってゆくひとつの科学のまだ幼い姿が見られる」と。アドリヤン・プルースト（一八三四―一九〇三）は、そのクロード・ベルナール（一八一三―一八七八）から見て二十年の後輩だった。だから彼が医学に志したときに、これがまだ冒険でもあれば、すでに前途洋々たる分野でもあったろうことは、容易に想像される。

けれども高名な学者、それも学会のボスなどになった学者は、しばしばまことに厄介な父親になるものだ。とりわけ彼が、自分の能力と刻苦勉励によってそこへ攀じ登ったことに誇りを抱いている場合、しかも制度化された学会の価値にいささかも疑問を抱いていないような場合は、なおさらのことである。ところで医学の興隆期に医学界の大御所となったアドリヤン・プルーストは、まさにそのような学者にならざるを得なかった。だから彼は、日本で言えば学士院や芸術院といったものに当るアカデミーに入ることに執念を燃やして、ある程度までそれに成功したばかりか、その夢をいっそう拡大して、息子たちに託しもしたのである。彼はしばしば、こうつぶやいたといわれる、「マルセルはアカデミーに入るだろう」と。むろん、この場合のアカデミーとは、最高の名誉であるアカデミー・フランセーズのことを指している。

この父親が、後にマルセルの作家志望に反対したことは、よく知られている。反対しただけではない。ひょっとすると、彼は長男に自分のあとをつがせたいとさえ思っていたのかもしれない。『ジャン・サントゥイユ』のなかには、主人公のジャンが初め医学を、ついで法律を試みた、と記されている部分があるばかりか、その他にも（否定的にではあれ）医者としての将来にふれた箇所があるからだ。しかし、父親がこのような計画を抱いたろうというのは、所詮は想像の域を出ないことであり、現実に医者になったのが弟ロベールであることは、今さら言うまでもない。

いくらか余談になるけれども、昨年暮に出版された『プルーストとその親類』[35]という書物のなかに、私の苦笑を誘った一葉の写真がある。手術着や背広姿の十三、四人のスタッフに囲まれている、父親そっくりの姿をした後のロベール・プルースト教授の写真がそれである。たしかにこの時代は、カメラも現在とは異る機能を持っていた。スナップなどというものはごく稀で、多くの写真が、撮影されると知って身構えている人の姿を記録しているからである。だがそれにしても、このロベールは、容貌だけではなくて、どうしてその姿勢まで父アドリヤンを生き写しにしているのだろう。私はそこに、初代と二代の成功した医者の姿、周囲から重要人物と見なされることに慣れた人たちの、思わず内心を暴露してしまうポーズを見た。

プルースト家では、このように立身出世をなしとげた学者としてのアドリヤン・プルーストの生き方が、模範であり、手本であり、指標であった。人は一つの事業を完成するように、自分の設定した目標に向かって営々と努力を重ねれば、その目標に到達することができる。そのことを父の一生はものの見事に証明していた。そして病身の長男マルセルは、このような手本の存在から影響を受けるとともに、それを堪えがたい重圧として意識したにちがいないのである。その事情は、彼の後年の作品のあちこちに現れることになるだろう。

2

父親アドリヤン・プルーストの、功成り名遂げた一生は、地道な努力を積上げながら、一歩々々と確実に築かれたものである。またこの父親に、プルーストの母ジャンヌは心から敬服していたらしいから、このような生き方はごく自然に、プルースト家の者の当然見習うべき態度とされたにちがいない。こうして、父親が一つ一つの目標を達成して、政界官界からも尊敬される立派な学者になったように、明確な目標を定めてそれに向かって努力を傾注することが、この家族の成員のつとめとなった。それを家族の者たちは――とくにプルーストの両親は――「意志」と考えたのであろう。ことによると母親は、病弱で気分屋の長男に向かって、お父さんのようにしっかりした意志を持たなくてはいけない、と説ききかせていたかもしれない。また、たとえそんな言葉が母の口から出て来はしなくとも、確実に言えるのは、少年マルセルがその内心で、「強い意志を持て」という要請を、まるでプルースト家の家訓のように受取っていたことである。しかしこの家訓はまた少年を絶望させたものでもあるだろう。彼は、病身の自分が辿らねばならない長い道程と、途方もない努力の必要を前にして、呆然と手をこまねいたにちがいない。

そのように私が推測するのは、むろんそれなりの根拠があってのことである。その根拠の第一は、プルーストの全作品が、幼年時代に蒙ったこの「意志」という名の重圧を、明瞭に告白しているということにある。

プルーストは、その作品のなかで、実にしばしば「意志」について語った。『失われた時を求めて』では、これを何度も、知性や感受性と対立させて用いている。(36) プルーストには、彼独特のかなり図式的な用語法があって、いわゆる無意志的記憶のような特権的瞬間を除けば、過去に向かう精神の働きは知性であり、現在に作用するのは感覚ないし感受性であるのに対して、意志は未来に向かうものだという、奇妙な定義を持っていた(RTP, III, 872)(訳 XII, 376-377)。むろん、このような分類法は彼独自のものであろうが、それと同時に注目されるのは、彼がしばしばその意志の病むことを語っているという事実である。そしてこの「意志の病い」という表現や概念については、彼は明らかにこれをテオデュール・リボ（一八三九―一九一六）の同名の書物から得た。[37] じじつプルーストは、「読者の日々」と題されたエッセイのなかで、リボのその書物を絶讃しているし、器官自体は何ひとつおかされていないのに、意欲することが不可能になってしまう病気のあることを、リボを手がかりにして語っている。リボはまた、その『意志の病い』のなかで、「意欲する（意志を持つ）とは行動することであり、意志の働きとは行為への移行のことである」、「意欲するとは、行動するために選択することである」と言っているが、[38] プルーストもまた意志をそのようなものと理解していたにちがいない。言いかえれば、行動となって現れない意志は、意志と呼べないものなのであり、また行動が未来に向かって現在を超越するものであるかぎりにおいて、意志は未来にかかわっているのである。

しかしながらプルーストは、すでに述べたように、ひたすら過去に執着する少年であった。着々と未来を切りひらいていく父や弟の堅実な生き方とは異って、彼は、弟の誕生以前、喘息の発作の始まる以前の、自分の楽園時代に執着していた。つまり彼は「老成した少年」であり、幼いときから過去を懐かしみ、過去に顔を向けていたのであった。その意味で、病んでいたのはほかならぬ、彼自身の意志だったとも言えるであろう。

そんな風に考えてくると、晩年の『失われた時を求めて』だけではなく、その処女出版以来、プルーストがしきりに「意志」に固執した理由も理解できるし、とくに意志の欠如を専ら問題にしたこともうなずけるのである。

二十一歳のときに、プルーストは、同人雑誌『饗宴』に、「ヴィオラント、または社交性」と題された短篇小説を発表した（JS, 29-37）。これは後に『楽しみと日々』に収められることになるのであるが、この小説のテーマは、ひと口に言えば、「意志の欠如」ということに尽きる。子爵家の一人娘であるヴィオラントは、「父親のように美しく快活で、母親のように慈悲深く、また不思議な魅力を持っていた」。しかし彼女は、心情も考え方も甚だ変り易い少女だった上に、たえず移り変る自分の欲望に抵抗する手段である意志、「たとえその欲望を制限するものでこそなくても、少なくともそれを一定の方向に導いて行くような意志」を、持っていなかった。こうして彼女は、自らの気紛れにもてあそばれる「美しく脆い玩具」となっていく。そして、この「意志の欠如は、母親に不安を与えた」（JS, 29）とプルーストは記している。この短篇は、主人公が両親に早く死なれた後に、結局ずるずると官能に溺れ、社交の楽しみに流されて、つまらない虚栄と習慣のなかで老いていくことを描いているのであるが、このように最初に発表した作品の一つのなかで意志の欠如ということを中心の主題としたのは、この問題にかんするプルーストの並々ならぬ関心を物語っているだろう。

この「ヴィオラント、または社交性」よりもさらにいっそうはっきりしているのは、同じく『楽しみと日々』に収録されている「ある少女の告白」（JS, 85-96）である。この短篇においても、主人公は女性であって、さきのヴィオラントと同じような道筋を、だがもっと激しく、もっと極端な形で、頽落していく。彼女は、自分の「邪悪な思いに対抗させるべき意志」を持ちあわせていないままに、次々と自分の道徳感を踏みにじって、悪を重ねた後に、ついに破局が訪れて、ピストルで自殺をはかるのである。そして彼女をこのように誤らせたものもまた、社交生活の怠惰さや、官能的な快楽に対して歯止めをきかせることもできずに、ずるずると押し流されていく「意志の欠如」なのである。そのことを、作者はきわめて明解に書いているので、その部分を——少し長いが——次に引用してみよう。これは、主人公の女性が、十四歳ごろの自分のことを回顧しながら、しみじみと述懐する言葉であって、私自身はプルーストの十四歳と重ねあわせて考えられるものと理解している。

「お母さまを悲しませたのは、私に意志が欠けていることでした。何をやるにも、私はその場の衝動にまかせていました。精神や心がその衝動を与えてくれている間は、私の生活も、非常に立派とはいえないまでも、それほど悪いものではありませんでした。仕事をしよう、静かに道理にかなった生活をしよう、こういったありとあらゆる立派な計画の実現が、何にもまさってお母さまと私の心を占めていました。なぜなら、お母さまははっきりと、私は曖昧ながら、強く感じていたのです。つまりその計画の実現とは、とりもなおさず、お母さまが胎内に宿し、卵をかえすように準備して下さったあの意志の力を、私が自分の力で自分のなかに創造し、それが私の生活に投影されたイメージにすぎないのだということを。ところが私ときたら、いつもその計画の実現を次の日まで延ばしてしまうのでした。まだ時間がある、ということにするのです。その時間が過ぎ去っていくのを見て、よく私は悲しみに沈みました。でも、私の前にはまだいくらも時間が残っていたではありませんか。それでも、私は少しばかり恐くなってきました。このように意欲を持つことなしにすませてしまう習慣が、年とともにだんだん強く私の上にのしかかって来はじめたのを漠然と感じたのです。そして、物ごとはいちどきに変りはしないだろうということ、私の生活を変え、意志を作り出すためには、なんの骨折りもいらぬ奇蹟など決して期待してはいけないということを、悲しく思いめぐらしたのでした。意志を持ちたいと願うだけでは充分でなかったのです。意志がないために私にはできなかったこと、つまり意志を持とうと意欲することが、まさに必要だったのでありましょう。」(JS, 89-90)

これは非常に重要な一節であり、幼少期にプルーストがかかえていた問題を、一気に要約したものである。彼はここで、意志の力にかんして、それが親によって準備されていたものであるとともに、自分の力で自分のなかに創り出していくものであることを認めている。つまり、その意志が欠如しているのは、彼(ないしは彼女)自身の責任なのであった。だがまた、彼が意志を持てないのは、意志を持とうと考えるために必要な意志を持っていないためなのだから、それは彼の力に余ることとも言えるのである。すなわち、ここでは自由とは必然のことであり、責任とは宿命のことを指しているのであった。

それだけではない。この引用のなかで注目すべきことは、「意志」という語がきわめて道徳的に用いられていることである。意志はここで、悪に抵抗して善を作り出すものと見なされているのであって、プルーストはそのことにいささかの疑いも抱いてはいない。ところが主人公はその意志を欠いているのだから、ずるずると悪に染まっていくほかはないのである。

このような病める意志をかかえた主人公を、プルーストは明らかに自分を観察することによって作り出した。これは性を変えた自画像である。じじつ彼は、二十歳ごろ、サロンの質問帳に次のような回答を記入しなかったであろうか。

「私の主要な欠点――《意欲する》のを知らないこと、《意欲》できないこと。」

「私が持ちたいと思う自然の賜物――意志と他人を惹きつける力。[39]」

これが、若いころのプルーストの下した自己診断であった。そして、少し先まわりして言うならば、ここに記された意志の欠如、ないしは意志が欠如していると意識することこそ、実はプルーストが作家として形成されていく条件なのであり、その基盤になるものなのである。そのことを、誰よりも早く、また的確に見抜いたのは、『新フランス評論(NRF)』の批評家ジャック・リヴィエールであった。

3

ジャック・リヴィエールは、プルーストの死後まだ一年余りしか経っていなかった一九二四年一月に、プルーストとフロイトにかんする講演を行っているが、そのなかで次のように述べた。

「プルーストの場合、彼が意識に接近し、そこへ降りて行くのを可能にした、斬新で眼を見はるほど豊かな方法の条件になるものは、一種の弱さであり、一種の諦めです。打克つことへの諦めというよりは、主張し、対決することへの諦めです。
意志を持たない（意欲しない）という以外に、明晰に見る方法はないのです。(40)」

弱さ、諦め、意志を持たぬこと、こうしたところにプルーストの特徴を——むしろ長所を——見ようとするこの言葉は、きわめて明敏に彼の本質を言い当てていると私は思う。

それにしてもプルーストは、その生涯の全体をただ一つの作品のために奉仕させるくらいに、強靭な意志を発揮した人物ではなかったであろうか。したがって、今となってはもはや誰ひとり、彼が意志を欠いた人物であるとは思うまい。むしろ、彼ほど堅固にその意志を貫き通した者は稀だとさえ言えるかもしれない。それでも、「意志的」という表現によって思い浮かべられるものほど、プルーストにふさわしからぬものはないし、少年時代から彼は、家族の者の眼にも、また自分自身にも、意欲に欠けた存在と映ったのであった。彼は、そうした欠如を逆に徹底させることによって、〝マルセル・プルースト〟になっていくだろう。

少年は意欲に欠けていると見なされた。それは何よりもまず、彼が「神経質」だったからである。

少なくとも、それが少年の周囲の者の理解だったように思われる。われわれはすでに、プルーストが執拗に描いた「就寝の悲劇」において、家族の者が主人公の神経の前に屈伏するのを見た。主人公の少年が、どれほど悲しみに耐えて自分の気持を鎮めるために必要な「意志」をかきたてようとしても無駄であって、彼の神経から来る興奮と錯乱は、とうてい押えられないものと認められたのであった。『ジャン・サントゥイユ』では一人の医者が、ジャンの錯乱状態は医者仲間のいう「神経質」のせいだと、重々しく結論を下しているくらいである（JS, 202）。

この「神経質」という言葉から、私がすぐ思い出すのは、いわゆる「森田療法」の名で知られた森田正馬（一八七四―一九三八）の理論だが、プルーストの幼年時代のフランスでは、これを動かしがたい体質のように見なすのが常識だったのかもしれない。いずれにしても、これはしばしば、今日われわれが日常会話で気楽に用いる「神経質」という表現とは異って、はるかに重い意味を負わされて使用された。たとえば『精神病概論』の著者モレル（一八〇九―一八七三）は、遺伝性の「気質」の存在を狂気の素因とした上で、「神経質」を「狂気の潜伏期」とすら考えている。一方、「意志」についてはどうかといえば、ここでも事情は似通っていて、前にもふれた心理学者リボ（一八三九―一九一六）は、努力の可能性――つまりは意志――を「自然の与える贈り物」とした上で、「意志とは幸福な偶然」であると断定している。[41] すなわち意志の有無は、最終的には自然つまり天の配剤であって、人間の力のとうてい及ばぬものであるとされるのである。こうした十九世紀流の決定論をあてはめれば、マルセルにどんな診断が下されるかは眼に見えている。すなわち彼の意志の欠如は、その神経＝

体質のためにもたらされた「不幸な偶然」となるにちがいない。そしてそのような見方が、少なくともこと幼年時代にかんする限り、彼の家族の見解だったように思われる。

こうしてプルーストの両親や、彼の家族の者たちは、まずマルセルの体質と神経を絶対のものとして、彼の意志の弱さに眼をつぶった。つまり、彼を甘やかしたわけである。けれども、ごく小さいうちはともかく、今われわれが考察の対象としている十三歳から十七歳くらいの時期ともなると、周囲の人びとも、体質を理由にあらゆる弱さや怠惰さを放置することには疑問を覚えたにちがいない。こうしてある時期から、マルセルの意志を鍛えるということが、家族のみなに共通した目標となったのであろう。そのことは、作品に書かれているとともに、彼の書簡にも現れている。だから作品に語られていることは、プルーストが少年期に実際に体験したことに基づいていると考えることが許されよう。

たとえば、『ジャン・サントゥイユ』のなかでは、母親が息子のジャンに向かって次のように言うのである。

「親に接吻して喜んだり、別れるといって涙をこぼしたりするのは、親を愛していることにはなりません。そういうのは愛じゃなくて、ただ敏感で神経質なたちに生れついたから、ついそうしてしまうだけなのです。」(JS, 222)

そして彼女は、「暴君ネロだって神経質だったかもしれない」と言った後に、「親を愛するというのは自分を抑えること、親を喜ばせるために自分の意志を働かせること」なのだ、とつけ加えている。

この母親はまた自分の夫に向かって、ジャンの将来を暗くしているのは気力に欠けていることであり、「気力というのはつまり意志のこと」(JS, 232) なのだと言っている。ここではまさに意志によって神経を克服することが主張されているのである。*(42)

それこそ、現実のマルセルが、周囲のおとなたちからたえず言われていたことだった。というのは、十七歳ごろに彼が母に宛てた手紙のなかには、そうした周囲のおとなたちの態度が克明に報告されているからだ。これは、母の不在をマルセルが余りに悲しむので、それがみなの嘲笑やからかいの的になり、みなからたしなめられたことを記したものである。

「長い夜、それもかなり不愉快な夜でした。それから今まで、相変らずぼくはめそめそしています。依然としてお母さんたちが出発してしまった打撃から立直れなくて、叔父さんからお小言をもらってしまいました。叔父さんは、このような苦しみかたは、《エゴイズム》だ、と言うのです(……)。お祖父さんはもっとやさしくて、お前はばかだね、と、とても静かな口調でおっしゃいました。そしてお祖母さんは、笑いながら顔を振って、そんなものは決してお前が《ぼくのお母さん》を愛している証拠にはならないのだよ、と言われました。(43)」(一八八八年九月五日の母宛ての手紙)

この祖母の言葉と、先ほど引いた『ジャン・サントゥイユ』の母の言葉が、そっくり重なりあっていることは一目瞭然だが、それにしても十七歳の少年が母宛てに出す手紙としては、これはずいぶん不思議なものである。なるほど手紙に書くことによって、少年はこの状態を越えようとつとめていた、と解することもできるかもしれないが、私はそうは思わない。マルセルの演技はもう少し狡猾である。すなわち私には、今や彼が体質を口実にして、自分の意志の弱さと言われるものに母を慣れさせようとしているように思われてならない。ぼくは神経質だったはずではないか、だから意志を欠いていてもやむを得ないはずではないか、というわけである。彼は、健気な努力にもかかわらず、自分が悲しみに屈してしまうことを、母に印象づけようとしている。そしてこの有効な戦術を、それ以後も何度もくり返して行使することになるだろう。

こうしてプルーストは、両親や周囲のおとなたちに抵抗して、むしろ自分の体質とされるものや、自分が意志を欠いているという事実に逃避する。だがこのことに彼がこだわるのは、そこにいま一つの理由があったからで、その理由とは、彼がプルースト家を支配している「意志」尊重のイデオロギーに滲透されながら、心ひそかにそれに反撥し、それを拒んでいたということにある。

じっさいプルースト家においては、「強い意志を持つ」ということが家訓のように受取られていた節があるが、それは多分に、地方から出て来て見事な成功を収め、人生の勝利者となった父親アドリヤンの生き方に規制されていた。母親の実家も、成功者に数えられる裕福なユダヤ人であったから、母のジャンヌは学界官界で重要な役割を果す夫を無条件に受入れていたばかりか、それに尊敬まで払っていたらしいし、弟ロベールも兄を凌駕するほどの勢で力強く成長しながら、父のあとを追ってスタートを切ろうとしていた。だからこの家庭には、上昇する階級の人生観、自分を堅実で有用な人間に鍛え上げていくというブルジョワの使命観が、みなぎっていたにちがいない。ところで「意志」とは、行動の選択であり、未来であるが、また同時に、この父や弟のように、確実な歩みをつづけ、堅実な仕事につき、将来の大成を目指して進むという決意と、切り離せぬものであった。いわば「意志」は、すぐれて実践的・実際的な性格のものだった。少なくともプルースト自身は、いつのころからか、そう考えはじめたにちがいないし、彼が拒否しようとしたのもそのような意志なのであった。なぜなら彼はやがてこんな風に記すことになるからである。

「意志は、過去と現在の断片によって、未来への期待を作り上げるが、その過去と現在から、実用的な目的、こせこせした人間くさい目的にかなうものしか保存していないので、それらの真実の姿をはぎとってしまうことになる。」(RTP, III, 872)(訳 XII, 377)

言いかえれば、プルーストにとって真実を見る力は、決して「意志」のなかに潜んではいなかった。またたからこそ彼は、知性と意志の記憶ではなくて、「無意志的記憶」を一つの特権的な瞬間に仕立て上げ、そこに真実への手がかりを認めたのであろう。リヴィエールの「意志を持たないという以外に、明確に見る方法はない」という言葉は、そのような背景を持っており、それは意志を欠いた少年時代のマルセルにまで溯り得るはずのものなのである。

4

こうして少年マルセルは、一方では自分の意志の弱さに苦しみながらも、他方ではその弱さに便乗し、それに固執し、そこに拠りどころすら求めたのであった。喘息の場合がそうであったように、彼は意志の欠如を、やむを得ない一種の病気（それも不治の病気）のもたらしたもののごとくに見なしながら、いつかそこに安住して、これを一つの習慣としたばかりか、そこにささやかな抵抗の意味され帯びさせていたのである。

それは最後の引用に記されていた通り、彼が意志というものを、なにか実用的なもの、人生に役立つものとして、理解していたからであろう。他方、こうした実用性とは正反対に、この老成した少年には早くから生活に対する一種の嫌悪と諦めが認められた。過去の幼年時代にばかり眼を向けていた少年にとって、未来を力強く切り拓いていくという態度がおよそ自分と無縁に見えたのは言うまでもなかろうが、それだけではなくて、いずれは何かの職につき、生活していくことになるのだという考えにも、彼は容易になじめなかったのである。少年は、そうした未来に恐怖と憎しみを抱いていた。したがって、その生活に役立つ実用的な意志に対しても、彼は違和感を覚えずにはいられなかったに相違ない。

十代の後半から、マルセルが怠惰で虚栄に満ちた社交生活にずるずると入りこんでいくのも、レストランやホテルのボーイたちに法外なチップをはずんだり、友人知人にしばしば豪華すぎる品物を贈ったりして、両親からもらう小遣いを惜し気もなく浪費したのも、もとを辿れば実用的な意志に対する弱々しい反抗のジェスチャアという側面を持っていたのではないか。成人になってからも、この浪費癖はいっそう激しさを増すばかりで、ホテルに泊れば上下左右の部屋まで借りきって、自分の部屋の静かさを確保しようとしたり、パリでは病床の自分ひとりのためによく室内楽団を呼寄せるほどであった。かくてプルーストの生活は、そのどの時点をとらえても、およそ生産とは無縁のもの、ひたすら消費に(それも大がかりな消費に)徹したものに見える。そこには人類学でいう「ポトラッチ」と通じあうところさえ感じられる。マルセル・モースは、この「ポトラッチ」と呼ばれる「全体的給付」を説明して、「蓄積された富をまったく惜しみなく破壊してしまうことすら辞さない」場合があることを指摘し、それは「かようなものを保持しつづけることは危険であって、生命にかかわることである」という認識の存在しているときであることを、明快に記している。(44) プルーストが、ほとんどボーイの気を悪くさせるほどに手当りしだいにばらまいた巨額なチップや、親の顰蹙を買いながら足しげく通った社交界の生活などは、言ってみれば実用的な意志を厄介ばらいしようとする弱々しい「ポトラッチ」の試みだったのであろう。

だが、誤解してはならない。彼は決して、消費そのものに価値を認めてそうしたわけではなかった。前に引いた「ある少女の告白」の一節が明瞭に示しているように、彼は依然として、意志に対する無邪気な信仰を持ちつづけてもいたのである。意志さえあれば、人は怠惰な習慣も絶ち切れるし、軽薄な社交生活や、虚栄心の満足と官能の快楽とに引きずられる日々からも、脱出できるというのであった。そこから、プルースト特有の精神構造が生じたように思われる。つまり彼は、明らかに矛盾した二つのものを同時に選択したのであった。

一方では、彼は意志によって堅実な正しい生き方を選び得ることを認めている。それは、意志的に生涯を送った父親、人生の成功者であり勝利者であるこの勤勉な父親の生活態度を、承認することになるだろう。彼はその父に反撥したり抵抗したりしながらも、いつかその生活態度に浸透され、それに価値を与えてしまっているのである。価値を与えただけではなくて、自分には不可能な強い意志によって統率される生活に、憧憬すら覚えていたように見える。ことによると、晩年のプルーストが十余年間にわたり、ひたすら作品完成のためにいっさいを投入するほどの強靭な「意志」を発揮するのも、この事情と無縁ではないかもしれない。幼少期に家庭から受けた影響は、こんな風に、思いがけぬところで実に意外な現れ方をすることがあるものだからである。

だが他方からすれば、彼は自分が内心において理ありと認めている父や家庭の者の方向に、決して従おうとしないのである。なるほど彼は、意志の持つ健全な力を全面的に認めて、それに憧れすら抱いていた。だがそれを肯定すればするほどますます彼自身は、そのような意志を持てるとも、また持とうとも、思わなくなるのである。もしもリボの言うように、「意志を持つとは行動すること」であるならば、彼は行動をするのではなくて、習慣や神経や快楽によって押し流されるがままになることを選ぶだろう。言葉をかえれば、意志を持たないという状態を維持し、その状態に徹するために、その意志を行使するだろう。これはプルースト独特の精神構造であって、この仕組を見失うと、彼の生活も作品も、まるで不可解なものになってしまうことだろう。

そのように考えてくるとわれわれは、彼がその処女文集につけた『楽しみと日々』という題名が、深い意味を持っていることに気づくのである。作者二十五歳のときに出版されたこの文集に収められている大部分の作品は、前書きによると二十歳のときに書かれたものらしく、そのことからしても十代後半の彼の生活と密接な関係がありそうに思われるが、それはともかくとして、この標題から直ちに人が連想するのは、ギリシャの叙事詩人ヘシオドスの『仕事と日々』ではなかろうか。現に、この処女文集のために序文を執筆したアナトール・フランスも、そのなかでヘシオドスの著作を思い浮かべているくらいである。ところでヘシオドスは、怠け者で逸楽にふける弟ペルセスを戒めるために『仕事と日々』を書いたのであった。この弟は、巧妙な訴訟で父の遺産の大部分をわがものとしながら、それを浪費しつくしてしきりに兄のところへ無心に来たようだが、着実な兄は農耕を営むかたわらで、このだらしない弟にしきりに勤労の徳を説いたのである。これとは逆に、着実な父と弟とを持っていたプルーストは、意志こそ美徳に至る有効な武器であることを充分に承知しながら、神経を口実にしてその意志を放棄し、果しなく習慣や快楽に（つまり悪に）引きずられていくのであり、またそんな風に習慣や快楽に流される人たちを主題にして、悔恨に裏打ちされたいくつかの苦い短篇を書いたのである。だからこの題名の「楽しみ」という言葉は、本当は「仕事」に対立する「快楽」「享楽」と訳す方がふさわしい。「享楽と日々」という標題には、そんな風に、価値あるものと見なされた意志への敬意と、価値なきものに心ならずも染まっていく後めたさとが、同時に表現されているのである。

この姿勢は、晩年の『失われた時を求めて』にも形を変えて継続された。すなわちそこでは、一人の少女（作曲家ヴァントゥイユの娘）が、冒頭から甚だ重要な役割をになって登場するのである。父と二人暮しの彼女は、父の生前からすでに同性愛者として、女友だちを自宅に住まわせてその父を苦しめた人物だが、父の死後は、その写真をわざわざピアノの上に飾った後に、それに見せつけるようにその前で同性の恋人と戯れ、相手が父の写真に唾を吐きかけてこれを侮辱することさえ制止しようとしない。この有名な情景のあとで、作者プルーストはこう記している。

「徳とか、故人の追憶とか、子としての愛とかは、本人がそのようなものへの信仰を持ちあわせていなければ、それを汚したところで冒瀆の快楽を味わうこともないだろう。ところがヴァントゥイユ嬢のようなサディストは、ごく純粋な感傷家であり、ごく自然に徳を備えているために、そのような人には官能の快楽でさえ何か悪しきものであり、悪人の特権のように思われるのである。」（RTP, I, 164）（訳 I, 348-349）

何人かの批評家も指摘しているように、ここには美徳と、快楽（＝悪）との、注目すべき関係が現れている。そしてその関係は、プルースト自身の倫理感をそのまま映し出したものだろう。ヴァントゥイユの娘は、父を愛していて、世間並みの道徳にきわめて忠実であるからこそ、かえってそれをふみにじることが快感を形作るのである。一方、プルーストのなかにも、仕事と、強固な意志と、禁欲的な生活とに対する、ごく素朴な信仰がある。それは父ゆずりのものであるとともに、都会の子であるマルセルが、父を通してときおり垣間見た田舎の町の生活、その町をとりまく農民たちの生活に通じるものであろう（それをプルーストは、作品のなかで、「サン゠タンドレ゠デ゠シャン」すなわち「田園の聖アンドレ」と呼ばれる教会によって象徴させた）。ところが、彼自身はこれと正反対に、非生産的な生活を営み、一生のあいだ都会に執着しつづける。彼がよしとする質朴な農民の生活は、労働と、富の蓄積と、節倹をすすめるが、彼は逆に、怠惰と、他人への寄生と、浪費とに、つまりは悪にひたすら傾斜していくのである。それがたえず後悔と快楽を味わいながらであることは、言うまでもあるまい。

怠惰な少年の病める意志は、このように、彼の悪の意識につながっていた。だがそれだけであれば、まだことは簡単である。怠け者にこうした後めたさがつきまとうのは、珍しいことではないからだ。ところがプルーストの場合には、事情はそれほど単純でない。というのも、そこには一人の共犯者がいたからである。共犯者ではあるが、これは同時にマルセルにとって、加害者でもあれば被害者でもある存在であって、それこそ彼の母親にほかならない。では、この母と子の関係が、どんな風に悪の意識と結びついていくのか。それを私は次に検討してみなければならない。

四　母と子

1

おそらくここまでに記述してきた内容からしても、マルセル・プルーストとその母ジャンヌのあいだにきわめて強い絆が存在していたことは、容易に推測することが可能だろう。小説中でも語り手と母親を結ぶ感情が並々のものでないことは、随所に現れていたが、それればかりではなくて現実のマルセルと弟の関係にしても、九歳のときの喘息発作にしても、また意志の弱さにしても、いずれも私にはこの問題と無縁ではなさそうに思われる。

何よりも先に指摘しなければならないのは、これが単に甘ったれた少年の母に対する執着にとどまるものでなくて、二重三重に複雑な意味を帯びていることであろう。まず作品に現れた部分から眺めてみれば、例の「就寝の悲劇」である。『失われた時を求めて』の主人公は、非常手段を用いて母の接吻を獲得したときに、なんと言ったであろうか。彼は真先にこう記しているのである。

「ぼくは有頂天になっても当然だった。ところがぼくは嬉しくなかった。母が初めてぼくに譲歩したのだ、これは母にとってきっと辛いことだったろう、ぼくのために心に抱いていた理想を、母は初めて自分から放棄した、あれほどしっかりしていた母が初めて敗北を認めたのだ、そうぼくには思われた。」（RTP, I, 38）（訳 I, 96）

つまり少年は、欲望が実現したことをちっとも喜んではいないのだ。おまけにプルーストはつづけて、「この夜は新たな時代の始まりで、悲しい日付として残るだろう」と言い、「一旦、悪がなされてしまった以上は」とまで書いている。では、これは悪なのか。何がいったい悪なのだろう。母を悲しませたことだろうか。あるいは母を譲歩させたことであろうか。

その直後に、例の『フランソワ・ル・シャンピ』の朗読場面がやって来る。少年が眠れないのを見てとって、母がジョルジュ・サンドのこの小説を枕許に坐って読んでくれることになるのだが、この場面は実に巧妙な暗示を隠していると言わねばならない。最初の予定では、この場面で同じジョルジュ・サンドの『魔の沼』が朗読されるはずであったらしく、早い時期の自筆原稿にはそのように書かれているようだが、それを『フランソワ・ル・シャンピ』に替えたのは、作者がそこに一つの意味を見出した証拠と考えられる。その意味とは（ジャン・ルッセをはじめとして何人かの人も指摘しているように）この小説の主題そのものにあるのであって、これは捨て子の少年フランソワと「粉ひきの妻」との恋物語なのである。しかもその「粉ひきの妻」は、捨て子の少年を引取って自分の子供のように養育し、少年は彼女を母と見なして慕っていたのだから、これはまさに親子のあいだの愛情が男女の性愛に変化していく物語と言っていい。こうしてかなり年上の「母親」が、ついに「息子」の愛情を受入れて、いわば母と子の結婚によってこの物語の幕は閉じられることになるのである。

　プルーストは明らかに、この主題を意識して、『フランソワ・ル・シャンピ』をこの場面に適用したにちがいない。またそれを朗読する作中の母親は、自分を「粉ひきの妻」に、息子をフランソワになぞらえて、甚だ具合の悪い思いを味わっていたにちがいない。というのも、彼女は物語のなかの恋愛描写をみな省略して先へつなげてしまうことになっているからで、もしそこに自分と息子の関係を読みとったのでないとしたら、なんら露骨な描写を含まぬ『フランソワ・ル・シャンピ』をとばし読みにする理由は、どこにもなかったはずである。一方、母親の読んでくれる小説に耳を傾けている主人公は、肝心の部分を省略されたために、なぜ「粉ひきの妻」と捨て子の少年の態度が微妙に変化するのか、その理由がさっぱり呑込めない。呑込めないけれども、彼はそこに重大な神秘の隠されていることを予感して、その印象を、ベリ地方の古語である「シャンピ（捨て子）」という言葉に結びつけるのである。しかもこの『フランソワ・ル・シャンピ』は、『失われた時を求めて』の最後の部分にも再び現れて、すべてが開始された幼年の日を印象づける題名として、また「小説のエッセンス」として、思い出されることになる。またそんな風に、『失われた時を求めて』の序曲でもあれば結語にもなっている以上、『フランソワ・ル・シャンピ』はこの小説に、一つの方向づけを与えていると考えることが許されよう。それはひと口に言えば、近親相姦的な感情ということにほかならない。『失われた時を求めて』は色濃く近親相姦的な感情を帯びた小説である。いや、プルーストの全文学活動が、実はこのことを基盤にしていると言ってもよいだろう。

それはさまざまな形で表現された。単に語り手と母親だけではなくて、語り手と祖母との関係にもそれが見られるし、また語り手とその恋人の同棲生活が、彼と母の接吻の再現であると同時にそれを凌辱するという機能を持っていることも疑問の余地はない。さらに言えば、冒頭の「就寝の悲劇」で母の接吻を待つあいだに語り手が覚えるむごい苦しみは、彼が後に経験するすべての恋愛の原型としての意味を与えられてもいるのである。

『失われた時を求めて』だけではない。プルーストの文学活動においては、そもそもの出発点から、この問題が作者の最も関心を寄せるテーマの一つを構成していた。たとえば『楽しみと日々』のなかでは、「ある少女の告白」が、母と娘という擬装された形でではあれ、すでにこのテーマを含んでいたが、この処女文集の出版された前後から書きはじめられた『ジャン・サントゥイユ』では、それがいっそう具体的かつ写実的に述べられているのである。その最も顕著な部分（JS, 854-858）を、ごくかいつまんで紹介してみよう。

主人公のジャンが夜おそく帰宅すると、ベッドのわきのナイト・テーブルに母のメモがおかれている。「わたしにお寝みを言いに来ておくれ。わたしの眼を醒まさせても構いません。お前も知っておいでのように、すぐまた眠れるのですから。明日の朝食には、お前の好きなものを注文しておくれ」。これを見て、ジャンは嬉しさの余りに微笑を浮かべる。ふだんは父の好みにばかり気を使う母が、自分の食べたいものをたずねてくれたからだ（その父は、幸いにしてその数日間不在なのである）。さて、ジャンはそっと母の寝室のドアを開け、「髪はほどけ、眼は閉じ、鼻で息をしながら、子供のように軽く口を結んで、枕にもたれたまま眠っている母の、重々しげな美しい横顔」を認める。そこで彼は足音をしのばせて近づき、まず母の身体で盛り上った掛蒲団へ、ついで母の髪に接吻する。と、母はぴくりと身体を動かし、何か聞きとれない言葉をつぶやくのであるが、この辺りの官能的な描写は、後に『失われた時を求めて』でアルベルチーヌを描いた「眠る彼女を見つめる」一節を思わせるものがある。母がまた眠りこんだのを見て、ジャンが台所に引返すと、そこには召使い宛てに書かれた母のメモがおかれている。ジャンの父が帰宅するまで、母は朝の外出をとりやめにして、毎日朝食までジャンの部屋で過ごすから、ジャンが眼をさましたら母に声をかけてくれるように、というのがそのメモの趣旨であるが、ジャンはここではっきりと、自分が不在の父にとって代ったことを自覚するのである。さらに翌朝になると、母親はジャンの寝ているベッドのそばに来て椅子に腰をおろし、ジャンはその母にせがんで、何度もキスをしてもらう（しかもこのときのジャンは、「就寝の悲劇」の場合のような少年ではなくて、すでに二十二歳になったと明記されているのである）。また彼は、そのドアをノックする仕方まで父そっくりになったと母に指摘され（同じ指摘は後に『失われた時を求めて』にも現れるであろう）、それに気をよくして、たまたまその日が投票日だったので、自分の予定した候補ではなくて、父がいたら投票したと思われる候補のために、一票を投じに行く、というのである。

この一節が、父に代ってその座を占めたいという作者自身の願望の表現であることは、精神分析の専門家でなくとも想像がつく。また立派なおとなになりながら、子供のような甘えを残し、かつ母を性的対象と見なしていることも感じさせるこの主人公の創造は、プルーストと母の関係を考える上で、きわめて重要な手がかりを提供していると言えよう。

これは所詮フィクションであり、架空の人物の行動にすぎない、と言われるだろうか。では、これより約十年後の『サント゠ブーヴ反論』はどうだろう。この草稿のなかには、朝まだ寝ている作者の枕許へ母がやって来る部分があり、その母にサント゠ブーヴにかんする考えを物語る形で、作家論・芸術論を展開するというのが、プルーストの樹てた一つのプランであるが、そのさいに彼はこの母と子の対話を、ラシーヌ作『エステル』を引用しつつ、アハシュエロスとエステルの対話になぞらえている。そして、絶大な権力を行使したペルシャ王アハシュエロスは、ユダヤ人の娘エステルを寵愛してこれを妃にした人物だから、この母と子の対話の場面にも、『フランソワ・ル・シャンピ』と同様に巧妙な暗示がこめられているのである。そのことを、プルーストが意識していたことは確実である。なぜなら、『失われた時を求めて』では、同じラシーヌ作『エステル』の同一場面が、母と子ではなくて、今度は語り手と恋人アルベルチーヌの会話に引用されているのだから。

もちろん、現実にこのような親子の対話が行われたかどうかを決定することは、不可能である。しかし少なくとも、純粋な虚構とはちがって、評論を通してわれわれに伝わってくる声は、より作者自身のものに近いとは言えないか。その点で、『サント゠ブーヴ反論』の「わたし」と「母」の対話は、『ジャン・サントゥイユ』よりもさらに直接的に、現実のマルセル・プルーストと母ジャンヌの関係を示していると考えてよいであろう。

2

『楽しみと日々』から『ジャン・サントゥイユ』、『サント＝ブーヴ反論』を経て、『失われた時を求めて』に至るまで、プルーストが作品にとりかかるときの関心の中核に、常に母と子の近親相姦的な感情があったことは、以上に述べたことからして充分に想定可能な事実である。では、その近親相姦的な感情とは、さらに具体的にはどういう性質のものだったのであろうか。それを私は次に考えてみたい。

シャルル・ブリヤンの書いた『マルセル・プルーストの秘密』（一九五〇年）は、おそらくプルーストにおける性愛の問題を正面から扱った最初の重要な書物であるばかりか、母と子の近親相姦の問題に公然とふみこんだ点でも、画期的なプルースト論であった。したがってまた出版当時、これは甚だスキャンダラスな研究と見なされ、激怒したプルーストの遺族は、一時は著者を告訴することまで考えるほどであったという。序でに言えば、作者のブリヤンと、これを出したアンリ・ルフェーヴルという現代の哲学者と同名の出版者は、いったい何者なのであろうか。それについても不明な点が多く、その跡を追ったフィリップ・コルブの興味深い証言もあるのだが、今はこれ以上ふれるまい。作者や出版者がだれであれ、またこの書物のなかに今では多くの誤謬や工作の跡さえ認められるとはいえ、プルーストの性愛の問題を扱う下地を準備した点で、この本の果たした役割は無視できないと思われるからである。

ブリヤン以後に、主として精神分析派の手で行われたさまざまな解釈のなかには、しかしながら独断と牽強付会による甚だ滑稽な説もないではなかったし、方法のみが先走ってたいした意味のない結論に到達するものも少なからず見受けられた。このような精神分析的な解釈の濫用は、フロイトにもいくらか責任があったのかもしれない。というのも、なるほど彼はその『性欲三論』において、小児における「性愛的」なものと「性器的」なものとを峻別したにせよ、やはりリビドーの概念を軸にして、母と子の関係を考えていたからである。彼のいう近親姦とは、「幼いときからいわば禁圧されたリビドーをもって愛しているその人を、性の対象に選ぶ」ということになるであろうが[45]、しかし、母と子の問題の大部分をリビドーで解釈することが果して可能なのであろうか。この点に私はいささか疑問を持っている。

こうしたリビドー理論に対しては、周知のようにさまざまな異論が唱えられた。ユングはむしろ近親相姦衝動を第二次的なものと見なして、その基底に別なものを認めつつ、個人的無意識と集合的無意識の問題に到達したし(『無意識の心理』その他)、一方、エーリッヒ・フロムはユングを大筋で受入れながら、近親相姦的な欲望が母親に対する固着の原因ではなくて、その結果であることを主張した(『悪について』、『精神分析の危機』など)。すなわちフロムは、母親に対する性的欲望の底に、「前性器愛的」執着などといった表現でも言い表わし得ないくらいに深い愛情の絆が存在するのを認めて、それを「近親相姦的共生」と呼ぶのだが、これは「その人なくしては生きていけない」という意識であり、性的というよりは「感情的・幻想的」な結合であり、母親とその胎児の関係のごとくに、分離できないほど渾然と一体化した感覚であるという[46]。

私には、これらさまざまな立場の優劣を理論的に断定することなど、とうていできないけれども、ことプルーストにかんする限り、どうもリビドー説を型通り当てはめるだけでは解決できないものがあるように思われる。むしろ私には、フロムの言う「共生的固着」に近いものが、母親に対するプルーストの感情の根源にひそんでいるように思われてならない。なるほど、そこから母に対する性的な欲望が生れたであろうことは、前回に述べたいくつかの官能的な描写や、『フランソワ・ル・シャンピ』または『エステル』などによる巧妙な暗示や、あるいは作品のなかで母親と恋人アルベルチーヌとをたえずダブル・イメージでとらえている事実などによって、充分にうかがうことができるけれども、しかしその欲望は母への固着の原因であるよりは、むしろ結果と考えた方が妥当ではないか。それほどに、作品にも書簡にも強く表れているのは、まず第一に「その人なくしては生きていけない」という感覚であり、母にすがる幼児の感覚であって、それこそプルーストと母を結ぶ絆の最も基本的な特徴なのである。

そのことを、プルーストはよく自覚していた——そこから生じた近親相姦的欲望を、彼が強く自覚していたのと同様に——。じじつ、母が死んだときに三十四歳になっていたプルーストは、ロベール・ド・モンテスキウに宛てた手紙のなかで、こう書いているくらいである。

「母としては、私が人生の闘いにまるで無力なのを感じながら、永久に私から去って行くということも、大きな苦痛だったにちがいありません。自分が死ぬ前に幼な児を殺害する親たちの叡智を、母は理解していたにちがいないのです。母の看病をしてくれた尼僧の言ったことですが、私は母にとって、いつでも四歳の子供だったのですから(47)。」

自分が母なしでは生きられない幼児であるということを、この手紙は実に素直に認めていると言えるであろう。

この手紙だけではない。母の生前に交された親子のあいだの往復書簡に眼を通せば、プルースト自身がいつまでも「小さな狼さん」と呼ばれる幼児の役割を引受けていたことは、明白に見てとれる。なるほどそれらの手紙のなかで、彼はしばしば母に嘘をついたり、演技をしてみせたりしているが、それは大抵の場合、母の気を惹くための子供のような策略であったし、ときには文字通り四歳児のように、自分の弱点をさらけ出すこともいとわないのであった。周知のように、ある時期からプルーストは同性愛に傾いていくが、そのことさえ母と子のあいだでは話題になっていたと見られる節がある。また旅先から彼が母に書き送る手紙は、何歳になっても小遣いをねだる子供の手紙であって、「いま何よりも必要なのはお金です」に始まり、出費の報告や言訳が綿々とつづくのであった。それに対して母親は、これまた幼児に対するように答えるのである。

「仕事をしましたか？　何時に起きて、何時に寝るの？　お食事や、夜の暖房にはよく気をつけ

るんですよ。毎晩、そのことが気になっています。(48)」(一八九六年十月の手紙)

成人した者が母に対して共生願望を抱きつづけるということは、明らかに一つの退行と見なすべきである。だからこれは、医学と人間の進歩を信じていた父親のアドリヤンにとって、重大なマイナス価値と映ったにちがいない。退行は、それ自体が一つの悪であるはずだろう。だがまたこの退行こそ、生活においても作品においてもプルーストを特徴づけている彼の幼児性の、基盤になったものだと思われる。

『失われた時を求めて』の読者なら、だれでもすぐその幼児性に気づくはずであるが、実さいこの作品の語り手はまったく年齢不詳の存在で、おとなかと思えば一人歩きもできない子供のようであり、性的にもませたところと未熟なところが同居していて、一向に明確な一つの像を結ぶことがない。たとえば彼は女中に付き添われて遊びに行ったシャン=ゼリゼの公園で、ジルベルトと戯れていて、手紙の奪いあいから揉みあいになったとき、思わず「快楽をもらした」と記されており、これは筋肉の活動がもたらす小児の性的快楽の典型的ケースかと思われるのに、実はその前に、叔母から形見にもらったソファ——その上で、かつて従妹と「愛の快楽」を経験したソファ——を、町の娼家に家具として進呈したことさえあるとされているのである(RTP, I, 578)(訳 III, 320-321)。なるほどこうしたことは、作者が一旦書いた原稿に次々と加筆したために起こった混乱とも思えるが、しかしまたそれはある程度までプルースト自身の姿でもあったはずである。そうでなければ、この余りに不自然な「おとなー子供」の肖像を、彼がそのまま放置するとは思えないからだ。

そのような幼児性の鋭く露呈されているのが、語り手と祖母の関係であろう。じじつ彼は祖母に向かって、「お祖母さんがいなければ、ぼくは生きていけやしない」とストレートに語りかけているし（RTP, I, 727）（訳 IV, 87）、またホテルに泊るときは、隣室とのあいだの壁を三度叩けば祖母がすぐと んで来てくれることをきいた上で、ようやく眠りにつく（RTP, I, 669）（訳 III, 507-508）。さらに祖母は孫の靴をぬがせてやったり、着替えに手を貸してくれたりするのであるが、こんな風に手伝ってもらっているのは、いたいけな幼児ではなくて、すでにむつかしい本を読み、立派に女性のあとを追いかけ、酒を飲んで酩酊し、自分で文章も書こうという年齢の青年なのである。

現実のマルセルにとっても、母方の祖母アデルは、母についで、なくてはならぬ人だったらしい。彼は二十歳ごろのサロンの告白帳のなかで、「最大の不幸があるとすればどんな場合か」という問に答えて、「母とも祖母とも知合いにならなかった場合」と記しているくらいである[49]。だから『失われた時を求めて』の語り手と祖母の関係を描くに当って、プルーストが自分自身の祖母に対する気持を振り返ったであろうことは、すぐ想像がつく。だがまた多くの人がそう考えているように、そこには作者が自分の母親から発想したものも、色こく含まれているかもしれない。たしかに現実の祖母はマルセルが入隊中に死んでいるのだから、作品のなかに描かれた祖母の臨終の場面は、もし実さいの経験を活用したのだとするなら、作者にとっては祖母ではなくて母の死だったと思われるからだ。しかし、そうした個々の事実の対応はどうでもよい。重要なのは、作品を通じても、実生活を通じても、同じように浮かび上ってくるところの、いつまでも幼児であることをやめないプルーストという存在である。そのような存在を作り出した最大の原因こそ、母に対する彼の共生的な固着であった。

3

これまでの検討を通して、われわれは、マルセル・プルーストの母に対する感情のなかに二つの要因を見出した。その第一は、最も根源的な共生願望であり、第二はその共生願望の結果としての強烈なエディプス・コンプレクスである――つまり母を性的欲望の対象と見なそうとする態度である。

この二つの態度は、いずれも退行と称してよいものであった。とりわけ前者は、プルーストの過去志向の根幹をなしていたように思われる。弟の誕生する以前の、だれにも邪魔されることなく自分が母と一体になっていた時期、いや、一体というだけでは不充分であって、むしろ自分が母と渾然と融合し、胎児のように母に守られ支えられていた時期、そうした時期への憧憬を、彼はいつまでも持ちつづけていた。そして言うまでもなくこの退行は、成長と自立を拒み、生活に背を向け、それらにことごとく逆行するものである。だから――母を性的欲望の対象と見なすことが近親相姦タブーにふれる悪であったのと並んで――この共生願望もまた一つの悪と見なされて然るべきものであった。プルーストの生きた十九世紀末から二十世紀にかけての市民社会では、富の生産、流通、蓄積に加われない者が邪魔者扱いされ疎んぜられたように、進歩と成長に逆行するのも悪だったからである。善悪の基準を決定する当時の多数派は、進歩に対して素朴な信仰を抱いていた。とくにプルーストの父親のような科学者は、この点にかんしていささかの疑いも持っていなかったはずである。

そういうわけで、共生的な固着にせよ、近親相姦的な欲望にせよ、母との関係はマルセル・プルーストに、ある後めたさを、つまり悪の意識をもたらさずにはいなかったと考えられる。それこそ「就寝の悲劇」に記されていた、あの「悪がなされてしまった」という感覚の深い意味である。しかしそれと並んでマルセルは、母を通じて、もう一つの別な悪を意識することになるだろう。それは、母がユダヤ人であるという事実に由来するもので、おそらく上記二つの感情よりはかなりおくれて自覚されたものと思われる。だが遅れて自覚されたとはいえ、これはやがて作家プルーストの本質的な基盤を形成するものになるはずであった。

アンドレ・モーロワも、そのプルースト伝のなかで「異種混合」(50)ということを言っているように、田舎町イリエの出身である父親と、パリの富裕なユダヤ人を両親に持つ母親との関係について言及した人は、これまでにたぶん少くはない。私自身もかねてから、この二つの家系、二つの文化の問題に注目してきた。プルーストの読者ならだれでも知っているあのコンブレーの「二つの方」も、もとを辿れば、およそ異質な父と母の出自に行きつくであろうというのが、私の印象である。「二つの方」だけではない。プルーストの抱えたそれ以外のさまざまな問題も、二つの文化のあいだに生れた混血児としての彼の位置になんらかの形でかかわっているはずであって、そのことにも私は早くから気づいていた。しかし、二つの文化、二つの家系の存在を指摘するだけなら、何ほどのこともない。それは余りに当り前すぎる話だろうからである。いったいこの二つのものが、一人のプルーストのなかでどんな風にからみあい、何を生み出しているのか。問題になるのはそのことだ。そしてこれは少々きめ細かに検討してみなければならないものを含んでいる。

その点で、注目しなければならないのは、まず第一にプルーストのユダヤ観である。もともと彼の作品には、ユダヤ人への関心が色濃くあらわれていた。彼は何よりもまず主題の一つとして、執拗にユダヤの問題を追及した作家であった。今は作品論を展開する場所ではないから、その一つ一つを細かく分析しようとは思わないが、たとえば十九世紀末のフランスでユダヤ人ゆえに冤罪に処せられたドレーフュス大尉の事件がある。これはすでに若書きの『ジャン・サントゥイユ』のなかで、そのまま法廷の事件として集中的に描かれているけれども、晩年の『失われた時を求めて』では、表面にこそ見えないがさらにいっそう重要な役割を与えられ、時代の底流として、たえず作品の背景にあって登場人物を左右するものになっている。また作中人物という点でも、『失われた時を求めて』には、スワン、ブロック、ニシム・ベルナール、ラシェルなど、少からぬ数のユダヤ人が登場するし、彼らの階級的な上昇と下降のメカニズムが、作者にとって社会の構造を理解するきめ手になっていたらしい節も見受けられる。このように挙げただけでも、プルーストのユダヤに対する関心の深さは推して知れるが、ことはそれだけにとどまらない。彼はしばしばユダヤ人を同性愛者と比較しているのであって、それを見ると、この問題はただ単に彼の社会的関心をそそったなどという類いのものではなくて、彼の生き方や性愛にまでからんで、深いところでマルセルの意識を決定しているように思われてくる。その発端にあるものこそ、ユダヤ人の母の存在であった。

もともとマルセルは幼いころから、父の実家よりもはるかに頻繁に母の実家に出入りし、母の親類たちとたえず顔をあわせていた。パリには母方の親戚しかいなかったからである。

そのせいか、後のプルーストの小説に現れる主人公の祖父母は常に母方であって、それはやがて重大な意味を暴露することになるはずである。ともあれ少年マルセルは、母の実家の人びとと親しんだ。そしてこの人たちは、ユダヤ教徒であり、つまり一〇〇パーセントのユダヤ人なのであった。

祖父ナテ・ヴェーユを例に引けば、彼はユダヤ教の風習に従って、毎年ルポ街にある先祖の墓地に、小石を一つ供えてお参りをしたという。これはおそらく、ペール・ラシェーズ墓地のことを指しているのだろう。コミューヌ戦士の虐殺された場所として名高いペール・ラシェーズ墓地のなかには、昔からユダヤ人墓地があって、その入口はルポ街に面するところに設けられていたからである。

祖父だけではなかった。祖父の弟のルイ・ヴェーユが死んだときも、また母のジャンヌが死んだときも、マルセルは知人に宛てて、死者の宗教のことを記している。

「叔父(実は大叔父)についてのお言葉、ありがとうございました。叔父の宗教に従って、儀式は行なわれません。午後の三時半にオスマン通り一〇二番地の叔父の家に集って、そこからペール・ラシェーズ墓地に向かうだけです。」[51](ロール・エーマン宛て一八九六年五月の手紙)

「父と結婚するときも、母は先祖に対するこの上もない崇敬のあらわれとして、ユダヤ教を変えませんでしたから、教会での儀式はなく、ただ明日の木曜日の正午に家に集って、墓地に行くだけです。[52]」（ノアイユ夫人宛て一九〇五年九月の手紙）

こうしてヴェーユ家の者たちは、マルセルの母親までを含めて、だれひとりユダヤ教を手放そうとはしなかったように見える。

しかしながら、彼らは決してユダヤ教の熱烈な信者だったわけではない。むしろごく形式的にユダヤ教を奉じていたにすぎなかったようである。祖父のナテ・ヴェーユは、小石を一つ供えるというその儀式の意味すら解しておらず、ただ機械的に習慣を守っていたにすぎなかった。またそうでなければ、自分の娘をカトリック教徒の嫁になどやりはしなかったことだろう。ユダヤ教徒とカトリック教徒の結婚については、正確な統計は分らないが、当時もまだ決してその数が多くはなかったからである。母親のジャンヌについても、私はプルーストの姪に当るマント夫人の口から、彼女が本質的に信仰とは関係のない女性だったらしいという証言を得ており、これもまったく形式的なユダヤ教徒にすぎなかったと推察されるのである。

母方のヴェーユ家の人びとにとって、ユダヤ教の持つ意味は、その程度のものだった。つまり、それはせいぜい習慣的なものにすぎなかったのである。彼らは決して、ユダヤ教徒であることを誇っていたわけでもなく、ユダヤ教の価値にしがみついていたわけでもない。むしろ、ユダヤ人と非ユダヤ人が混りあい同化しあって、やがてはその境界が消滅していくだろうという未来図を、彼らは当然のこととして受入れていたにちがいない。一言で言えば、彼らは同化主義のユダヤ人であった。それを証明する事実にはこと欠かないが、そのなかから一例を挙げるならば、プルーストの両親の結婚式のときに、新婦側の立会人の一人として同席したヴェーユ家の遠縁に当るアドルフ・クレミウの存在がある。彼は十九世紀のフランスにおけるユダヤ人社会のなかで、最も著名な政治家であり弁護士であるが、また同化主義の代表的人物とも目されていた。彼自身はユダヤ教徒でありつづけたけれども、彼の子供たちはカトリックに改宗しているくらいであって、ここにも同化主義者の微妙な立場をうかがうことができる。ともあれヴェーユ家の人びとは、このような人物を立会人として、娘のジャンヌをカトリック教徒で前途有望な学者であるアドリヤン・プルーストに妻《めあ》わせ、当然のことながら、将来生れるはずの子供たち（すなわち、マルセルとロベール）がカトリック教徒として洗礼を受けることを承認したのであるから、彼らもまた同化主義の立場に立っていることはまず明らかと言っていい。

十九世紀のフランスに住むユダヤ人にとっては、大革命に始まり、ナポレオンの政策によって一気に推進された同化の問題こそ、彼らの運命を定める最重要の課題だった。それまでのユダヤ人は、自治組織を備えた宗教団体を構成しており、婚姻についても、職業についても、異った習慣を持つ異邦人だったし、住居もおおむね隔離されていたから、この同化には多くの抵抗が伴ったのである。それでも十九世紀のフランスの趨勢は、一進一退をくり返しながら、ユダヤ人の同化の方向を目指していたのであって、ヴェーユ家はそうした同化の進んだ部分にいたと考えていい。だが、このような同化主義のユダヤ人家庭の出であったからこそ、母の存在はマルセルにとってきわめて屈折した形で悪の意識と結びつかずにはいなかったのである。

4

母親ジャンヌの実家であるヴェーユ家のように、十九世紀フランスの同化したユダヤ人にとっては、一八八〇年代はきわめて困難な時期の始まりであった。近代的な反ユダヤ主義が、このころに噴き出したからである。その起爆剤になったのは、エドゥアール・ドリュモンの著書『ユダヤのフランス』[53]であった。これは一八八六年発売と同時に、たちまちその年だけで一一四版を重ねたといわれ、当時としては、驚異的な売行きを示したものである。このときから、ユダヤ人にとって新たな受難の時代が幕を開けたのであった。

とはいえ、反ユダヤ主義はキリスト教とともに古いはずである。キリストを十字架につけたユダヤ人、キリスト教徒には許されない金貸しを生業とするユダヤ人、といった誹謗は、従来からたえずくり返されてきたものであった。そうだとすれば、一八八〇年代に新たに登場した反ユダヤ主義は、これに何をつけ加えたのであろうか。この問題は、実は作家プルーストの誕生を考える上でも、決定的に重要なものを含んでいる。

十九世紀の西欧、とくにフランスが、ユダヤ人の同化に多くの努力を傾注したことはすでに述べた。その同化がどのような意図で推進されたにせよ、もともと「ユダヤ人」という言葉は「ユダヤ教徒」の意味に用いられていたのであったから、同化実現のための第一の課題は、宗教的な対立の解消であり、その最も手取り早い手段は、ユダヤ人を改宗させることであった。そしてじじつ十九世紀を通じて、キリスト教に改宗するユダヤ人も常に若干は見受けられたのである。しかしそれで問題が解決するわけではない。むしろそれよりもキリスト教とユダヤ教が互いに相手を不倶戴天の敵と見なすことをやめるならば、あるいはまた社会が宗教上の差異を純粋に個人の信仰の問題に解消するならば、ユダヤ教徒の同化はいっそう容易になるはずである。そして当時のフランスでは、実さいにそのようなことが起こりつつあった。というのも、十九世紀のフランスが歩んだ顕著な方向は、ナポレオンの「コンコルダ」（一八〇一年）に始まって、一世紀後の「政教分離」（一九〇五年）に至る、脱宗教化の長い過程であったからだ。

この社会全体の脱宗教化の歩みに応じて、ユダヤ人の同化は促進された。その結果フランスのユダヤ人たちは、着実に市民生活に組みこまれていき、そのためにフランス社会からの影響を身に蒙りながらも、逆に自分たちの影響をフランス社会に刻印してもいったのである。キリスト教のユダヤ化、ユダヤ教のキリスト教化と言われる現象が、こんな風にして発生したのである。

これに対し、同化を妨げるものとしてユダヤ人の前に立ちふさがった主要なものは、私の考えでは次の二つであった。その第一は七月王政時代（一八三〇―一八四八年）、とくに一八四〇年代にあらわれた、ユダヤ人の経済力に対する反撥である。

じっさいユダヤ人のある部分は、同化の進行とともに見る見る経済的な影響力を強め、ペレール家やロトシルド家といった有力銀行家たちは、たちまちフランス経済を動かす存在になったのである。

プルーストの母方の実家が、株の操作か何かで財を成したのも、こうした事態のほんの小さな一局面だったのであろう。それは後に、ほとんど収入のなかった作家プルーストの一生を保証して、『失われた時を求めて』の執筆を支える物質的支えになるだろう。

こうした状態のなかで、ユダヤ人に対する新たな反感が譲成された。それまでの宗教的対立にかわって、いわゆる金融貴族（オート・バンク）とユダヤ人とを同視する短絡的思考が生れ、一八四〇年代にはその観点からユダヤ人を非難する著作や文章が相ついで書かれたのである。このようなユダヤ人像の背景に、シャイロックのごとき伝統的なユダヤ人のイメージがあったことは言うまでもない。それにしても、ユダヤ人と呼ばれる人たちの大部分は、それまで賤民として貧困のなかに放置されていたのであったから、その事実を無視ないし軽視して、敢てユダヤ人という呼称を金融貴族の代名詞のごとくに用いるのは甚だ乱暴であり、とくにそれが当時の「社会主義者」たちの主張にあらわれたことは、その後の社会主義のためにも不幸なことであった。

この経済力への反撥と並んで、ユダヤ人の同化の第二の障害となったのは、そのころ強力に前面に押出されてきた人種の概念である。このように人種をめぐる議論が脚光を浴びたについては、言語学の進歩、人類学の形成、素朴な科学信仰など、いろいろな原因が考えられるが、注目すべきは、そこからおよそ非科学的ないわゆる「アーリア人種の神話」、すなわち純粋アーリア人種の優越性への信仰が形成されたことである。ゴビノーの『人種不平等論』は一八五〇年代に発表され、後にナチス・ドイツのユダヤ人大量殺戮に一つの口実を与えることになるわけだが、これはそのほんの一例にすぎない。ユダヤ人がセム人種の代表的なものとして、アーリア人種に対置され、アーリア人種を蝕むもののように見なされるのも、この時期以後である。反ユダヤ主義を示すものとして今なお用いられている「アンチ・セミティスム（反セム主義）」という表現が、一八八〇年代に作られたことは、この事情を雄弁に語っていると言えよう。

こうした人種理解は、今日なら直ちにナンセンスとして斥けられることだろう。それぱかりか、ユダヤ人が人類学でいう人種を構成するものでないことも、今では明らかにされている。それでも十九世紀の似而非科学的な人種観は、未だに深くわれわれを冒し、われわれの心に喰いこんでいるのであって、現在でもユダヤ人を一つの人種と考えている人は少くない。だからこそ、最近では広河ルティの『私のなかの「ユダヤ人」』(54)が、それをわざわざ否定してみせなければならなかったのである。

ともあれ、従来からの宗教的な対立に加うるに、資本主義社会の実権をにぎる者への反感と、悪しき人種（つまりは汚れた血）への恐怖と——これが十九世紀を通じて形成された新しい反ユダヤ主義を構成する基本的な要素であった。ドリュモンを教祖として、一八八〇年代に唱えられた反ユダヤ主義とは、そのようなものの集大成である。

それでもこれは、急速に人びとの心をとらえた。その原因としては、普仏戦争の敗戦のあとで、人びとがよりどころを求めていたということがある。八〇年代に東欧のポグロムを逃れたユダヤ人が、大量にフランスに流れこんで来たために、それに対する反感が芽生えたということもある。だが何よりも、社会全体の脱宗教化に対して頑強に抵抗してきたローマ教会と修道会が、ユダヤ人という絶好の標的にとびついたということを挙げなければならない。

ところで、このような反ユダヤ主義の噴出の前に立たされたときに、ユダヤ人はどのように反応するだろうか。おそらく一般的には二つの態度が可能だろう。第一は、自由・平等・友愛の理想を掲げた大革命以来の普遍主義を拠りどころにして、人種主義に抵抗することである。これは当時の共和派の立場を執った多くのユダヤ人の態度であった。これに対して第二は、普遍性を踏みにじる人種主義に対抗して、いま一度、選ばれた民としてのユダヤ人という観念にたち戻ることである。すなわち、アーリア人種の神話に、別な一つの神話を対置することである。それはやがてシオニズムの形をとって、現在のイスラエル国家にまで通じる道を開くだろう。モーリス・ドネーが、たいへんな物議をかもし出したその戯曲『エルサレムよりの帰還[55]』（一九〇四年）のなかで描いたジュディットは、そのようなユダヤ人の一典型であった。

けれどもプルースト家においても、またヴェーユ家においても、このような解決は問題にならなかった。

まずプルースト家について言えば、たしかにユダヤ教徒の母親がいるとはいえ、父アドリヤンはその二人の息子に向かって、何よりもまず良きカトリック教徒たれと求めたからである。そのように求める父が拠って立つ基盤は、むろん医学などではなくて、彼の生れ故郷のイリエにみなぎる敬虔な雰囲気であった。このイリエは、フランスの田舎がどこでもそうであるように、村の中央に素朴で鄙びた教会がそびえ、それが人びとの精神生活の支えになっているところである。生後一カ月目に幼児洗礼を受けたマルセルは、やがて父母に連れられてこの村に滞在するたびに、その教会の司祭の許に通わされたらしい。これが直ちに彼の信仰を作ったと断定することはできないが、しかし後になって彼は、この滞在の経験を美化して、友人ジョルジュ・ド・ロリスにこんな風に書き送っているのである。

「ぼくは覚えている、けちな大地・吝嗇の母なる大地の方へと、ひたすら身を屈めていたあの小さな村のことを。そこでは空がしばしば鱗雲におおわれるが、またしばしば透き通るように神々しい青色になり、また毎日夕方になると西の方が日没で変貌する。このボース平野の空に向かって、この村でたった一つだけ高く跳躍しようとしているのは、やはりあの美しい教会の鐘塔なのだ――ぼくは覚えている、司祭からラテン語を習ったり、司祭の家の庭先の花の名を教わったりしたことを――(56)。」

奇妙なことだが、ユダヤ人を母に持つくせにマルセルは、この手紙のなかで、カトリックの老司祭が村の小学校の卒業式に招かれないことを憤慨している。それはこの書簡の日付(一九〇三年)から見て、ラスキンの著しい影響のためだったのかもしれない。ともかく彼は「精神と化したあの美しい鐘塔を理解するためだけでも」、尊敬すべき司祭を卒業式に招くべきだったと主張しているのである。これは、「司祭は教会に、教師は学校に」という共和派の立場と異り、脱宗教化の流れに逆行し、むしろ最も保守的なカトリシズムに同調するものと言わねばならない。私には、それが母を除くプルースト家全員の立場だったように思われる。だからこそマルセルはあるとき、ロベール・ド・モンテスキウに宛てて、「私は父や弟と同様にカトリック教徒ですが、母はユダヤ人なのです[57]」と書き送ったのであろう。これはユダヤ人の母を庇護しながら、しかしそれを他者と見なしている点で、きわめて意味深い発言であった。

5

このロリス宛ての手紙が示すようにマルセルは、幼いころに父の故郷のイリエで知ったさる司祭の思い出をしきりに懐かしんで、以前のように小学校の卒業式にその司祭を招くべきであるとさえ主張したのであった。つまり彼は、フランス社会が一世紀にわたって準備してきた脱宗教化の傾向に反対していたわけである。むろん少年時代のマルセルは、まだそこまで自分の考えを固めてはいなかったが、しかしそうなる素地はすでにかなり幼いときから形成されていたはずであった。

ところでこのような後向きのカトリシズムは、しばしば反ユダヤ主義と結びつき易い。そのようなカトリシズムに活力を与えるものこそ、反ユダヤ主義であったからだ。と言っても、一八八〇年代に急速にユダヤ人非難の声が高まったとき、マルセルはまだやっと、十五、六歳であった。その彼が、直ちに反ユダヤ主義に敏感に反応したとは思われない。ただ彼は、この時代の空気を呼吸しながら、ごく漠然とではあれ、その空気に染まり、それに影響されていたのであった。言いかえれば、ユダヤ人の母を持ちながら、彼は当時の顕著な一風潮であるユダヤ人を異邦人と見なす視点をも、徐々に身につけて行ったのである。

その視点は、おそらく、母以外の全員が自分をカトリック教徒と見なしてなんの疑いも持たなかったプルースト家において、培われたものだろう。だが、またことによると、全員がユダヤ教徒であるヴェーユ家の人びとの態度も、このような視点の形成を助けるものだったのかもしれない。

そんな風に私が想像するのは、『失われた時を求めて』の冒頭近くに、甚だ奇妙な一節があるからだ。そこに登場するのは、語り手の母方の祖父である。彼はユダヤ人を見分けるひどく鋭敏な嗅覚を備えていて、語り手が学校友だちを家に引張って来るたびに、直ちにそこにユダヤ人の存在をかぎつけては、「お前の友だちは決ってユダヤ人なんだね」と言い、「ご用心、ご用心」とつぶやく、というのである（RTP, I, 91）（訳 I, 201）。

これはほぼ確実に、少年時代のマルセルのなんらかの体験にもとづいた一節だろう。そう私が推測するのは、それなりの理由があってのことである。というのは、現在もパリの国立図書館に残っているプルーストの自筆原稿のなかに、この場面を描くに当って彼が試みたさまざまな下書きがあるのだが、それによると最初この祖父の警告は、「われわれ」ないしは「ロベールとわたし」に対してなされることになっているからである。ロベールとは、むろん弟のことである。つまりこの下書きは、プルーストがその作品に弟を登場させようとしていた時期のものなのだ。だから、この「われわれ」というのも、プルースト兄弟のことに違いない。つまり彼らは、そのユダヤ人の友だちとのつきあいについて、おそらく身近な誰かから、警告を受けたのだろうと推測されるのである。

そしてじじつ、よく知られているように、コンドルセ中学に通うようになったマルセルの親しい友人は、ほとんどみなユダヤ人か、または半ユダヤ人であった。たとえば後に沢山の本を書くことになるダニエル・アレヴィがそうである。彼は、十九世紀のユダヤ人社会のなかで非常に毛並のいい家族の生れであって、その父は、ビゼーやオッフェンバックのオペラの台本を書いたリュドヴィック・アレヴィであり、祖父はサン＝シモン派で同化主義の歴史家・著述家として名高いレオン・アレヴィであった。

そのダニエル・アレヴィの再従兄弟《またいとこ》に当るジャック・ビゼーも、マルセルの親しい友人だった。彼は、『カルメン』の作曲家であるビゼーの息子だが、母はアレヴィ家の出であるジュヌヴィエーヴで、夫ビゼーの死後に、やはりユダヤ人であるストロースという弁護士と結婚している。この関係を簡単に図示すれば、次ページのようになるだろう。

これは十九世紀フランスで、プルーストの遠縁のアドルフ・クレミウなどと並ぶ最も華麗なユダヤ系文化人の一群である。だが、ユダヤ人との交渉はそれだけで尽きはしなかった。少年時代のマルセルにかんする回想を残したロベール・ドレーフュスもユダヤ人であれば、マルセルを社交生活に引込むことになるカイヤヴェ夫人も、もとはレオンティーヌ・リップマンという名のユダヤ婦人であり、したがってマルセルが親交を結んだその息子のガストン・ド・カイヤヴェも、彼と同じ半ユダヤ人であったからだ。

こんな風に、中学時代の親しい友人の大部分がユダヤ人か半ユダヤ人であったのだから、さきに挙げた祖父の警告のシーンを執筆したときにプルーストが自分自身の学校友達のことを思い出さなかったはずはあり得ないのである。

それでは、この祖父の方は、マルセルのどんな体験から作り出されたのであろうか。真先に考えられるのは、これが母方の祖父である以上、マルセルの母ジャンヌの父親に当るナテ・ヴェーユの存在である。そのヴェーユ家の人びとが、同化を望むユダヤ人であったことは既述した。おそらく彼らは、一八八〇年代にとつぜん噴出したユダヤ人憎悪の声に、たいそう戸惑ったのではないか。戸惑いながらも、いわれもない攻撃を加えてくる反ユダヤ主義者を恐れる余り、逆にその槍玉に挙げられたユダ

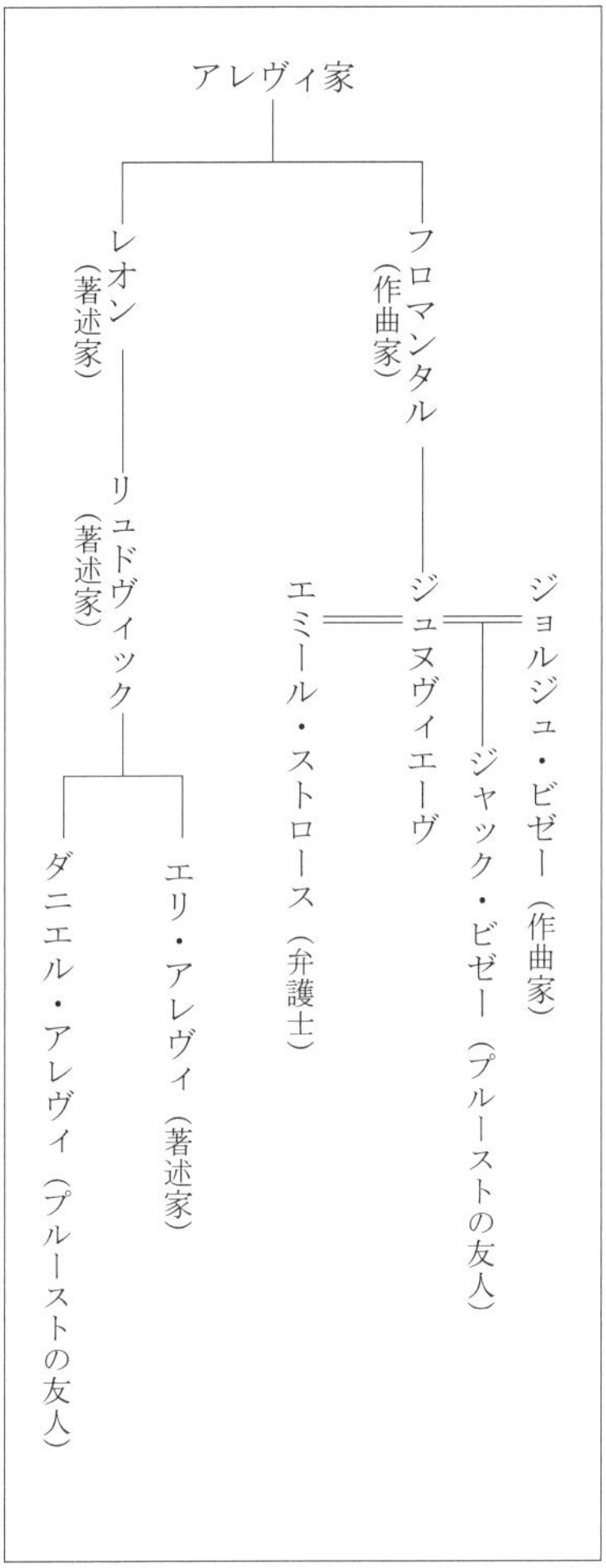

ヤ人の方を警戒し、これを遠ざけ、こうして同化を確保しようとしたのではなかろうか。『失われた時を求めて』の一シーンが想像させる現実の背景は、まずはそのようなものだ。作品のなかでのこの祖父は、いかにもカトリック教徒のように描かれているが、その仮面の下には、一人の同化したユダヤ人が隠れているのかもしれない。

だがまたそこには、ことによると、マルセルの父であるアドリヤン・プルーストの姿もひそんでいるのかもしれない。というのも、もしマルセルが学校友だちを連れて行くとしたら、それは祖父のいるヴェーユ家ではなくて、やはり両親のいるわが家だったろうからである。この父は、後にユダヤ人ゆえに濡れ衣を着せられたドレーフュスの事件が起こったさいに、プルースト家でただひとりドレーフュス有罪説をとった人物であるらしい。おそらく政界官界の有力者とつながりが深かったせいだろう。それだけに、息子がユダヤ人や半ユダヤ人とばかりつきあうのを、いささか苦々しい気持で見ていた可能性がある。

ともかく、この作中の祖父を生む発想源になったのが、現実の祖父であれ、また父であれ、ここには少なくとも一つだけ確実なことがある。こんな風にユダヤ人嫌いの祖父を作り出したのが、ほかならぬプルースト自身であるということだ。それは、彼が辛辣な筆で情容赦もなく描き出した何人かの滑稽なユダヤ人たち（ブロック父子、ニシム・ベルナールなど）の肖像とともに、プルーストがユダヤ人を異邦人のごとくに見なしていることを暴露しているだろう。それこそ、一八八〇年代のフランスの空気を鮮明に映し出している態度なのである。

マルセルは、その八〇年代の空気を呼吸して、そしておそらくは家族や親戚の者たちにも影響されて、徐々にユダヤ人を異邦人と見なすようになった。「ユダヤ人」という言葉が、警戒すべき存在、避けるべき人たち、というニュアンスを伴って流通していることも、やがて彼は理解していった。それだけではない。ここに言われる異邦人とは、彼の母親のことでもあった。それを彼が、いつ、どんな風に、自分に言いきかせたかは、もとより明らかでない。だが、彼がどこかでそのことをはっきりと把握したことは、疑いの余地がない。そればかりか、彼は少しずつ母に似て「東洋風」と評される顔立ちになっていく自分のことを振返りながら、異邦人が母だけではなくて自分自身でもあることを自覚しないではいなかった。彼が後にその作品のなかで、遺伝の問題を強調し、人が知らず知らずに母親似になっていくこと、自分でも気がつかないうちに、「ユダヤ人種」とか「ユダヤの血」といった「第一原因」を実現してしまうことを力説したのは（RTP, I, 746-747, 891-892）（訳 IV, 127, 417-418）、明らかに彼自身の実感にもとづいている。その点で、彼もまた不正確な人種の概念を不当に重視した十九世紀の疑似科学主義から自由ではなかったのである。

こうしてマルセルの母親は、彼にとってはさまざまな悪の原因となった。彼女はまず第一にマルセルの共生願望を作り出す者として、また次には近親相姦的な感情の対象として、彼に後めたい気持を起こさせた。マルセルの幼年時代は、この母親に寄せる激しい愛情のために、苦しい幼年時代となったし、彼はその後めたさや悪の意識を引きずったままで、成長していったのである。そして十何歳かになったとき、彼はその母親を通じて、自分もまた異邦人であり、場合によってはそのまま人から悪と見なされ得る存在であることを否応なしに知らされた。人からそう見なされるだけではない。カトリック教徒であると意識している自分にとってもそうだった。つまり彼は、自分にとって異邦人であり、他者だったことになる。プルーストは、ランボーから十数年おくれて、しかもまったく異なった理由で、われとは他者である、という事実を痛切に自覚した人物だった。その自覚はやがて彼を導いて、作家となる道を選ぶ上での有力な手がかりを与えることになるだろう。

五　十七歳の覚醒

1

これまでにわれわれは、さまざまな角度から、マルセル・プルーストの幼年期を特徴づけたいくつかの問題に光をあててきた。そして今やマルセルは、コンドルセ中学の上級生になり、修辞学級に進み、やがて十七歳になろうとしているところである。

私はこの十七歳のマルセルを重視している。そのころに、どうやら彼には重大な自覚が始まったように見えるからだ。その自覚の時期を正確に決定するのは至難の業であるが、それでも十七歳ないしはその前後から、彼が徐々に同性愛者として、また作家として、形成されていったことは、ほぼ間違いのないところだと思われる。そしてそのような推定を可能にする根拠は、当時の彼の手紙にある。

現在刊行中のフィリップ・コルブ編『プルースト書簡集』（プロン社）によれば、今なお残っている最も幼い時期のマルセルの手紙は、九歳のときに書かれたものであり、次は十一歳のときのものである。けれどもそれらはいずれも自分に贈物をくれた人への礼状で、両親にでも命ぜられて書いたのか、ごく儀礼的で短い、通り一遍のものにすぎない。それに反して十五、六歳からの手紙になると、彼が自発的に書いたと覚しきものが多く、そこにはさまざまな告白や演技や嘘を含めて、少年の内面に演じられた複雑なドラマが反映されているのである。

ところでこの『書簡集』のページを繰っていくうちに、私はいくつかの不思議なことに気がついた。その一つは、マルセルの二歳年下の友人であるロベール・ドレーフュス宛ての手紙に関連している。ここに発表されている手紙の大部分は、すでにドレーフュス著『マルセル・プルーストの思い出』に掲載されたものであるが、『書簡集』では、可能なかぎり手紙の原文ないしは写真版を照合してテクストを決定したらしい。そしてこのテクストに比べると、以前に発表されたものはかなり不正確であり、意識的に改竄と削除のほどこされていたことが分るのである。しかもこの『書簡集』の手紙さえ決して完全なものではないのであった。ここにはマルセルの姪であるマント夫人のノートがついていて、ロベール・ドレーフュスが伯父マルセルの友人であるばかりでなく、自分の父の友人であり、さらには「わたし自身の忠実な友人でもあった」ので、そのドレーフュスの希望に応えるべく、この往復書簡を国立図書館に収めるにさいして、「五十年間はこれを公開しないように依頼した」と記されているのである。こうして、貴重な資料が存在するのは明らかなのだが、その全貌はなお当分のあいだ、われわれの目から隠されることになったのである。

私は、プライヴェートな部分を余り公表したくないという遺族や近親者の気持が、分らないではない。何もかもさらけ出せと要求するのが、無理な注文である場合もあるだろう。だがそれにしても、マント夫人をして公表をためらわせたのは何だったのであろうか。ドレーフュスが、少年時代から青年時代へと移行する微妙な時期に、プルーストのすぐそばにいた友人であるだけに、この隠れた部分に私はやはり関心を持たずにはいられない。

その部分と直接関連があるかどうかは別として、『書簡集』第一巻には、ドレーフュスへの手紙にもしばしば登場する二人の級友に宛てた十七歳のプルーストの手紙が、それぞれ一通ずつ掲載されている。前回にふれたジャック・ビゼーと、ダニエル・アレヴィ宛てのものだ。それにつけられた注によると、これは原文の写真版をもとにして収録されたものらしい。いずれにしても、この二通はそれまでただの一度も活字になったことのない手紙であって、しかも編者コルブはそれをどこで発見したとも記していないのである。

出所はともかくとして、この二通の手紙は実に異様なものである。まずビゼー宛てのものだが、これはコンドルセ中学で、地理歴史のシュブリエ先生の授業中か、またはその直後に認められたものらしい。マルセルはまず、先生に隠れてビゼーからの手紙を読んだことを記した後に、ビゼーの「賢明さ（sagesse）」には感心するが、同時にそれを残念に思う、と言っている。そして、ビゼーの述べる理由は尤もなものばかりだが、ただ「心は――あるいは肉体は――理性にほとんど分らない理由を持っているものだ」とした後に、こう記すのである。

「だからぼくは、きみに感心しながらも（きみの考えていることに感心するのであって、断じてきみにことわられたことにではない、なぜってぼくは、自分の肉体がそれほど貴重な宝だとは思えないし、だからぼくの肉体を諦めるのに強力な魂が必要だとは信じられないからだ）、きみに負わされた見事で残酷な重荷を、悲しみをこらえて受けとめよう。たぶん、きみが正しいのだろう。それでもぼくはやはりこう思う、この花をいま摘もうとしないのは、悲しいことではないか、と。やがてわれわれは、もうそれを摘むこともできなくなるだろう。だって、そのときはもう、禁断の木の実になっているだろうから。なるほど、それは毒を含んでいるときみは思うのだね……。それなら、もうそのことは考えるまい(58)。」

手紙の意味は明瞭すぎるほどだろう。マルセルはビゼーに対して一つの要求を行なったのであり、それに対してビゼーは、マルセルの肉体という「貴重な宝」を諦めるには「強力な魂」が必要であるとお世辞を並べながら、しかし一目散に遁走しようとしたのだろう。それが彼の「賢明さ」と呼ばれるものにちがいない。もっともそう言いながらも、ビゼーはその翌年にマルセルに写真を送って、「ぼくの（ダニエル・アレヴィと並ぶ）最も親しき友へ。一八八九年二月十八日、J・ビゼー」と記したのであったが——。

一方、ダニエル・アレヴィに宛てた手紙は、その数カ月後に、これまた教室で（ただし哲学のダルリュ先生の目を盗んで）書かれたもので、ただし表現はがらりと変っている。それはこんな書出しで始まっている。

「きみはぼくを型通りに懲らしめるが、きみの鞭は見事な花をつけているので、怨む気持にもならないくらいだ。またその花の鮮かな色と香りにうっとりして、ぼくには残酷な刺も甘美に思えるくらいだ。きみはぼくを竪琴でなぐりつけたが、きみの竪琴は人を魅惑する力を備えている。(59)」

このように持ってまわった、きざな言い方にもかかわらず、説得は粘りづよく、かつ大胆につづく。マルセルは、「ぼくの道徳的信念からして、官能の快楽はとてもすぐれたものだと確信できる」と言い、また「きみの眼に接吻できないならば、きみの精神を完全に愛することはできないような気がする」、「きみの膝の上に坐れば、いっそうよくきみの考えていることに合体できるだろう」とまで書いているのである。

それればかりではない。この手紙のなかでマルセルは、すでに同性愛擁護論まで展開している。彼はまずこんな風に言う。

「ぼくには、とても頭がよくて気持のやさしい友人たちがいて、それがぼくは得意なのだが、彼らは一度ひとりの男友だちと戯れたことがある……。青春時代の初めのことだった。後になると、彼らは女たちの方に引返して行った。」

ここに語られている友人たちとは、ビゼーとアレヴィ（そしてことによるとドレーフュス）のことを指しているのではないか。また、「ひとりの男友だち」とは、むろんマルセルのことだろう。マルセルは、まるで別人のことを語るような口調で、アレヴィにアレヴィ自身の姿を描いてみせたのかもしれない。その上で、彼は二人の哲学者の名を引合いに出して言う。

「ぼくは喜んで、繊細な叡智の持主である二人の大家のことを語ろう。人生でただ花のみしか摘まなかったその二人とは、ソクラテスとモンテーニュだ。」

モンテーニュの名前を引用したのは、たぶん彼とラ・ボエシーとの友情を考えたためであろうが、モンテーニュを同性愛者と呼ぶのは問題である。いずれにしても、マルセルは過去の大家のなかから、援用できる人物をしきりに探し求めたのだろう。また、ここでもビゼー宛ての手紙と同ように、「花を摘む」という表現が同性との関係を指していることは、直ちに見てとることができるだろう。

こうして、十七歳のマルセルが友人宛てに書いた手紙からは、きわめて鮮明に、同性に対する強烈な関心が浮かび上ってくる。ちょうどそのころ、彼はロベール・ドレーフュス宛ての手紙のなかで、以前はとても親切だと思ったアレヴィとビゼーが、自分を「見捨て」ようとしていると言って歎いているが、[60]これも右に紹介した二通の手紙によって光をあてれば、意味は明瞭であろう。

けれども、彼はまだ決然と自信を持って一つの方向に足を踏み出したわけではない。彼は同性愛の擁護論まで展開しかけたくせに、ためらい、そして引返そうとする姿勢すら示している。アレヴィ宛ての手紙のなかで、彼は懇願するように、こう書いている。

「ぼくをペデラスト扱いにしないでくれたまえ。それはぼくを苦しめる。精神的には、ぼくは純粋であろうと努力しているのだ、たとえそれがエレガンスのためにすぎぬとしても。[61]」

「ペデラスティ(少年愛)」という言葉に、マルセルがここでどういう定義を与えているのかは、明らかでない。また彼が、これを他の表現、たとえば「オモセクシュアリテ」や「ユラニスム」と、区別しているのか否かも不明である。しかしながら、彼が一方で、およそ信じられないくらいに無邪気で露骨な表現を用いて、級友たちの愛情を要求しながら、他方では「ペデラスティ」を純粋でないものときめてかかっていることは注目されよう。そこには、無知から来たと思われる大胆さと、ごく世間的常識的な見方から来る(その意味でやはり無知から来る)後めたさや恥ずかしさが、同居している。だが、これだけではない。そこにはまた、彼独特の演技性さえも認められるのである。そしておそらく十七歳のマルセルのこのような振舞いは、いかに早熟とはいえ、たいていは彼より一、二歳幼かった級友たちに、不快な印象を残さずにはいなかったことであろう。

2

級友たちは、マルセルの奇怪な振舞いに、何よりもまず不快な気持を覚えた。ダニエル・アレヴィは、『パリの諸相』と題する回想録のなかで書いている。

「そこには何かしら、われわれに不快感を与えるものがあった。だからわれわれは彼につっけんどんに答えたり、肘鉄砲を食わせるような真似をしたのである。[62]」

おそらく、まだ年若かった級友たちには、マルセルの不思議な態度のなかに含まれている意味が見当もつかなかったのだろう。またそれも無理からぬことだったと思われる。

言うまでもなく、これは生涯にわたって彼を悩ませることになった（また、彼の豊饒な創作活動の原動力にもなった）同性愛の、最初の表現である。そしてフロイトの理論に親しんだことのある者なら、その同性愛の根拠を母親との関係に求めるのは、ごく自然なことであろう。母への激しい執着、母への同一視と忠誠心、そうしたものから出発して異性よりもむしろ同性への愛情を見出して行く男のことを、フロイトはあちこちで語っているが（たとえば、『レオナルド・ダヴィンチの幼年時代のある思い出』）、プルーストはその典型的な症例を示しているように見える。級友たちを戸惑わせ、彼らに気味の悪い思いをさせたのは、おそらくマルセル自身すらまだ明確には意識していなかったこの性倒錯の、最初の徴候だったのであろう。

したがって、プルーストの性愛を方向づける最大の要因が彼の母親にあったことは、疑いのないところである。けれども、これを母親との関係のみに限定してしまうことはできないだろう。それというのも、ひとりの人間の性愛は（とくにそれが、異性愛と一夫一婦制とを基盤にして成立つ社会において、同性への愛という形であらわれた場合には）、その人間の存在全体とかかわっているにちがいないからである。おそらく一個の世界内存在は、性という形においても自己の全体を開示するものだろう。ましてプルーストは、作品の最も重要なテーマの一つを同性愛の問題にささげた作家である。だから、彼自身の性愛は、これをどんなに重視しても重視しすぎることはないはずである。

ところでプルースト自身は『失われた時を求めて』のなかで、同性愛を「非常に独特な先天的傾向」などと記しており（RTP, II, 617）（訳 VII, 48）、いわば人の性愛の型は生れつき決定づけられているように書いている。だが、たぶんそうではあるまい。人はおそらく初めから同性愛者として生れるのではなく、同性愛者になっていくのだろう。ただ、プルーストがこんな風に先天的なものを強調して、決定論的立場をとったこと自体は、きわめて興味深いことである。なぜなら、何度もふれてきたように、喘息や、神経や、意志の欠如や、またユダヤ人種の問題などを通じて見られた彼の過去志向が、ここでもまたくっきりと浮かび上って来るからだ。

そのパターンは既知のものである。すでに私は、彼がユダヤ人種を「第一原因」と呼んでいることを述べた。つまりあらゆるユダヤ人はいつの間にかその「第一原因」を実現せざるを得なくなり、こうして彼らは、もしドレーフュス事件が起これば、必ずドレーフュス派になっていく。これがプルーストの認識だった。そしてこの考え方は、性倒錯についても一貫している。だから『失われた時』のプルーストは言うだろう、倒錯者の愛情は「一時の気まぐれではなくて、文字通りの宿命」であり、「彼ら自身の気質ではなくて、彼らの祖先の気質や、はるかに遠い遺伝によって準備されたもの」である、と（RTP, II, 627）（訳 VII, 70）。

注目すべきは、ユダヤ人の問題にも、性倒錯にも、共通して見られるこの考え方である。そしても し人が同性愛者として生れるのではなく、同性愛者になるのだとしたら、このような考え方こそ倒錯した性に向かわせ、倒錯を受入れさせるものではないかとさえ、私には思われる。しかし、その結論を下すのはまだ早すぎる。われわれはもう一度、十七歳のマルセルに戻らねばならない。

この時期のマルセルが、自分を全面的に倒錯者として自覚していたとは思えないが、それはさておき、中学の同級生に宛てた問題の二通の手紙を吟味すると、われわれはそこに一つの顕著な特徴を見出すことができる。それは一種の無器用な演技性ともいうべきものだ。実さい、十七歳の少年のペンの下から生れる「花を摘む」といった既成の甘ったるい文句や、「きみの眼に接吻できれば」とか、「きみの膝の上に坐れれば」といったような無邪気とも露骨とも考えられる表現を、われわれはどう考えるべきだろうか。これらはさぞかし読み手を辟易させたであろうが、そのくせ明らさまに欲望を語っているようでいて、どこか偽りのもののように響きはしないか。というのも、本当に同性の友人にそうした強い欲望を覚えて苦しんでいる者なら、こうは書くまいと思われるからである。むしろ少年は、手紙をもらった相手がこうした表現にたじろぐだろうことも計算に入れて、これを書いたのではないかとさえ考えられる。彼は自分をペデラスト扱いにするなと言いながら、その口の下からペデラストを演じて、相手の反応をうかがっていたのではなかろうか。むろんペデラストは異端であり、タブーであり、悪である。だからこそ、彼はわざわざその疑いをかけられるような言葉を連ねることに、興味を惹かれたのではなかろうか。つまりそこには一種の気取りが、裏返ったダンディスムが感じられはしないであろうか。

こんな風に、演技者であるとともに、演技の効果の観察者でもあるというのは、実はこのころから目立つマルセルの特徴であった。単に同性の友人への愛情のみではない。彼は友人たちの眼の前で、異性に対する感情の演技すら行ってみせたのである。すでに彼は十五歳のころ、シャン＝ゼリゼ公園の遊び相手であった少女に強く惹きつけられた経験を持っていたが、十七歳になって間もないころに、自分の行動の打明け相手であったロベール・ドレーフュスに宛てた手紙には、次のような言葉が見られるのであった。

「シャンティイ滞在。リラダンに滞在。
さる有名な浮かれ女に、プラトニックな恋愛。これは結局、写真と手紙の交換にまで至る。
ある情事。それほど複雑なものでもなかったが、ごく平凡に最後は然るべき結果となり、そこからひどく時間をとられる一つの関係が生れた。これはうっかりすると、最低一年くらいは続きかねない。それで大いに儲けるのは、この種の人を連れて行くカフェ・コンセールか、それと類似の場所くらいだろう。(63)」

だから、なかなか手紙を書くひまがない、という言訳に、彼はこうした〝情事〟を並べたてたのだが、ここには友人に自分の女性関係をひけらかしている年長の少年の姿が見てとれよう。ちょうどペデラストの演技がそうであったように、彼は自分の誇張した言葉が友人に与える効果を測っているのであろう。

ドレーフュスの『思い出』によれば、こんな風にマルセルがカフェを連れ歩いたというのは、ウィーン生れの女性だという。ところがこの時期の他のどんな手紙を見ても、それらしい存在はどこにも見当らない。それればかりか、いま引用した手紙の後半部分には、「女」という文字すらいっさい使われてはいないのである。しかもマルセルは、これが女性関係と受取られることを承知の上で、この手紙を書いているにちがいない。そうだとすれば、この「時間をとられる関係」は、果して本当に存在していたのだろうか。そのことをわれわれは疑ってみてもよいだろう。

一方、「浮かれ女」と呼ばれた人物については、ドレーフュスはこれをクロメニルという女だろうと言い、伝記作家ペインターもこの説を踏襲しているが、『書簡集』の編者コルブは説得的ないくつかの理由を挙げて、これをロール・エーマンであろうと想像している。マルセルより二十歳も年上で、次々と小説家ポール・ブールジェや、プルーストの大叔父ルイ・ヴェーユの愛人になったこの女性については、よく知られているので省略するが、ただマルセルが、彼女から受けた寵愛を大いに他人に吹聴したらしいことは、つけ加えておかねばならない。これも有名な話だが、ロール・エーマンは、自分をモデルにした「グラディス・ハーヴェイ」という作品の収められているブールジェの短篇集『パステル画』を、自分のペチコートの絹で装幀してマルセルに贈り、そこに献辞として、「マルセル・プルーストへ。グラディス・ハーヴェイのような女を愛してはいけません。ロール・エーマン。一八八八年十月」と記したのであった。そしてマルセルは、この奇抜な贈り物と、やはり彼女から贈られた写真とを、盛んに友人たちに見せびらかして自慢したのである。

こうした逸話は、これで尽きはしない。ダニエル・アレヴィの回想録には、彼の見ている前でマルセルが、モンマルトルのある商店の女主人に花束をささげて言寄ったことが記されている。相手は笑いながら、この早熟な中学生をあしらい、やんわりと店の外へ押し出したという。アレヴィはその女主人の名前や店の位置まで特定しているが、それを見るとこの回想はかなり信憑性がありそうにも思われる(64)。

いずれにしても、こうしたいくつかの挿話から浮かび上ってくるのは、単にさまざまな女性との小さな恋愛遊戯を追いかける少年というだけではなくて、それを友人に誇示し、ときには大げさに吹聴し、ときにはまた芝居をしてみせたり、いかにも退屈そうな様子を装ったりするマルセルの姿である。

十七歳の少年はこうして、同性・異性に対する感情の演技にふけりはじめる。なぜなら彼にとっても、人間とは演技者だからだ。しかしまた演技は必ず他人の前で展開されるものである以上、その観客が必要である。言いかえれば、人間は演技者であるとともに、観察者にもなるはずだろう。そのことを、十七歳のマルセルは、はっきり意識しはじめていた。つまりは、自分の眼に映る他人、他人の眼に映る自分の姿に、彼はきわめて敏感になったのである。このことは、同性愛の最初の徴候と並んで、おそらく彼の十七歳を一つの決定的な時期とすることに役立つだろう。

3

人間は演技する存在である。このことは、十七歳のマルセルにとって、貴重な発見を形作ったように思われる。しかし考えてみれば、彼の場合に演技はそのはるか以前から始まっていた。とりわけ九歳で喘息の発作に見舞われて以来、演技は彼と切っても切り離せないものになっていたはずである。それはいわゆる「第二次病気利得」のためであって、喘息の発作が母のいたわりを獲得させる以上、彼が喘息を演ずるようになるのは、ごく自然の成行きであった。

喘息の演技だけではない。おそらく喘息発作以前から、すでに演技性は幼い少年のうちにしみ通って、彼の本質的部分を形作っていたのではなかろうか。むしろ演技こそ彼を作ったのではなかろうか。そんな風に想像したくなるものが、彼の生活のなかには充満していたように思われる。

それというのも、古典的な演技の構造は、まず第一に、主体よりも客体を軸にして成立つものだからである。演技する俳優は、観客に自分の存在をさし出して、つまりは観客の視線を浴びる対象（客体）となる。演技の成否は、こうして観客の主体に委ねられる。一方、主体としての俳優は、そうした観客の視線にとらえられる客体としての自分を作ることに専念するだろう。だから自覚した演技者とは、自分の客体化を知る者と言ってもよいだろう。

幼年期のマルセルの経験や、彼のかかえていた問題を振返ってみると、すべてのことがおおむね、このような演技の構造のなかで進行したことが見てとれる。彼は意気地のない、意志薄弱な少年であったが、それは彼の力の及ばない神経と体質のせいだと見なされていた。彼は自分の自由にならないこの神経と体質のおかげで、免責されたのである。そこで少年は、その神経と体質にとびつき、それを口実に、いわばその運命に支配されている自分を客体のように他人の前にさし出して、家族（とくに母）の同情を買い、意志の弱さを公認のものとすることを考えついたのである。このような構造が、母を呼び求める少年の「就寝のドラマ」や、喘息の発作をめぐってあらわれたことは既述したが、これはまた後年に至るまで、他人に接するときのプルーストの態度を特徴づけるものになるだろう。そうした態度は、これをひと言で名づけるなら、「甘え」と呼ぶことができる。甘えはプルーストにおける人間関係の、著しい特徴と言わねばなるまい。

ところで土居健郎によれば、「同性愛的感情の本体は甘えである」（『「甘え」の構造』）。それをさらに厳密に指摘しているのは、『聖ジュネ』のサルトルであって、彼はこう言っている、「主体そのもののなかでさえ、客体が主体に優先するということは、受動的な愛に人を導き、これが男に波及すると、同性愛へと向かわせる[65]」。問題を常にこんな風に一般化できるのかどうか、私にはなんとも言えないが、しかしことプルーストにかんする限り、彼の同性愛が甘えや客体優位の構造と密接な関係にあったことは、充分に想定できるところであろうと思われる。

その場合、最も根源的・決定的な選択は、主体よりも客体の優位する演技者の構造であって、おそらく同性愛ではないだろう。というのも、人は生れつきの器質的な原因によって、同性愛者としてこの世界に登場するわけではなく、肉体的・家庭的な条件や、その他もろもろの生存の状況のなかで、徐々に同性に惹き寄せられる形での性愛を、自ら選びとっていくのだろうから。プルーストの場合も同様であって、十七歳の彼が同性の友人たちに対する感情に悩まされながら、なおかつそこに彼特有の演技性を混えて、いっそう友人たちの驚きの原因になり、ときには顰蹙を買う結果にさえなったときに、彼は実を言えば自分の同性愛の根拠をさらけ出していたのだろう。

そのことを、十七歳の彼は気づいていたのだろうか。それを断定するのはむつかしい。けれども、少なくともそれから数年とたたないうちに、マルセルがほぼその関係を自覚するに至ったらしいことは、推測できるのである。というのは、二十歳をやや過ぎたころに書かれたと思われる一問一答形式の例のサロンの「告白帳」には、きわめて雄弁に、その事情が語られているからだ。その重要な部分を、次に書き写してみよう(66)。

「私の性格の主要な特徴は?――愛されたいという欲求。もっと明確に言うなら、尊敬されたいというよりも、むしろ愛撫され、甘やかされたいという欲求。

私が男性に望む資質は？――女性的な魅力。

私が女性において好ましいと思う資質は？――男のような美徳と、率直な友だちづきあい。

友人たちにおいて最も高く評価するものは？――私に対して愛情を持ってくれること。もっとも、その友人が素敵な人物で、その愛情に大きな価値を与えている場合である。」


これが二十歳を過ぎた男の書くことかと、驚いたり呆れたりしてはならない。この「告白帳」のマルセルは、きわめて真剣であって、何気なくこれを読むであろう人びとには容易に勘づかれない形で、しかし自分の真実をいささかも曲げることなく、こっそりときわどい回答を滑りこませている。ということは、彼が自分自身を冷静に、ほとんど他人のように分析して、それを把握していることを意味する。私が常に感心するのは、プルーストにおけるこのきわめて冷静で的確な自己観察である。彼は、自分が愛され甘やかされるのを好んでいることを、自覚している。つまりは愛される対象＝客体としての自分が、主体としての自分よりも重要であり、優位を占めていることを、自覚しているのである。それればかりか、そう記した直後に、男性には女性的魅力を、女性には男性的長所を求めているところを見ると、受動性こそ自分を同性への愛へと向かわせていることも、彼は感じとっていたのかもしれない。仮にそうではないとしても、受動性こそ自分が生きていく上での決定的な要因であることを、彼は見逃してはいなかった。というのも、こうした受動性を示す言葉が、その少し先でも点々と執拗にくり返されているからである。

「私がなりたいものは？――私の尊敬する人たちが欲するような私。」

「私の好きな花は？――あの人の花、そしてその次に、すべての花。」

「どんな風に死にたいか？――よりよい者として、また愛されながら。」

この引用のなかの、「あの人の花」という表現は、原語で書けば la sienne である。すなわちこれは「彼の花」とも、「彼女の花」とも解し得る言葉であって、そのような表現を選んだ理由もあれこれと推測されるけれども、いずれにしても、他人の主体を先に立てて、それに従う姿勢を示していることだけは明瞭であろう。その他の引用についても、説明の必要もないはずである。いずれも、受動的な生き方、客体優位の生き方を、はっきり示している言葉と言っていい。

ここに示されているように、プルーストにおいて決定的なのは、何よりもまず彼の演技を支えている客体優位の構造である。それはさまざまなものを生み出した。彼の倒錯した性愛が、その一つの表現であろうことは、すでに述べたが、演技性のもたらしたものはそれだけではない。演技とは、他者の眼に映る自分であり、他者の主体によって初めて成立つものである以上、それは決して本来の自分ではないという感覚、言いかえれば、人は必ずにせものを演ずるのだという感覚、そうした感覚を、明晰な演技者は常に持つのではなかろうか。プルーストは、やはり十七歳のころに、そのことを強烈に意識したように思われる。そればかりか、彼のように明敏な他人の眼から見れば、自分の動作が必然的に演技になり、したがってにせものになることもまた、彼は感じとっていたにちがいない。十七歳のマルセルにとって、悩みの種は、自分が他人の眼ににせものに映ることだった。しかも彼は、他人の眼に映る自分を優先させて、それこそ自分だと思っていたのだから、彼の悩みは言いかえれば、自分はにせものだ、ということになる。そのことを、彼の書簡は明瞭に証言している。コルブによって、一八八八年九月十日のものと推定されたロベール・ドレーフュス宛ての手紙は、そのことをありのままに告白しているからだ。この手紙は本当を言うと、細かく分析してみたいものなのだが、今は紙数の都合もあって、その一部分だけを掲げよう。マルセルはこう書いているのである。

「もう一つの快楽は、友人の悪口を言うことで得られるだろう（……）。ぼくは芝居をして、自分以外の者になって、罪悪感を覚えることもなしに友だちの悪口を言うことができる。ぼく自身の悪口もだ。ぼくは喜んで、自画像を、自画像の一端をお目にかけよう。」

こう記した後にプルーストは、他人にこう映るだろうと思われる自分を、つまり客体としての自分を、サロンの婦人かなにかの口真似をして（すなわち、ここでも演技を行いながら）こんな風に描くのである。

「ご存じですか？　Xを？　ほら、あのM・Pのことですよ。率直なところ、あの人はどうも虫が好きませんね。始終大げさに感情を爆発させて、せかせかして、ひどく感激してみせたり、やたらと形容詞を並べたてたり。なによりもわたしには、あの人がひどく気がふれていて、うそだらけに見えるのです[67]。」

自分はにせものであり、うそに見えるはずだ、というこの感覚、これこそ幼いころからの演技性のなかで培われてきたものであった。

4

自分は演技者だ、そしてにせものである――この感覚は、十七歳のプルーストにとりついて離れなかった。彼はまた、自分が他人の眼に「気取り屋」であり、「くわせ者」であると映っていることも、よく承知していると言明していた[68]（ドレーフュス宛て一八八八年八月二十八日の手紙）。しかし、にせものであり、くわせ者である以上は、本物がなくてはならぬはずだし、彼の正体は別のところに隠されているはずであるが、ではその本物のプルーストとはなんだろう。にせの仮面をはぎとったときに、その下からあらわれて来るのはどんな顔なのであろうか。

実はそんな仮面の下の顔など、存在しないのだ。十七歳のプルーストの関心を強く占めていたのは、この問題である。つまり自分が何者かではないということ、自分だけでなく、そもそも人間とは何者でもない、ということだった。彼はやはりドレーフュス宛ての同年九月七日の手紙で書いている。

「ぼくの考えでは、一人の人間とは性格のことではない。われわれが一つの性格にかんして洞察したと信じていることは、実は観念連合の結果にすぎないのだ、とぼくは信じている。(……)われわれが自分たちの頭のなかで作り上げる一つの性格は、われわれが見たいくつかの特徴のみによっているのであって、それは別な特徴もあることを想定している。しかし、こうした性格の作り方は、まったくの仮説にすぎないのだ。(69)」

こんな風にして、彼は一定の性格の存在を否定し、人間とはさまざまな他人の眼でとらえられた多様な仮説にすぎないことを主張する。その上で、自分は「多数の人間《メッシュー》によって構成されている」と、ややおどけた調子でつけ加えるのである。

フィリップ・コルブも指摘しているように、ここには、後に『失われた時を求めて』のなかで「さまざまなスワン」という大きな一つの主題となって結実する問題の、萌芽がある。スワンとは、この小説のほとんど副主人公ともいうべき人物だろう。そのスワンが、一定の人格に統一されるのではなくて、多様な人物から成っていること、人びとはそれぞれ彼の一面しか見ておらず、どれが本物のスワンであるのか、まったく決めかねるということは、作品冒頭から指摘され、しかも作品全体を支える一つの縦軸となっている。そして、人間の多様性というこの問題は、決して小説の一テーマとして存在しているだけではなく、作者自身の人間認識であり、溯れば十七歳の少年の不安に突き当るはずのものなのであった。

こうして、少年は必ずや、自分に言いきかせたにちがいない、確固とした一つの性格に支えられている自分など、どこにもありはしないのだ、と。それも、他人たちの眼に、そういうものが見つからないだけではなかった。彼は、他人の眼に映る客体としての自分をすべてに優先させていたのであったから、自分でもすでに、そうした性格を信じることができなくなっていたのである。

では、統一された一個の人格は、まったく存在しないのであろうか。不安にかられた少年は、いま一度、統一体としての自分を探し求める努力をしたらしい。けれども、ようやくそれをつかみかけたと思った瞬間に、今度は別の自分——たとえば自分を見ている自分——が、その権利を主張しはじめるのであった。そこで少年は考えこんでしまう。いったい、われとは何者か。見ている自分か、それとも見られている自分か。この問は、現在から判断すれば甚だ素朴なものである。だがどれほど素朴に見えようとも、これはランボーの「見者の手紙」と相前後して生れたブルジョワの一部の若者たちに共通の、抜きさしならぬ問題だったのであろう。そこからやがて、ジードの『地の糧』や『鎖を離れたプロメテ』が、またヴァレリーの『テスト氏』が誕生することになるだろう。

十七歳のマルセルを悩ませていたのも、まさに同質の問題であった。その上、彼はジードやヴァレリーとは違った意味で、そのことに関心を抱く理由があったのではないか。というのも、一八八〇年代の反ユダヤ主義のために、彼は自分の存在が自分でも決して自由にならないことを、いやというほど思い知らされていたからである。たとえ他人が、彼にユダヤ系の母方があることを知らなかったとしても、彼自身はそれを否応なしに意識せずにはいられなかったであろうし、そうした彼の客観的存在は、それを見ている彼自身の主体的な意識と、容易に重なりあおうとはしなかったはずだからである。

こうして彼には、自分自身の存在こそ、解決すべき大きな問題を形作ったのであった。ちょうどそのとき、彼の通っていたコンドルセ中学に、一人の哲学教師があらわれて、ずばりと問題の核心にふれたのである。それが、アルフォンス・ダルリュという人物であった（口絵⑧）。彼は、新たに受持ったクラスでの皮切りの講義に、自我の分裂について語ったのである。この講義は、マルセルの心に深くしみこんで、彼の共感を呼びおこしたらしい。だからこそ、そのわずか二日後に、この講義に触発された彼は早速ダルリュ宛てに直接手紙を書いて、切々と自分の抱えている問題を披露したのであろう。そのなかで彼は、「意識がその行為や思考を分析することなしには、何もできず、何も考えられない」という「人格の分裂」を語って、次のように書いた。

「およそ十四、五歳で、私が自分自身の上にかがみこみ、内面生活を探求しはじめたころは、苦痛であるどころか、むしろその逆でした。

ところがやがて十六歳ごろになると、それはとくに肉体的に堪えられないものになりました。

私はすっかり疲れはてて、一種の強迫観念を覚えたのです。今ではもう、そのようなものに襲われることはまったくなくなりました。以前はひどく虚弱だった身体も、ほとんど元気と言えるくらいになり、この不断の分裂が惹きおこす衰弱と絶望に対しても、反応できるようになりました。けれども、ほぼ完全に性質を変えたとはいえ、私の苦痛はやはり依然として激しいものです。ただそれは、知性化しました。私は、かつて自分の最高の喜びであった文学作品に、もはや完全な快楽を見出せなくなりました。たとえばルコンド・ド・リールの一篇の詩を読むとき、私が従来どおりの限りない官能を味わっているあいだに、もう一人の私が自分を見つめ、私の快楽の原因を面白そうに観察しては、それを私と作品とのあいだのある種の関係において眺め、そうすることによって、作品固有の美があるという確信を破壊してしまうのです。それればかりか、とりわけ直ちに、まるで違った美の条件を想像して、私のほとんどすべての快楽を、ついには殺害してしまうのです。(70)」

たぶんこの手紙のなかにも、プルースト特有の演技はひそんでいるのだろうが、それはそれとして、われわれはここに少年の直面した危機の深さをうかがうことが可能だろう。

その少し前、つまり十五歳から十六歳にかけては、マルセルが病気のために、しばしば学校を休んだ時期である。それも、ただ欠席が多いという程度のことではなくて、一八八六年には第二学級に留年させられたほどであった――同じ年に、二年下の第四学級にいた弟ロベールは、各教科で好成績を上げて進級したのであって、学校にかんするかぎり弟は、やがて文学士号すら兄に先がけて取得することになるだろう——。そして、いま引用した手紙を頼りに、この時期に光を当ててみれば、彼の病気と留年が、決して純粋に肉体的な条件のみに起因するものでないことが、明らかになるだろう。というか、肉体の苦痛と、彼が深刻に苦しんでいた自我解体の問題とは、切り離せないものなのであった。彼の病気とはすなわち喘息であるが、もともとこれは母を求めるインターナル・クライであり、彼の本質そのものとなった演技でもあるのだから、この自我分裂の危機と密接にからんであらわれたことに、なんの不思議もないのである。

喘息だけではない。考えてみれば、これまで記述してきたプルーストの幼少期はことごとく、この分裂へと至るものだったように見える。だがまた彼は、青年期への入口で、この自我の分裂を痛切に自覚しなければ、決してあのような作家になることを選ばなかったのではなかろうか。彼は、にせものの自分、分裂した自分に、深刻に戸惑ったり苦しんだりしたろうけれども、だからこそまたその解決を、ひたすら文学と想像力に求めようとしたのではなかろうか。というのも、そうした自意識の障碍を乗り越えて、いわば創造によって自己解放をとげるということこそ、『失われた時を求めて』の重要な主題だからである。

その証拠に、いま引用したダルリュ宛ての手紙のなかの、ルコンド・ド・リールに言及したところを見ていただきたい。ここでは、自意識によって、詩の与える快楽が妨げられていることが指摘されているわけだが、それをたとえば、『失われた時を求めて』第一篇第一部の、次の一節と較べてみよう。

「そのうえ、わたしの思考もまた一つの小さな隠れ家であって、わたしは外部に何が起こっているのかを眺める場合でも、自分がその奥に深くもぐりこんでいるのを感じたのではなかろうか？　外部にある対象を眺めるとき、それを見ているという意識がわたしと対象のあいだに残っていて、その対象を薄い精神的な縁でかがってしまい、そのためにどうしてもわたしには、直接その物質にふれることができないのだった。」（RTP, I, 84）（訳 I, 186）

プルーストが、その小説の第一篇にこのような言葉を連ねたとき、彼は明らかに、十七歳当時の危機を鮮明に思い出していたのである。その意味でも、彼の小説は、十七歳のころから鋭く意識されていた自己分裂の乗り越えの記録でもあった。小説家プルーストの誕生に、十七歳の彼の覚醒が不可欠のものだったのは、そのためである。

おわりに

本稿は、丸善の『学鐙』に二年間二十四回の連載という約束で書き始めたものである。最初はできれば二十四、五歳までのプルーストの生き方をあとづけたいと考えていたのだが、十七歳までの軌跡を辿ったところで、最終回を迎えることになった。しかしここまで書いてきた少年期の段階で、既にプルーストの基本的な方向は定まったように見える。森有正の「一つの生涯というものは、その過程を営む、生命の稚い日に、すでに、その本質において、残るところなく、露われているのではないだろうか」という有名な言葉（『バビロンの流れのほとりにて』）は、プルーストにも当てはまるように思われる。それでもここで一旦このエッセイを終えるにあたり、改めて、長々とこのようなものを書いてきた理由の一端と、書き残した二、三のテーマとを以下に記しておきたい。

「マルセル・プルースト」という名前は、おそらく誰にとっても、まず『失われた時を求めて』の作者のものだろう。なるほど、たしかにこの名で呼ばれる一人の実在の人物が、一八七一年にオートゥイユで生まれ、一九二二年にパリで死んでいったはずだけれども、われわれは真っ先にその実在の男の生涯に興味をそそられるわけではない。最初にはまず作品があり、その作者である一つの名前が、われわれの前におかれていたにすぎないのである。

しかもプルースト自身が、作家と実生活の人物とは別人であって、この二つのものははっきり区別されるべきだということを、何度も述べている有様だ。それは若いころから変らぬ彼の持論だった。例のサロンの「告白帳」のなかでも、彼はいち早くこう書いている。

「どんな過ちに、あなたは最も寛大ですか？——天才の私生活に対して。[71]」

これは、後の『反サント＝ブーヴ論』のなかの余りにも有名になった言葉――「一冊の書物は、われわれが自分の習慣や、社会生活や、また自分の悪徳のなかで明らかにしている自我とは、別な自我の産物である」（CSB, 221-222）――を、はるかに予告している。また『ジャン・サントゥイユ』から『失われた時を求めて』までのプルーストの小説のなかでも、実際に詩人や小説家と知りあいになった作中人物のだれかが、そのために逆に作品に対してとんでもない評価を下すという形で、このテーマがくり返し描かれることになる。

そこから、プルーストの実人生をいくら調査しても、それは彼の作品やテクストとは無関係であるという、短絡した意見が生まれるかもしれない。しかも甚だうまい具合に、「作者の死」などということを言出す人物たちも現れて、なかには自分の実生活を完全に近いまでに隠蔽し、一枚の写真すら残さずに、激烈な言葉を連ねて人びとを脅やかす者もある。彼は言う、「私が語るときには、私の内部で死が語っているのだ」と（ブランショ）。その戦略に見事にのせられて、実人生の作家はしばしば無視され、また抹殺されることになる。

けれども、私はほぼ確信を持って言えるのだが、作家の伝記はこれからもまだ当分のあいだ、数多く書かれるにちがいない。何よりもまず、一つの作品を前にした読者が、それを書いた実在の人間に、しばしば思いをはせるからである。この関心は、素朴ではあってもきわめて根強いもので、その上、少なくとも二つの正当な理由を含んでいる。第一に読者は、自分が本を読む時間と、生活する時間、読書という行為によってもたらされる世界と、読書しつつある自分をとりまく現実の世界とのあいだの、非連続性を知りながらも、それと同時に、そのあいだの屈折した連続性をも十二分に承知しているからである。そして第二に、人は決して作家に生まれるのではなくて、作家になるものだからだ。もし仮に作家が、日常生活の人間の「死」の上に生まれるのだとしても、作家はそのような「死」を選ぶ人間になったのであって、初めから死んでいたわけではないのである。

　以上のことから、一つの問が生まれよう。どんな風にして、人は作家になるのか、なぜ実生活で死んで作品で生きることを選ぶのか、どうして自分をとりまく現実世界での成功を選ばずに、作品という迂路を経て、未知の読者からもたらされる栄光を夢見るに至ったか、という問題がそれである。

　言うまでもなく、作家になる者もまた、生まれたときは眼も見えない肉塊であった。その肉塊が成長するに応じて経験するさまざまなことは、彼の行う「死」の選択や彼の作品に、なんらかの形でつながっているはずである。それをすっぱりと切り落して、作品だけを味わいたいという人や、またその作品に精緻な用具をあてはめて、これを分析することに関心を持つ人は、そうしたらよいだろう。だがまた一方で、万人の眼にふれるこの普遍的な作品と、必ずそれを成立たせ、それを支え、それに養分を与えて自分は身を隠してしまう作家の「私」の部分とが作る緊迫した関係に、興味をそそられる者もいるのである。私はその後者に属している。そこに、作家の伝記という、微妙で危険な一つの領域が生じるのである。

　そればかりではない。プルーストの場合には、このエッセイの冒頭でも述べたように、一つの特別な事情が存在した。彼の作品が、色こく自伝的な要素を含んでいる、ということがそれである。しかもプルーストは、『ジャン・サントゥイユ』を書きはじめた若いころから、すでにきわめて意識的に虚構の自伝を目ざしていたので、彼の伝記を試みる者は、ひとりの人間が自分の実人生を虚構化する過程を果して描けるか、という課題に答えなければならない。単に彼の経験をあれこれと拾い集めることが問題なのではない。彼を『失われた時を求めて』の作者たらしめたもの、その意味での「マルセル・プルースト」の誕生の秘密を、さまざまな資料と方法によって探り、ないしは再構成することが可能かどうか、問われるのはそのことである。また、それが最終的に私の目ざすところでもある。

右の作業を進める上で、現在プロン社から刊行中の『プルースト書簡集』が屈強な材料を提供していることは冒頭に述べた。この『書簡集』の刊行は、単に夥しい未発表書簡がそこに盛られているだけではなくて、従来は意図的に改竄されたり削除されたりしていた手紙を、編者コルブができるかぎり実物ないしコピーに基づいて再確認し、訂正したという点でも、きわめて大きな意義があると言わねばならない。

けれども、書簡が明らかにする種々の断片的事実から、作家の伝記（いわば、作家形成の物語）までのあいだには、大きな距離がある。たとえば、プルーストが強いエディプス・コンプレクスの持主で、しかも同性愛者になっていったことは、書簡からも明らかに察知できるし、たぶん誰も異論をさしはさむ余地のないことだろうが、それが作家プルーストの誕生とどうからんでいるかということは、おそらく機械的に精神分析の図式をあてはめるだけでは解明できない。それと同様に、作家プルーストにとってユダヤ人の問題が大きな役割を演じていることは、作品を一読すれば容易に知れることだが、それが作家誕生の秘密のなかでどんな役目を果したかは、単に母親がユダヤ人だったという事実からだけでは説明がつかないだろう。しかもプルーストは、同性愛者とユダヤ人とが同質のものを持っていることを、しばしば暗示しており、この二つを切り離せないものと見なしていることがうかがわれる。そうだとすれば、それこそ現実にプルーストのかかえた問題だったという推測が成立つであろう。むろん、ユダヤ人社会に同性愛者が多いか少ないかは、どうでもよいことだし、私の知るところではない。しかしプルーストの場合にかぎって言えば、彼がユダヤ人の血を引いていたということは、彼が同性愛者になっていったことと、密接に関係する要因の一つだったと思われる。

その事情の一端には、すでにふれた。そしてこのことは、二十四、五歳までのあいだにさらにはっきりした形をとり、『ジャン・サントゥイユ』執筆当時にはもう明確な自覚に到達していたと私は考えている。その自覚が実はこれも「プルースト」誕生の重要な一挿話となるはずであるが、ここでは充分に展開する余裕のなかったことが悔やまれる。

それと並んで、『失われた時を求めて』の作者になるために、マルセルがどうしても踏まねばならなかった過程は、スノビスムであった。十七、八歳からサロンに出入りしはじめたこの少年にとって、社交生活は、単に彼の主題の一つを形作ったというだけではなく、きわめて本質的なものであった。彼は、サロン作家、スノブの作家といわれるのを嫌ったが、しかしサロンなしに「プルースト」になることはできなかったし、それは社交生活以前のマルセルの形成とも有機的にからんでおり、その意味で（ボードレールにおけるダンディスムと同様に）必然的な選択であった。その仕組や、彼の選択の内的動機についても、私はある程度まで納得のいく解釈が可能だと考えている。

最後に、平凡なようだが、どうしても逸することのできない問題は、プルーストにとっての読書である。それも、何を読み、どのような知識を得たか、ということだけではなくて（それも重要だが）、読書という行為の本質にかんする彼の洞察である。バンジャマン・クレミウが、「プルーストの作品の根底には、読書にかんする深い省察がある」(72)と言ったのは、この点で非常に鋭い指摘だったと言ってよい。

マルセルの生活のなかで、読書が占めていた比重は、どんなに強調しても足りるものでない。そのことは、彼の作品にも、書簡にも、また「読書の日々」のようなエッセイにも、要するに至るところで感じとることができる。この読書という行為の持つ特殊な経験に魅せられて、彼が自分の全生活をむしろ虚構の世界に構築し直すことを考えはじめるのは、一八九四、五年、彼が二十三、四歳のときであったと思われる。それ以来、彼は他の職につくことを諦めて、ひたすら両親の財産に寄生しながら、自分の生涯を虚構のために生きていくという方向へ踏み出していくのである。その過程については、いずれ近いうちに、なんらかの形で書いてみたいと考えている。(73)今回は、このような機会を与えて下さった『学鐙』の本庄桂輔氏に感謝しつつ、ひとまずここで筆を擱くことにする。

Ⅳ　翻訳の可能性

スノビスムの罠

一九九二年

『失われた時を求めて』全訳へ向けての第一段階として、エクストレ版（抜粋訳）を出すことになった。今回、上下二冊の形で出版されるのがそれであって、全七篇のなかから作品の流れを理解するために不可欠と思われる部分を選び出し、各断章のあいだをナレーション風のあらすじ説明でつないで、ひと通りこれだけで全体像がつかめるように編集したものである。

もちろん一つの作品は、どんなに長かろうとも、原作そのままの形で読まれるに越したことはない。それでも私が敢えてこのような抜粋訳を試みたのは、『失われた時を求めて』の余りの長さ（日本語にして約一万枚）のために、読者が初めからひるんでしまったり、折角とりかかっても第三篇、第四篇の複雑で饒舌な記述のために途中で放棄してしまったりする例が少くないことを、よく承知しているからである。そうした読者たちのために、またこれから本を読もうとする若い人たちに是非ともプルーストの世界を覗いてもらうために、私はまずこのような形の出版を考えたのであった。

　その上で、私はこのエクストレ版を出すに当り、三つの目標を立てた。その第一は、小説全体の構造をできるだけとらえ易くする、ということである。

　プルーストは第一篇『スワン家の方へ』が刊行されたときに、自分の小説に「厳密な構成」があることを強調した。その一方で、「ある一節と対照をなす節、原因と結果とが、互いに広い間隔をおいているので」、この構成は「識別が困難であろう」と認めている。これが有名な「開きすぎたコンパス」と名づけられたものだが、たしかに余りに厖大な作品であるために、作者の設けたさまざまな伏線や、後の記述を準備する前提も、よほど注意ぶかく読み直さないかぎり、この巨大な建築物のなかに埋もれて、目につかなくなってしまう危険がある。そこで私は、抜粋訳の利点を生かして、まず作品の流れや構造を鮮明に浮き上がらせることはできないかと考えたのであった。

　しかし構造の把握がすべてではない。むしろそれと矛盾するようだが、プルーストの与える快楽の一つは、何の気もなしにどこかのページを開いても、そこに豊かな魅力をたたえた断章がちりばめられていて、つい惹きこまれるというところからくる。私自身も、ときおり好みの一節を開いては、三十分なり一時間なりのあいだ、その部分だけを味わうことがあるが、ただこうした楽しみは、これを全体のなかに位置づけるとさらに倍加されるものだ。できればこの抜粋訳のいくつかの断章が、そうした楽しみの存在を理解するきっかけになってはくれないだろうか。それが私の第二の狙いであった。

　なおこれに関連して、「プルーストからすべてを学んだ」と断言するフランソワーズ・サガンが、最初はたまたま手許にあった第六篇『消え去ったアルベルチーヌ』の一節を読んでその魅力にとりつかれ、ついにプルーストの熱烈な愛読者になったと記していることを、思い出してもよいだろう。プルーストは、そうした読み方をも可能にする作家なのである。

さらに第三に、私はできるかぎり明快なプルースト像を作ることにつとめた。というのも、プルーストには未だに難解だの晦渋だのというイメージがはりついていて、それが一般読者に彼を敬遠させる原因になっていると思われるからだ。なるほど彼の文章は、ざっと表面を流し読みするだけで鮮明な意味を結ぶわけではない。いわば芳醇な酒のように、じっくり味わわなければ本領を発揮しない類いのものだろう。また死後出版の部分をはじめとして、あちこちに見られる矛盾した記述が、作品の理解を妨げることも少くない。しかしだからといって、彼を晦渋な作家に仕立ててはならないだろう。というのも、彼は本質的に明快な作家であり、だれでも辛抱づよく掘り下げていけば必ず分るはずの作品を書いたからだ。

このことを私がとくに重視したいのは、『見出された時』で書かれているように、彼が小説によって「自分の生を、そしてまた他人の生を」とらえることを目指していたからである。言いかえれば、自分の限られた独自の経験から出発しながら、それをどこまでも追究することによって、万人に通じる普遍的なものに至り得るはずだと考えていたためである。やはり『見出された時』で、「一人ひとりの読者は、本を読むときに、自分自身の読者になるのだ。作品は、作者が読者に提供する光学器械のようなもので、おかげで読者は、この本がなければ見られなかったものを、自分自身のなかに認めることができるようになる」と言っているのは、そういうことだろう。とすれば、そのようなプルーストは、万人に読めるはずの日本語で訳さなければならない。成功したか否かは別にして、私が分り易さに固執したのはそのためである。

それにしても現代日本の読者は、この作品のなかに展開される八十年も九十年も前のフランスの情景を通して、自分の生をとらえ直すことができるのだろうか。たとえばここにはあちこちに社交界のシーンがあらわれ、そこにうごめくコミックな人間像が描かれている。そして今から四十数年前に、乏しい語学力を動員しながらたどたどしくこの小説を読んでいったとき、私の目にはそうした場面が、自分とかけ離れた異様な世界の出来事のように映ったものだ。とくに第三、第四篇の社交風景は、当時の私にはいささか退屈だったが、これを今の日本の読者はどう読むのだろう。そのことが私には気がかりである。

そこで私はこの小文で、プルーストにおける社交界の意味を多少考えてみたい。なるほどこれは彼の小説世界の一局面にすぎないが、私にはそれがきわめて本質的な部分を構成していると思われるからである。

＊＊＊

社交界、という。その中心はむろんサロンであり、付随的にはクラブあるいはセルクル（サークル）

である。もっともこの後者は、十八世紀にイギリスの風習が輸入されてからのもので、とくに社交クラブが盛んになったのは十九世紀以後だから、比較的新しい習慣にすぎない。それに対してサロンは、フランスの伝統的な習慣であり、一個の制度と化したものですらある。その起源は遠く中世に溯るけれども、とくに盛んになったのは十七世紀以後、ランブイエ侯爵夫人がパリの邸に上流貴顕や文学者・政治家などを招いてからで、基本的には貴族の婦人を中心にして、その周囲に選ばれた社交人たちを集める場であり、文士や芸術家たちを庇護するところであったのは周知の通りである。だが時代が下るとともに少しずつブルジョワのサロンが出現し、十九世紀も後半になると、ユダヤ系の女性を囲むサロンまであらわれた。たとえばアナトール・フランスの庇護者でも愛人でもあったカイヤヴェ夫人は、もともとユダヤ人の銀行家オーギュスト・リップマンの娘であったし、『カルメン』や『アルルの女』の作曲家ビゼーの未亡人でユダヤ人弁護士と再婚したストロース夫人も、十九世紀に何人もの著名な作家や芸術家を輩出したユダヤの家系であるアレヴィ家の出であった。彼女らの開いたサロンは、いずれもこの時期の代表的なものに数えられている。

プルーストは二十歳にもならぬうちから、これら二つのサロンの常連だったばかりか、画家マドレーヌ・ルメール夫人のブルジョワ・サロンにも出入りし、それらを通してその向こうにかすかに見え隠れする閉鎖的な貴族のサロンに近づこうと、たえずうかがっていた。おそらく彼がストロース夫人の息子のジャック・ビゼーや、親類筋に当るダニエル・アレヴィと同窓で、その関係を大いに利用したという事情もあるだろう。だがそうした偶然以上に重要なのは、彼自身が紛れもない一個のスノブだったということだ。そしてこれには少々説明が必要である。

もともとこの言葉は、嘲笑のニュアンスを伴わずには発せられることのないものだった。スノブとは、背のびをして自分より上位の階層に入りこみたがるきざな俗物の代名詞であり、薄っぺらで滑稽な存在である。この言葉の語源については諸説があるが、これがサッカレーの『スノブの本』を契機に、イギリスから海峡を渡ってフランスに入りこみ、十九世紀後半、とくに第三共和制になって、主として社交界を中心に広く使われるようになったことは、間違いのないところであろう。

ところで、「スノブ」に先立って、十九世紀のフランスに海峡を越えて入りこんできたもう一つの重要な言葉に、「ダンディ」がある。そして、スノブを語る者はしばしばダンディを語り、ダンディを語る者は、ブランメルとオルセー伯の名を引きあいに出さずにはいない。ダンディは、いわばスノブの個性豊かな兄貴分である。とりわけブランメルは、伊達男としてロンドンの上流社交界で一世を風靡した後に、彼の庇護者でも追随者でもあったプリンス・オヴ・ウエルズ（後のジョージ四世）と訣別し、莫大な借金をかかえてフランスに逃れると、最後にはすべてを失って悲惨な死に方をした人物である。流行児のこの没落は、バイロン、ボナパルトとともに、一八一五年の三人のBの挫折と言われるくらいに、当時の大きな事件であった。だからバルベ・ドルヴィイのように、彼に一書をささげる者があらわれたのだし、またボードレールをはじめ、多くの人が競ってこの「伊達男《ボー》ブランメル」を語ったのである。

けれども、バルベ・ドルヴィイやボードレールが、ブランメルを念頭において言う「ダンディ」は、現在使われているような洗練されたお洒落な男などという意味ではない。そうした物質的な優雅さや身だしなみは、外面にあらわれたほんの一側面にすぎず、これはむしろはるかに精神的な態度と見なされるべきものである。じじつブランメルは、決して身を装って他人から気に入られようとしたのではなく、むしろはるかに、他人を驚かせたり、傲岸不遜な振舞いや刺のある皮肉で他人に不快感を与えることに喜びを見出していたのである。プリンス・オヴ・ウェルズとの不和も、実はそうした彼の態度が一つの原因であって、「伊達男ブランメル」をめぐるこの種の挿話はとうてい数えきれない。だからこそバルベ・ドルヴィイはダンディスムの特徴を、「常に思いがけないものを作り出すこと」と評したのであり、ボードレールはこれを「決闘と同じほど奇妙な制度」、「奇妙な精神主義」、「宗教の一種」と呼んだのである。そしてこれら十九世紀の作家たちの言説が二十世紀になっても受けつがれて、『反抗的人間』のカミュのように、「ダンディたちの反抗」という発想を生んだのであろう。

しかしダンディとはもともと、上流社交界を征服した一種の存在の仕方だから、肉体の消滅とともに消えなければならず、またこのような存在を可能にする社会的条件がなければ成り立たないはずのものだろう。その点でボードレールがダンディスムを、「民主制がまだ全能となるにはいたらず、貴族制がまだ部分的にしか動揺し堕落してはいないような、過渡の諸時代に現れる」「一個の落日」であると述べたのは、きわめて正確であった。こうした存在としてのダンディの時代は十九世紀の前半であり、さらに言えば、その全盛期はフランスなら王政復古期だろう。一八三〇年にイギリスでは、ブランメルと縁の深かったジョージ四世が死に、フランスでは七月王制が始まるが、それとともにダンディは徐々に変質し、いわば大衆化して、その純粋性を失っていくのではないか。なるほどバルベ・ドルヴィイの『ダンディスム』は一八四五年に書かれ、ボードレールがコンスタンタン・ギースを語ってダンディスムを論じた『現代生活の画家』は一八六三年に書かれたが、この時期になると、言葉こそしきりに生産されるが、存在としての真のダンディが準備される土壌は、かなり失われていたように思われる。わずかに世紀末になって詩人ロベール・ド・モンテスキウとオスカー・ワイルドが、先行者たちの精神を受けついで、その存在においてもダンディたらんと試みるが、このころはすでに社交界も完全に変質している以上、時代精神としてのダンディスムもとうに終っていたのであろう。そして図式的に言えば、それにかわってあらわれるのが、似て非なるものであるスノブたち、ということになる。これはいわば、ダンディから挑発と皮肉と刺と自負心を取り去った、その堕落形態である。もしボードレールが言うように、ダンディとは「一個の独創性を身につけたいという熱烈な欲求」であるならば、スノブは逆に、憧れの階級や環境のなかに受入れられて、周囲の人たちに溶けこみたいという模倣の欲求である。ここでは独創性は問題にならない。というか、独創性までが模倣の対象になるのだろう。ともあれ、こうしてダンディのあとにやってくるスノブの時代を予告した先駆者的な英雄こそ、プルーストに深い影響を与えたシャルル・アースだったと思われる。

＊＊＊

『失われた時を求めて』のスワンのモデルとして知られるシャルル・アース（口絵⑩）は、一八三三年に生まれ、一九〇二年に死んだユダヤ人である。たいそう魅力的な男だったらしく、十九世紀屈指の名女優サラ・ベルナールやジュリア・バルテも彼の愛人だったし、とくにサラ・ベルナールから彼に宛てた直截的で激しい恋文は有名だが、しかしそれにもまして彼の名は、富豪といえるほどの財産もないのに、第二帝制から第三共和制初期にかけての社交界で引張り凧になったユダヤ人として、後世に伝えられることになった。なるほど彼の父アントワーヌは、七月王制期にロトシルド銀行の代理人として活躍し、かなりの財産を息子に残してはいるが、その程度のものではとうてい社交界を征服するのに充分とは思われないからだ。にもかかわらず彼の交友関係を見ると、そのころの社交界の錚々たる名前が並んでいるのである。たとえばガリフェ侯爵夫妻、サガン大公妃など。当時のプリンス・オヴ・ウェルズ（後のエドワード七世）も、ナポレオン三世の従妹のマチルド皇女も、彼のごく親しい友人だった。

どうして何の肩書も資格も持たない一ユダヤ人が、多くの社交名士たちから争って求められたのか？　むろん彼の身に備わった魅力のためだろう。たしかに洗練された身だしなみや立ち居ふるまいに加えて、美術や演劇にかんするスワンなみの知識は、彼の話術を輝かしいものにしていたらしい。しかしそれと同時に、彼の社交的成功は、かなりの部分を本人の異常な熱意に負うていたのではないか。その事情を端的に示すのが、ジョッキー・クラブへの入会だろう。

先にも記したように、クラブ（サークル）というのはイギリスから導入された風習だが、アースはまず一八六八年に、ロワイヤル街サークルのメンバーに選ばれている。コンコルド広場を見おろす同サークルのバルコニーに、ガリフェ侯爵やポリニャック大公などと並んだアースの立姿が描かれているティソの絵は、よく知られたものだ。しかしその一方で、フランスで最もエレガントなサークルという定評のあったジョッキー・クラブへの入会は難航をきわめた。彼は一八六七年以来、四年のあいだ毎年会員候補に擬せられてそのたびに落選し、ようやく五度目の投票で一八七一年に入会を許されている。そしてこの四度の落選というのは、それ以来、ジョッキー・クラブ最高の記録として残るのである。

このころのジョッキー・クラブは、かなり閉鎖的なものだったとはいえ、他のクラブのように正統王党派だけで固めたわけでもなく、メンバーも約七〇〇人を数えた。にもかかわらず、アースのように社交界に多くの有力な知人を持つ者が重ねて落選したのは、やはり彼の出身が問題になったのであろうと想像される。だがそれ以上に私が驚くのは、四度も拒否されながらついに五度目に入会を果たした執念であって、彼にあのような社交界の地位を獲得させたのも、ユダヤ人には容易に入りこめない環境に受入れられようというこの執拗な意志と無縁ではないだろう。こうしたことは、反抗者ダンディには考えられないことである。ちなみにブランメルの方は、二十歳にもならぬころに、その冷たいユーモアで一気に英国皇太子（後のジョージ四世）の心をとらえたのであって、決して卑屈に上流社会にはい上ろうとしたわけではなく、また皇太子と不和になっても、直ちに社交界での地位を失ったわけではない。この場合、主役はあくまでも、何の権力も持たないブランメル自身であって、皇太子の方がむしろ脇役であり、同伴者だったのである。

こんな風に比べてみると、ダンディとスノブの原型ともいえるこの二人の行動様式は、一見正反対のように思われるが、しかしまた両者に共通する基本的な特徴があることも見てとれよう。それはすなわち彼らにおいて、そのすべての栄光が、他者の意識に依存しているということである。

バルベ・ドルヴィイは、その『ダンディスム』の冒頭で、みなからさげすまれた最低の感情である「虚栄」について語り、これこそダンディを生み出すものであって、ブランメルは偉大な見栄っぱりであったと言っている。たしかにダンディは、自分を眺める讃美者たちを必要としているから、その意味で見栄こそ成立基盤であり、それを支えているのは他者の目であろう。そしてこの事情はスノブの場合も同様である。自分の存在や実体を隠して、自分よりも上位にある――少くともそう考えられている――階層や集団に属しているように見せかけるスノブは、『スノビスムとフランス文芸』という大著を書いたエミリヤン・カラシュスの言葉をかりれば、「外観のために存在を放棄」しているのであり、いわば他者の目に映るイメージを自分の存在に優先させるのである。その同じカラシュスは、『ダンディの神話』という別な書物のなかで次のように言う。

「出世主義者は権力を求めるが、スノブとダンディはむしろ鏡を求める。しかしその鏡のなかにダンディは、自分自身を反映させるのであって、すでにそこに記されているイメージに自分の像を合わせるのではない。両者とも外観をこの上もなく重視するが、ダンディは〔他人と〕別のものに見えようとするのに対し、スノブは〔他人の〕中にいるように見えることを求める。ダンディは人を驚かせるような、かつてなかった外観を作り上げるが、スノブは自分の外観を、彼の欲望をそそるものに一致させる。だからスノビスムは結局、ダンディスムの持ち得ない集団的な力を獲得するのだ。」

この「鏡」という語は、「他者の意識」とおきなおすこともできるが、いずれにしてもここには両者の異同が正確に語られているといえよう。

＊＊＊

さて、プルーストは一八八〇年代末のある日、おそらくストロース夫人のサロンでアースに出会い、一介のユダヤ人が最高の社交界に上りつめてジョッキー・クラブの会員にまでなっていることに、強い感動を覚えたのであった。しかもこのときすでにプルーストは友人たちから、サロンにばかり出入りするきざなスノブとして、嘲笑の目で見られていたのである。十七、八歳ごろの彼らがかわした書簡からも、そうした事情は充分にうかがうことができる。それに、もともとプルーストには、スノブになる多くの条件が揃っていたのであった。とくに八〇年代に顕著になった反ユダヤ主義の世相は、プルーストをして母から引きついだユダヤの血筋を負い目に感じさせることになり、それだけいっそうアースの〝偉業〟を際立たせる結果になったのである。このように、プルーストのスノビスムは、何よりも彼のユダヤ意識と切り離せないものであった。

だがそれとともに注目すべきは、彼の場合、幼いときから、他者の意識の対象としての自分の姿が、自発的な意識に先行し、それよりも常に優位に立っていたという事実だろう。実際、彼の作品を見ても、またその伝記的事実を検討しても、まず浮かび上がるのは、ひたすら甘やかされ、過保護に育てられた者に特有の、一種の対他性とも言うべき姿勢である。これは幼年時代から少しずつ根づよい形で作られた、人生に対する彼の基本的な構えであった。

それというのも、彼はよく知られているように、生来ひ弱な子供であり、強いマザー・コンプレクスを持ち、とくに九歳のときに激しい喘息の発作を起こしてからは、たえず母親に守られ、母親に甘えて育ったからだ。それと同時に、病気と見られればこそ母がいたわってくれることを悟った彼は、そこから病気を演技する狡智をも身につけていったのである。その事情を、私はかつて「喘息の方舟」という文章で詳しく述べたから、ここではくり返さない。いずれにしても、こうして病気であるからますます病人を演じ、病人を演じるからますます病気になっていくという悪循環は、一生彼につきまとうことになる。いわば彼においては、真実と演技、実体と見かけとが、ほとんど区別できないのである。サルトル風に言えば、これは主体の意識においても客体が優位を占めるということになるが、私にはプルーストの喘息も、同性愛も、虚構の世界も、すべてこのことと無縁でないように思われてならない。

スノビスムについても同様である。プルーストは『失われた時を求めて』の冒頭で、アースをモデルに作り上げたユダヤ人スワンの輝かしい社交生活を紹介しながら、「われわれの社会的人格は、他者の思考によって作られたものだ」(RTP, I, 19)(訳 I, 58)と言う。つまり、他人からしかじかの社会層の人間であると見られることが、その人の社会的人格を構成する、というのだ。これはプルーストの人間理解を考える上で、大きな手がかりを提供する言葉で、そのままスノブを作り上げる根拠にもなるものである。すでに述べたように、スノブにとっては何よりも外観が問題だからだ。そして考えてみれば、処女作『楽しみと日々』以来、プルーストは一貫して、常にスノブを問題にしてきた作家なのであった。二十四、五歳で書きはじめて途中で放棄した『ジャン・サントゥイユ』でも、彼は、「《社交界》と呼ばれる特別な地域に咲く特別な心理的植物群であるあの悪徳の数々」にふれながら、スノビスムを「この腐敗した土地に咲く、最も毒性の強い、だが最もよくはびこった花」とした上で、「ひとりのスノブでもある小説家は、スノブたちを描く小説家になるのだ」と記しているのである(JS, 427-428)。

まさにその予言通りに、彼はスノブたちを描く小説家になった。『失われた時を求めて』は、その壮大な成果にほかならない。実際ここでは、先にふれたスワンの社交生活につづいて、まず第一篇第一部では、妹を一地方貴族と結婚させたルグランダンという人物の奇妙な言動が、スノブのレッテルで説明される。それにつづいて第二部以降では、次々と各階層の社交界にあらわれるスノブたちと、彼らの生態、彼らの行動パターンが、辛辣に、しかし愛情をこめて描き出される。だからこの小説全体に、「スノビスム研究」という副題をつけることができると言っても過言ではない。

ところで先に引いたカラシュスは、このスノビスムという言葉をごく限定的にとらえて、これを一八八〇年代から第一次大戦までの現象であると規定している。またクセジュ叢書の『スノビスム』の著者クランシャンは、その時期のものを「第一次スノビスム」と呼んで、大戦後の拡大解釈された「第二次スノビスム」と区別しているが、それは何よりもまず純粋な社交界のスノブのことを指している。そしてプルーストが描く「ベル・エポック」の時代を中心にしたサロンは、まさにこの第一次スノブの世界にほかならない。その人たちは少しでも上級のサロンに入りこむことを望み、そこに迎えられることによって、下位のサロンの人たちに対する優越感を覚えるわけだが、当然のことながらこの願望は、容易に入りこむことのできないサロンに近づけば近づくほど、いっそう増大することになる。フォーブール・サン゠ジェルマンと呼ばれるごく限られた人のみに開かれた一群の貴族のサロンが、実体はともかくとして、第一次スノブの想像力のなかで熱い神話を構成するのはそのためである。だがそうした神話が可能になるためには、貴族がすでに実質的な役割を喪失して、ほぼ完全に想像的なものに移行しながらも、ときには過去の僅かな残光によって、まだいくらか人目を眩惑することもあると信じられていた時代、しかも他方で、爵位も名声も持たないただのブルジョワにも、貴族のサロンに近づく自由が大幅に与えられている時代、いわばその程度にまで共和制が進行した時代であることが必要だろう。スノビスムとは、まず第一に、そのような時代の精神的社会的な一つの態度だったのである。

しかしプルーストは、その時代のサロンの生態を観察して、それを描いただけではない。そういう風俗小説的側面が皆無とは言えないが、少くともそれが小説の目指すものではない。むしろこの作品が「スノビスム研究」の名にふさわしいのは、社交界に集う人たちだけではなくて、わずかな例外（たとえば語り手の母や祖母）を除く大部分の登場人物たちが、スノビスムに通じるものを背負わされているためだ。それは作者が、スノビスムという「悪徳」を通して、他者との基本的な関係を読みとっていたことを示しているだろう。

そんな風に考えてくると、プルーストの小説にあらわれる社交界のになう役割も、今や明らかであろう。サロンというのは、そこでスノビスムが、最も純粋な形で発揮される場所なのである。それというのも、人びとは、多くの場合、何かに役立てるためにサロンに行くのではないからだ。むしろ、サロン――この一見華やかに見えても、大して面白そうにも思われない場所――へ出かけて行くことによって、自分がある集団なり階層なりに属するスノブであることを示しているだけの話である。だからクランシャンは、「スノビスムには目的がない」と言っているのであろう。ルネ・ジラールも、このからくりを的確に見抜いていた。彼はその『ロマンティックな嘘とロマネスクな真実』（邦訳題名『欲望の現象学』）で、「小説家〔プルースト〕がスノブたちに注目したのは、彼らの欲望が、普通の人々の欲望よりも《なおいっそう多くの虚無性》を含んでいたからだ。スノビスムはそれらの欲望の戯画《カリカチュア》なのである」と書いている。要するに、プルーストはサロンの描写によってひたすら純粋種のスノビスムを示しながら、結果的にはそのスノビスムを普遍化しているのだ。それは初めに述べたように、独自なものを追究することが常に普遍化に通じ得るはずだと考えていたプルーストの文学観からすれば、ほとんど必然的な帰結なのであった。

＊＊＊

プルーストがスノビスムに対して、バルベ・ドルヴィイやボードレールがダンディスムに対して占めていたような位置を獲得することになったのは、そのためである。バルベ・ドルヴィイは、ダンディスムの基盤にあると認めた虚栄について、「虚栄は愛より広い世界を持っている。友情には充分であるようなものも、虚栄にとってはまだ足りない」と書いた。あれほど愛について書いたプルーストも、われわれが他者と結ぶ関係のなかで、広がりの点では愛よりスノビスムに軍配を上げるのではないか。いずれにしても、プルースト以後、スノビスムはあらためて見直されるようになった。数多くのエッセイや研究書が発表されたのも、またフィリップ・ジュリアンの編んだユーモラスな『スノビスム辞典』などが刊行されたのも、すべてプルーストの存在をぬきにしては考えられないことである。いわばプルーストは、スノビスムの中興の祖なのであった。

そうは言っても、目ざましいダンディに比べて、スノブたちがコミックでもあれば、情けない存在でもあることには変わりない。彼らの見栄と、そこから生じる背のびや知ったかぶりの演技も、からくりが分かるたびに苦笑を誘われずにはいられない類いのものである。しかし彼らを笑う者は、スノビスムがプルーストの作品のなかで単に社交界のものであるだけでなく、他者との基本的な関係にも通底しているために、実は自分自身を笑っているのではないかという不安を抱かされる。それがプルーストの小説に潜んでいる仕掛であり、危険な罠なのだ。自らスノブであり、かつスノブたちを描いた彼は、読者に一つの光学器械を、つまりは眼鏡を提供しているのである。われわれはその眼鏡を覗きこんでみる。そこに見出したスノブ群像を、直ちに自分に結びつけて考えるか否かは、読者しだいだ。しかし、もしそれがわれわれの思考に微妙な変化を与えるものならば、きっとそこから新しい世界が開かれるのであろう。プルーストが『囚われの女』の章で、「ただ一つの本当の旅行、若返りの泉に浴する唯一の方法、それは新たな風景を求めに行くことではなく、別の目を持つことである」（RTP, III, 762）（訳 X, 97）と言い、それを可能にするものこそ芸術である、と断定しているのは、そういうことなのであろう。

（付記）ボードレールとジラールの引用は、それぞれ阿部良雄、古田幸男両氏の訳をそのまま使用させていただいた。なお、引用中の〔　〕でくくった部分は、引用者の補なった言葉である。

コンブレーの読書する少年

一九九六年

いよいよこの秋から、プルースト作『失われた時を求めて』の全訳を刊行することになった。全十三巻で、完成まで四年余り、西暦二〇〇〇年完結という計画である。

すでに二種類の邦訳のあるこの長篇を、どうして今あらためて訳し直すのか？　その理由については、以前に、「『失われた時を求めて』と翻訳の問題――または屋上に屋を架することについて」（『ユリイカ』一九八七年十二月臨時増刊号）という文章で述べたから、ここに詳述することはさし控えよう。ただ主要な動機の一つに、日本でプルーストといえば今なおかならずつきまとう晦渋・難解といったイメージをなんとか払拭したい気持があることは、繰り返し強調しておきたい。

もちろんフランスにおいてもプルーストは、けっして手軽に読める作家と見なされているわけではない。ただ原語で読むプルーストは、およそ晦渋などというイメージとは遠いのだ。なるほどその文章は表面的に見る限り息の長い入りくんだセンテンスの連続だが、少し注意をこらせば意味は明瞭に浮かび上がるし、ひとたび内部にはいりこんでリズムに乗ってしまえば、さしたる抵抗もなく読み下していけるものなのである。だからこそプルーストは二十世紀最大の古典として、作家や批評家以外の一般の人びとのあいだにも根強い支持者を獲得したのであろう。

たとえば先ごろ来日した二人のフランス人は、こと文学にかんしてはまったくの素人だが、いずれもプルーストの熱心な読者で、申しあわせたように、『失われた時を求めて』のなかには自分たちの経験のほとんどすべてが言語化されていると断言していた。いわば彼らは、あれほど独自な世界を掘り下げたプルーストを通して、自分自身を見ているのであり、「一人ひとりの読者は、自分自身を読む読者なのだ」というプルーストの言葉を、そのまま実践しているのである。

これはきわめて正統的な読み方だろうと私は思う。プルーストという作家は、読者がじっくり作品に分け入ってゆけば、普通は人の気づかないような意識や感覚、人間関係や社会生活のある側面に、読者の目を開かせてくれるからだ。いわば彼のおかげでわれわれ読者は、自分の世界を飛躍的に豊かにすることができるのである。それだけに彼の書くものは、一見特殊な世界に見えても、実はこの上もなく普遍的な性格を備えているのだろう。

それにしても、この二人のフランス人が自分たちの母語で読んで吸収したようなプルーストを、日本の読者のために、日本語で作り出すことはできないだろうか。むろんこうした日仏両語の比較はごく大ざっぱなもので、厳密には成り立つはずもないが、しかし敢えてその比較をしてみれば、私が翻訳にあたって目ざすのは、フランスの読者がフランス語を通してとらえるのと同じ程度に明快なプルーストを、日本語で作り出すことである、とでも言えようか。いや、フランス語以上に明快な、と言ってもいい。なぜなら文化や風習のちがいのために、われわれは言語的な条件以外にも、少からぬハンディキャップを負っており、それをも克服しなければならないからだ。

そのためには、分かりやすく読みやすい日本語のテクストを作ることが、まず第一に求められよう。それも、単に目で文字を追いながら理解できるというだけでは不充分だ。プルーストのフランス語は朗読を聴いても楽々と分かるほどだから、できれば私も音読に耐えるぐらいのものを目ざしたい。さらにそうした訳文上の問題ばかりではなく、これだけの大作になると、余りの長さのために隠れてしまいがちな作品の流れや構造を見失わないことが、個々の断章を楽しみ味わうためにも必要な条件になるだろう。

私が四年前に出した抄訳二巻本の狙いの一つもそこにあった。すなわち、プルーストがこの作には「厳密な構成」があると言い、しかし「ある一節と対照をなす節、原因と結果とが、互いに広い間隔をおいているので、おそらく識別が困難であろう」と認めているその構成を、抄訳の利点を生かして浮き彫りにしようと試みたのである。今回の全訳でも、むろん抄訳とはまったく違う形であるが、読者が作品の構造を把握するための手がかりになるようなものを、できるかぎり各巻に配置しておいたつもりである。

これらの試みによって、私はかなり平明なプルーストを作り得たと思うけれども、その成否の判断は、読者に委ねるほかはない。そこで今はとりあえずこの問題を離れ、主としてこの秋に刊行される第一巻をめぐって、これから初めてこの小説をとり上げようとする読者のために、ごく解説ふうにいくつかの点を記すことにしたい。

＊＊＊

『失われた時を求めて』は、さまざまな読み方を可能にする作品である。これを心理小説、風俗小説として読むこともできれば、何よりもまず恋愛を主題とした小説と見ることもできる。それでもこれをひと口で定義するなら、無名の語り手でも主人公でもある人物の虚構の自伝である、と言うのが最も適切だろうと私は思う。

すべてを支えているのは、この無名の「私」である。この人物は一人称主人公であるために、当初はしばしば作者自身と混同された。そして事実プルーストは、この人物を創造するにあたって、自分の体験のかなりのものを彼に託したのだった。しかしまたプルーストはそれを勝手に作り変えたばかりか、ほかの作中人物にも自分の経験を分かち与えたのである。その結果として伝記作家ペインターの言うように、「プルーストの生涯の象徴的物語」ないしは「彼の生涯のアレゴリー」としての『失われた時を求めて』が生まれた。すなわち本当の自伝以上に作者プルーストの真実を伝える虚構の自伝という、独特の形式が作り出されたのである。

ところで今回出版される第一巻は、『失われた時を求めて』全七篇のうちの第一篇『スワン家の方へ』であり、しかもそのなかの第一部にあたる「コンブレー」と題された部分である。

コンブレー――これは語り手が少年時代に休暇を過ごした小さな田舎町の名前だが、プルーストはその大部分を、父親の故郷であるイリエという町の思い出から構成したといわれる。たとえば今回第一巻の挿絵として使用したヴァン・ドンゲンによる水彩の「コンブレーの家」を見ると、明らかにこのイリエでプルースト一家が宿泊した伯母夫婦の家を描いていることが認められる（その家は現在も残っていて、作中人物の名を取って「レオニ叔母の家」と呼ばれている）。しかしモデルになった現実の町イリエは、架空の町コンブレーに昇華した途端に、完全に変貌したのではないか。地形も住人も大なり小なり変わったが、何よりも町の持つ意味が変化したように思われる。こうして、すべてのものの母体であり原点である町、虚構の自伝の発端にある町コンブレーが誕生したのである。

初めにコンブレーあり――第一巻はしたがって、大部分がこの田舎町で過ごした少年の日々の思い出にあてられている。なんの変哲もない土地で、たいしてドラマチックな事件が起こるわけでもない。しかし考えてみるとこの年齢の日々は、たとえ平凡であってもそこに人の一生を左右するいくつかの鍵がひそんでいるものだろう。コンブレーはそれを、おそらくは現実の町イリエで過ごされた日々以上に、はるかに典型的な形で示している。こうして一見バラバラな思い出がとりとめもなく書かれているかのようなこの第一巻には、『失われた時を求めて』の多くのテーマが、周到に準備されて書きこまれることになったのである。

まず作品の冒頭では、今やあまりにも有名な挿話になったが、コンブレーの町の全体を一気に蘇らせる幸福な体験が記述される。紅茶にひたした一片のマドレーヌが、過去を生きた姿で全面的に再現させるというこの特権的な瞬間は、もちろんはるか後年になってから語り手の身に起こることである。しかしそれは少年時代に口に入れた同じマドレーヌの味を呼びおこすとともに、過去の真実を見出す上で、無意志的記憶が重要な役割を演じることを予告している。知性や意志によらない記憶、匂いや音や、ちょっとした感覚のなかなどに隠れていて、それらを引き金にして「失われた時」を蘇らせてくれるこうした記憶の例は、最後の第七篇（本全訳でいえば第十二巻の『見出された時I』）に次々とあらわれるだろう。そしてそれを手がかりに、語り手は自分の生涯を再発見し、最終的にエクリチュールへと向かうことになるだろう。

また、コンブレーの周辺にあるという二つの散歩コースも、基本的なテーマを予告している。一方は、ユダヤ人で株式仲買人の息子であるスワンの所有地のそばを通るので、語り手の家族はそれを「スワン家の方」と呼び、他方はゲルマント公爵夫妻の住む館があるので「ゲルマントの方」と呼びならわしているのだが、われわれのだれもが思い出のなかに、自分の家族のなかだけで通じるこうした特殊な呼び名や符牒を持っているものではないだろうか。しかも作品の進行につれて続々と登場する人物たち、上流社交界に属する貴族やブルジョワのサロンに集まる人たちは、いずれも何らかの形でこの二つの方角に連なっており、その人物たちを引き出すための伏線が、この第一巻にはあちこちに張りめぐらされているのである。

このスワンがコンブレーの語り手の家族を訪ねてくるという冒頭のシーンもまた、重要な意味を秘めている。彼は「客用に設けられた小さな鈴」を、「おずおずと、またまろやかな金の音色で、二度鳴らし」(RTP, I, 14)(訳 I, 49) ながらはいってくるし、また帰るときにも、「スワンを送る家の者の足音が聞こえた。そして門の鈴が、スワンの行ってしまったことを知らせた」(RTP, I, 33)(訳 I, 87) のであるが、このくだりは、何千ページもへだてた小説の一番最後の部分に至って、ふたたびとり上げられることになるだろう。その一節を引用してみよう。

「現にこの瞬間にもゲルマント大公邸において、スワン氏を送ってゆく家の者の足音が、また、いよいよスワン氏が帰っていってママンが二階に上がってくることを告げる門の小さな鈴の音が、この踊るような、金属的な、いつまでもつづく甲高いさわやかな響きが、依然として私の耳に聞こえていた。」(RTP, IV, 623)(訳 XIII, 277)

「この鈴の響は常にそこにあったのであり、また、その鈴と現在の瞬間とのあいだには、無限に広がる全過去、私が自分で持っているとも知らなかったこの過去があったのである。」(RTP, IV, 624)(訳 XIII, 277-278)

もっとも、この鈴が語り手の生涯を通じて鳴りつづけるのは、単に美しい音色のためではない。それが母親との一つの体験に結びついているからだ。つまりスワンの訪れは、来客によって母の「おやすみのキス」が奪われることを示し、スワンの帰る鈴の音は、母のもどってくるしるしなのだ。したがって、何よりも重要なのはこの母の存在である。それは作品のなかで、たえず表面にあらわれているわけではない。けれども潜在的には常に『失われた時を求めて』の底にあって、語り手を動かしつづけている。たとえば作品の後半で語り手とアルベルチーヌという少女との同棲生活が描かれるさいにも、思い出されるのはこの母親なのである。

「そして毎晩夜ふけに私のそばを離れるとき、彼女はその舌を私の口のなかにそっと滑りこませるのであったが、それはまるで日々のパンのように、また滋養ゆたかな食べ物のように思われたばかりか、私たちを苦しめたすべての肉体、その苦しみによって一種の精神的な甘美さを与えられたすべての肉体の、ほとんど神聖ともいえる性格を備えているように思われた。今そのようなことを考えながら、それと比較して私がただちに思い浮かべるのは（……）、父が私のベッドのかたわらの小さなベッドで寝るようにと、ママンに言ってくれたあの夜のことである。」（RTP, III, 520）（訳 IX, 20-21）

この最後にふれられた挿話こそ、第一巻の始めの方で、スワンの帰ってゆく鈴の音が響いた直後に起こることなのである。

それにしても、恋人との官能的なキスから母と過ごした一夜を思い出すというのは、いかにも大胆な連想に見えるかもしれない。だが実は『失われた時を求めて』のなかの母や祖母への愛情の記述を注意ぶかく読むと、そこにしばしば性愛的なもののつきまとっていることがうかがわれるのだ。だから、鈴の響が常にそこにあったという記述は、単に甘ったれた少年の一夜の体験を思い出すという意味だけではなく、その体験が語り手の生き方や物の見方を決定づけ、作品の深層構造を支配した、というふうに読まれなければならない。それはまた同時に、『失われた時を求めて』全体が、作者プルーストにとっては母にささげる愛の書であったことをも暗示しているだろう。

親と子の関係といえば、この第一巻にはほかにも不思議な挿話が準備されている。コンブレーの隣人の一人で、風采の上がらないピアノ教師であるヴァントゥイユと、彼の娘の関係である。この娘は同性愛者で、父親といっしょに住んでいる家に愛人の女性を引きこみ、それがスキャンダルとしてこの地方の至るところで話題になり、父を苦しめる。また父の死後、彼女はわざわざ亡父の写真の前で、その思い出を踏みにじりながら、女友だちと性的な光景をくり広げるのである。少年の日々を描いた第一巻の穏かな雰囲気のなかで、この部分だけはひどくみだらで暴力的なところがあり、不協和音を発する一節と言ってもいい。だから詩人のフランシス・ジャムはプルーストに、ここは削除すべきだとすすめたくらいだ。しかしこのヴァントゥイユの娘と女友だちは、後に展開される同性愛のテーマを予告しているとともに、語り手の行動にも重要な影響を及ぼすことになるのである。またジョルジュ・バタイユも指摘している通り（『文学と悪』）、ヴァントゥイユとその娘の関係は、語り手と母の関係とパラレルなものなのだ。語り手も上述のごとく、後になってアルベルチーヌという恋人をパリのアパルトマンに連れてゆき、母の悩みの種を作るし、また想像上でその母を辱しめているからである。おまけにこのアルベルチーヌという人物は、プルーストが熱愛した男の運転手アゴスティネリをモデルにしており、作者の意識のなかで同性への愛とダブっていることを考えれば、この平行関係はいっそう顕著なものになるだろう。このように自分が親を苦しめる子供であるという意識、親子関係のなかで演じられる悪の意識は、プルースト固有のもので、それはすでに母と子の最初のシーンのなかにも見え隠れしている。

＊＊＊

しかしはじめて第一巻に接する読者に、そうした意味が直ちに見えるはずはない。私も最初この小説をひもといたとき、これらの挿話がやがて後にそんな役割をになうようになろうとは、夢にも思っていなかった。こうしてはじめは一見バラバラな挿話だが、読みすすめてゆくうちに徐々にそれらがつながりを持ち、役割も明らかになってゆくのである。その発見がまたプルーストを読む楽しみの一つと言ってもよいだろう。だがまた一方で、比較的見過ごされやすい挿話もないではない。第一巻では、おそらく語り手の読書するシーンがそれにあたるだろう。

読書が小説のなかにとり入れられるケースは、べつに珍しいことでもなんでもない。『赤と黒』のジュリヤン・ソレルは、ナポレオンの『セント・ヘレナ日記』とルソーの『告白』を聖典と見なす少年だったし、『ボヴァリー夫人』のエンマは、修道院時代にこっそり貸本で読んだ小説によって性格形成をとげた。『さかしま』のデ・ゼッサントに至っては、何を読むかということが小説の一章を占める大きな主題になっているくらいである。これらに比べると『失われた時を求めて』に描かれる読書の光景は、少くともこの第一巻にかんする限りまったく異っており、ここでは読んでいる本のことはほとんど書かれていないのだ。わずかに名前の挙がる作者はベルゴットだが、これは架空の作家なので、読者にはたいした手がかりも与えられない。幼いときに母の読んでくれたジョルジュ・サンドの『フランソワ・ル・シャンピ』は、自発的な読書の対象ではないし、またこれは母と子のきわどい関係を暗示するという、まったく特殊な目的で選ばれたものだと思われる。要するに、読書といっても、語り手が何を読み、その本でどう形成されたか、ということは、ほとんど問題になっていないと言っていい。そのかわりにここで書かれているのは、本を読むとはどういう行為か、という考察であり、それにしたがって、読書する少年の姿が次のように描かれるのである。

「私は本を手にして自分の部屋のベッドに横になっている。その部屋は、鎧戸の向こう側の午後の太陽から、今にも崩れそうな部屋の内側の透明な涼しさを、震えながら守りつづけている。ほとんど閉ざされたその鎧戸の隙間から、それでもひと筋の陽の光の反映がどうにかこうにかその黄色い翅を滑りこませ、鎧戸の桟とガラス戸の隅の方に、まるでチョウがとまっているように、

じっとしているのだった。」(RTP, I, 82)(訳 I, 184)

本好きの子供なら、みな多かれ少かれ、これと類似の経験を持っているだろう。しかしプルーストはそうした描写にとどまっていない。現に一冊の小説を読んでいるときの意識がどうはたらくのか、それを見定めようとするのである。

文字を追い、意味を作り出し、イメージとして構成することにつとめる読者にとって、第一に意識の対象となるのは、物語の舞台となっている場所である。つまりどこにもない場所、不在の対象だ。しかし読み手がどんなに物語に没頭しようとも、彼をとりまく現実の知覚がまったく絶たれるわけではない。だから、他人に見られない庭の木蔭に避難所を求めて、そこで本に読みふけるときの少年の意識は、否応なしに耳に入ってくる教会の鐘の音を、こんなふうにとらえるのである。

「時を告げる鐘が鳴るたびに、私には、前の時刻の鐘が鳴ってからまだいくらもたっていないような気がするのであった。いま鳴った時刻は、これに先立つ時刻のすぐ傍らで空に記され、この二つの金の印にはさまれた小さな青い弧のなかに六十分が含まれ得るとは、どうしても考えられなかった。ときおりこの早熟な時刻は、その前の時刻より二つも多く鐘を響かせることがある。つまり私には聞こえなかった時刻があったのだ。実際に起こった何かが、私にとっては起こらなかったのである。深い眠りのように魔術的な読書の興味が、幻覚にとりつかれた私の耳をごまか

し、静寂の空の青い表面から金色の鐘を消し去ってしまったのだ。」(RTP, I, 86-87)(訳I, 193-194)

本に熱中してつい時を忘れるという経験が、鐘の音の知覚にからめてこんなふうに表現された例を、私はほかに知らない。

プルーストは読書する少年を描いたばかりではない。『失われた時を求めて』には、音楽を聴く、芝居を観る、絵を眺める、といった行為が細かく観察されることになるだろう。もともとプルーストには、処女作『楽しみと日々』のなかに「音楽を聴く家族」と題された小品があり、また『失われた時を求めて』にとりくむ以前に刊行されたラスキンの翻訳『胡麻と百合』には、長い序文がつけられていて、そこには休暇中の読書の日々の回想と、ラスキンの読書論への批判が記されていた。いわば彼にとって、こうしたものはなじみの主題だったのである。

しかし『失われた時を求めて』のなかでの読書は、まるでちがった意味を帯びている。というのもこの小説は、語り手が最終的に作家という天職を発見する物語だからだ。すでに第一巻から彼の文学志望はあちこちにふれられており、ときには有名な詩人になってゲルマント公爵夫人に愛されたいといった他愛のない夢として描かれたかと思うと、またときには一つの光景を前にしてそれを文章にしたいという言語化の内的欲求として描かれている。いずれにしても、作家になってゆく者にとって、本を読むというのはしごく当然の過程にほかならない。特殊な例外を除けば、読むという行為なしに書くことはあり得ないからだ。

サルトルは、自分が作家に形成されてゆく発端を描いたその自伝『言葉』を二部に分けて、それを「読むこと」「書くこと」と題した。『失われた時を求めて』という虚構の自伝においても、コンブレーの読書する少年はそんなふうに位置づけられる。とはいえ、すべての本好きが物書きになるわけではない。スワンはたいへんな読書家で、芸術にかんする造詣も深く、フェルメールの発見者でもあるという設定だが、彼は本質的にディレッタントで、物を書くという方向には進もうとしなかった。それに反して語り手は、何度も才能への疑問を覚え、文学をあきらめかけた後に、最後には作品を書く決意を固めるに至る。だからそのような生涯においては、発端の読書も単なる鑑賞の立場だけではなく、創作者の観点もまじえて、虚構の本質の考察となるのである。次の一節などはその一例だろう。

「このような読書の午後は、しばしば人の一生より多くの劇的な事件に満ちていた。それは読んでいる本のなかにあらわれる事件である。なるほどその事件にかかわる人びとは、フランソワーズの言うように『本物』の人間ではなかった。しかし、本物の人間の喜びや不幸が味わわせる感情も、そうした喜びないしは不幸のイメージを通してでなければ、私たちの心のなかに形成されることはないのである。最初に小説を書いた人の見事なところは、人間の情動の装置においてイメージが唯一の本質的な要素である以上、本物の人間をきれいさっぱり消し去ってしまうという単純化こそが決定的な完成となることを理解していた点にある。」(RTP, I, 83-84)(訳 I, 188)

現実の生活のなかでは、人はしばしば他人についてとんでもない思い違いをすることがある。嘘をついたり、つかれたりする関係が、互いの真実をおおい隠し、誤解を招くことも少くない。こうした現実の人間関係と、読者の理解がそのまま真実となる想像上の人物との相違が、ここでは一気に指摘されているのだが、それは同時に、プルーストがなぜ虚構の自伝ないしは自分の生涯の「象徴的物語」という形で作品を書くことを選んだのか、その理由をも暗示しているように思われる。

それというのも、「本物の人間をきれいさっぱり消し去ってしまう」とは、結局、想像の世界を選択することに他ならないからだ。このように「本物」のない世界とは、バルト風に言えば現実の人間にとっての「死」の世界とも言えようが、「コンブレーの読書する少年」は読書を通して、この想像界に目を開かれたのである。そして作者のプルーストは、想像界に「決定的な完成」すなわち真実を見るとともに、想像界のもたらすものが現実の人間の感情を理解するうえでも欠かせないことを、ここで示唆していると言えるだろう。

この読書の考察を皮切りにして、小説のなかでは、想像的なものと現実的なものとの葛藤が、たえず問題にされることになるだろう。想像は一つの光景の全体を提供するのに対して、現実の感覚がとらえる対象はごく断片的なものにすぎないが、それにもかかわらず想像力の作り上げる夢がしばしば現実によって脆くも崩れ去るということも、この小説で繰り返し指摘されることになる。そしてここから振り返ると、第一巻の第一ページ目から、実はこの二つの次元の関係が語られていたことに人は気づくだろう――すなわち、自分がベッドに寝ている部屋と夢のなかの部屋、現実の部屋とそれを想像にかえる幻燈の世界、といったように――。語り手はこうした想像と現実の関係を、恋愛や、友情や、社交や、芸術や、その他さまざまな局面で確認しながら、体験を積み、将来の物を書く人間へと成長してゆくわけだが、コンブレーの読書する少年は明らかにその出発点として描かれたにちがいない。批評家バンジャマン・クレミウが、その『二十世紀』という書物のなかで、「プルーストの作品の根底には読書にかんする省察がある」と書いているのは、その意味でも正鵠を射ていると言わねばならない。

翻訳の可能性——『失われた時を求めて』の全訳を終えて

二〇〇一年

プルーストを読むというのは、一生にそうたびたびはない種類の大事件かもしれない。単に日本人にとってそうであるだけではなく、おそらくフランス人にとってもこれは容易に達成できない仕事だろう。私は、読み終わった日に友人に電話をして、「おれはプルーストを読んだぞ！」と叫んだフランス人がいるのを知っている。むろんここで言う「読む」とは、どこか任意の一節を開けてその文字を追うということではない。『失われた時を求めて』の全体を読む、それを通読する、という意味だ。しかもこれを最後まで読みきったときにもたらされるものは決して小さくない。だからシャンソン歌手でもある異色の作家イヴ・シモンは、こんなふうに書いている。

「肩書きや資格や勲章に並べて、名刺に次の一文を加えてもよいだろう。すなわち〈私は『失われた時を求めて』を読んだ！〉と。こうすれば人はどんな人物を前にしているか分かるはずだ。」

私自身が初めてプルーストの小説をとり上げて、そのある部分に興味を覚えたのは、旧制高校三年の春、もうすぐ十九歳になるというときだった。しかしいま述べた意味で『失われた時を求めて』を通読したのは大学の二年から三年にかけて、二十一歳から二十二歳のときである。当時は頼れる翻訳もなかったから、仏和辞典を引き引き、一年あまりをかけて悪戦苦闘のあげくにようやく「完」の文字まで到達したのだが、読み終わった時点で私は明らかに読み始める前とは別人になっていた。そのころ自分を悩ましていた素朴な思想的問題に、プルーストのおかげでようやく解決の兆しが見えたということもあるが、それと同時に、プルーストの差し出す眼鏡を通して、彼のような仕方で自分を含めた世界や他人を見ることに、私はいくらか慣れて快感を覚えはじめていたのだった。それはこのときまで、だれも教えてくれたことのない見方だった。おそらく本当に独創的な芸術は、こんなふうに世界の見方を変えるのだろう。事実、プルーストは書いている。

「芸術によってのみ、私たちは自分自身からぬけ出して、ひとりの他人がこの宇宙をどんなふうに見ているかを知ることができる。それは私たちの宇宙と同じではなく、その風景は月世界のそれのように私たちには知られずに終わるところだった。芸術のおかげで私たちは、たった一つの自分の世界だけを見るかわりに、多数の世界を見ることができる。そして私たちは、独創的な芸

術家の数だけの世界を自由にするのである。」(RTP, IV, 474)(訳XII, 423-424)

今回、私が非力をも顧みずに『失われた時を求めて』の全訳を試みたのは、あらためて自分の理解を深めたいということもあったけれども、何よりもこのプルーストの眼鏡を通して世界を読むという体験を(少なくともその可能性を)、できるだけ多くの人に広げたいという気持ちに発していた。私は日本語だけで読めるプルーストを作りたかったのである。というのも、日本はたぶん世界でも指折りのプルースト研究の盛んな国だろうが、それはごく狭いフランス文学の専門家の世界だけに限られた現象であって、文学にたずさわる人たちのあいだでさえプルーストの小説が広く読まれているとはどうも思えなかったからだ。おそらくこれがあまりに長大で、読む前から読者をひるませるということもあるだろう。それと同時に、彼に貼り付いた晦渋だの難解だのというイメージが、読者にプルーストを敬遠させてきたということもあったにちがいない。だが、はたして彼は晦渋な作家なのだろうか。むしろ一見曖昧に見えても、掘り下げてみれば作者自身の精神にはきわめて明快な本質が備わっており、晦渋さとは正反対の資質の作家であることが明らかになるのではないか。少なくともそれが私の捉えていたプルーストのイメージであった。

そこで私は翻訳を始めるにあたって、まず三つの目標を定めたのである。これについてはほかの場所でもすでに書いているが、説明の必要上あえて繰り返させていただくと、その三つとはすなわち(一)原文を正確に理解した忠実な訳を目指すこと、(二)できるだけ明快で平明な、日本語だけで読める訳を心がけること、さらに（三）作品全体の構造を明らかにすること、であった。もっとも具体的に仕事にとりかかると、ごく当然に見えたこれらの目標にもすでにさまざまな問題がはらまれていることがたちまち明らかになったので、以上のこととは相反するように見えるもう一つの方針がこれにつけ加わった。すなわち（四）日本語訳は原文と違ったものなのだから、その違いを生かしたい、というのがそれである。このなかで三番目に挙げた作品の構造というのは、言ってみれば特殊プルースト的な問題であり、それは『失われた時を求めて』が日本語訳で一万枚に近い大作であるということと関連があるので、まずこの点についてふれることにしたい。

＊＊＊

一九二二年にプルーストが死んだとき、ポール・ヴァレリーは『新フランス評論』の追悼号に一文を寄せている。彼は、自分は『失われた時を求めて』の第一篇さえろくに読んでいないのだが、とことわった上でこう書いた。

「プルーストの作品の興味は一つ一つの断片のなかにある。この本はどこを開くも自由である。」

このヴァレリーの発言以来、全体を読むのが容易でないということもあって、プルーストは細部の記述を切り離してそれを鑑賞するだけで面白い、というのが一種の通説になり、文学的スノブの常套句になったかの観がある。それをさらに加速したのは、ロラン・バルトが『テクストの快楽』のなかに記した、「誰がプルーストやバルザックや『戦争と平和』を逐語的に読んだであろうか」という言葉だったかもしれない――もっとも、バルト自身は非常によくプルーストを読んでおり、深い影響を受けていることが、そのいくつかの鋭いプルースト論や、最後の『明るい部屋』から窺うことができるのであるが――。

なるほど、プルーストの小説は、個々の断章だけを読んでも充分に楽しめる場合が少なくない。たとえば第一篇第一部「コンブレー」で語り手がサンザシを眺める場面とか、マルタンヴィルの三本の鐘塔が馬車の窓から見え隠れするシーンなどは、それ自体が見事な散文詩を構成している。しかし作者はこうした場面を、実に周到な計画のもとに全体のこの部分に配置したのであって、それが分からない限りこれらの断章の面白さもごく通り一遍のものに留まってしまうだろう。だから私には、ヴァレリーのような読み方でプルーストの本質や真の魅力を味わい得るとは、とうてい考えられないのである。

プルースト自身は晩年に「フローベールの〈文体〉について」というエッセーのなかで、自分の小説には「ヴェールで隠されてはいるが厳密な構成がある」と言った後に、こう書いた。

「この構成は大きくひろげられたコンパスの両脚のように隔てられており、ある一節と対照をな

す節、原因と結果とが、互いに広い間隔をおいているので、おそらく識別がいっそう困難であろう。」(CSB, 598)

またこのほかのところでも、プルーストは繰り返して構成の重要性に言及している。実際この作品は綿密な構造を持っており、それに応じて至るところに伏線や罠が潜んでいる。そしてそれらを解いていくのが『失われた時を求めて』を読む快楽の一つであるとともに、作品の意味をいっそう深めるために必要な作業でもあるのだ。この小説が再読三読に堪えるのはそのためである。たとえばこの長い小説の最初のページを開くと、そこには眠りに引き込まれてゆく主人公が夢うつつの状態で、自分の今寝ている部屋を次々に別の部屋と錯覚する場面が描かれている。初めて読む者にとって、それがどこのどんな部屋かは、さっぱり分かるはずがない。ところが物語が進行するにつれて、その数々の部屋が少しずつ姿をあらわし、作品のあちこちに配置されてゆく。たとえば「姿見が部屋の一隅を斜めにさえぎっている」「部分的にマホガニーの張られた部屋」がある。そしてこれは、後になると海に面したバルベックのグランドホテルで語り手が泊まった部屋であることが明らかになる。また「タンソンヴィルのサン゠ルー夫人の家」の寝室と呼ばれているのは、はるかに遠く、第七篇の最初に描かれることになる場所にほかならない。ビュトールは作品全体のこの冒頭部分に七つの部屋を数えているが、こんなふうにしてはるかに何千ページも離れた記述が遠くから呼応し、最初は曖昧だった挿話が徐々に意味を開示してゆくのが、プルーストの小説の一つの重要な特徴なのだ。

なるほど、こうした構造を知らなくとも、微妙な描写や文体の面白さは味わえると言われるかもしれない。たとえば、クルティウスや堀辰雄がいち早く指摘している第一篇の『スワン家の方へ』の有名なリラの場面があり、そこではリラの花の形状が、泡沫や水しぶきといった言葉で表現されている。これはプルーストの隠喩《メタフォール》の典型的な例だろう。それと似たような隠喩は、たとえば同じ第一篇の第三部で、ちらりと顔を出した太陽がバルコニーの上に手すりの複雑な模様の影を落とすのを、「東の間に終わるキヅタよ、逃れて消えるイラクサよ」と表現するようなところにも現れている。太陽に雲がかかるとたちまち消滅する手すりの影をこんなふうに描写したのだが、たしかにこうした場面は、ただぼんやりと表現の面白さを味わうだけでも感興をそそられるかもしれない。しかし第二篇に行くと、隠喩こそ実はプルーストの創造した架空の画家エルスチールの手法そのものであることが強調される。この画家の描いた「カルクチュイ港」という一枚のタブローは、海と陸の境界を取り去ってしまった独特の風景を提供しており、「小さな町を表わすのに海の名辞しか用いず、海には町の名辞しか用いない（RTP, II, 192）（訳 IV, 306）。それは彼が頭で（つまり知性で）こう見えるはずだと知っていることを画布の上に置くのではなくて、いっさいの概念を捨てて、いわば自分を無知な者として、目に見えた通りのものを描くからで、海も陸も町も船も混同される風景は、彼のヴィジョンそのものなのである。それはさらに個々の芸術家の見出す固有のヴィジョンや固有の「調子《アクサン》」と結びついて広がりを持ち、最終的には先に引いた『見出された時』の短い引用にある独創的な芸術家が示す未知の世界にも匹敵するような、独創的な文学の価値を導き出してゆく。作品を支えるそのような構造を理解した上で、あらためて第一篇のリラの花や、バルコニーの描写を考えると、私たちは細部を作る断章がどれほど全体の構成と密接にかかわり、どれほど必然的なものとしてそこに置かれているかをあらためて知らされる。つまり隠喩はこの場合、やがて語り手が作家になってゆくことを予告しており、作品全体にとってなくてはならないものなのだ。

この隠喩の例でも明らかなように、作品の構造のなかで最大のものは、何と言っても全体に、語り手が自分の天職を発見する物語という一つの主題が骨太に通っていることだろう。周知のようにこの小説は最後の『見出された時』で、語り手が自分の文学の意味や表現すべき素材を発見するところで終わり、すべての挿話はその啓示に収斂されてゆく。幼い語り手の読書体験も、物を眺める態度も、つらい恋愛や空しい社交生活も、彼が憧れた女優ラ・ベルマの演技も、小説家ベルゴットの作品も、画家エルスチールや作曲家ヴァントゥイユの芸術も、「時」というものにかんする考察や発見も、ことごとくこの最終巻の結論を準備するという役割をも合わせ持っているのである。

この中心主題とともに、これもよく知られていることだが、いま一つ全体を貫く構造があって、それは第一篇で示された二つの方角である。コンブレーという小さな田舎町の二つの散歩道である「スワン家の方」と「ゲルマントの方」は、最初は決して交じりあうことがない道と思われている。それは正反対の方角だから、それぞれの「方」へ散歩にゆくためには違った門から出なければならないし、自然の風景もまったく対照的である。ところが『失われた時を求めて』のほとんどすべての登場人物は、この二つの方角の関係者として現れ、最後にはスワンの娘のジルベルトとゲルマント家の一族のサン＝ルーが結婚して、そのあいだにサン＝ルー嬢が生まれており、こうして二つの方角は最終的に一人物のなかで合体するに至る。この詩的な構造が作品を貫いているというのは、プルースト読みなら誰でも知っている常識だが、これも文学発見の物語という構造と並ぶ『失われた時を求めて』のもう一つの基本軸と考えることができる。

今回の翻訳を通して、私はこうした基本軸はもとよりだが、それ以外のさまざまな小さな構造や互いに対応する挿話なども、できるかぎり浮き彫りにしたいと考えた。そのために、私はいくつかの方法を用いたが、まず全訳の刊行開始に先だって、上下二巻の抄訳を発表したのもそのためである。むろん一篇の文学作品はその全体で判断されなければならないから、抄訳で手軽に読むのが邪道であるのは言うまでもない。ただ、『失われた時を求めて』はあまりの長さのために構成が見えなくなってしまう懼れがあるので、私はこの場合、逆に抄訳の利点を生かすことによって、むしろ全体の構造が見やすくなるのではないかと考えた。その事情は、抄訳の「まえがき」と「あとがき」に記したので、今は繰り返さない。

一方この全訳では、第一巻につけた「あらすじ」と人物紹介、第一巻と第五巻につけたゲルマント家を中心とする家系図、各巻につけた訳注や情景索引などで、人物や挿話の関係をできるだけ明らかにすることにつとめたが、とくに最終第十三巻にかなり詳しい登場人物索引と、引用された主要作品の索引をつけたのは、読者にこの作品内部の人物や事件のつながりを理解していただくことが必要だと考えたからにほかならない。この索引はとうていコンピューターだけでは作れないので、一年くらい前から少しずつ準備されてきたのだが、私自身も最後の半年あまりはほとんどこの仕事のみに没頭した。技術的にもかなり難しくて完全なものができたとはとても言えないが、日本語だけで読める『失われた時を求めて』のためにこの索引は不可欠のものだろう。これは全体の構造を解き明かす鍵であり、もしこの翻訳を通してじっくりとプルースト世界に分け入ってくださる読者があれば、かならずやこの索引が活用されるだろうと私は信じている。

＊＊＊

ところで構造の問題は翻訳の文章そのものとも関係がある。実際、私は昨夏以来、索引作りに没頭するうちに、何カ所かで自分が意外な思い違いをおかしていたことに気がついた。このミスはいずれ機会を見て改めなければならないが、それは言い替えれば、私も充分に把握していなかった記述があったということであり、それを把握することによって異なった訳文の可能性が生まれたことを意味する。では、仮にあらかじめ細心の注意をこめて全体を微細な点に至るまで知りつくした後にこれを訳出した場合、それを忠実な翻訳と呼ぶことができるのだろうか。そもそも私が第一に目指そうとした翻訳における忠実さとは何だろう。それは可能なのか。またそのことと、第二に目指した平明な訳文とは、どんな関係になるのだろうか。

私はこの『失われた時を求めて』の全訳以前にも、かなりの数の翻訳を手がけてきた。そして（私以外の翻訳者もこの点でそう違いがあるとは思えないが）、どんな場合でも私はまず原文を正確に理解しようとつとめることから始める。そのときには、単に語学的な問題にとどまらず、具体的な内容やさまざまな背景の理解が必要になることは言うまでもない。とくにプルーストのように、フランス語そのものが決して簡単でない上に、十九世紀末からベル・エポックにかけてのフランスのさまざまな面を描いた作品を翻訳するとなると、訳者には百科全書並みのとてつもない知識が要求されることになる。上流社交界の描写や、変化するファッションやモードの記述に始まり、絵画や音楽、芝居や小説の引用、政治や社会的事件、同性愛者の生態や男娼窟に至るまで、無知な私にとってはどれ一つとして簡単に片づく問題ではない。これらを理解する上で、プレイヤード版、フラマリオン版、リーヴル・ド・ポッシュ版、ブーキャン版などにつけられたノートや、ジャック・ナタンあるいはマクシーン・アーノルド・ヴォウグリといった著者による「プルースト事典」とも呼べる出版物が参考になることは言うまでもないが、しかしむろんそれらを頭から信用するわけにはいかない。かくて翻訳者としての私の仕事のかなりの時間は、こういう調査に費やされたのであった。

それでもこうして原文がいったん理解できたとした上で、次にこれを日本語で表現する作業になるわけだが、その場合に私がまず第一に考えたのは、フランス語のなかでプルーストの一文が持っているのとほぼ等価のものを、どこまで日本語のなかで再現できるか、という問題だった。

もちろん、完全に等価値のものなどあるわけがない。フランス語で書かれた一つの文章は、発音やアルファベットの形、文字の表情までを含めて、まったく独自なものだから、どんな日本語で言い替えても、別物を作り出すことにしかならないのは自明である。にもかかわらず翻訳が可能だと思うためには、日本語でなんらかの共通物をこしらえることができると考えるのでなければならない。

それはまず、明示的な意味のレヴェルにあらわれる。これがあらゆる翻訳の拠り所であることは言うまでもないだろう。しかし、小説は日常言語とも哲学論文とも違って、明示的な意味を伝えて終わるものではないから、当然のことながら文体もまた重要な問題を構成する。とくにプルーストの場合は、第一篇の『スワン家の方へ』が刊行されたときに、『ル・タン』紙記者のインタヴューに答えて彼が次のように語っていることを念頭においておく必要がある。

「文体というものは、ある人びとが考えているのとちがって、いささかも文の飾りではありません。技術の問題ですらありません。それは——画家における色彩のように——ヴィジョンの質であり、われわれ各人が見ていて他人には見えない特殊な宇宙の啓示です。」(CSB, 559)

ところでプルーストの文体の特徴と言えば、多くの人は真っ先に、どこまで行っても終わることのないあの長い文を思い浮かべるのではなかろうか。延々と何十行も続いて容易にピリオドにぶつからない文章は彼ならではのもので、文体論の立場からプルーストを研究したジャン・ミイのように、『「コンブレー」における文の長さ』などという研究書を書く人まであらわれる有様である。この扱いについてはすでに別のところでも書いたので詳述は避けるが、結論的に言えば、私は決して長さを無視したわけではないけれども、構造も記号も品詞もまったく異なる日本語で、ただ形式的な長さだけを尊重するという態度はとらなかった。そのような真似をすると、プルーストの特徴と考えられる本質的な明快さが完全に損なわれてしまうからだ。

こうした問題は、小説のような散文芸術だけに起こるわけではない。もともとフランスでは、十七世紀のマレルブから、十九世紀のマラルメを通って、ヴァレリー、サルトルへと至る伝統的な言語観があり、そこでは詩と散文（ないしは詩と日常的言語）がしばしば峻別されてきた。詩を舞踊に、散文を歩行になぞらえたマレルブ、ヴァレリーの比喩はあまりに有名だが、それを引くまでもなく、詩（韻文）は散文に較べてより密接に形式に結びついていると見なすのが、自然な考え方だろう。にもかかわらず、詩の翻訳でもさまざまな試みがなされてきた。たとえば次の二篇の訳詩を比べてみればよい。

そゞろあるき

蒼《あを》き夏《なつ》の夜《よ》や
麦《むぎ》の香《か》に酔《ゑ》ひ野草《のぐさ》をふみて
小《こ》みちを行《ゆ》かば
心《こゝろ》はゆめみ、我足《わがあし》さはやかに
わがあらはなる額《ひたひ》、

吹《ふ》く風《かぜ》に浴《ゆあ》みすべし。

われ語《かた》らず、われ思《おも》はず、
われたゞ限《かぎ》りなき愛《あい》
魂《たましひ》の底《そこ》に湧出《わきいづ》るを覚《おぼ》ゆべし。
宿《やど》なき人《ひと》の如《ごと》く
いや遠《とほ》くわれは歩《あゆ》まん。
恋人《こひびと》と行《ゆ》く如《ごと》く心《こゝろ》うれしく
「自然《しぜん》」と共《とも》にわれは歩《あゆ》まん。

感覚

私はゆかう、夏の青き宵は
麦穂臑刺す小径の上に、小草《をぐさ》を踏みに、
夢想家、私は私の足に、爽々しさのつたふを覚え、
吹く風に思ふさま、私の頭をなぶらすだらう！
私は語りも、考へもしまい、だが

果てなき愛は心の裡《うち》に浮びも来よう
私は往かう、遠く遠くボヘミヤンのやう
天地の間を、――女と伴れだつやうに幸福に。

もしも形式だけで判断するなら、これが同一の詩の翻訳であるということは容易に見当がつくまい。しかし訳詩はいずれも有名なもので、前者は永井荷風、後者は中原中也の手になり、原作はランボー、原詩の題は Sensation で、四行二詩節のものである。永井訳は「そゞろあるき」というタイトルの選び方も独特だが、詩形の点では行数さえ原詩から大きくはずれて、それも最初の詩節は六行、次は七行と、自在な形式を選んでいることが注目される。上田敏の『海潮音』や永井荷風の『珊瑚集』では、こうした例がしばしば見うけられるのである。

詩でもこのような処理があり得るのだ。したがって、私は必要とあれば、文の長さは犠牲にすることもためらわなかった。それに換えて私ができるだけ生かそうとしたのは、その長さをもたらしたプルースト独特の思考方法であり、関係代名詞やコンマ、コロン、セミコロンなどでひと息とめて、それからまた語りついだり、展開したり、あるいは別な発想を挿入したりする作者の呼吸であり、いわば文章のリズムとでもいったものである。このことについては、自分自身でプルーストのある部分を翻訳しているヴァルター・ベンヤミンも注目しており、……かもしれない（soit que）、……かもしれない（soit que）とつながっていく「soit que の果てしもない連鎖」に言及している（「プルーストのイメージについて」)。この表現はいわばプルーストの思考のリズムとも言うべきもので、一つの行為を単細胞的に一つの原因に還元するのではなく、そこに複眼でさまざまな動機を読みとったり、自分の発想を疑ったり、それに留保をつけたりする態度である。重要なのは、躊躇したり引き返したりしながら手探りで進んでゆくこの思考のリズムや、こうした物の見方を生かすことであって、長さのみに固執して意味不明の日本語を作り出すことではないだろう。

さらに「マルセル・プルーストの文体」を書いた文体論学者のレオ・シュピッツァーも、その論文の第一章を「文のリズム」と題し、その冒頭に次のように書いているのである。

「私がこの章から始めるのは、おそらく文のリズムがプルーストの文体においては決定的な要素であり、彼が世界を見る仕方に直接的に結びついているからだ。」

＊＊＊

しかし、どんなにプルーストの文のリズムらしきものを考え出しても、所詮私が翻訳のなかで作るものは、原作とは違う何かである。翻訳とは、初めからそのような運命にあるものと考えなければならない。

それは語彙のレヴェルですでにあらわれる。最初にこの全訳に取りかかろうとしたとき、私は原文のjeという語をどう訳すかということさえ、容易に決めかねた。「私」、「わたし」、「僕」、「ぼく」など、どれを当てはめても決して等価のものを作れるわけがない。そうした一人称単数の主語をいっさい使わずに自伝的小説を書いた開高健の『耳の物語』なども検討したが、結局「私」に落ちついたのは、これが一番抵抗なく読めそうに思われたからにすぎない。jeと同様に、mamanという語も問題だった。「お母さん」も「ママ」も採用できなかったので、結局「ママン」に落ちついたのは、これがあまり日本で用いられていないので、その分だけ余計なニュアンスを免れていると考えたためだ。

ともあれ初めはこんなふうに、一語一語の置き換えや選択にも難渋したが、そのとき私が思い出したのは、かつて自分の文章を訳したときの経験である。私は最初に留学生としてフランスに赴いたとき、現地の専門家に見てもらって指導やアドヴァイスを求めるために、あらかじめ自分の卒業論文の一部を仏訳したものを携えて行った。そしてこの文章を土台として、それに現地で見た資料をつけ加え、新たにフランス語の文章を書き下ろして発表したのだが、その一文を大分後になって、ふたたび日本語に訳して自分の『プルースト論考』におさめたことがある。いわばこの文章は、日本語→フランス語→フランス語→日本語と、二つの言語のあいだを行ったり来たりしたことになる。

この自分の文章を訳すというのは奇妙な体験で、原文の舞台裏まで見えて「粗《あら》」が目立ちすぎるということがあるから絶えず直したくなるのだが、それだけではなくてここでも他人の文章と同じように、一つの言語では楽に表現できたことがもう一つの言語ではうまく言えない、ということが起こるのだ。「二つの異なった言語体系のなかにおかれている自分が、私には異なった人間のように見えてくる」と、私は自分の本の「あとがき」に記している。その結果、私は勝手に語彙を変えたり、ある部分を省略したり、別の言葉をつけ加えたり、叙述の順序を入れ替えたりして、まったく自由な形の「翻訳」を行った。しかしそのように表現を変えながらも、目指すものがそれで変わったとは思われなかったし、表現を変えればこそほぼ同一の目標に近づけそうな気がしたのである。このときは、どんなに別な表現を用いても、おそらく私が自分の文章を誤訳したとは誰も言わないことだろう。

プルーストの文章を訳すときには、もちろんこのように自由に振る舞うわけにはいかない。しかし考えてみれば、「人間の言語は種類が二つ以上あるという点で不完全だ」とマラルメが言うように、プルーストの表現も翻訳可能である以上は完全なものであるはずがなく、いわば私が自分の書いた二つの言語体系に属する文章のあいだでうろうろしたようなことが、今度はプルーストのフランス語と私の日本語のあいだでも起こるのである。たとえどんなに完成された言語表現の場合であっても、原理的にこのことは避けられない。その上、彼はたいへんなスピードで長大な作品を書いたのだし、その三分の一は死後出版の未定稿で、なかには明らかな矛盾や書き違いも散見される。私はそれらを訂正はしなかったが、しばしば訳注で説明する必要に迫られた。また、これも主として未定稿ゆえのあまりに混乱した表現や意味不明の文にぶつかったときは、それを通してその向こうに作者自身が目指したものを忖度することを余儀なくされた。それをしないで日本語の文章を作ることは不可能だったからである。

こんなふうにして出来上がった私の翻訳は、全体として、プルーストの原文よりも平易なものになったのではなかろうか。その意味で、原作を裏切ることになったのではないか。だが実を言うとそれが私の狙いだった。もともと翻訳はかならず原文と違ったものにならざるを得ないのだし、私が最も明確に表現したいと思ったのは、初めにも述べたようにプルーストの持っている本質的な明快さだったからだ。これはある意味で、翻訳という作業のおかげで原文以上に強調されたかもしれない。というのもまず第一に、フランス語原文と違って翻訳文は自由に作り出せるからであり、また第二に、読者としてプルーストのフランス語原文に接近する場合には明快さは最後にあらわれるものだが、訳者として日本語の『失われた時を求めて』を作ろうとするときにはまず明確な理解から出発するからだ。私はそれを利用して、先に述べたプルーストの特徴である文のリズムや独特のヴィジョンはできるだけ大事にしながら、しかし原文よりも読みやすい日本語を作ろうと心がけた。むろん異なった言語で書かれた文章の難易度を比較するのは難しく、正確なことは誰にも分からないだろう。だが冒頭にもふれたように、『失われた時を求めて』を読むというのはフランス人にとっても大事件なのだ。いわんや、プルーストとは文化的にも時代的にもまるで異なる世界に生きている現代日本の読者に紹介するとなれば、このように類のない長さの小説でもあり、いくらか平明すぎるくらいの訳文を目指す方が望ましいのではないか。それが私の方針だった。

むろんこのような方針も所詮は翻訳の一つの可能性にすぎないし、すべての対象に通用するものではないだろう。たとえばマラルメやジョイス、あるいはシュールレアリスムなどが、こんなふうに扱えないのは自明である。またプルーストの場合でも、もしも読者のなかに、意味は判然としなくてもある種の雰囲気が漂うような文章こそ彼の特徴だと考えて、そういう空気のみにぼんやり浸っていたいという人があれば、私の翻訳はとてもお薦めできないだろう。いずれにしても、私は以上に述べたような理由で原作よりいくらか読みやすい『失われた時を求めて』を目指したが、この方針がよかったかどうか、私がそれに成功したかどうかは、読者の判断をまつほかはない。

＊＊＊

最近、私はラウル・ルイス監督の映画『見出された時』を興味深く観たが、そのとき思い浮かべたのは、ロマン・ヤコブソンのおこなった翻訳の分類だった。彼は『一般言語学』におさめられた「翻訳の言語学的側面について」という文章のなかで、翻訳には（一）言語内翻訳、(二) 言語間翻訳、(三) 記号法間翻訳、の三種類のものがあると言う。（一）はたとえば『源氏物語』の現代語訳のようなものを考えればよいし、(二) はごく普通にわれわれが翻訳と呼ぶ、他言語から日本語へ（またはその逆）の移し換えである。そして (三) は言葉の記号を言葉でない記号体系によって解釈することだが、ルイスの試みはさしずめその特殊な一例と見なすこともできるだろう。

ところでこの映画はルイス自身もどこかのインタヴューで言っているように、プルーストの原作にあくまで忠実に作られた。しかし出来上がったものは、小説とはまったく異なる何かである。早い話が、原作では慎重に名前のぼかされている語り手が、ここでは画面に絶えずあらわれて、「マルセル、マルセル」と呼ばれている有様だ。ルイスは初め、語り手を出さないことも考えたようだが、映画という表現形式で、とくに最終巻の『見出された時』をとり上げようとすれば、どうしても語り手を登場させないわけにはいかないし、またいったん彼を登場させれば、その名前を呼ばないわけにいかないのが、私にはよく理解できた。またすべての登場人物を蝕みながらも、彼らの現在を作ってゆく「時」の作用をスクリーンの上で描くとなれば、やはりそれなりの挿話を作り出さねばならないことも、充分に了解できた。

この映画の試みに比べれば、まだしも言語間翻訳の方が原作に忠実であろうか。かならずしもそうとばかりは言い切れない。なぜなら少なくともフランス人の観客にとって、スクリーンの向こうから聞こえてくるのはフランス語だからだ。一方、私が作ったのは、日本語をしゃべるシャルリュスやゲルマント公爵夫人なのだから、これは怪物的な存在と言うべきかもしれない。いずれにしても、映画にせよ翻訳にせよ、初めから原作とは別物になるべく運命づけられているのだ。しかし考えようによれば、それは利点でもあるだろう。翻訳者は、異なった言語という障碍を抱えているからこそ、原作を相対化することができるのだし、原作者が到達しようと目指しながらついに到達できなかった幻の作品を、自分も目指すことができるからである。原作に導かれ、それを自分なりに解釈し、ときには道に迷いながら、まるで反対側の斜面から原作者の目指している山頂に向かってよじ登ってゆくのが、翻訳者の宿命だろう。また原作と同様に、翻訳も到達点のないものだろう。すでに終わったばかりのこの翻訳にも、私は細かいところで種々の問題点があることを知っているし、また私の気づいていない問題も多々あるにちがいない。それらについては是非とも読者のご指摘をいただきたいものだが、ともあれ『失われた時を求めて』を対象にしてこのような翻訳の可能性を探ることができたのは、まことに幸せだったと私は考えている。

注

プルースト遍歴

（1）Gérard Genette, *Figures III*, Seuil, 1972, p.257. ジェラール・ジュネット、花輪光・和泉涼一訳『物語のディスクール』書肆風の薔薇、一九八五年、三六一ページ。

（2）CSB, 181. 鈴木道彦編訳『プルースト文芸評論』筑摩書房、一九七七年、一八三―一八四ページ。

（3）Jean-Paul Sartre, *Transcendance de l'Ego*, Vrin, 1972, p. 85. ジャン＝ポール・サルトル、竹内芳郎訳『自我の超越・情動論粗描』人文書院、二〇〇〇年、八五ページ。

（4）Jean-Paul Sartre, *Critique de la raison dialectique*, Gallimard, 1960, p.44. ジャン＝ポール・サルトル、平井啓之訳『方法の問題』人文書院、一九六二年、六七ページ。

（5）*Ibid.*, p.66. 同書、一〇八ページ。

（6）Jean-Paul Sartre, *L'Idiot de la famille*, tome I, Gallimard, 1971, p.7. ジャン＝ポール・サルトル、平井啓之他訳『家の馬鹿息子』第一巻、人文書院、一九八二年、三ページ。

（7）*Ibid.*,p.7. 同書、三ページ。

（8）Madeleine Chapsal, *Les Ecrivains en personne*, Julliard, 1960. ジャン＝ポール・サルトル他、鈴木道彦他訳『サルトル対談集I』人文書院、一九六九年、一七一ページ。

（9）吉田城（吉川一義編）『プルーストと身体』白水社、二〇〇八年、二九ページ。

（10）Jean-Yves Tadié, *Marcel Proust*, Gallimard, 1996, p.74. 吉川一義訳『評伝プルースト　上』筑摩書房、二〇〇一年、六三ページ。

（11）*Op. cit.*,p.90. 前掲書、一四八ページ。

（12）*Index Général de la Correspondance de Marcel Proust d'après l'édition de Philip Kolb*, Presse de l'Université de Kyoto, 1998.

無名の一人称

＊（1）この記述は、実は不正確である。私は初め数日間、プルーストの姪のマント夫人宅で資料を見せていただいた後に、当時パリ十四区のプラント街に住んでいたプレイヤード版校訂者の一人ピエール・クララックの家に何日も通って、四種類のタイプ原稿を閲覧した。またクララックの許しを得てD_2をフィルムに収め、それを現像してたえず自分の手許において参照することができた。ただこの当時、マント夫人は資料についてきわめて神経質で、次々と研究者に閲覧を申しこまれると困るので、ここに記したようなことを書くという条件でのみ私に資料を論文に使うことを許可されたのである。私は意識的に嘘を書くのを好まないが、このときは資料見たさに敢てそれを行なった。今日ではプルーストの資料が国立図書館に寄付されて事情は一変したが、当時の空気をお伝えするために、敢てこの嘘をもとのままの形で残しておく。（一九八五年の注）

（2）Marcel Proust et Jacques Rivière, *Correspondance (1914-1922)*, Présentée et annotée par Philip Kolb, Plon, 1955, p. 288.

（3）Léon Pierre-Quint, *Comment parut "Du Côté de chez Swann", Lettres de Marcel Proust à René Blum, Bernard Grasset et Louis Brun*, Kra, 1930, p. 44.

（4）Ernst Robert Curtius, *Marcel Proust*, Traduit de l'Allemand par Armand Pierhal, La Revue Nouvelle, 1928, p. 136. クゥルティウス、大野俊一訳『現代ヨーロッパに於けるフランス精神』生活社、一九四四年、一二三ページ。

（5）Benjamin Crémieux, *XX*^{e} *Siècle*, Gallimard, 1924, p. 15.

コミックの誕生

（1）*Correspondance Générale de Marcel Proust*, tome II, Plon, 1931, p. 195.

（2）その一例として、フローベールの文体を論じた晩年のエッセイのなかの、次の一節を思い起こすことができる。

「ある人びとは、よく文芸に通じた人でさえも、『スワン家の方へ』のなかに、ヴェールで隠されてはいるが厳密な構成があることを見誤って（この構成は大きくひろげられたコンパスの両脚のように隔てられており、ある一節と対照をなす一節、原因と結果とが、互いに広い間隔をおいているので、おそらく識別がいっそう困難なのであろうが）、私の小説はいわば観念結合の偶然の法則に従ってつながっている思い出を集めたようなものだと信じこんだ。」（Marcel Proust, *Chroniques*, Gallimard, 1927, p. 209）（CSB, 598-599）

（3）*Correspondance Générale de Marcel Proust*, tome IV, Plon, 1933, p. 58.

（4）Albert Feuillerat, *Comment Marcel Proust a composé son roman*, New Haven, Yale University Press, 1934. この種の研究で最初の注目に価する作品であり、本稿でもこれを重視して、フイユラの結論と私の結論とを後段で比較対照した。

（5）たとえば Léon Pierre-Quint, *Comment travaillait Proust*, Ed. des Cahiers Libres, 1928 や、Etiemble, *Cinq états des Jeunes Filles en Fleurs*, Ed. du Scarabée, Alexandrie, 1947 などが挙げられる。

＊（6）プレイヤード版は、現在の段階では最良のテクストであるが、ここにも種々の疑問は残る。私の気づいたものからただ一例のみを挙げれば、第三巻一〇七ページ二九行目の「わたしの母」と、同三三行目の「わたしの祖父」は、「母」「父」（ないしは「祖母」「祖父」）に統一すべきであろう。最初プルーストは「わたしの祖母」「わたしの祖父」と書いたが、タイピストが後者を「わたしの父」と打ち違えたので、これに合わせて前者を「わたしの母」と訂正したものである。なお、「プルースト友の会」機関誌第九号（一九五九年）では、イギリスの若い学者アンソニー・R・ピューが、プレイヤード版第三巻の一節（ヴェネチア滞在の部分）を詳細に調べて、いくつかの疑問を提出している。

（7）Henri Bonnet, *Marcel Proust de 1907 à 1914*, Nizet, 1959.

（8）最初は七〇〇ページ二巻の予定であったものが、このときに各巻約五〇〇ページの三冊本に変更されたのである。

（9）これがさきにふれたフイユラの研究の基礎資料となった。

（10）Léon Pierre-Quint, *Comment parut « Du Côté de chez Swann »*, Kra, 1930, p. 228.

（11）*Correspondance Générale de Marcel Proust*, tome V, Plon, 1935, pp. 234-241.

（12）*Bulletin de la Société des Amis de Marcel Proust et des Amis de Combray*, N° 3, pp. 31-34.

（13）Marcel Proust, *Lettres à la NRF*, Gallimard, 1932, p. 224.

（14）*Ibid.*, pp. 255-256.

(15) *Ibid.*, p. 273.

(16) 最も早くプルーストのコミックに注目したのはピエール・ラッセルであろう (Pierre Lasserre, *Marcel Proust humoriste et moraliste*, Revue universelle, juillet 1920)。ほかに、ルイ・エミエ Louis Emié の小冊子 *Langage et Humour chez Marcel Proust*, Le Rouge et le Noir, 1928 があり、またレオン・ピエール=カンやアンドレ・モーロワも、その著書の一章をコミックにささげている。しかしこの問題が本格的にとり上げられたのはごく最近で、とくに次の二著によってである。すなわち、L. Mansfield, *Le Comique de Marcel Proust*, Nizet, 1953 と、R. Donzé, *Le Comique dans l'Œuvre de Marcel Proust*, Victor Attinger, 1955。

(17) 『ル・タン』紙一九一三年十一月十二日号に発表されたエリ=ジョゼフ・ボワによるプルーストの会見記参照。これは、Robert Dreyfus, *Souvenirs sur Marcel Proust*, Grasset, 1926 に再録されている (CSB, 557-559)。

*(18) 第七篇『見出された時』には、さながらプルーストの独白のようにこんな一節が見られる。「まるで幾何学者が、事物から感覚的な性質をはぎとって、その線状の実体しか見ないように、人びとがしゃべっていることの内容はわたしの右の耳から入って左の耳へ抜けてしまうのだった。なぜならわたしが興味を覚えるのは、彼らの言わんとすることではなくて、この人たちの性格や滑稽さを暴露するかぎりでの、彼らの物の言い方だったからだ。」(III, 718) (訳 XII, 59-60)

(19) Feuillerat, *Op. cit.*, p.91.

(20) *Ibid.*, pp. 92-94.

(21) *Ibid.*, pp. 23-26.

(22) *Ibid.*, pp. 196-197.

(23) Robert Vigneron, « Genèse de Swann », *Revue d'Histoire de la Philosophie et d'Histoire Générale de la Civilisation*, 15 janvier 1937.

(24) *Lettres à la N. R. F.*, pp. 225, 235.

*(25) 大判ノートの第八冊目の冒頭には、最初「このノートから、『失われた時を求めて』の最終第五篇『ソドムとゴモラII――見出された時』が始まる」と書かれていたらしい形跡が読みとれる (口絵⑫)。プルーストはあとから、その『ソドムとゴモラII』にIを加えてこれをIIIに直し、『見出された時』の文字を消したよ

うだが、この訂正は『ソドムとゴモラ』のⅠとⅡが出版された一九二二年に行なわれたものと考えられる。

（26）Feuillerat, *Op. cit.*, pp. 36-41, 108-132.

（27）Louis Martin-Chauffier, « Proust et le double "je" de quatre personnes », *Confluences*, juillet-août 1943.

（28）Marcel Proust, *Lettres à André Gide*, Ides et Calendes, 1949, p. 9.

（29）フイユラもこの事実を認めて、「作者が直接に読者に語りかけている場合、これは確実に一九一二年以後に書かれた文章と考えていい」と言っている（同書一三五―一三六ページ）。しかし問題は一九一二年以前か以後かではなくて、第一稿か第二稿以後か、である。

イサクと父親

（1）この表現は、プルーストの伝記を書いたペインターのものである。George D. Painter, *Marcel Proust. A Biography*, Volume I, 1959, p. xiii. 岩崎力訳『マルセル・プルースト――伝記』上巻、筑摩書房、一九七一年、五ページ。

（2）*Correspondance de Marcel Proust*, tome III, Plon, 1977, p. 447.

（3）Robert Le Masle, *Le Professeur Adrien Proust*, Librairie Lipschutz, 1935, p. 50.

（4）Robert Soupault, *Marcel Proust. Du côté de la médecine*, Plon, 1967, p. 139.

（5）この視点は、『ジャン・サントゥイユ』でも散見される（cf. JS, 877）。

（6）Elisabeth de Gramont, *Marcel Proust*, Flammarion, 1948, p. 21. なお、Robert Le Masle にも似たような指摘がある。*Op. cit.*, p. 50.

（7）Marcel Proust, *Correspondance avec sa mère*, Plon, 1953.

（8）なお、この点については次の書物にもいくらかふれられている。Jeffrey Mehlman, *A Structural Study of Autobiography*, Cornell University Press, 1971, p. 24.

＊（9）『ジャン・サントゥイユ』においてもまったく同趣旨の記述が見られ、病気と神経を口実として責任を免じられるという経験が、幼いプルーストを深く印づけたものであることを物語っている（JS, 210）。

＊（10）『ジャン・サントゥイユ』では、就寝の悲劇は主人公七歳のときと明記されている（JS, 202）。また他方、「ロ

ベールと仔山羊」と題された一九五四年版のファロワ編『反サント＝ブーヴ論』の断章では、弟ロベールが五歳半のときの事件が語られているが、これをもし現実に当てはめればマルセル・プルーストの七歳のときになる（cf. *Contre Sainte-Beuve*, Gallimard, 1954, p. 294）。なお、このことについては、本書収録の「不在の弟」を参照。

（11）Robert Le Masle, *Op. cit.*, p. 40.

（12）George D. Painter, *Op. cit.*, Vol. I, p. 195. 邦訳上巻二〇一ページ。

（13）Robert Le Masle, *Op. cit.*, p. 45.

（14）*Correspondance de Marcel Proust*, tome III, Plon, 1977, p. 266.『失われた時を求めて』でも、語り手の父親がアカデミー入りを狙って反対に遭うことが一つの挿話を形作る（RTP, II, 151）（訳 V, 302-303）。

＊（15）I, 91（訳 I, 200）。ここでは語り手の祖父が、語り手の友人にユダヤ人が混っているのをいち早くかぎつけて、直ちに警告を発することが語られている。なお、マルセル・プルーストの父方の祖父は、アドリヤン・プルーストの結婚よりはるかに以前に（一八六二年）他界しているから、作中のこの祖父はイリエの保守的カトリシズムの精神を代表するものと見るよりも、むしろ母方の祖父をモデルにしていると考えるべきかもしれない。事実、プルーストの母方の祖父ナテ・ヴェーユは、一八九六年まで生きて、八十二歳で他界している。そうだとすると、ユダヤ人の祖父がユダヤ人を警戒するということになるのであろうか。だが現実にヴェーユ家では、そのようなことが行なわれていたかもしれないのである。いずれにしても、プルーストの作品のなかには、作者自身が母を通じてユダヤの血を受けついでいながら、ユダヤ民族を対象視する記述も数多く見られるのである（cf. JS, 581）。

＊（16）母親との書簡には随所にこれが現れているが、作品では『ジャン・サントゥイユ』の一節が注目される（JS, 854-858）。ここでは父親不在のときの主人公ジャン（二十二歳）と母親との関係が語られているのであるが、就寝前の挨拶を求めるのは、今度は子供ではなくて母親の方である。夜おそく帰宅したジャンの部屋に母のメモが置かれており、それに従ってジャンが両親の部屋に入って行くと、すでに母は眠りこんでいる。ジャンが母の「重々しく美しい横顔、といた髪、閉ざされた眼、息づいている鼻、子供の口のように軽く結ばれている口」を眺め、その眼をさまさせないように靴をぬいでベッドに近づき、まずシーツに、ついで髪の毛

に接吻するというこの情景は、母と子の関係としては異常に官能的であって、むしろ同年輩の恋人を思わせるものであり、『失われた時を求めて』の読者なら、直ちにここから有名な「眠る彼女を見つめる」場面を想起するにちがいない（RTP, III, 69-75, 113-116）（訳 IX, 135-143, 215-220）。ただしこの後者の場面の主役は母と子ではなくて、語り手と若い恋人アルベルチーヌであり、またこの場面が母の凌辱という意味を持っていることも、すでに多くの人に指摘されたところである。

さらに『ジャン・サントゥイユ』ではその翌朝になると、今度は母がその子の寝室を訪れて、ベッドに横になったままのわが子の求めるままに彼に何度も接吻を与え、また幼い子にするように本を朗読してやるのであるが、このときの主人公の年齢を考えれば、この場面は実に異様な情景を描いていることになる。いずれにしても現在のテーマに即して言うならば、重要なのはこの両者がすでに成年に達した男とその母親でありながら、或るときは同年配の恋人のごとく、また或るときは幼児とその母のごとくに見えることであって、それはそのままマルセル・プルーストとその母の関係を示すものであろうと思われる。

（17）*Op. cit.*, p. 50.

（18）その他、ゲルマント公爵夫妻、コタール夫妻など。スワン夫妻については、夫がユダヤ人であるという観点から、別な形で論ずる必要があるだろう。

（19）Céleste Albaret, *Monsieur Proust*, Robert Laffont, 1973, p. 50. 三輪秀彦訳『ムッシュー・プルースト』早川書房、一九七七年、六〇ページ。

（20）*Correspondance Générale de Marcel Proust*, tome II, Plon, 1931, p. 140.

（21）P.-E. Seidmann, « Marcel Proust et les Médecins », *Bulletin de la Société des Amis de Marcel Proust et des Amis de Combray*, Nº 12, 1962.

（22）Robert Le Masle, *Op. cit.*, p. 50.

（23）また、「彼（ジャン）は医学を、ついで法律を学ぼうと試みたときに、ひどい退屈を覚えたのであった」という言葉にも注意を払っておきたい（JS, 272）。

（24）*Correspondance de Marcel Proust*, tome I, Plon, 1970, p. 236.

（25）*Correspondance de Marcel Proust*, tome III, p. 373. また CSB, 575 を参照。

(26) P.-E. Seidmann, *Op. cit.*
(27) Céleste Albaret, *Op. cit.*, pp. 411-433. 三輪秀彦訳『ムッシュー・プルースト』早川書房、三六四―三八四ページ。
(28) *Correspondance Générale de Marcel Proust*, tome III, Plon, 1932, p. 312.
(29) Marcel Proust et Jacques Rivière, *Correspondance*, Gallimard, 1976, p. 107.
(30) これはプルーストが母の死後に書いた「親殺しの子供の感情」(一九〇七年)という一文中にある表現(CSB, 157)。

ソドムを忌避するソドムの末裔

(1) Jean-Paul Sartre, *Situations, II*, Gallimard, 1948, pp. 20-21. 伊吹武彦他訳『シチュアシオンII』人文書院、一九四八年、一五―一六ページ。
(2) メダルド・ボス『性的倒錯』みすず書房、一九五七年、四八、一六六ページ。
(3) Charles Briand, *Le Secret de Marcel Proust*, Editions Henri Lefèbvre, 1950.
(4) Marcel Proust, *Correspondance avec sa mère*, Plon, 1953, p. 176.
(5) *Ibid.*, p. 103.
(6) R・D・レイン『ひき裂かれた自己』みすず書房、一九七一年、一五ページ。

不在の弟――「ロベールと仔山羊」をめぐって

(1) George D. Painter, *Marcel Proust. A Biography*, volume one, Chatto & Windus, 1959, p. 4. 岩崎力訳『マルセル・プルースト――伝記　上巻』筑摩書房、一九七一年、一四ページ。
(2) Marcel Proust, *Contre Sainte-Beuve, suivi de Nouveaux Mélanges*, Préface de Bernard de Fallois, Gallimard, 1954, pp. 291-300.
(3) *Ibid.*, p. 292.
(4) George D. Painter, *Op. cit.*, p. xiii. 邦訳前掲書、五ページ。

喘息の方舟

（1）Robert Proust, « Marcel Proust Intime », *La Nouvelle Revue Française*, N° 112, 1er janvier 1923, p. 24.

（2）Robert Soupault, *Marcel Proust. Du côté de la médecine*, Plon, 1967, pp. 48-50.

（3）*La Nouvelle Revue Française*, N° 112, p. 24.

（4）ジョルジュ・リノシエ宛ての手紙（*Correspondance de Marcel Proust*, tome IV, Plon, 1978, p. 250）。

またルイザ・ド・モルナン宛ての手紙にも次の言葉が見える。

「毎年私は五月十五日から七月一日までのあいだ、滑稽な――しかしまたひどく苦しい――病気に悩まされます。それは枯草熱と呼ばれていますが、むしろ花粉熱なのです。」（*Correspondance de Marcel Proust*, tome III, p. 334）

（5）アレルギーという表現は、一九〇二年にフランスの学者リシェ（一八五〇―一九三五）の提唱したアナフィラクシーの現象（現今の「ペニシリン・ショック」のごとき過敏症を指す）を受けて、オーストリアの小児科医ピルケ（一八七四―一九二九）が一九〇六年に提唱したものにすぎない。

*（6）ファインバーグ『アレルギー』岩波書店、一五、三九ページ、および久徳重盛・内山道明共著『喘息の治療と心理』誠信書房、三四ページなどを参照。また十九世紀末のフランスでの喘息理解を知るには、E. Brissaud, *L'Hygiène des Asthmatiques*, Masson et Cie, 1896 が参考になる。枯草喘息についても、同書は pp. 148-156 でふれている。これはプルーストの父アドリヤンが監修した医学叢書の一冊で、監修者自身の序文があり、またマルセルはこの本を読み、著者のブリソーに直接診断を受けているだけに、重要な文献である。

（7）E. Brissaud, *Op. cit.*, p. 23 et sqq.

*（8）メダルド・ボス、三好郁男訳『心身医学入門』みすず書房、一九六六年、五九、六七―六八、七〇ページ。同じような例は、池見酉次郎の多くの著書・編書（『精神身体医学の理論と実際』、『心療内科』、『心で起こる体の病』など）にもふれられている。

なお、メダルド・ボスは、ハイデガーの現存在の分析をふまえて、フロイトの精神分析とビンスワンガーの「精神医学的現存在分析」を越えたところに、その心身医学を構築しているように思われるが（M・ボス『精神分析と現存在分析論』参照）、しかし彼がフロイトに対して批判する「自然科学的態度」を彼自身は完全に免れているであろうか。鈴木秀男の指摘する「現代精神医学のいう〈心身相関〉とは、ようするに〈身体〉の部分が部分と相関するというのとなんら変わりがない」(「気管支喘息論（一）」『試行』一九七五年七月号)という批判は、ボスにも留保つきで当てはまらないであろうか。この点について私はいささか疑問を持っているが、これは本題からそれる故に今は問題の指摘のみにとどめたい。

(9) 久徳重盛『小児の気管支喘息』金原出版株式会社、一九七〇年、二八ページ。

(10) 久徳『小児の気管支喘息』三六ページ。久徳・内山『喘息の治療と心理』一五―二二ページ。

*(11) アレルギー論の立場に立つとき、一般には害のない物質を有害な抗原たらしめる喘息患者の特殊性の決定が問題になる。これは普通アレルギー体質ということで説明されているが、鈴木秀男のように、「実際は、アレルギー性疾患にかかったという事実を唯一の根拠にして、その個体がアレルギー体質といっているだけで、なにを称して〈体質〉(あるいは素因)というかはかならずしも明確にされてはいないのである」という批判もある(「気管支喘息論（二）」『試行』一九七五年十一月号所収)。同じ論文の中で鈴木秀男はまた、「気管支喘息についていえば、抗原抗体反応が発作の原因であるという保証はかならずしも存在しないのであって、抗原抗体反応は気管支喘息が成立した結果あらわれる現象であってもよいはずだ」とさえ言っている。これは喘息ないしアレルギーという言葉の意味を逆転させる刺戟的な注目すべき発言と思われるが、専門外のことゆえ、結論は慎しみたい。

(12) Georges Rivane, *Influence de l'Asthme sur l'Œuvre de Marcel Proust*, la Nouvelle Edition, 1945, pp. 57, 65.

(13) Robert Soupault, *Op. cit.* Pierre Mauriac, *Aux Confins de la Médecine*, Grasset, 1926. なお、リヴァヌ、スーポー、モーリヤックが、いずれも医師の立場でプルーストの作品に接近してこのような結論しか引出せなかったことは、注目に価する。

(14) Charles Briand, *Le Secret de Marcel Proust*, Editions Henri Lefèbvre, 1950.

(15) Milton L. Miller, *Nostalgia, a Psychoanalytic Study of Marcel Proust*, Kennikat Press, 1956, pp. 187-204.

(16) E. Jones, « Marcel Proust et son frère », *Bulletin de la Société des Amis de Marcel Proust et des Amis de Combray*, Nº 12, 1962.

(17) たとえば、久徳・内山著、前掲書、八二ページ。小林節雄『ぜんそくとアレルギー』文研出版、五八ページ。

*(18) この問題については、本書に収められた「不在の弟」を参照。その文章の中で私が用いた資料は、第一にファ

ロワ版の『反サント＝ブーヴ論』に再現されている「ロベールと仔山羊」（*Contre Sainte-Beuve*, Gallimard, 1954, pp. 291-297）であり、第二に、プルーストの手帖に記されているメモであった（これはコルブの手で、*Cahiers Marcel Proust 8, Le Carnet de 1908*, Gallimard, 1976, p. 56 にも再現されている）。この二つの資料によって、当初プルーストは弟を作品に登場させてこれに母を奪う者という意味を与え、作品全体の起爆剤のごとき役割を演じさせようと計画していたのではないか、と推察されるのである。またその弟の存在がプルーストのあらゆる作品から抹殺されているという事実も、この資料によって意味を与えられると考えられる。なお、上記の文章のなかではふれなかった第三の資料として、現在パリの国立図書館に保存されている六十二冊の草稿ノートのうちの Cahier IV を挙げておきたい。その f°s 44r°-45r° には、明らかに複数の兄弟の存在を示す文字があって、これは作品の語り手とその弟を示すと考えられるのである。これについては、*Cahiers Marcel Proust 7, Etudes Proustiennes II*, Gallimard, 1975, p. 242 の注三を参照のこと。

（19）ブーローニュの森のロンシャン大通りの別名。

（20）*Correspondance de Marcel Proust*, tome I, Plon, 1970, pp. 99-100.

＊（21）これは、『ジャン・サントゥイユ』執筆当時から一貫したプルーストのテーマである。たとえば、一八九六年に刊行された『楽しみと日々』に収められた短篇「ある少女の告白」にも、まったく同じテーマが展開されている（JS, 86-90, 222）。

（22）この点については、Brissaud, *Op. cit.*, pp. 23, 24, 130 などを参照。

＊（23）このことを強調するために、作者はトランプ占い師が主人公のジャンに凶兆のあらわれていることを警告し、ジャンの両親はそれを息子の健康への警告と受取ったことを記している。病身とは、彼にとって、トランプのカードのように、偶然に与えられた運命なのである（JS, 215-216）。

（24）*Correspondance de Marcel Proust*, tome I, p. 236. 就職の問題については、同じ書簡集にあるシャルル・グランジャン宛ての書簡や、*Bulletin de la Société des Amis de Marcel Proust et des Amis de Combray*, N° 6, 1956 に掲載されたフィリップ・コルブの文章を参照のこと。

（25）Robert de Billy, *Marcel Proust, Lettres et Conversations*, Ed. des Pratiques, 1930, pp. 37-54.

（26）*Correspondance de Marcel Proust*, tome I, pp. 288, 292, 293.

(27) Marcel Proust, *Lettres à la N. R. F.*, Gallimard, 1932, p. 278.
(28) Lucien Daudet, *Autour de Soixante Lettres de Marcel Proust*, Gallimard, 1929, p. 18.
(29) Brissaud, *Op. cit.*, p. 6 (Introduction par Adrien Proust) .
(30) *Correspondance de Marcel Proust*, tome I, p. 429. また Philip Kolb, « Historique du Premier Roman de Proust », *Saggi E Ricerche di Letteratura Francese*, vol. IV, 1963, p. 232 を参照。
(31) Lucien Daudet, *Op. cit.*, p. 36.
(32) *Correspondance de Marcel Proust*, tome IV, p. 196.
(33) Rivane, *Op. cit.*, pp. 99-100.
(34) たとえば RTP, III, 839-840（訳 XII, 310-311）を見よ。

あるユダヤ意識の形成

(1) Cécile Delhorbe, *L'Affaire Dreyfus et les Ecrivains Français*, Editions Victor Attinger, 1932.
(2) Albert Thibaudet, « Marcel Proust et la tradition française », *La Nouvelle Revue Française*, 1er janvier 1923.
(3) *Correspondance de Marcel Proust*, tome II, Plon, 1976, p. 66.
(4) Jean Rousset, « Le statut narratif d'un personnage: Swann », *Cahiers Marcel Proust* 7, *Etudes Proustiennes II*, Gallimard, 1975, pp. 69-83.
(5) Michel Butor, *Répertoire II*, Les Editions de Minuit, 1964, p. 62.
(6) Jean Recanati, *Profils Juifs de Marcel Proust*, Buchet/Chastel, 1979, p. 139.
(7) *Correspondance de Marcel Proust*, tome VI, Plon, 1980, p. 312.
(8) *Ibid.*, p. 325.
*(9) 反ユダヤ主義の右翼作家として有名なレオン・ドーデーは、その『ユダの時代』のなかで、ユダヤ人にかんする意地の悪い観察や回想を記しているが、『白色評論（ラ・ルヴュ・ブランシュ）』で文芸時評などを書いたリュシヤン・ミュルフェルトに会ったときのことにふれて、「そのむしばまれた顔は、執拗な便秘に悩まされていることを示していた」と書いている（Léon Daudet, *Au Temps de Judas*, Nouvelle Librairie Nationale,

1920, p. 109)。してみると、湿疹や便秘という言い方は、反ユダヤ主義者の好んで用いた、悪意のある決り文句だったのかもしれない。一方、環境と肉体にかんしてプルーストは、ユダヤ人が上流社交界の人間になると、その鼻の形まで変るという趣旨のことを述べている（RTP, II, 190）（訳 V, 382）。これはいわば、再ユダヤ化したために肉体的に変調を来したスワンと、逆の現象と言えるであろう。

（10）Jean Rousset, *Op. cit.*, p. 70.

（11）『フロイト著作集2　夢判断（全）』人文書院、一九六八年、一六二ページ。

（12）この第四冊目の「カイエ」は、国立図書館では一六六四四という整理番号を与えられているもので、私が参照したコピーには、鉛筆のノンブルのみが打たれていた。そのノンブルの五六ページから五七ページに当る部分が、問題の箇所である。

（13）ルイス・ワース著、今野敏彦訳『ユダヤ人と疎外社会――ゲットーの原型と系譜』新泉社、一九七一年、三一四ページ。

（14）同右、一六四ページ。

（15）*Correspondance Générale de Marcel Proust*, tome III, Plon, 1932, p. 19.

（16）*Ibid.*, p. 71.

（17）今は一例だけを挙げておくが、ドレーフュス事件当時に書かれたと思われる自筆原稿のなかに、「才能を要求しないさまざまな仕事のなかに逃げこむこと、ドレーフュス事件を口実にすること」という文句が見られる（CSB, 413）。

（18）*Correspondance Générale de Marcel Proust*, tome III, p. 19.

（19）Hannah Arendt, *Sur l'antisémitisme*, Calmann-Lévy, 1973, pp. 175-194. 私の参照したのは仏訳のみだが、原文は *The Origins of Totalitarianism* の第一部に当る。この書物は一九五一年初版、以後版を重ねるごとにかなりの改訂が加えられたらしく、仏訳は一九六八年版に依拠している。なお、大久保和郎による邦訳がある（ハナ・アーレント『全体主義の起原Ⅰ』みすず書房、一九七二年初版）。

（20）Michael R. Marrus, *Les Juifs de France à l'Epoque de l'Affaire Dreyfus*, Calmann-Lévy, 1972, p. 18. 本書は、一九七一年に Oxford University Press から出版された *The Politics of Assimilation* の仏訳である。

＊（21）たとえば一九七一年現在で、フランスに五十八万人のユダヤ人がいる、という数字がある（*Guide Juif de France*, Editions Migdal, 1971, p. 13）。しかしこの場合のユダヤ人の定義は、一向に明確にされていない。Rabi, *Anatomie du Judaïsme Français*, les Editions de Minuit, 1962 によると、一八八二年の在仏ユダヤ人口として、アドルフ・フランクは六万人、『イスラエル史料』*Archives israélites* は八万ないし八万五〇〇〇、テオドール・レーナックは六万三〇〇〇（内四万人がパリ）、そしてドリュモンは五〇万（！）という数字を挙げているという（同書六三ページ）。

アンドレ・スピールもまた、ユダヤ人口の計算のむつかしさを語っている（André Spire, *Quelques Juifs*, Mercure de France, 1913, p. 279）。

（22）Charlotte Roland, *Du Ghetto à l'Occident. Deux Générations Yiddiches en France*, Les Editions de Minuit, 1962, p. 37.

（23）Léon Halévy, *Résumé de l'Histoire des Juifs Modernes*, Lecointe, 1828, p. 318. なお、このレオン・アレヴィは、十九世紀前半のサン＝シモン派に属する歴史家だが、彼がプルーストのクラスメートであるダニエル・アレヴィの祖父、ジャック・ビゼーの大叔父に当ることとは、興味深い。

（24）Renée Neher-Bernheim, *Histoire Juive, faits et documents de la Renaissance à nos Jours*, tome II, *le XIXe siècle*, Klincksieck, 1971, p. 191.

（25）Rabi, *Anatomie du Judaïsme Français*, Les Editions de Minuit, 1962 には、一八四四年創刊の『イスラエル世界』*L'Univers Israélite* の初期の文章の一つとして、次のようなものが紹介されている（同書六六ページ）。「われわれの寺院には、人っ子一人いない。ヘブライ語を話し、古代の象徴をまとったユダヤ教は、最も著名なイスラエル人市民からも見捨てられてしまった。そのユダヤ教を、フランス語を話す家族のなかに求めようとしても無駄であって、われわれはそれを見出すことができない。唯一われわれが発見するのは、人びとが信仰の自由という言葉を、何物をも信じない自由の意味に用いているということだけだ。」

（26）マラスによれば一八七二年から（Marrus, *Op. cit.*, p. 45）、またスピールによれば一八七六年から（Spire, *Op. cit.*, p. 279）、宗教の帰属が国勢調査から消えたという。なお、マラスは一八七二年の調査として、ドイツに統合されたアルザス、ロレーヌ州を除外したユダヤ人口は四万九四三九人、内二万四三一九人が、パリ及びその近郊に住んでいる、と伝えている。

（27） Léon Poliakov, *Histoire de l'Antisémitisme*, tome III, *De Voltaire à Wagner*, Calmann-Lévy, 1968, p. 331 et sqq. なお、同じ著者の *Le Mythe Aryen*, Calmann-Lévy, 1972 は全面的にこの問題を扱ったものとして重要である。

＊（28） Marrus, *Op. cit.*, pp. 24-42. とくに、著者が引用するレオネル・ド・ラ・トゥーラッス Léonel de La Tourasse の、次の言葉は、人種論者の偏見を遺憾なく伝えている（同書二八—二九ページ）。

「このことは、いくらくり返しても、くり返しすぎることはあるまいが、ユダヤ教（judaïsme）は宗教ではなく、一つの人種である。いかなる国に所属しようと、ユダヤ人は、余りに多くの絆、余りに多くの親戚、余りに多くのコスモポリティズムを、維持しつづけている。彼らは、すべての国にまたがって、その血統と心情からして、兄弟である。（……）フランスのイスラエル人たちがフランス人だとしても、彼らはある程度まで、つまり彼らがわれわれの人種に同化したかぎりにおいてのみ、そうであるにすぎない。しかも、一般的に、彼らの同化の度合いがごく少いことは、認めなければならない。人種とは、長い隔世遺伝を通じて、初めて形成されるものだ。」

このようにユダヤ人を人種と見なすことの誤りは、多くの人が指摘している。たとえばクセジュ文庫の『人種』の著者アンリ＝V・ヴァロワは、人種成立の要件を、解剖学的特徴、生理学的特徴、心理学的特徴、病理学的特徴の四点に求めた後に、「人類学的な見地からすれば、〈ユダヤ人〉は一つの人種ではないし、またかつてそうであったこともない」と明言している（邦訳四七ページ）。

（29） ワース、前掲書、八二—九一ページ。

（30） Marrus, *Op. cit.*, p. 16.

（31） Léon Poliakov, *Histoire de l'Antisémitisme*, tome IV, *L'Europe Suicidaire*, Calmann-Lévy, 1977, p. 51.

（32） *Ibid.*, p. 53.

（33） Pierre Sorlin, *La Croix et les Juifs (1880-1899)*, Grasset, 1967, p. 95.

（34） *Ibid.*, p. 74.

（35） *Ibid.*, p. 75, p. 269. それによれば、『巡礼』*Le Pèlerin* という名のカトリック系週刊誌が、偽誓者で泥棒のカトリック信者と、誠実なユダヤ人とを主題とした、「善良なるユダヤ人」という題のコントを、一八八〇年十二月十一日付けの同誌に発表している。

（36）Edouard Drumont, *La France Juive, Essai d'Histoire Contemporaine*, 2 vol., C. Marpon & E. Flammarion, 1886. 本書には多くの版があり、ページ付けも若干異っているが、本稿で引用する場合は、第九十版のページ数を掲げておく。なお、ドリュモンは、この『ユダヤのフランス』の爆発的反響と、それへの種々の反応を踏まえて、同年に *La France Juive devant l'Opinion*, C. Marpon & E. Flammarion を発表している。

（37）A. Toussenel, *Les Juifs, Rois de l'Epoque, Histoire de la Féodalité Financière*, Troisième Edition, 2 vol., C. Marpon et E. Flammarion, 1886. 同書の初版は一巻本として、一八四五年に la Librairie de l'Ecole Sociétaire から、第二版は二巻本として、一八四七年に Gabriel de Gognet の手で出版された。第三版も、同じ Gognet の詳細な伝記的紹介をつけて刊行され、一八四〇年代から八〇年代までの一貫した支持者のあることがうかがわれる。

さらに、同じ一八八六年には、F. Watterie et Cie から、Le Chevalier Gougenot des Mousseaux, *Le Juif, le Judaïsme et la Judaïsation des Peuples Chrétiens* が再刊されている。初版は一八六九年刊行。

（38）たとえば Bernanos, *La Grande Peur des Bien-Pensants*, Grasset, 1931 を見よ。また、Jean Drault, *Drumont, la France Juive et la Libre Parole*, Société Française d'Editions Littéraires et Techniques, 1935 を参照のこと。とくに後者は、ドリュモンの著書と行動に衝撃を受けて、本人を訪れ、これに傾倒した同時代の若者の証言として、当時の実情と雰囲気を生き生きと伝えている。

（39）Poliakov, *Op. cit.*, tome IV, p. 54.

*（40）注（38）に挙げたジャン・ドロー Jean Drault の著書には、ドリュモンの著作に対する反響の深さと広がりが記されている（同書三一―三二ページ）。ドロー自身は、『ユダヤのフランス』を軍隊内に持ちこみ、兵役に就いていた同じ隊の仲間とこれについて議論したという。なお、『ユダヤのフランス』によって侮辱されたとして、アルチュール・メイエルは、ドリュモンに決闘を挑み、決闘は一八八六年四月二十四日に実際に行なわれた。そのような事件も、『ユダヤのフランス』をいっそう人びとの話題にするために力があったかもしれない。

（41）Drumont, *Op. cit.*, tome I, p. 9.

（42）Drumont, *Op. cit.*, tome I, p. 401.

（43）Antonin Debidour, *L'Eglise Catholique et l'Etat en France*, tome I, Félix Alcan, 1906, p. 201.

（44）*Ibid.*, pp. 109-116. Adrien Dansette, *Histoire Religieuse de la France Contemporaine*, Flammarion, 1965, pp. 350-351.

（45）Debidour, *Op. cit.*, p. 172. Dansette, *Op. cit.*, pp. 330, 366.

（46）Drumont, *Op. cit.*, tome I, p. 529.

（47）Drumont, *Op. cit.*, tome I, pp. 341-342.

（48）古賀英三郎「フランス資本主義とオート・バンク」（一橋大学研究年報『社会学研究 6』一九六四年）には、トゥスネルのこの書物が詳しく紹介、利用されている。

（49）Toussenel, *Op. cit.*, 1847, tome I, p. 7.

（50）*Ibid.*, p. 10.

（51）*Ibid.*, p. 70.

（52）Poliakov, *Op. cit.*, tome III, pp. 380-383.

（53）Toussenel, *Op. cit.*, tome I, pp. II et III.

（54）トゥスネルが、マルクスの「ユダヤ人問題によせて」（一八四三年）を読んで影響を受けていた可能性のあることを、指摘する者もある（Robert Misrahi, *Marx et la Question Juive*, Gallimard, 1972, pp. 186-187）。

（55）*Revue Sociale ou SOLUTION PACIFIQUE DU PROBLEME DU PROLETARIAT, publiée par Pierre Leroux*. 第一号は一八四五年十月刊。以後毎月第一日曜に刊行。問題の論文は、De la Recherche des BIENS MATERIELS で、その第一回は第三号（一八四五年十二月）に掲載された De l'Individualisme et du Socialisme であり、第二回が第四号（一八四六年一月）掲載の Les Juifs Rois de l'Epoque である。

＊（56）十九世紀末の反ユダヤ主義に対して、フランスの社会主義者たちはまったく備えを欠き、自らも反ユダヤ主義的な態度に陥ることが少くなかった。これについては、Poliakov, *Op. cit.*, tome III, pp. 377-391. Marrus, *Op. cit.*, p. 156 などを参照のこと。なお、西欧と東欧では事情がちがうけれども、革命以後のソ連及び東欧における ユダヤ人問題（さらに広く、民族と人種にかんする問題）の不明朗さ、曖昧さは、その問題にかかわる他国共産党の態度とも併せて、その原因の一端を十九世紀中葉のユダヤ人理解にまで溯って考える必要があると思われる。

（57）Drumont, *Op. cit.*, tome I, p. 66 et sqq.

（58）Bernanos, *Op. cit.*, Gallimard, Le Livre de Poche, 1969, p. 30.

＊（59）Drault, *Op. cit.*, p. 20. Bernanos, *Op. cit.*, p. 169. 決闘はこの当時、かなり頻繁に行なわれた。プルースト自身が、ジャン・ロランと決闘をしたことがあるのは有名だが、ドリュモンとその周辺では、ときおりこのような決闘が行なわれている（Philippe Bourdrel, *Histoire des Juifs de France*, Albin Michel, 1974, pp. 226-228）。

（60）Marrus, *Op. cit.*, p. 48. その同じ著者は、「十九世紀の終りには、パリのユダヤ人人口のなかで、アルザス出身の人たちの数が明らかに支配的だった」とも言っている（p. 49）。

（61）Drumont, *Op. cit.*, tome I, p. 422.

＊（62）ドリュモンは、彼らの強いアクセントをも槍玉に上げ、また彼らはフランスよりもむしろプロイセンへの愛国心が強かったとも書いているが（*Op. cit.*, tome I, pp. 422-423）、これは彼らがフランスを選んだという事実からして、論理的にもおかしなことである。むしろ、彼らが他のフランス人よりもフランスへの強い愛国心を持っていたことを指摘する者もある（Hannah Arendt, *Op. cit.*, pp. 225-226）。なお、「アシュケナーズ」への反感は一世紀後の現在までつづいており、一九六八年五月革命当時の学生運動の指導者コーン＝ベンディットに浴せられた罵倒のなかにも、「ドイツ系ユダヤ人（Juif allemand）」という言葉がよく用いられていた。

（63）Michel Roblin, *Les Juifs de Paris. Démographie-Economie-Culture*, Editions A. et J. Picard & Cie, 1952, p. 66.

（64）*Ibid.*, p. 65.

（65）Bourdrel, *Op. cit.*, pp. 205-216.

（66）「同化したユダヤ人は、モーゼス・メンデルスゾーンがイディッシュ語を棄てて、ドイツのユダヤ人に文学的ドイツ語を用いるように勧めたとき以来、常にイディッシュ語に戦いを挑んできた。しかしながらイディッシュ語は八〇〇万から一〇〇〇万のプロレタリアートの言葉であるから、衰微することはないのである。」（André Spire, *Quelques Juifs*, p. 33）

（67）Marrus, *Op. cit.*, p. 49. なお、反ユダヤ的なカトリックの刊行物は、これらの下層ユダヤ人の移住をも富と結びつけており、そこにトゥスネルら一八四〇年代の先駆者たちの教訓の生かされていることが感じられる。たとえば「富につきまとわれて彷徨うユダヤ人」という『巡礼』誌の記事は、東欧を追われるユダヤ人も必ず利益を上げていることを、挿絵入りで主張している（Pierre Sorlin, *Op. cit.*, p. 90）。

（68）Charlotte Roland, *Du Ghetto à l'Occident*, p. 17. なお著者は、この二十世紀半ばにおいても、ベルヴィルのユダヤ人は、他の人びととくっきり区別されており、「ユダヤ人とは人種か、宗教的集団《コミュニテ》か、歴史的集団か、あるいはそれ以外の何ものなのか、といった問題を出すまでもない」状態であったことを記している（p. 20）。それほどに、彼らは同化と無縁だったのである。

（69）Drumont, *La France Juive devant l'Opinion*, C. Marpon & E. Flammarion, 1886, pp. 6-11.

（70）Drumont, *La France Juive*, tome II, pp. 1-67.

（71）Robert Soupault, *Marcel Proust. Du côté de la médecine*, Plon, 1967, p. 45.

（72）Claude Francis et Fernande Gontier, *Marcel Proust et les Siens*, suivi des souvenirs de Suzy Mante-Proust, Plon, 1981, p. 30.

（73）André Spire, *Quelques Juifs et Demi-Juifs*, tome II, Mercure de France, 1928, p. 56.

（74）*Correspondance de Marcel Proust*, tome II, Plon, 1976, p. 63.

（75）*Correspondance de Marcel Proust*, tome V, Plon, 1979, p. 345.

（76）この点については、本書収録の「イサクと父親」を参照。

（77）*Correspondance de Marcel Proust*, tome III, Plon, 1976, pp. 381-389.

（78）*Correspondance de Marcel Proust*, tome I, Plon, 1970, p. 145.

*（79）母親を、〝他者〟としてのユダヤ人と見なす、という意味で、われわれの想像をかきたてる奇妙な手紙がある。一八八七年七月十五日と推定される手紙だから、ドリュモンの『ユダヤのフランス』の翌年であり、プルーストは十六歳になったばかりということになる。宛名の人は彼より一歳年長のアントワネット・フォールである。ちょうどブーランジェ将軍事件の最中で、プルーストはブーランジェを支持する群集の熱狂にまきこまれて興奮しており、それが母の気に入らずに二人のあいだでいさかいがあったらしいのだが、そのことをプルーストはこう書いているのである。「ぼくがわれらの勇敢なる将軍のことをべたぼめにしたので、それが、ジャンヌ・プルースト夫人の古くさいオルレアン派的共和主義の感情を刺戟したのでしょう」（*Correspondance de Marcel Proust*, tome I, pp. 96-97）。いさかいのあととはいえ、「ジャンヌ・プルースト夫人」という皮肉な言い方はずいぶん異常である上に、「古くさいオルレアン派的共和主義」という文句もわれわ

れの眼を惹かずにはいない。書簡集の編者コルブは、彼なりの説明を加えているが、私は母方の親戚アドルフ・クレミウを筆頭に、七月王政時代のサン゠シモン派から第三共和制にいたるまでのヴェーユ家を、ブーランジェへの熱狂のなかで少年プルーストがからかっているのではないか、という疑いが消えないのである。もしそのような想定が成立つなら、これは自分を非ユダヤ人の立場において、ユダヤ人を〝他者〟と見なす発言ということになるだろう。

*（80）友人たちの回想が、この叔父（実は大叔父）のことにふれているところを見ると、プルーストは若いころに、よくこの大叔父の噂をしたのであろう（Robert Dreyfus, *Souvenirs sur Marcel Proust*, Grasset, 1926, p. 15 及び Robert de Billy, *Marcel Proust, Lettres et Conversations*, Editions des Portiques, 1930, p. 64 を参照のこと）。なお、私はこのルイ・ヴェーユが、『失われた時を求めて』のアドルフ叔父に特徴を貸し与えているだけではなくて、スワンを創造する上でも若干の要素をプルーストに提供していると思う。それについては、丸善発行の雑誌『学鐙』に連載した拙稿（本書収録の「マルセル・プルーストの誕生」）で、すでにふれておいた。

（81）Marrus, *Op. cit.*, p. 82.

（82）Abraham Léon, *La Conception Matérialiste de la Question Juive*, Etudes et Documentation Internationales, 1968, p. 136.

（83）Huguette David, « Marcel Proust et ses amis antisémites », *Revue d'Histoire Littéraire de la France*, septembre-décembre 1971, p. 910.

（84）本書四九五ページ注（12）を参照。

（85）本書収録の「喘息の方舟」、ならびに「マルセル・プルーストの誕生」（とくに三二五―三二六ページ）を参照。

（86）*Correspondance de Marcel Proust*, tome I, pp. 119-120.

（87）*Ibid.*, pp. 114-115, n. 2.

（88）*Ibid.*, p. 116.

*（89）私は、ブロックの創造の上で、プルーストの自己観察が不可欠なものだったと思う。たとえば、十五、六歳ごろのプルーストが祖母に宛てて書いた手紙には、次のような文句が見られるが、これは先に引用した「真黒なケールにとらえられて、おぞましい死者の国の王ハデスの門をくぐらされてもかまわない」（RTP, I,

745)（訳 IV, 125）や、「誓いの守護神であるクロニオン・ゼウスにかけて」（RTP, I, 745）（訳 IV, 124）の原型というべきだろう。

「ぼくはとても困っています。マダム・カチュスは、この肖像画をきっと見てしまうでしょう。そうして、白い女神アルテミスと、燃える眼のプルートーンに誓って申しますが、ぼくはマダム・カチュスに見られるはずはないつもりでこれを書いているとはいえ、あの人のことを素敵だと思っていると打明けるのは少し恥ずかしい気持がするからです。」（*Correspondance de Marcel Proust*, tome I, p. 95）（傍点筆者）

さらに、ブロックに見られるドレーフュス支持の活動は、もともと『ジャン・サントゥイユ』では主人公のジャンの行動とされていたものであり、また現実にはプルースト自身のものだったと思われる。この点でも、ブロックの有力なモデルの一人は作者自身というべきだろう。

（90）ドレーフュスの再審を推進するための署名を集めた者として、ジョゼフ・レーナックは、「フェルナン・グレーグ、エリ及びダニエル・アレヴィ、アンドレ・リヴォワール、ジャック・ビゼー、マルセル・プルーストなど」と記している（Joseph Reinach, *Histoire de l'Affaire Dreyfus*, tome III, Librairie Charpentier et Fasquelle, 1903, p. 244）。

（91）Robert Dreyfus, *Souvenirs sur Marcel Proust*, Grasset, 1926, pp. 54-55.

（92）*Correspondance de Marcel Proust*, tome I, p. 170.

（93）Dreyfus, *Op. cit.*, pp. 90-92.

（94）Drumont, *La France Juive*, tome II, pp. 159-166.

（95）*Correspondance de Marcel Proust*, tome I, p. 441.

（96）Lucien Daudet, *Autour de Soixante Lettres de Marcel Proust*, Les Cahiers Marcel Proust 5, Gallimard, 1929, p. 130.

（97）*Correspondance de Marcel Proust*, tome II, pp. 134-140.

（98）*Correspondance Générale de Marcel Proust*, tome III, Plon, 1932, p. 132 et p. 135; tome V, Plon, 1935, p. 24.

（99）「レオン・ドーデーが、私について『アクシオン・フランセーズ』紙で絶讃しているのを読んだろうか――尤も、ひどく誇張してほめているのだが――。ドーデーと私は、政治的には意見が一致していないのだから、これはいっそう彼の価値を増すことになる。」（シドニー・シフ宛ての手紙。*Correspondance Générale de Marcel*

Proust, tome III, p. 57）

「レオン・ドーデーは、ある新聞でしきりに私をほめてくれますが、その新聞は私の好みのものではありません。」（カミーユ・ヴェタール宛て。*Ibid.*, p. 182）

（100）プルーストが、ジャック＝エミール・ブランシュ宛てに、「レオン・ドーデーの話はもうしますまい。私は彼に、たいへんな感謝をせねばなりませんし、二十年の不在を通じて変らない大きな愛情を抱いています。そして彼の本は、とても滑稽な素晴らしい肖像に満ちているのです」（傍点筆者）と書いたときに、彼はちらりと心をのぞかせているように思われる（*Correspondance Générale de Marcel Proust*, tome III, p. 132）。

（101）『李珍宇全書簡集』一九七八年、新人物往来社。

＊（102）アースについては、フィリップ・ジュリアンが、*Gazette des Beaux-Arts* 誌の一九七一年四月号に、長い紹介を書いている。ジップがその『第三共和制の陽気な少年時代』（*La Joyeuse Enfance de la IIIe République*, Calmann-Lévy, 1931）のなかで、「わたしの知った最も機智に富んだ面白い人物」、「最も不思議な男」と評したアースは、そうした魅力を武器にして、何よりも他者の手で引上げられることと、女性の気に入られることに意を注いだようである。ここには、自分をひたすら客体にすることに同意した人間の一典型がある。

（103）これに関連して、語り手とブロックを、しばしば混同する人があるというのは、見過すことのできない記述と言うべきだろう（RTP, III, 974-975）（訳 XIII, 128）。

（104）Jean-Paul Sartre, *L'Idiot de la famille*, tome I, Gallimard, 1971, pp. 600-603.

（105）Hannah Arendt, *Op. cit.*, pp. 179-181.

マルセル・プルーストの誕生

（1）これは間違いで、実はそのすぐ近くのロワ街八番地が新婚夫婦の住居だった。

（2）Robert Le Masle, *Le Professeur Adrien Proust*, Librairie Lipschutz, 1936, p. 34.

（3）*Correspondance de Marcel Proust*, tome I, Plon, 1970, p. 108.

（4）Robert Soupault, *Marcel Proust. Du Côté de la Médecine*, Plon, 1967, p. 34.

（5）*Correspondance de Marcel Proust*, tome I, p. 141.

（6）Michel Roblin, *Les Juifs de Paris*, Picard, 1952, p. 57.
（7）*Correspondance de Marcel Proust*, tome I, pp. 94-96.
（8）*Ibid.*, pp. 99-100.
（9）Cassettes Radio France "Marcel Proust à Paris", N° 2.
（10）Marcel Proust, *Contre Sainte-Beuve*, Préface de Bernard de Fallois, Gallimard, 1954, p. 14.
（11）*Cahiers Marcel Proust 8*, Gallimard, 1976, p. 56, n. 58.
（12）Jean Rousset, *Forme et Signification*, Corti, 1962, p. 146.
（13）*Cahiers Marcel Proust 7*, Gallimard, 1975, pp. 69-83, p. 214.
（14）*Correspondance de Marcel Proust*, tome I, pp. 188-189.
（15）この「サロンの告白帳」は、アンドレ・モーロワによる伝記に全文が引用されて以来、「プルーストの告白帳」としてきわめて有名なものになった。二種類あって、一つはプルーストが十三歳くらいのときのもの、もう一つは二十歳くらいのときのものである。André Maurois, *A la Recherche de Marcel Proust*, Hachette, 1949, pp. 17-18, 47-48. 井上究一郎・平井啓之訳『プルーストを求めて』筑摩叢書、一九七二年、一五―一六、四六―四八ページ。
（16）*Correspondance de Marcel Proust*, tome I, pp. 358-359.
（17）これについては、すでに本書収録の「不在の弟」でふれたので、今は詳論を避けたい。
（18）Elisabeth de Gramont, *Marcel Proust*, Flammarion, 1948, p. 21.
（19）Robert Proust, « Marcel Proust Intime », *La Nouvelle Revue Française*, le 1er janvier 1923.
（20）*Correspondance de Marcel Proust*, tome I, p. 108.
（21）また RTP, I, 650（訳 III, 471-472）にも、「ロベールと仔山羊」の変形と見られる一節がある。
（22）*Correspondance de Marcel Proust*, tome II, Plon, 1976, p. 444.
（23）詳しくは本書収録の「喘息の方舟」を参照。なお、以下の記述の趣旨は、同稿といくらか重複するところがある。
（24）ルイザ・ド・モルナン宛て一九〇三年六月二日の手紙。*Correspondance de Marcel Proust*, tome III, Plon, 1976, p.

334.

（25）*Correspondance de Marcel Proust*, tome I, p. 429.

（26）一九〇二年十二月六日の手紙。*Correspondance de Marcel Proust*, tome III, 1976, p. 191.

（27）これについては久富重盛の著作を参照。たとえば、久富・内山共著『喘息の治療と心理』（誠信書房）、久富『小児の気管支喘息』（金原出版株式会社）など。

（28）*Correspondance de Marcel Proust*, tome I, p. 293.

（29）弟ロベール宛ての一九一九年七月頃と思われる手紙。*Correspondance Générale de Marcel Proust*, tome IV, Plon, 1933, p. 273.

（30）*Correspondance Générale de Marcel Proust*, tome III, Plon, 1932, p. 135.

（31）Robert Dreyfus, *Souvenirs sur Marcel Proust*, Grasset, 1926, p. 14.

（32）Elisabeth de Gramont, *Op. cit.*, p. 16.

（33）アントワネット・フォール宛て一八八七年七月十五日の手紙。*Correspondance de Marcel Proust*, tome I, p. 97.

（34）エミール・ゾラ、河内清訳「実験小説論」（『ゾラ』世界文学大系41、筑摩書房、一九五九年）。また、クロード・ベルナール、三浦岱栄訳『実験医学序説』（岩波文庫）を参照。

（35）Claude Francis et Fernande Gontier, *Marcel Proust et les siens*, Plon, 1981.

（36）RTP, I, 857, 870（訳 IV, 348, 374-375）を参照。

（37）Th. Ribot, *Les Maladies de la Volonté*, Félix Alcan, 1883.

（38）*Ibid*, p. 37, p. 115.

（39）André Maurois, *Op. cit.*, pp. 47-48.

（40）Jacques Rivière, *Quelques Progrès dans l'Etude du Cœur Humain*, Librairie de France, 1926, p. 55. 岩崎力訳『フロイトとプルースト』弥生書房、一九八一年、八七ページ。

（41）Th. Ribot, *Op. cit.*, p. 70.

*（42）プルーストの父アドリヤンは、神経衰弱の治療を論じた著書のなかで、これを次のように明言している（A. Proust & G. Ballet, *Hygiène du Neurasthénique*, Masson & Cie, 1900, p. 156.）。

「意志を持つこと、意欲したものをなしとげること、努力を続けること、ひと言で言えば、何かができるようになること、このように子供を習慣づけなければならない。そのために、子供に仕事を与えるのはよいことだ。」

(43) *Correspondance de Marcel Proust*, tome I, p. 108.

(44) マルセル・モース、有地亨他訳『社会学と人類学I』弘文堂、一九七三年、二二八、二四〇ページ。

(45)『フロイト著作集5　性欲論／症例研究』人文書院、一九六九年、八〇ページ。

(46) この点については、とくに鈴木重吉訳『悪について』(紀伊國屋書店、一九六五年)に詳述されている。

(47) *Correspondance de Marcel Proust*, tome V, Plon, 1979, p. 349.

(48) *Correspondance de Marcel Proust*, tome II, p. 146.

(49) André Maurois, *Op. cit.*, p. 47.

(50) *Ibid.*, p. 8.

(51) *Correspondance de Marcel Proust*, tome II, p. 63.

(52) *Correspondance de Marcel Proust*, tome V, p. 345.

(53) Edouard Drumont, *La France Juive*, 2 vol., C. Marpon & E. Flammarion, 1886.

(54) 広河ルティ『私のなかの「ユダヤ人」』集英社、一九八二年。

(55) Maurice Donnay, *Le Retour de Jérusalem*, Charpentier et Fasquelle, 1904.

(56) *Correspondance de Marcel Proust*, tome III, pp. 382-383.

(57) *Correspondance de Marcel Proust*, tome II, p. 66.

(58) *Correspondance de Marcel Proust*, tome I, p. 102.

(59) *Ibid.*, p. 121.

(60) *Ibid.*, p. 105.

(61) *Ibid.*, p. 122.

(62) Daniel Halévy, *Pays Parisiens*, Grasset, 1932, p. 122.

(63) *Correspondance de Marcel Proust*, tome I, p. 117.

(64) Daniel Halévy, *Op. cit.*, pp. 124-128.

(65) Jean-Paul Sartre, *Saint Genet, Comédien et Martyr*, Gallimard, 1952, p. 83. 白井浩司・平井啓之訳『聖ジュネI』人文書院、一九六六年、一〇四ページ。

(66) André Maurois, *Op. cit.*, pp. 47-48.

(67) *Correspondance de Marcel Proust*, tome I, p. 116.

(68) *Ibid.*, p. 105.

(69) *Ibid.*, pp. 112-113.

(70) *Ibid.*, pp. 119-120.

(71) André Maurois, *Op. cit.*, p. 17.

(72) Benjamin Crémieux, *XX*^{e} *Siècle*, Gallimard, 1924, p. 15.

(73) この問題については、本書収録の「喘息の方舟」のなかで、私は既にその一面にふれている。

プルースト略年譜

一八七一年
七月十日、マルセル・プルーストはパリ郊外オートゥイユ（現在パリ市内）にある母方の大叔父ルイ・ヴェーユの館で誕生。父アドリヤンは三十七歳で、大聖堂で名高いシャルトルに近い田舎町イリエに住む敬虔なカトリックの家系の出身。十九世紀中葉の実証主義・合理主義の影響下で、パリに出て医学を修め、大いに出世した人物。母ジャンヌは富裕なユダヤ人ヴェーユ家の娘で、二十二歳。その持参金は、後にマルセル・プルーストの生活にも多大な影響を与えた。一家は通常パリ八区のロワ街八番地に住む。

一八七三年（二歳）
弟ロベール誕生。ひ弱な兄マルセルとは対照的に丈夫で明朗であり、後に父の後を継いで堅実に医学を修め、大学の教壇に立つことになる。一家はこの年、マルゼルブ通り九番地に転居。幼少期のマルセルは、復活祭の頃、しばしば家族とともにイリエやオートゥイユを訪れる。

一八八一年（十歳）
四、五月頃のある日、ブーローニュの森の散歩から帰るときに、父の面前でマルセルはとつぜん激しい喘息の発作を起こす。これが生涯の持病となる。この頃はパープ・カルパンチエ塾に通い、そこでジャック・ビゼー、ロベール・ドレーフュスと知る。

一八八二年（十一歳）
フォンターヌ高等中学校（後のコンドルセ高等中学校）に入学。親しい学友には、ユダヤ人ないしは半ユダヤ人が多かった。

一八八五年（十四歳）
マルセルは学校の欠席があまりに多く、同じ学年に留年する。

一八八六年（十五歳）
秋の新学期に先立ち、父方のアミヨ伯母死亡のため、両親とともにイリエに行き、そこでオーギュスタン・

ティエリの著書に没頭。また母の鉱泉療法のため、サリ＝ド＝ベアルンに滞在。

一八八七年（十六歳）

コンドルセ高等中学校の修辞学級に進級。しばしばシャンゼリゼ公園にあらわれて、少女たちと戯れる。遊び友だちのマリー・ベナルダキー嬢に強い愛情を寄せる。

一八八八年（十七歳）

哲学級に進級し、アルフォンス・ダルリュ教授から深い影響を受ける。友人たちと同人誌を創刊。同性の友人ジャック・ビゼーやダニエル・アレヴィに、激しい愛情を抱く。また社交界に出入りし、女流画家マドレーヌ・ルメール、ストロース夫人、アルマン・ド・カイヤヴェ夫人などのサロンに顔を出す。高級娼婦ロール・エーマンを知る。また後におそらくストロース夫人邸で、シャルル・アース（スワンのモデルの一人）を知る。

一八八九年（十八歳）

哲学級を終え、大学入試資格取得。十一月、一年兵役の恩典に浴するため、志願兵としてオルレアンの軍隊に入る。日曜日ごとにパリのアルマン・ド・カイヤヴェ夫人のサロンを訪れる。そこでアナトール・フランスを知る。またカイヤヴェ夫人の息子ガストンを知り、その婚約者ジャンヌ・プーケに特別の好意を示す。

一八九〇年（十九歳）

一月、母方の祖母アデル・ヴェーユ死去。十一月、兵役を終え、パリ大学法学部と自由政治学院に入学。この頃から翌年まで、創刊されたばかりの『マンシュエル』誌に寄稿。

一八九一年（二十歳）

社交生活拡大。この頃マチルド皇女を知る機会があり、後にそのサロンにも出入りする。カブール、トルーヴィルに滞在。この年、オスカー・ワイルドに会った可能性もある。

一八九二年（二十一歳）

春頃、シュヴィニェ伯爵夫人にプラトニックな愛情を寄せる。友人たちと雑誌『饗宴（ル・バンケ）』を創刊し、書評、エチュード、短篇小説を発表。九月、マルセルが熱愛したスイス人で新教徒の美貌の青年エドガール・オーベールが急死する。

一八九三年（二十二歳）
美貌のイギリス人青年ウィリー・ヒースと親交を結ぶ。春頃、詩人で倒錯の貴族ロベール・ド・モンテスキウを知る（シャルリュス男爵のモデルの一人）。また社交界で、グレフュール伯爵夫人を知る（ゲルマント公爵夫人のモデルの一人）。この頃、友人たちと四人で分担執筆による書簡体の小説を試みる。両三度にわたり、『白色評論（ラ・ルヴュ・ブランシュ）』に寄稿。その一篇「夕暮れのひととき」では、女の同性愛を描く。十月、ウィリー・ヒースはチフスで急逝。法学士号試験に合格、父に就職をせきたてられる。

一八九四年（二十三歳）
作曲家レーナルド・アーンを知り、親交を結ぶ。またアルフォンス・ドーデーを知り、その息子のリュシヤンと親しくなる。八月、ルメール夫人の招きでレヴェイヨンの館に滞在。哲学の学士号試験に備えて、コンドルセ高等中学校時代の恩師ダルリュから個人教授を受ける。

一八九五年（二十四歳）
三月、哲学の学士号試験に合格。六月、マザリーヌ図書館の無給司書となったが、直ちに休暇をとり、その後も毎年休暇を更新。実質的には仕事をしなかった。八〜九月、レーナルド・アーンと、ディエップのルメール夫人宅に滞在した後、ブルターニュを旅行し、ベグ＝メーユに滞在。ここで長篇『ジャン・サントゥイユ』を書き始める（一九〇〇年頃に放棄）。十二月、両親の名前で自宅にモンテスキウ、ジョゼ＝マリア・ド・エレディア、アンリ・レニエなどを招き、晩餐会を開く。

一八九六年（二十五歳）
三月、『現代生活』誌に中篇小説「つれない男」を発表（一八九三年執筆）。五月に大叔父ルイ・ヴェーユ死去。六月に祖父ナテ・ヴェーユ死去。六月、最初の著書『楽しみと日々』を刊行。アナトール・フランスの序文、マドレーヌ・ルメールの挿絵、レーナルド・アーンの楽譜がつけられており、ウィリー・ヒースに捧げられていた。七月、『白色評論（ラ・ルヴュ・ブランシュ）』誌に「晦渋性を駁す」を発表。

秋にはレオン・ドーデーとフォンテーヌブローに滞在。この頃、レーナルド・アーンの従妹のマリー・ノードリンガーを知る。

一八九七年（二十六歳）

二月、『楽しみと日々』をめぐり、プルーストとリュシヤン・ドーデーの関係をあてこすったポール・デュヴァルまたの名ジャン・ロランと、ムードンの森で決闘。ピストルの弾丸はそれて、両者とも無事だった。八月、母の療養に付き添い、クロイツナッハに滞在。十二月、アルフォンス・ドーデー死去。マルセルは弔問に駆けつける。

一八九八年（二十七歳）

ドレーフュス事件の発展に伴い、熱烈なドレーフュス派として、友人たちと積極的に活動。再審請求にかんするアナトール・フランスの署名を求めに行ったのもマルセルである。六〜九月、母の腫瘍手術に心痛。退院後の母とトルーヴィルに滞在。十月、最初のオランダ旅行。アムステルダムでレンブラント展を観る。

一八九九年（二十八歳）

八〜九月、両親とともにエヴィヤンに滞在し、ルーマニアの大公の息子であるコンスタンタン・ド・ブランコヴァンと交遊。その妹が女流詩人ノアイユ伯爵夫人である。この頃、ルーマニアの貴族アントワーヌ・ビベスコとその兄エマニュエルを知り、親交を結ぶ。ジョン・ラスキンの著作を耽読。

一九〇〇年（二十九歳）

一月、ラスキン死去。彼にかんするいくつかの評論を発表。また、母およびマリー・ノードリンガーの助けを得て、ラスキンの翻訳にも着手。彼の著作を頼りに教会建築を訪ねる。五月、母とともにヴェネツィア滞在。十月、ヴェネツィア再訪。プルースト家はクールセル街四十五番地に転居。

一九〇一年（三十歳）

ラスキンの翻訳に没頭。またラスキンの足跡をしのんで、各地の教会を訪ねる。ベルトラン・ド・フェヌロンを知り、深い愛情を抱く。ノアイユ伯爵夫人のために、晩餐会や、彼女の詩の朗読会を開く。『アミヤンの聖書』の翻訳原稿は、この年の末までに一応完成する。

一九〇二年（三十一歳）
十月、フェヌロンとともに、ベルギー、オランダに旅行。ハーグでフェルメールの『デルフトの眺望』を観る。この頃、アルマン・ド・ギッシュ公爵、ガブリエル・ド・ラ・ロシュフーコー伯爵、レオン・ラジヴィル大公らを知る。

一九〇三年（三十二歳）
弟ロベール結婚。姪シュジー誕生。七月、父アドリヤンはイリエの小学校の賞状授与式で挨拶を行ったが、その原稿はマルセルの協力で書かれた。十一月二十六日、父アドリヤン脳出血で死去。この年からしばしば『ル・フィガロ』紙に寄稿。とくに社交界のさまざまなサロン評を書く。ルイ・ダルビュフラ侯爵とその愛人の女優ルイザ・ド・モルナンを知る。

一九〇四年（三十三歳）
三月、ラスキンの『アミヤンの聖書』の翻訳を出版。またラスキンの『胡麻と百合』の翻訳に着手。八月、「大聖堂の死」を発表し、政教分離に反対。

一九〇五年（三十四歳）
六月、「読書について」を発表。九月、母とともにエヴィヤンへ。母が尿毒症の発作を起こし、パリに帰る。同二十六日、母ジャンヌ死去。彼女は最後までユダヤ教を棄てなかった。マルセルは悲嘆にくれる。十二月より翌年一月まで、サナトリウムで療養。

一九〇六年（三十五歳）
五月、ラスキン『胡麻と百合』の翻訳を出版。それにつけた長い序文は、読書論としてもラスキン論としても重要である。八月、母と五年間住んだクールセル街を去り、ヴェルサイユに滞在。十二月、オスマン大通り一〇二番地に転居。

一九〇七年（三十六歳）
二月、「ある親殺しの感情」を発表。八〜九月、カブールに滞在。以後、一九一四年まで、毎年ここを訪れる。運転手を雇って、自動車で多くの教会建築を訪ねる。その運転手の一人が、後にプルーストの専属となるアルバレであり、もう一人が後に再会するアゴスティネリである。十一月、「自動車旅行の印象」を発表。

一九〇八年（三十七歳）
二月より、バルザック、ミシュレ、フローベール、ゴンクール兄弟らの文体を模した一連の模作「ルモワーヌ事件」を発表。この頃から翌年にかけて、「サント=ブーヴに反論する・ある朝の思い出」という仮題の草稿断章を執筆。手帖に、「執筆ずみの部分」として、「ロベールと仔山羊、ママンが旅行に出る、ヴィルボンの方とメゼグリーズの方……」などと書かれている。

一九〇九年（三十八歳）

『サント=ブーヴに反論する』は徐々に小説に変貌する。プルーストは執筆に専念。八月頃には、『メルキュール・ド・フランス』誌の編集長ヴァレットに、これは「正真正銘の小説」で、「部分的にきわめて淫らなもの」であり、「主要人物の一人は同性愛者です」と作品を紹介している。十一月頃、レーナルド・アーンに、作品冒頭の二〇〇ページを朗読して聞かせる。しかし出版交渉は難航する。

一九一〇年（三十九歳）

家に閉じこもり、昼間は眠り、夜は起きて執筆に没頭。六月、オペラ座で「バレエ・リュス」を観る。オスマン大通りの部屋は、外界の物音を遮断するためにコルク張りにされる。この頃、ジャン・コクトーを知る。

一九一一年（四十歳）

二月、ドビュッシーの『ペレアスとメリザンド』全曲を聴く。秘書アルベール・ナミアスに口述筆記で作品を清書させ、それをタイピストに打たせてタイプ原稿を作らせる。翌年までに七一二枚のタイプ原稿が完成したらしい。

一九一二年（四十一歳）

『ル・フィガロ』紙に、「白いサンザシとばら色のサンザシ」など、三度にわたり作品の断章を発表。「失われた時」、「見出された時」という各巻のタイトルや、「心の間歇」という総題も念頭にある。既に友人の作家ヴォードワイエ宛て書簡で、自分の小説が七〇〇ページ二冊本になるだろうと書いている。夏、カブールで、ロシア人弁護士の娘マリー・シェイケヴィッチ夫人を知る。十月から出版社を求めて奔走するが、ファスケル社、NRF（後のガリマール社）から出版を断られる。

一九一三年（四十二歳）

オランドルフ社も出版を拒否。三月、ようやくグラッセ社と自費出版の契約を結ぶ。十一月十四日、『失われた時を求めて』の第一篇『スワン家の方へ』刊行される。このとき作品は全三巻の予定。第二巻は『ゲルマントの方』、第三巻は『見出された時』となることも予告される。運転手のアルバレと結婚したセレスト・ジネストは、この年から忠実な家政婦として、プルーストの臨終まで彼のそばにつきそう。またプルーストは、職を求めて訪ねて来た元運転手アゴスティネリを秘書として、その愛人とともに自宅に住まわせる。しかし相手は彼をさんざん利用した後に、愛人とともにとつぜん失踪。アゴスティネリを熱愛していたプルーストは、彼が飛行機操縦を希望していたので、一台の飛行機まで注文して呼び戻そうとするが成功しない。

一九一四年（四十三歳）

一月、『スワン家の方へ』に驚嘆したアンドレ・ジードから、プルースト宛てに「この本を拒否したことは、NRFの犯した最も重大な誤りになるでしょう」という手紙が来る。五月、アゴスティネリは南仏アンティーブ沖で飛行訓練中に事故死。プルーストは悲しみのあまり、仕事も手につかない。この事件が『失われた時を求めて』のなかで、語り手の恋人アルベルチーヌの失踪と落馬死の挿話を作るきっかけになる。第一次世界大戦勃発のため、出版は中断される。

一九一五年（四十四歳）

弟ロベールは前線の病院で勤務。友人ベルトラン・ド・フェヌロンの戦死に衝撃を受ける。幾種類もの新聞により戦況を把握するが、ひたすらドイツへの憎悪を煽る排外的愛国主義には批判的。その間にも作品には絶えず加筆を続け、第二巻以後は大幅に改変される。プルーストは二十冊の大判ノートに、現行『失われた時を求めて』の第四篇『ソドムとゴモラ』以降の部分を、新たに清書し始める。十一月初めにシェイケヴィッチ夫人に宛てた長い献辞によると、第五篇『囚われの女』や第六篇『逃げ去る女』の部分も既に出来上がっていた模様。この年にポール・モランと、後にその妻となるスーゾ大公夫人を知る。

一九一六年（四十五歳）
加筆のため、作品はさらに膨張する。アルベルチーヌにかんする一連の挿話を創り出しただけではなく、今や戦争も重要な主題になる。グラッセ社は戦争で営業を停止したので、出版社をＮＲＦに変更する決意を固める。この頃、何度もプーレ四重奏団を自宅に招いて、フォーレやフランクの演奏を聴く。

一九一七年（四十六歳）
しばしばホテル・リッツで夕食を摂る。ホテルのボーイたちから、ここを利用する上流階級の客たちのことについて、しきりに情報を集める。十月、ガリマール社から、第二篇『花咲く乙女たちのかげに』となる部分の最初の校正刷が届く。

一九一八年（四十七歳）
ドイツ軍による空襲下のパリの街を、恐れることもなく歩き回る。『失われた時を求めて』のシャルリュス男爵のように、ル・キュジアという奇妙な人物の経営する同性愛者のための館に出入りしていたという証言もある。ホテル・リッツのボーイだったアンリ・ロシャと親しくなり、秘書として自宅に住まわせる。その一方で、失語症と顔面神経麻痺とを恐れ、作品の完成を急ぐ。作品は膨張を続け、四月には全五巻となる予定。十一月、第一次世界大戦終結。

一九一九年（四十八歳）
五月、オスマン大通り一〇二番地を去って、ロラン・ピシャ街八番地の二、レジャーヌ夫人方に転居。六月、第二篇『花咲く乙女たちのかげに』が刊行され、その年のゴンクール賞を与えられる。しかし、受賞に対するメディアの反応は、かなり皮肉なものが多かった。また『模作と雑録』が出版される。十月、アムラン街四十四番地に転居。

一九二〇年（四十九歳）
一月、「フローベールの〈文体〉について」を発表。十月、第三篇『ゲルマントの方Ｉ』が刊行される。また喘息の激しい発作があり、医師は初めてモルヒネを注射する。十一月、「ある友に——文体についての覚え書」を発表。ヴェロナールとアヘンの大量摂取による中毒症状。ジャック・リヴィエールはこの年、『新フランス評論（ＮＲＦ）』に何度もプルーストを絶賛する文章を書き、彼の本質を最も早く正確に見抜いた批評家となる。

一九二一年（五十歳）

健康状態はとみに悪化。四月、ジュ・ド・ポーム美術館でのオランダ派絵画展で、フェルメールの『デルフトの眺望』を観る。五月、第三篇および第四篇『ゲルマントの方Ⅱ——ソドムとゴモラⅠ』が刊行される。ジードは性倒錯を擁護した匿名の作品『コリドン』をプルーストに届け、二人は倒錯について話し合う。プルーストは自分の同性愛を隠そうともしなかったという。六月、「ボードレールについて」を発表。九月、病状悪化し、部屋で昏倒する。

一九二二年（五十一歳）

五月、第四篇『ソドムとゴモラⅡ』刊行される。九月、スコット・モンクリフによる『失われた時を求めて』英訳第一巻が出版される。十月、気管支炎を起こし、衰弱甚だし。十一月十八日、肺炎を併発し、午後四時過ぎに永眠。

一九二三年

弟ロベール・プルーストやジャック・リヴィエールらが中心になって、遺稿を整理し、第五篇『囚われの女（ソドムとゴモラⅢ）』を刊行する。

一九二五年

第六篇『消え去ったアルベルチーヌ』刊行される（一九五四年のプレイヤード版以後は、『逃げ去る女』という題名のものも刊行されている）。

一九二七年

第七篇『見出された時』が刊行され、『失われた時を求めて』の出版は完了する。

あとがき

ここに収録した文章は、いずれも最初なんらかの研究誌または定期刊行物に発表されたものだが、冒頭の「序章――プルースト遍歴」のみは本書のための書き下ろしである。第Ⅰ部と第Ⅱ部は、旧版『プルースト論考』に収められた文章から成っている。それに対して第Ⅲ部に掲載されている「マルセル・プルーストの誕生」は、今回初めて収録された。また第Ⅳ部の三篇はすべて旧版刊行以後に書かれたものである。各文章の初出誌は以下の通りだが、本書を編むにあたって題名を変更したものもあることをお断りしておく。

「序章――プルースト遍歴」（初出）

第Ⅰ部　『囚われの女』をめぐって

「無名の一人称」（*Bulletin de la Société des Amis de Marcel Proust et des Amis de Combray*, N°9, 1959）

「コミックの誕生」（*The Hitotsubashi Journal of Arts and Sciences*, 1960）

第Ⅱ部　実人生と作品

「イサクと父親」（『一橋論叢』一九七八年七月号）
「ソドムを忌避するソドムの末裔」（『ユリイカ』一九七四年十一月号）
「不在の弟」（『ちくま』一九七五年七月号）
「喘息の方舟」（『言語文化』第十八号、一橋大学語学研究室、一九八一年）
「あるユダヤ意識の形成」（『一橋大学研究年報・人文科学研究』第二十二号、一九八三年）

第Ⅲ部　幼少期のプルースト
「マルセル・プルーストの誕生」（『学鐙』一九八二年一月―一九八三年十二月号）

第Ⅳ部　翻訳の可能性
「スノビスムの罠」（『すばる』一九九二年七月号）
「コンブレーの読書する少年」（『すばる』一九九六年十月号）
「翻訳の可能性――『失われた時を求めて』の全訳を終えて」（『すばる』二〇〇一年五月号）

＊　＊　＊

それぞれの文章が書かれた背景については、既に序章でふれたので、ここではただ、いくつかの文章の発表に至るまでの過程についてのみ記しておきたい。

第Ｉ部の「無名の一人称」は、もともと一九五二年十二月に東京大学に提出した文学部の卒業論文のなかで扱ったテーマである。翌一九五三年六月に、私は日本フランス文学会（当時）の春期総会で、その論文の一節を抜き出して研究発表を行い、それが同学会の機関誌に、「マルセル・プルースト――『失われた時を求めて』の一人称形式における自己表現の問題」という題で掲載された。プレイヤード版もなかった時代だから、今では余り頼りにならない当時のガリマール旧版のテクストのみを拠り所にして、そこから語り手の無名性という仮説を引き出し、その意味を探った論文で、まだ実証性を欠いていたと言わねばならない。

その後、序章で述べたように、一九五四年から一九五八年初めまでのフランス滞在中に、プルーストが第一次世界大戦中に書いた二十冊のノート原稿のマイクロフィルムと、『囚われの女』のタイプ原稿を参照する機会があって、私は自分の仮説が間違っていなかったという確信を深めた。それで、帰国後に改めてフランス語で「Le "Je" Proustien（プルーストの〝私〟）」というタイトルの文章を書き、それをフランスで刊行されている「マルセル・プルーストとコンブレーの友の会」機関誌第九号（一九五九年）に発表したのである。「無名の一人称」は、そのフランス語の文章を訳したもので、最初に日本フランス文学会の機関誌に発表したものとは形がまったく変わっているが、語り手の無名性とその意味についての私の基本的な考えはほとんど変化していない。今回は論文の性格上、引用の必要な部分に原文を添えておいた。

次の「コミックの誕生」は、『囚われの女』の草稿やタイプ原稿を比較しながら、フランス滞在中にその問題点をフランス語で文章化したテクストの一部に当たる。帰国後に、私はその部分を日本語の論文としてまとめ、まず『一橋大学研究年報・人文科学研究』第二号に、「« La Prisonnière »

覚え書」というタイトルの文章を書いた。ついで、そのようにまとめたものを土台にして、いま一度フランス語で「Le Comique chez Marcel Proust（マルセル・プルーストにおけるコミック）」という文章を書き、それを *The Hitotsubashi Journal of Arts and Sciences* に発表した（一九六〇年）。これが前記の「マルセル・プルーストとコンブレーの友の会」事務局長だったラルシェ氏の目に留まり、同会の機関誌第十一号（一九六一年）と第十二号（一九六二年）に転載されたのである。そのフランス語のテクストを多少縮めながら、ふたたび日本語に訳して一九八五年版『プルースト論考』に掲載したものが、この「コミックの誕生」である。

＊＊＊

第I部の文章を書いた後に、私は『囚われの女』（一九六六年）の翻訳を出版する機会があったが、その「あとがき」を別にすれば、六〇年代にはプルーストにかんする文章をほとんど書いていない。というのも、当時の私の関心はプルーストよりもむしろサルトルにあり、現役作家としてのその作品や発言を紹介論評することが多かったからだ。それと同時に、植民地主義とくにアルジェリア独立戦争にかんするサルトルの見方や行動を肯定的に紹介する以上、日本人として、私も否応なく自国の植民地主義に目を開かれた。この頃からとくに在日朝鮮人にかんするさまざまな問題に積極的にかかわったり、発言したりするようになったのは、そのためである。私はこれを「民族責任」と呼んだが、一九六〇年代半ばに日本でこのような問題意識を持つ者はほとんどいなかったから、私は一時期、常識的な意味でのフランス文学研究から離れて、在日コリアンとマイノリティの問題に専念していたこともある。それは一九六〇年代の終わりから七〇年代前半に至る数年間のことだったが、これが現在の日中、日韓の関係とも密接にかかわる歴史的な問題であることは言うまでもない。

日本人でありながら、在日コリアンの考えていることを忖度しようなどと試みるのは、ある意味で不遜なことである。しかしそのときの私に非常に大きな励みとなったのは、サルトルが『方法の問題』で示したような、最終的には感情移入（empathie）に基づく人間理解の姿勢と、『聖ジュネ』に始まり『家の馬鹿息子』に至る一連の評伝的文学であった。私は文学研究におけるのと同様に、民族問題についても、他者への想像力こそが重要な手がかりを与えるであろうと考えたのである。

もしも一般に文学研究と呼ばれるものが、自分の外部に選んだ対象をひたすら客観的に細かく分析することだけで成り立つもので、研究者の生き方や思想を問うものでないとすれば、私にはとうていそのような研究を続ける意欲が湧かなかったことだろう。だから一般の人の目には奇異に映ったかもしれないが、私自身はフランス文学者であることと、マイノリティや差別の問題を考え、実践することとのあいだに、何の矛盾も感じなかった。

こうした時期を経た後に、改めてプルーストを振り返ると、従来は気づかなかった多くの側面が見えてきたので、私は一九七〇年代半ばから、ふたたび非常に新鮮な興味を抱いてプルーストの作品を読み返すようになった。たとえば『失われた時を求めて』におけるユダヤ人のテーマは、むろん頭では初めから分かっていたけれども、それが作者のプルーストにとって、どれほど彼の実存に染みついた問題であるかということは、在日の問題を考えた後でなければ鈍根の私には理解できなかった。第Ⅱ部に収録した文章は、このように改めてプルーストへの関心を深めた一九七〇年代後半から八〇年代にかけて書かれたものだが、そこにもサルトルの『方法の問題』と評伝的文学論が背景にあることは、序章で説明した通りである。

これらの旧版『プルースト論考』の文章に加えて、今回は第Ⅲ部に、ほぼ同時期に丸善の『学鐙』に二年間にわたって連載された「マルセル・プルーストの誕生」を新たに収録した。

このようなものを執筆した理由については序章に述べたが、作家は必ず広い意味での自分の経験から出発してその虚構に至るというのが、私の基本的な考え方である（ここで言う経験には、本人が見聞・側聞したことや、読書で知り得たことなども当然含まれる）。だからこそ、作品と実人生の関係の検討は、その作家のイメージを豊かなものにするはずで、この点で私の考えはミシェル・ビュトールの次の言葉に近い。

「誰もが知っているように、小説家は、それを欲すると否とにかかわらず、また自覚的であると否とにかかわらず、彼自身の実人生の諸要素から作中人物を作り上げるものであり、彼の主人公たちは、それによって彼が自らを語り、また自らを夢見る仮面なのである。」（「小説における人称代名詞の用法」）

プルーストがこの問題に非常に自覚的な作家であったことは、言うまでもない。それが『失われた時を求めて』の全体を貫く主題でもあるし、またしばしば引かれる『サント＝ブーヴに反論する』

の、日常の自我とは異なる「別な自我」の指摘によっても、そのことは明らかである（本書一一八、一六二ページ参照）。

私が試みたのは、その「別な自我」の形成を探ることだったとも言えるだろう。しかし連載のエッセイという制約もあってどうやら道はまだ遠く、「マルセル・プルーストの誕生」ではほんのその入口に達しただけで筆を擱くことになったようである。

＊＊＊

第Ⅳ部は一九九〇年代に、『失われた時を求めて』の翻訳に取りかかっていたときの文章で、いずれも集英社発行の文芸誌『すばる』に発表された。最初の文章は、二巻本の抄訳を出版するときに書かれたもので、発表時のタイトルは「プルーストとスノビスムの罠」であった。

抄訳と言うと何か軽く見られるためか、私の提案に初めは出版社も戸惑ったようである。しかし私は早くから抄訳でスタートすると決めて、その方針を立てていた。たしかにフランスにも、『失われた時を求めて』のあちこちから短い断章を選んだ「撰文集」がある。しかしこれは、いわゆる「さわり」の箇所を並べただけなので、全体の構成がまったく見えないし、一つひとつの断章が余りに細切れ過ぎて一向に面白さが伝わってこない。私の考えた抄訳はこれと逆に、積極的に抄訳の利点を生かして、むしろ全体の構造を分かり易くすることを狙うものだった。すなわち各断章のあいだに訳者による「あらすじ」の説明を入れて、余りに長すぎるために見えなくなってしまう話の流れを、くっきりと浮かび上がらせようと考えたのである。それと同時に、一つひとつの断章をかなり長いものにして、まとまった短篇のように仕上げれば、よく言われる「プルーストはどこを読んでも面白い」という評価にも応えられるはずだと思われた。こうして作られたのが二巻本の抄訳だが、これは刊行当時、思いがけないほど温かく受け容れられた。もしも難解晦渋のレッテルを貼られて一般読者から敬遠されていたプルーストが、この抄訳本によって多少は日本人読者にも近いものになったとすれば、私の狙いは達成されたと言ってよいだろう。

第二の文章（「コンブレーの読書する少年」）は、いよいよ全訳の刊行がスタートするというときに発表されたもので、まだプルーストを読んだことのない第一巻の読者を念頭において書かれた。と同時に、読書はプルーストの発想の根幹をなしており、「マルセル・プルーストの誕生」の末尾で、いずれスノビスムとともにこの問題を扱うつもりだと予告したテーマでもあった。実際、読書に没頭しているときのわれわれの意識を考えると、ここでプルーストが描いた通りのことが常にわが身にも起こっていることに気づく。つまりわれわれは小説を読みながら、現実のあやふやな知覚を残しつつも（たとえば耳に聞こえてくる鐘の音のように）、第一義的には作者の存在も自分の存在も忘れており、意識は文字を通して作り出される想像の対象の意識になりきっているのである。その意味で、これは読書の現象学と言ってもよいだろう。また、さまざまな波紋を引きおこしたバルトの「作者の死」と題するエッセイも、読書するときのわれわれの意識という観点から見れば、ごく平凡な事実を述べているにすぎないことにもなるだろう。

ところで全訳を進める過程で、私は、プルーストにふさわしい翻訳を絶えず探し求めると同時に、実にしばしば翻訳とはどういうことなのかを考えさせられた。そのときに私がよく読み返したのは、マラルメの「詩の危機」とベンヤミンの「翻訳者の使命」だった。三番目の「翻訳の可能性」という文章は、そのような考察を踏まえて、全訳の完結したときに書かれたものである。

それと同時に翻訳を行いながら私が再認識したのは、素人の視点の重要性であった。研究の進化に応じて、プルーストの専門家はますます特定の問題を深く掘り下げていく傾向があるけれども、作者はそうした一部の専門家のみのためではなく、広く一般の読者に向けて書いたのである。そのことが、翻訳という作業を通して、私には素直に実感できた。文学作品は、まずそのような読者にこそ差し出されているのであって、それを見失った文学研究はますます文学から離れていく結果になるだろう。これは研究者の一人としての、私の自戒でもある。したがって、本書を編むにあたっても、私は限られた専門研究家ではなく、ごく一般のプルースト愛好家を読者に想定したつもりである。

＊＊＊

序章の最後でもふれたように、ここに収めた文章は、いずれも日付を持っている。つまりそれらを執筆した時期の私の関心を反映するものであるが、それと同時に、当時の資料の限界や、プルースト研究の状況の制約をも受けている。そのために、現在から見れば研究者にとっては常識にすぎないことも書かれているし、また自分でも展開不充分に見える記述も少なくない。それは当時の私の水準が、その程度のものにすぎなかったことを示している。

資料の点では、それは書簡の引用に典型的にあらわれている。現在なら、プルーストの手紙と言えば誰でも躊躇なくフィリップ・コルブの編集した『マルセル・プルースト書簡集』全二十一巻に拠るだろうが、一九七〇年の第一巻から刊行の始まったこの労作が完結したのは、一九九三年のことである。当然、一九五〇年代、六〇年代の私が参照したのは、戦前にロベール・プルーストとポール・ブラックの編んだ全六巻の『書簡全集』が中心であった（第六巻のみは、ロベールの死後に娘のシュジー・マント・プルーストとポール・ブラックが編集したものである）。そこに収められていなかった書簡は、戦前から戦後にかけてときおり刊行された特定個人との往復書簡や、さまざまな回想記ないしはエッセイに掲載されているものを参照したが、それはかなり不完全なものが多く、なかには意図的に改竄されていたものもあった。

コルブの『マルセル・プルースト書簡集』の刊行が始まってから書いた一九七〇年代、八〇年代の文章では、当然コルブ版のものを引く場合が多かったが、しかしその『書簡集』は刊行途中であったから、他の資料にも拠る必要があった。そのために、注を参照して下さる読者には、とくにタイトルのよく似た次の二つの書簡集を混同しないようにお願いしたい。前者は戦前の全六巻の『書簡全集』、後者はコルブの編んだ全二十一巻の『書簡集』である。

（1）*Correspondance Générale de Marcel Proust*, 6 vol., Plon, 1930-1936.

（2）*Correspondance de Marcel Proust*, 21 vol., Plon, 1970-1993.

とくに多くの書簡を利用した「マルセル・プルーストの誕生」を執筆していたときには、コルブ編の『書簡集』が第八巻までしか出ていなかったので、両者を併用することを余儀なくされた。Générale という文字があるかないかの違いしかない紛らわしいタイトルの注が並んでいるのは、そのためである。

同じことが、草稿類についても言える。私が草稿やタイプ原稿を集中的に勉強したのは一九五〇年代で、そのとき参照した資料はごく限られたものだった。その後、プルーストのノートや草稿がパリの国立図書館に納められてから、ごくたまにその一部を覗いたことはあるが、決して長時間をそれにかけたわけではない。おそらく、こうした資料の分類方法も、その後すっかり整備され、番号なども変わったことだろう。

それにつけて、思い出す光景がある。あれは一九八〇年だったと思うが、あるとき私がパリの国立図書館で仕事をしていると、とつぜん「あなたが鈴木さんですか?」と声をかけられたのだ。「はい」と言うと、相手は「私はジャン・ミイです」と自己紹介した。有名なプルースト研究家である。彼によると、本書にも収録した私の「無名の一人称」に使われている資料(D_1、D_2、D_3、D)が、国立図書館では別の分類になっているらしく、実物を確かめたいがよく分からないという。そこで私は、日本に帰ったらD_2のネガを焼きつけて送るから、それで判断してほしい、ただしこの写真のことは公表しないように、と言い(マント夫人がまだ存命だったのである)、帰国後にそれを実行した。プレイヤード旧版に記されている資料でさえ、このような状態だから、その他の膨大な資料の整理や分類方法にも、いろいろな変遷があっただろうと想像される。いずれにしても、私は現在広く行われている草稿研究以前の世代、基本的には活字になったものに基づいて自分のプルースト像を作ってきた世代に属しているのである。

さらに、私が本書でふれたユダヤ人問題や、喘息、同性愛などにかんする研究も、三十年以上前と現代ではずいぶん変化しているだろう。私は当時の自分にできる限りの範囲で資料に当たったけれども、その後の研究がここに反映されているわけではない。とりわけ喘息と同性愛にかんしては、現在では先天的・器質的な要因が重視されていると言われるが、その点について私には何も発言する用意がない。

ただ病因論はともかくとして、誰にでも接近可能なのは、プルーストがどのように喘息や同性愛を身に蒙り、どのようにそれと戦ったか、あるいはどのようにそれを受け容れたか、彼がどんな喘息患者になり、どんな同性愛者だったか、という問題だろう。作品や書簡はその点にかんして、多くのことをわれわれに語っている。それを明らかにするのが、プルースト理解に必要な作業であることは、三十年前も現在も変わらないことだろう。

＊　＊　＊

本書は、たまたまある会合で藤原書店社長の藤原良雄氏にお会いしたことがきっかけで生まれたものである。その後、日を改めて、かねてから考えていた計画をお話ししたところ、快く出版を引き受けていただいた。現在の厳しい出版界の状況では、『プルースト論考』のような本は消えていくほかないのかと思っていたのに、それがこのような形で蘇り、しかも『失われた時を求めて』の第一篇『スワン家の方へ』の出版一〇〇周年という年に刊行されるのは、私にとって非常に嬉しいことである。また担当の刈屋琢氏には、原稿の段階から刊行に至るまで、たいそうお世話になった。ここに記して心からの感謝の気持を申し上げる。

二〇一三年一月

鈴木道彦

ワ 行

マ　行

ヤ　行

ラ　行

タ　行

ナ　行

ハ　行

サ　行

人名索引

本文中から実在の人名を採り，姓名の 50 音順で配列した。

著者紹介

鈴木道彦（すずき・みちひこ）

1929年東京で生まれる。東京大学文学部仏文科卒。一橋大学、獨協大学教授を経て、獨協大学名誉教授。著書に『サルトルの文学』（紀伊國屋書店）、『アンガージュマンの思想』（晶文社）、『異郷の季節』（みすず書房）、『越境の時』（集英社）、『プルーストを読む』（集英社）、『プルースト「失われた時を求めて」を読む』（NHK出版）など。翻訳にニザン『陰謀』（晶文社）、サルトル『嘔吐』（人文書院）、『家の馬鹿息子』第1、2、3巻（共訳）（人文書院）など。プルースト『失われた時を求めて』全13巻の個人全訳で、2001年度の読売文学賞と日本翻訳文化賞を受賞。この全訳はヘリテージ文庫に収められているほか、2巻本の抄訳、3巻本の文庫版抄訳もある（いずれも集英社）。

マルセル・プルーストの誕生《たんじょう》——新編《しんぺん》プルースト論考《ろんこう》

2013年4月30日　初版第1刷発行©

著　者　鈴木道彦

発行者　藤原良雄

発行所　株式会社　藤原書店

〒162-0041　東京都新宿区早稲田鶴巻町523

電　話　03（5272）0301

FAX　03（5272）0450

振　替　00160 - 4 - 17013

info@fujiwara-shoten.co.jp

印刷・製本　中央精版印刷

落丁本・乱丁本はお取替えいたします　　Printed in Japan

定価はカバーに表示してあります　　ISBN978-4-89434-909-4

7　金融小説名篇集　吉田典子・宮下志朗 訳＝解説

〈対談〉青木雄二×鹿島茂

ゴプセック——高利貸し観察記　*Gobseck*

ニュシンゲン銀行——偽装倒産物語　*La Maison Nucingen*

名うてのゴディサール——だまされたセールスマン　*L'Illustre Gaudissart*

骨董室——手形偽造物語　*Le Cabinet des antiques*

528頁　3200円（1999年11月刊）◇978-4-89434-155-5

高利貸しのゴプセック、銀行家ニュシンゲン、凄腕のセールスマン、ゴディサール。いずれ劣らぬ個性をもった「人間喜劇」の名脇役が主役となる三篇と、青年貴族が手形偽造で捕まるまでに破滅する「骨董室」を収めた作品集。「いまの時代は、日本の経済がバルザック的になってきたといえますね。」（青木雄二氏評）

8・9　娼婦の栄光と悲惨——悪党ヴォートラン最後の変身（2分冊）

Splendeurs et misères des courtisanes　飯島耕一 訳＝解説

〈対談〉池内紀×山田登世子

⑧448頁 ⑨448頁　各3200円（2000年12月刊）⑧◇978-4-89434-208-8 ⑨◇978-4-89434-209-5

『幻滅』で出会った闇の人物ヴォートランと美貌の詩人リュシアン。彼らに襲いかかる最後の運命は？「社会の管理化が進むなか、消えていくものと生き残る者とがふるいにかけられ、ヒーローのありえた時代が終わりつつあることが、ここにはっきり描かれている。」（池内紀氏評）

10　あら皮——欲望の哲学　小倉孝誠 訳＝解説

La Peau de chagrin　〈対談〉植島啓司×山田登世子

448頁　3200円（2000年3月刊）◇978-4-89434-170-8

絶望し、自殺まで考えた青年が手にした「あら皮」。それは、寿命と引き換えに願いを叶える魔法の皮であった。その後の青年はいかに？「外側から見ると欲望まるだしの人間が、内側から見ると全然違っている。それがバルザックの秘密だと思う。」（植島啓司氏評）

11・12　従妹《いとこ》ベット——好色一代記（2分冊）　山田登世子 訳＝解説

La Cousine Bette　〈対談〉松浦寿輝×山田登世子

⑪352頁 ⑫352頁　各3200円（2001年7月刊）⑪◇978-4-89434-241-5 ⑫◇978-4-89434-242-2

美しい妻に愛されながらも、義理の従妹ベットと素人娼婦ヴァレリーに操られ、快楽を追い求め徹底的に堕ちていく放蕩貴族ユロの物語。「滑稽なまでの激しい情念が崇高なものに転じるさまが描かれている。」（松浦寿輝氏評）

13　従兄《いとこ》ポンス——収集家の悲劇　柏木隆雄 訳＝解説

Le Cousin Pons　〈対談〉福田和也×鹿島茂

504頁　3200円（1999年9月刊）◇978-4-89434-146-3

骨董収集に没頭する、成功に無欲な老音楽家ポンスと友人シュムッケ。心優しい二人の友情と、ポンスの収集品を狙う貪欲な輩の蠢く資本主義社会の諸相を描いた、バルザック最晩年の作品。「小説の異常な情報量。今だったら、それだけで長篇を書けるような話が十もある。」（福田和也氏評）

別巻1　バルザック「人間喜劇」ハンドブック　大矢タカヤス 編

奥田恭士・片桐祐・佐野栄一・菅原珠子・山﨑朱美子＝共同執筆

264頁　3000円（2000年5月刊）◇978-4-89434-180-7

「登場人物辞典」、「家系図」、「作品内年表」、「服飾解説」からなる、バルザック愛読者待望の本邦初オリジナルハンドブック。

別巻2　バルザック「人間喜劇」全作品あらすじ

大矢タカヤス 編　奥田恭士・片桐祐・佐野栄一＝共同執筆

432頁　3800円（1999年5月刊）◇978-4-89434-135-7

思想的にも方法的にも相矛盾するほどの多彩な傾向をもった百篇近くの作品群からなる、広大な「人間喜劇」の世界を鳥瞰する画期的試み。コンパクトでありながら、あたかも作品を読み進んでいるかのような臨場感を味わえる。当時のイラストをふんだんに収め、詳しい「バルザック年譜」も附す。

❺ ボヌール・デ・ダム百貨店 ――デパートの誕生

Au Bonheur des Dames, 1883　吉田典子 訳＝解説

ゾラの時代に躍進を始める華やかなデパートは、婦人客を食いものにし、小商店を押しつぶす怪物的な機械装置でもあった。大量の魅力的な商品と近代商法によってパリ中の女性を誘惑、驚異的に売上げを伸ばす「ご婦人方の幸福」百貨店を描き出した大作。

656 頁　**4800 円**　◇978-4-89434-375-7（第 6 回配本／ 2004 年 2 月刊）

❻ 獣人 ――愛と殺人の鉄道物語　*La Bête Humaine, 1890*

寺田光徳 訳＝解説

「叢書」中屈指の人気を誇る、探偵小説的興趣をもった作品。第二帝政期に文明と進歩の象徴として時代の先頭を疾駆していた「鉄道」を駆使して同時代の社会とそこに生きる人々の感性を活写し、小説に新境地を切り開いた、ゾラの斬新さが理解できる。

528 頁　**3800 円**　◇978-4-89434-410-5（第 8 回配本／ 2004 年 11 月刊）

❼ 金《かね》　*L'Argent, 1891*　野村正人訳＝解説

誇大妄想狂的な欲望に憑かれ、最後には自分を蕩尽せずにすまない人間とその時代を見事に描ききる、80 年代日本のバブル時代を彷彿とさせる作品。主人公の栄光と悲惨はそのまま、華やかさの裏に崩壊の影が忍び寄っていた第二帝政の運命である。

576 頁　**4200 円**　◇978-4-89434-361-0（第 5 回配本／ 2003 年 11 月刊）

❽ 文学論集　1865-1896　*Critique Littéraire*　佐藤正年 編訳＝解説

「実験小説論」だけを根拠にゾラの文学理論を裁断してきた紋切り型の文学史を一新、ゾラの幅広く奥深い文学観を呈示！「個性的な表現」「文学における金銭」「淫らな文学」「文学における道徳性について」「小説家の権利」「バルザック」「スタンダール」他。

440 頁　**3600 円**　◇978-4-89434-564-5（第 9 回配本／ 2007 年 3 月刊）

❾ 美術論集　三浦篤 編＝解説　三浦篤・藤原貞朗 訳

セザンヌの親友であり、マネや印象派をいち早く評価した先鋭の美術批評家でもあったフランスの文豪ゾラ。鋭敏な観察眼、挑発的な文体で当時の美術評論界に衝撃を与えた美術論を本格的に紹介する、本邦初のゾラ美術論集。「造形芸術家解説」152 名収録。

520 頁　**4600 円**　◇978-4-89434-750-2（第 10 回配本／ 2010 年 7 月刊）

❿ 時代を読む　1870-1900　*Chroniques et Polémiques*

小倉孝誠・菅野賢治 編訳＝解説

権力に抗しても真実を追求する真の“知識人”作家ゾラの、現代の諸問題を見透すような作品を精選。「私は告発する」のようなドレフュス事件関連の文章の他、新聞、女性、教育、宗教、文学と共和国、離婚、動物愛護など、多様なテーマをとりあげる。

392 頁　**3200 円**　◇978-4-89434-311-5（第 1 回配本／ 2002 年 11 月刊）

⓫ 書簡集　1858-1902　小倉孝誠 編＝解説　小倉孝誠・有富智世 高井奈緒・寺田寅彦 訳

19 世紀後半の作家、画家、音楽家、ジャーナリスト、政治家たちと幅広い交流をもっていたゾラの手紙から時代の全体像を浮彫りにする、第一級史料の本邦初訳。セザンヌ、ユゴー、フロベール、ドーデ、ゴンクール、ツルゲーネフ、ドレフュス他宛の書簡を精選。

456 頁　**5600 円**　◇978-4-89434-852-3（第 11 回配本／ 2012 年 4 月刊）

別巻 **ゾラ・ハンドブック**　宮下志朗・小倉孝誠 編

これ一巻でゾラのすべてが分かる！　①全小説のあらすじ。②ゾラ事典。19 世紀後半フランスの時代と社会に強くコミットしたゾラと関連の深い事件、社会現象、思想、科学などの解説。内外のゾラ研究の歴史と現状。③詳細なゾラ年譜。ゾラ文献目録。

（次回配本）

❸ **苦海浄土** ほか　第３部 天の魚　　関連エッセイ・対談・インタビュー
「苦海浄土」三部作の完結！　解説・加藤登紀子
608頁　6500円　◇978-4-89434-384-9（第1回配本／2004年4月刊）

❹ **椿の海の記** ほか　エッセイ 1969-1970　解説・金石範
592頁　6500円　◇978-4-89434-424-2（第4回配本／2004年11月刊）

❺ **西南役伝説** ほか　エッセイ 1971-1972　解説・佐野眞一
544頁　6500円　◇978-4-89434-405-1（第3回配本／2004年9月刊）

❻ **常世の樹・あやはべるの島へ** ほか　エッセイ 1973-1974　解説・今福龍太
608頁　8500円　◇978-4-89434-550-8（第11回配本／2006年12月刊）

❼ **あやとりの記** ほか　エッセイ 1975　解説・鶴見俊輔
576頁　8500円　◇978-4-89434-440-2（第6回配本／2005年3月刊）

❽ **おえん遊行** ほか　エッセイ 1976-1978　解説・赤坂憲雄
528頁　8500円　◇978-4-89434-432-7（第5回配本／2005年1月刊）

❾ **十六夜橋** ほか　エッセイ 1979-1980　解説・志村ふくみ
576頁　8500円　◇978-4-89434-515-7（第10回配本／2006年5月刊）

❿ **食べごしらえ おままごと** ほか　エッセイ 1981-1987　解説・永六輔
640頁　8500円　◇978-4-89434-496-9（第9回配本／2006年1月刊）

⓫ **水はみどろの宮** ほか　エッセイ 1988-1993　解説・伊藤比呂美
672頁　8500円　◇978-4-89434-469-3（第8回配本／2005年8月刊）

⓬ **天　湖** ほか　エッセイ 1994　解説・町田康
520頁　8500円　◇978-4-89434-450-1（第7回配本／2005年5月刊）

⓭ **春の城** ほか　解説・河瀬直美
784頁　8500円　◇978-4-89434-584-3（第12回配本／2007年10月刊）

⓮ **短篇小説・批評**　エッセイ 1995　解説・三砂ちづる
608頁　8500円　◇978-4-89434-659-8（第13回配本／2008年11月刊）

⓯ **全詩歌句集** ほか　エッセイ 1996-1998　解説・水原紫苑
592頁　8500円　◇978-4-89434-847-9（第14回配本／2012年3月刊）

⓰ **新作 能・狂言・歌謡** ほか　エッセイ 1999-2000　解説・土屋恵一郎
758頁　8500円　◇978-4-89434-897-4（第16回配本／2013年2月刊）

⓱ **詩人・高群逸枝**　エッセイ 2001-2002　解説・臼井隆一郎
602頁　8500円　◇978-4-89434-857-8（第15回配本／2012年7月刊）

別巻 **自　伝**　〔附〕著作リスト、著者年譜　（次回配本）

*白抜き数字は既刊

〝鎮魂〟の文学の誕生

「石牟礼道子全集・不知火」プレ企画

不知火《しらぬひ》

〔石牟礼道子のコスモロジー〕

石牟礼道子・渡辺京二
大岡信・イリイチほか

インタビュー、新作能、童話、エッセイの他、石牟礼文学のエッセンスと、気鋭の作家らによる石牟礼論を集成し、近代日本文学史上、初めて民衆の日常的・神話的世界の美しさを描いた詩人の全体像に迫る。

菊大並製　二六四頁　二二〇〇円
（二〇〇四年二月刊）
◇978-4-89434-358-0